Carol Sabar

Como ✓ namorei
quase
Robert Pattinson

JANGADA

Copyright © 2011 Carol Sabar.

Copyright da edição brasileira © 2011 Editora Pensamento-Cultrix Ltda.

Todos os direitos reservados. Nenhuma parte deste livro pode ser reproduzida ou usada de qualquer forma ou por qualquer meio, eletrônico ou mecânico, inclusive fotocópias, gravações ou sistema de armazenamento em banco de dados, sem permissão por escrito, exceto nos casos de trechos curtos citados em resenhas críticas ou artigos de revistas.

A Editora Jangada não se responsabiliza por eventuais mudanças ocorridas nos endereços convencionais ou eletrônicos citados neste livro.

Coordenação Editorial: Denise de C. Rocha Delela e Roseli de Sousa Ferraz
Preparação de originais: Denise de C. Rocha Delela e Maria Sylvia Correa
Revisão: Maria Aparecida A. Salmeron
Diagramação: Join Bureau

Dados Internacionais de Catalogação na Publicação (CIP)
(Câmara Brasileira do Livro, SP, Brasil)

Sabar, Carol
   Como (quase) namorei Robert Pattinson / Carol Sabar.
– São Paulo: Jangada, 2011.

ISBN 978-85-64850-01-9

1. Ficção brasileira I. Título.

11-08748   CDD-869.93

Índices para catálogo sistemático:
1. Ficção : Literatura brasileira   869.93

O primeiro número à esquerda indica a edição, ou reedição, desta obra. A primeira dezena à direita indica o ano em que esta edição, ou reedição, foi publicada.

Edição	Ano
1-2-3-4-5-6-7-8-9-10-11	11-12-13-14-15-16-17-18-19

Jangada é um selo editorial da Pensamento-Cultrix.
Direitos reservados
EDITORA PENSAMENTO-CULTRIX LTDA.
Rua Dr. Mário Vicente, 368 — 04270-000 — São Paulo, SP
Fone: (11) 2066-9000 — Fax: (11) 2066-9008
E-mail: atendimento@editorajangada.com.br
http://www.editorajangada.com.br
Foi feito o depósito legal.

Para Diogo, Táscia e Joaci

1. Crepuscólica: Meu Vício Tem Nome 9
2. Loucura Pouca é Bobagem 17
3. O Bota-fora 29
4. Psiu, Tio Sam, Cheguei! 47
5. Pacto Pessoal 75
6. A Terceira Miragem 89
7. O Vizinho 99
8. Quem Sou? De Onde Vim? Para Onde Vou? 113
9. Efeito Borboleta 127
10. Presente de Natal 143
11. Inesperado Number One 159
12. Inesperado Number Two 167
13. Passatempo 181
14. Inesperado Number Three 191
15. Plano Fabuloso 203
16. Desordem 219
17. Feliz Ano-Novo? 231
18. A Volta do que Não Foi 245
19. Se Beber, Não Fale ao Celular 259
20. Eu Amo a Minha Irmã 273
21. Festa no Apê, Proibido Bundalelê 285
22. Notícias da Pátria Amada 299

23.	O Blá, Blá, Blá do Agarradinho	315
24.	Inesperado Number Four	333
25.	Quadrilha	345
26.	Adeus, Tio Sam: Foi Ruim Enquanto Durou	363
27.	Inesperado Number Five	375
28.	Clarividência	383
29.	Jeitinho	395
30.	Como Dizer a Verdade	409
31.	Inesperado Number... Perdi a Conta	423
32.	Crepúsculo	443

Agradecimentos 463

CREPUSCÓLICA: MEU VÍCIO TEM NOME

Quando abro os olhos, ali estou eu, deitada de bruços na areia da praia.

E Robert Pattinson está passando óleo bronzeador nas minhas pernas.

Espere! O que foi exatamente *isso* que acabei de dizer?!

Hahaha. Até parece... Se Robert Pattinson (o astro de Hollywood, a personificação do vampiro Edward Cullen da saga *Crepúsculo*, o que já foi eleito o homem mais sexy do mundo pela revista *Glamour*, o que domina meus pensamentos dia e noite nessa paixão avassaladora que me corrói) estivesse passando óleo bronzeador nas minhas pernas, tão caótica e inimaginável estaria a vida na Terra que a gravidade não teria nada a ver com a força que nos mantém no solo, Xuxa Meneghel tingiria o cabelo de preto (não que eu realmente tenha algo contra tinturas de cabelo, mas, sabe, *Xuxa morena?!*, não rola de jeito nenhum) e eu provavelmente seria uma garota descolada, namoradeira e peituda, além de fluente na língua do Tio Sam.

Portanto, vou começar outra vez...

Quando abro os olhos, ali estou eu, deitada de bruços em um chão áspero e fofo. Um chão que parece areia e está arranhando minha pele incrivelmente macia e bem tratada. Os cremes da Victoria's Secret não são tremendamente fantásticos?

Tento me mexer. Mas não está fácil. Meu corpo parece anestesiado, meio duro, como se eu tivesse dormido por um longo tempo na mesma posição. Faço um esforço maior, ignorando a dor na nuca, até que consigo apoiar o queixo na areia. Beleza. Pelo menos agora posso contar com a brisa varrendo os grãos de meus cílios, já que meus braços continuam presos embaixo do corpo. Pisco os olhos devagar e as imagens vão ganhando foco enquanto tento entendê-las.

É quando encontro o reflexo de meus olhos castanhos num vidro curvo a centímetros de meu rosto. Na verdade, meus olhos no vidro estão monstruosamente deformados, bem como a ponta do meu nariz, esverdeada, o que antes de ser uma descoberta intrigante é uma imagem esteticamente deprimente. É por isso que odeio reflexos em vidros curvos. Sobretudo se forem vidros de... *Ei, por acaso isto aqui é uma taça?*

Estreito os olhos para enxergar melhor.

Sim. Sem dúvida. É uma taça de vidro, adornada com um canudo de guarda-chuva colorido, suada em gotículas brilhantes. E quando amplio meu campo de visão, percebo que, no espaço em volta dessa taça, há um céu ensolarado, um mar lindamente azul, o que me faz suspeitar que se trate de uma praia e que essa praia esteja em volta de mim também. Quer saber mais? Dentro dessa taça há um líquido esverdeado parecendo... ai, meu Deus!... caipirosca geladinha de limão.

Não me lembro de ter pedido uma.

Quem pediu essa caipirosca? Como vim parar nesta praia? Que praia é esta, afinal?

Tudo bem. Não há motivo para desespero. É só usar a cabeça. Raciocinar. Eu realmente não me lembro de ter vindo à praia. Não me lembro de ter saído de casa, de ter levantado da cama, aliás. Mas, bom, que diferença faz? Quer dizer, acordei numa praia, *uma praia*, pelo amor de Deus! Quem liga para detalhes tão pouco importantes como saber exatamente em que praia se está?

Pois eu não ligo. Nem um pouco. Posso estar na Barra da Tijuca, em Copacabana ou Ipanema. Tanto faz. Desde que seja uma praia movimentada e...

Bom, tá legal. O negócio é que não há movimento algum por aqui, não há som de conversas ou vendedores ambulantes gritando. Nada além do barulho das ondas, do farfalhar do vento. Mas é uma praia de qualquer jeito! E eu amo praias! Amo o verão e a preguiça modorrenta. A brisa refrescante beijando o rosto melado. O sol escaldante. A areia salgada pinicando o corpo queimado. Só que...

...estou sentindo uma certa areiazinha num certo lugarzinho...

Ai, meu Deus! Estou sem a parte de cima do biquíni!

E agora? *E agora?*

Sem mover um milímetro do corpo, obrigo minhas órbitas a escorregarem de um canto a outro das cavidades oculares. Não que eu esteja procurando uma grande explicação para o fato de eu ter acordado (sozinha!) em uma praia deserta e desconhecida. Mas estou sem a parte de cima do biquíni e, portanto, preciso me certificar de que não fui raptada por um grupo naturalista e esteja sendo forçada a viver de acordo com as práticas do nudismo em prol do contato com a natureza de forma ampla e livre de conotação sexual, depois da lavagem cerebral a que fui submetida. Ou talvez, ocorre-me de repente, eu tenha sido largada para trás por uma tribo do *No Limite,* de Zeca Camargo. Pensando assim, é bem provável que eu esteja participando de uma daquelas provas de resistência pesada (sem a parte de cima do biquíni, que deve estar bem aqui ao lado, à mão, para o caso de eu querer desistir da prova e ficar em pé).

Mas, enquanto meus olhos varrem toda a extensão da esquerda à direita, tudo que vejo é areia, céu e mar. Não existe uma viva alma nesta praia. E a parte de cima do meu biquíni também não está aqui, o que é uma coisa bastante injusta, acho, levando em consideração que *eu tenho o direito* de querer desistir. Sabe como é, se isto aqui for realmente uma prova de resistência extremamente pesada e coisa e tal.

Na verdade, tudo isso está me parecendo tão misterioso e estranho que estou começando a ficar preocupada. Para não dizer com medo.

É sério. O fato é que, quando analiso a coisa toda de um modo mais realista, fico aqui me perguntando: o que eu, Eduarda Maria Carraro, estaria fazendo *sozinha* em uma praia deserta, deixando minha pele translúcida de tão alva torrar sob o sol escaldante enquanto finjo não me irritar com a violência do vento atirando mechas de meu cabelo castanho contra o rosto, deitada diante de uma caipirosca geladinha de limão milagrosamente materializada? E, acima de tudo, sem a parte de cima do biquíni? Eu não faço topless. Nunca fiz em todos os dezenove anos de minha vida! Vou mostrar o quê? Dois pequenos limões?

— Estou desistindo da prova! — murmuro, sentindo a boca salgada. — Eu me rendo!

É bem neste instante que algo frio me toca as costas (exatamente no lugar onde deveria estar o fecho da parte de cima do meu biquíni). E esse algo frio... ai, meu Deus!... acho que é um dedo. Vários dedos. Uma mão inteira.

Ah! Ah!

Viro-me imediatamente de barriga para cima, cobrindo os seios com as mãos e, ao fazer isso, sinto meu queixo descer uns vinte centímetros: Robert ~~gostoso~~ Pattinson está passando óleo bronzeador nas minhas pernas.

Abobalhada, fico olhando para ele, para seu rosto lindo, esperando o triste instante em que sua imagem vai virar fumaça e se perder no ar. Mas os segundos passam e a imagem continua ali, viva e arrebatadora: Robert ~~vampiro gostoso~~ Pattinson está passando óleo bronzeador em mim.

Então fecho os olhos e tento me controlar.

Muito bem. É só uma questão de respirar fundo e esperar a cabeça parar de rodar. É simples, fácil e não tem nada de vergonhoso nisso. Acontece com milhares de bêbados pelo mundo afora. É só uma alucinaçãozinha de nada. Já vai passar. Talvez um banho de mar (sem a parte de cima do biquíni) seja uma ótima ideia.

Mas a bebedeira não parece fazer sentido, já que não há resquício de álcool em minha boca. E minha cabeça não está girando. Além do mais, estou tão verdadeiramente consciente que acabo de me lembrar da promessa que fiz à Nossa Senhora Desatadora dos Nós. Isso mesmo.

Eu prometi que ficaria dois meses sem despejar qualquer mísera gota de álcool na boca se Vitor Hugo, o sujeito mais chato e antissocial da PUC, parasse de me perseguir e infernizar minha pobre vida. Eu decididamente não estou aberta a nenhum tipo de envolvimento com aquele rosto em erupção vulcânica abrasadora que ele tem, ou com seu cabelo longamente emplastrado, muito menos com aqueles movimentos que ele faz com seu piercing lingual quando me vê. Eca! E nunca vou estar. Nunquinha. Como é que ele ainda não percebeu?

Tudo bem que a promessa de abstinência não está sendo lá um sacrifício imenso. Até parece que sou alcoólatra.

Mas, pelo menos, o jejum alcoólico vem funcionando. Quer dizer, não faço a menor ideia de quanto tempo fiquei dormindo nesta praia (que praia é esta?), mas, de acordo com os meus cálculos, ontem fez 26 dias desde o último telefonema de Vitor Hugo. Tudo bem que, por causa dele, troquei o número do meu celular, o que significa que não posso considerar a ausência de chamadas do infeliz uma estatística realmente válida. Mas mesmo assim. Ontem fez 26 dias desde o último e-mail de Vitor Hugo.

Conclusão: como estou em jejum alcoólico, não posso estar bêbada, certo?

Mas acabei de ver Robert Pattinson passando óleo bronzeador em mim. Partindo do princípio de que não estou ficando louca, então...

Já sei! Eu morri! E papai e mamãe largaram a redação da Rede Globo na China e vieram ao Rio de Janeiro para velar meu corpo podre num cemitério qualquer. Neste momento, devem estar se debulhando em lágrimas, debruçados sobre meu caixão vermelho, branco e preto (as cores da saga *Crepúsculo*) enquanto recordam, aos soluços, os momentos felizes de nossa vida juntos.

Na lápide: *Aqui jaz a Crepuscólica.*

Se bem que papai e mamãe nada sabem a respeito de minha segunda identidade. Não sabem que Crepuscólica e Eduarda Carraro são a mesma pessoa. Ninguém sabe, para falar a verdade.

Viva! Eu morri! E Robert Pattinson também! E estamos juntos num paraíso ensolarado, tomando caipirosca geladinha de limão! E ele está passando óleo bronzeador em mim!

Puxa! Isso só pode ser a recompensa por cada idoso que ajudei a atravessar a Vieira Souto (eu quase nunca reclamava). Por cada peça de roupa furada que doei às crianças cariocas carentes. E teve aquela vez, lá no Flamengo, que comprei um McLanche Feliz para um garotinho remelento e sem dente. Tudo bem que, na verdade, comprei o lanche para mim e ele meio que tinha caído no chão. Mas, sabe como é, eu teria comprado um McLanche Feliz para o garotinho de qualquer jeito. Mesmo se ele não estivesse segurando aquele estilete afiado rente à minha garganta.

Mas de repente sinto-me murchar como um balão. Não que eu não mereça estar no paraíso. Porque eu mereço, com toda certeza. É só que eu saberia se Robert Pattinson estivesse morto. O mundo inteiro saberia. De modo que só existe um jeito de resolver esse mistério: encarar o que quer que seja essa alucinação. Decifrá-la.

Sento-me bem firme na areia. Não posso ficar de pé. Acredite, fico mole com muita facilidade.

Respiro fundo e abro os olhos outra vez.

Fico mole, tonta, o corpo tremendo, o estômago embrulhado, o coração mais rápido que a bateria da Mangueira.

Ele está aqui. Está aqui *de verdade!*

Robert ~~vampiro gostoso em pessoa~~ Pattinson está aqui, lindo e louro, agora paralisado como uma estátua entalhada em pedra. Estonteantemente perfeito em uma sunga azul royal que valoriza seus atributos. Na mão esquerda, um frasco de Rayito de Sol. (Eu disse *Rayito de Sol*? Ai, que horror!)

Meus olhos sobem desde os pés (meio tortos) até o rosto cintilante à luz intensa do sol. Em seguida, descem novamente até os músculos protuberantes do peito nu e param ali, admirados.

Minha nossa! Esse inglês é um arraso humanamente indescritível. E tão sexy! Especialmente quando seus lábios, detentores de poderes hipnóticos, começam a se moldar num sorriso meio torto e seus olhos azuis esverdeados perfuram os meus com ardor.

Ah... Como a Inglaterra é magnânima! Preciso escrever uma carta de agradecimento ao Palácio de Buckingham assim que meu inglês estiver *very good*.

À espera da tragédia pastelão (porque é óbvio que vou desmaiar a qualquer instante), fico observando o rosto de Robert Pattinson deslizando para perto do meu, seus cabelos desgrenhados balançando ao vento como num comercial de xampu. Então sua boca está chegando, chegando... Espere. O que Robert Pattinson *pensa* que está fazendo? *O que ele vai fazer?* Quer dizer, ele não pode me beijar! Eu acabei de acordar! Minha boca está salgada e nojenta!

Agindo por comandos automáticos, minha mão direita deixa meu seio à mostra para se fechar ao redor da taça de vidro. De repente estou virando a caipirosca de limão na boca, sentindo o fogo explodir meus ouvidos, bloquear minha garganta. Perdão, Nossa Senhora Desatadora dos Nós, mas quem se importa com promessas tendo a boca de Robert Pattinson tão próxima desse jeito?

Robert Pattinson continua se aproximando. E mais. Seus olhos estão fixos *você-sabe-onde* (minha mão direita está agarrada à taça e estou sem a parte de cima do biquíni). No instante em que seus lábios alcançam o lóbulo de minha orelha, sinto uma dolorosa onda de frio atravessar meu corpo de norte a sul, esquentando no meio.

— Pronta para o último suspiro de sua alma? — A voz doce inunda meu ouvido. Em português, para minha sorte.

Ele se afasta um pouco e examina meu rosto. Está esperando uma resposta.

Ele *ainda* espera uma resposta? Pelo amor de Deus! Não está estampada na minha cara? É por essas e outras que Lisa, minha prima e melhor amiga, insiste em dizer que eu não sei paquerar.

Desprovida de ar suficiente para balbuciar qualquer palavra, faço que sim com a cabeça enquanto observo a língua de Robert Pattinson deslizar por entre seus dentes afiados.

Ele sorri mais uma vez, beija meus lábios com doçura e, em uma fração de segundo, avança para o meu pescoço.

Últimos Tweets da @crepuscolica

Relendo *Lua Nova* pela quinta vez. Cena da despedida na floresta. Vou chorar de novo, juro que vou.
7:08 PM Nov 27th via web

Arrumando as malas. O nariz da Estátua da Liberdade mede 1,37 metros: é a altura do Robert Pattinson do peito para baixo, suponho.
12:07 PM Nov 25th via web

Emocionada. Minha comunidade no *Orkut* passou de 5.000 membros! Participe: *"Homem depois de Edward Cullen? Esqueça!"*
11:34 AM Nov 22th via web

Na fila (pré-estreia de *Lua Nova*): mulher de cabelo branco esmurra a porta do cinema e berra "Vou invadir". Atiro pipoca na cara redonda dela.
23:01 PM Nov 19th via UberTwitter

Orkut da Crepuscólica — Recados

Vampirona_233 – 27 nov

Crepuscólica, garota!

Viu a última do *Foforks*? Pela alma do vampiro! Robert Pattinson vai lançar um novo filme daqui a seis meses. Começo a riscar os dias no meu calendário crepuscular a partir de amanhã.
Tudo pronto para os *States*?

Mordidas envenenadas

LOUCURA POUCA É BOBAGEM

— Duda? — Uma voz aguda tilinta em minha orelha. — *Duda...?*
Ah, não. Não, não e não.

Quem neste mundo veio atrapalhar meus primeiros instantes perfeitos como vampira recém-criada? Porque, seja lá quem for, quero que vá embora! Este é o meu momento a sós com o vampiro brilhante da minha vida, meu criador, e não há espaço para convidados. Além do mais, nunca estive tão bem. Nem estou sentindo as tão mal faladas dores excruciantes da transformação, mas tanto faz. Nessas alturas, minha alma já se desprendeu do meu corpo e está se elevando alegremente para bem longe de mim. Minha pele macia e quente endurecendo-se numa carcaça de mármore. Minha garganta tornando-se insaciável, sedenta de sangue. É assim que tem de ser.

Um par de mãos me sacode pelos ombros. Ah, pelo amor de Deus!

— Duda! Acorda!...

Já sei quem é! É claro que é ela! Só pode ser ela!

Kristen Stewart apareceu para atrapalhar. Está me sacudindo pelos ombros e...

Ei, Kristen Stewart *me chamou de Duda?* Desde quando ela sabe meu nome?

Um pequeno pensamento se instala em minha mente. Será que Kristen Stewart leu a carta que enderecei à Summit Entertainment e veio agradecer pessoalmente pelo carinho e dedicação prestados? Afinal de contas, foram linhas e linhas em que eu a parabenizei por sua calorosa atuação em *Crepúsculo*, o filme que deu a ela a oportunidade de mostrar ao mundo seu par de cílios freneticamente piscantes. Ai, meu Deus! Será? Porque, sabe como é, sou uma total ignorante em se tratando da língua inglesa e, por isso mesmo, redigi a carta em português. Será que Kristen Stewart fala português?

Então abro os olhos, esperançosa.

No primeiro instante, porém, não vejo Kristen Stewart. Vejo um vulto estranho misturando-se de forma fantasmagórica ao fundo escuro. Em seguida, tenho certeza: estou diante de um monstro humano, gosmento e assassino. Ou talvez seja Kristen Stewart fazendo do meu quarto *O Quarto do Pânico*.

— Ah! — berro e puxo o lençol por sobre a cabeça, escondendo-me atrás das tramas translúcidas do tecido. Encolho-me na cama quando a luz do quarto é acesa.

— Fala sério, Eduarda Maria!

Finalmente reconheço a voz.

Não é Kristen Stewart.

É Susana Maria. Minha irmã.

Tudo de repente faz sentido.

Sempre desconfiei que a "frivolidade em forma de gente" alimentasse um desejo secreto de me matar. Ai, meu Deus! Será que Susana descobriu que eu descobri que um tal de Augusto ligou para ela? Será que ela sabe que eu sei que a melhor amiga dela é completamente louca por ele?

Merda.

Susana puxa o lençol, descobrindo-me inteira e, ao fazer isso, sua figura ridícula, sentada na beirada da cama, revela-se para mim. Seu cabelo louro oxigenado está preso num coque bagunçado. O rosto, separado do cabelo por uma grossa faixa branca ao redor da testa, foi besuntado de máscara revitalizante marrom-cocô (1 colher de sopa de chocolate amargo para 1 de argila rosa). E o corpo cheio de curvas de que minha irmã tanto se orgulha encontra-se enrolado na toalha branca, que tem as palavras *Sex Machine* em letras douradas, porcamente bordadas à mão; presente da vovó Carraro no último Dia das Crianças. Susana tem 23 anos. Mas avós parecem contar os dias pela rotação do Sol, mais lento que lesma de jardim.

— Sonhando com Freddy Krueger, maninha? — Susana começa a rir. Sua boca se abrindo zombeteira sob o bolo de máscara marrom-cocô é a pura visão do inferno depois da boquinha *nham-nham-nham* de Robert Pattinson moldando-se num sorriso torto para mim. Falando nisso...

Não quero acordar! Quero voltar para o sonho! Por favor, por favor!

Puxo o travesseiro sobre o rosto e tento controlar minhas pernas se debatendo no colchão como dois peixes fora d'água.

— Já chega! — Susana se estressa, joga o travesseiro para o lado e me encara com seus enormes olhos castanhos, que combinam com a máscara ao redor. Arrasto-me rapidamente até a cabeceira da cama e abraço as pernas. — Quero meu corselete preto da Colcci.

— Como é que é?

— Meu corselete preto da Colcci. Eu sei que você pegou. Anda logo! — Ela estende a mão. — Pode me devolver.

Não acredito. Realmente não consigo acreditar que essa garota fantasiada de cocô tirou-me do paraíso onírico em que eu me encontrava por conta de um corselete preto da Colcci. O mesmo corselete que, dias atrás, podia ser encontrado dentro do nosso sacolão anual de roupas para doação às jovens cariocas carentes.

— Sabe com quem eu estava sonhando? — Lanço-lhe um olhar colérico. — Com o Rob.

Ela ergue as sobrancelhas e, repentinamente afetuosa e interessada, pergunta:

— Com o Roberto Cavalcante, o Gostosão da Geografia?

— Não — respondo. — Com o Robert Pattinson, o Gostosão de Hollywood. E você simplesmente conseguiu estragar tudo! E não é só isso não... — Suspiro, emocionada. — Ele estava passando óleo bronzeador em mim.

O ruído começa fraco. Um escapamento de carro entupido. Depois vai se avolumando até que Susana explode em gargalhadas debochadas. Com os olhos marejados, ela estica o braço, pega os quatro livros da saga *Crepúsculo* da mesinha de cabeceira e, com os quatro, abre um leque diante de meus olhos, que não se cansam de abestalhar-se com as capas tão lindas.

— Você. Está. Ficando. Maluca. — Susana começa o discurso repetitivo, agora com a expressão muito séria. — Estes livros e seus respectivos filmes estão acabando com sua sanidade. Francamente, Duda! Edward Cullen e Bella Swan são apenas personagens de um romance. *Personagens*! Quando é que isso vai entrar nesta sua cabecinha oca, hein? — Ela soca minha testa com os livros. Gente! Isso dói!

— Deixe de ser falsa! — digo na defensiva, protegendo a cabeça com os braços. — Você também leu.

— Mas como qualquer pessoa normal, li cada livro uma única vez. E você? Quantas vezes?

— Duas — minto. — Cada um.

— Por acaso tenho cara de idiota? — Ela sacode os livros bruscamente. Fico só observando essa louca. Se uma minúscula porção de máscara marrom-cocô sujar um minúsculo pedacinho dos meus livros, eu juro: hoje vai rolar carnificina.

— Pela milésima vez, Duda, vampiros encantados não existem. — Ela solta os livros, que quicam na cama. Dou uma rápida espiadela. Respiro aliviada ao verificar as capas perfeitas e limpinhas. — Vida real, queridinha!

Fico em silêncio por um momento.

Então, depois de duas fungadas, murmuro, fazendo beicinho:

— Mas ele estava passando óleo bronzeador em mim...

Sem paciência, Susana respira forte enquanto fico desejando secretamente que um bolo de máscara suba pelo nariz dela e a sufoque. Mas de repente ela pula da cama (gozando de perfeita saúde), desliza as portas transparentes de meu guarda-roupa branco e começa a revirar as poucas coisas que restaram ali, vasculha os cabides, abre e fecha gavetas.

Furiosa, vou atrás dela e tento detê-la, agarrando suas longas unhas vermelhas.

— Eu não peguei seu corselete, Susana. Pare e pense. O que eu faria com um corselete preto sensual? Ao contrário de certas pessoas, eu não gosto de ficar "periquitando" por aí!

— O *quê*? — Ela estreita os olhos, a máscara se enrugando em dois pés de galinha. — Ah, já sei! Agora o comportamento normal de uma garota é trocar uma noitada com as amigas por uma leitura açucarada? Nesse caso, queridinha, prefiro "periquitar" por aí. Ainda é a opção mais saudável. — Com um puxão, ela se livra de meus dedos. — Quer saber? Você está proibida de levar esses livros para Nova York! Ouviu bem? Pro-i-bi-da!

— Quem você pensa que é para me proibir de fazer qualquer coisa?

— Sou sua única irmã. Sou mais velha. E, por incrível que pareça, eu me preocupo com você. Agora vamos... Onde está o corselete?

— Mas que droga, Susana! Você é surda ou o quê? Eu não peguei seu corselete! Quantas vezes vou ter de repetir? Não peguei! Não peguei! *Não peguei!* — berro. — Por que se importa com esse corselete se o enfiou no sacolão da doação?

— Eu... — Ela cruza os braços. — Bom, desisti de doá-lo. Mas isso não interessa.

— Pois eu digo que interessa! — Bato o pé e empurro Susana na direção do guarda-roupa. Ela se segura de qualquer jeito na porta deslizante, mas acaba caindo sentada no baú de madeira. Eu teria gargalhado se uma farta porção de máscara marrom-cocô não tivesse voado para dentro de minha boca.

— Não interessa, não! — diz ela, ficando de pé.

— Interessa, sim! — retruco, tirando a gosma da boca.

— Não interessa!

— Interessa!

— Não interessa!

— Parem! Parem! Pelo amor de Deus, meninas! — minha prima Lisa irrompe pelo quarto e vem separar a briga, abrindo os braços sobre nossos ombros. — O que deu em vocês? — Ela fica revezando o olhar entre mim e Susana. Depois se fixa alguns instantes em mim, examinando-me. — Não acredito que ainda nem tomou banho, Duda! São onze horas da noite.

— Não vou à festa — informo com um dar de ombros. Pela visão periférica, observo Susana se arrastando para perto da janela aberta. O que essa louca vai fazer? Pular do décimo andar?

— Como assim não vai à festa? — Lisa franze o rosto. — É claro que você vai. É a festa de final de período da faculdade! Nosso bota-fora, Duda... Outra noitada como essa só daqui a seis meses. Até lá, adeus Ipanema, galera da PUC e calor! Adeus gatos sarados e bronzeados! — Ela me olha nos olhos. — Quer saber mais? Dani me disse que Roberto Cavalcante, o Gostosão da Geografia, vai estar lá!

— Ah, que grande incentivo! — ironizo. — Nem conheço esse tal!

— *Come on! Please!* — Ela me segura pelas mãos e me balança os braços. — *Be happy! Have fun!* — Ah, Deus! O que ela está dizendo? Não estou entendendo nadinha...

Agora que observo melhor, Lisa está chiquérrima em um vestido rosa tomara que caia, bem marcado na cintura por um cinto de couro fino com um laço preto no meio. Eu estava na Espaço Fashion quando ela o comprou; gastou mais de meia hora resolvendo se levaria um de cada cor, ou nenhum; acabou levando dois da mesma cor. Nos pés, sandálias de salto agulha que a fazem ganhar alguns centímetros (ela precisa mesmo). O batom rosa chiclete destaca sua pele branca, e uma mecha de seu cabelo preto escorrido até os ombros está delicadamente presa por uma presilha de *strass* colocada de lado.

Lisa e eu temos semelhanças físicas suficientes para que as pessoas pensem que somos irmãs e não, primas. Temos a mesma pele alva da família do papai, os mesmos traços suaves no rosto. Lisa, por sorte, herdou os olhos verdes de vovó Carraro. Mas, apesar disso, dessa coisa de termos a mesma idade, de sermos muito amigas e tudo mais, ela é bem mais amadurecida que eu. Já teve dois namorados firmes e experiências que ainda nem sonho em ter (bom, sabe como é, experiências sexuais). Será que tenho algum problema?

Talvez seja porque nasci de oito meses. Ou porque mamãe passou a gravidez inteira tomando vitamina de manga com leite. Ou porque papai declamava Drummond enquanto alisava a barriga dela. *"Vai, Duda! Ser gauche na vida!"*, ele dizia num trocadilho bobo, um presságio sombrio de minha realidade lastimável. Tenho um VHS que comprova tudo isso.

— Não estou interessada — digo.

— Como não?! — Lisa solta os braços como quem não acredita. — Gatos sarados e...

— Eu não estou à procura de gatos sarados e bronzeados — interrompo a falação. — Estou feliz sozinha há dezenove anos, muito bem, obrigada.

Tá legal. Isso não é exatamente uma verdade absoluta. Estou *sim* realmente farta desses caras fúteis que só querem saber de beijar na boca e depois *tchau, tchau*. Estou cansada de me sentir usada. Mesmo que, sabe como é... eu não tenha sido usada tantas vezes na vida (dá para contar nos dedos, de uma única mão infelizmente, quantos caras eu beijei).

Mas, por exemplo, seis meses atrás, Marcelo Venâncio, que estuda comigo desde o maternal e para quem perdi o quinto lugar no vestibular de Jornalismo da PUC, convidou-me para sair. Apesar de ser lindo de bambear as pernas, Marcelo é daqueles caras inseguros que não sabem lidar com o potencial que têm. Bom, isso é o que eu pensava. Como sempre tive uma quedazinha por ele, resolvi aceitar, depois de enrolar um tempão e de gaguejar horrores porque não me saio muito bem nessas situações, enfim... Não é que, depois da gororoba servida no restaurante "de quinta" em que ele me levou para jantar, em vez de me deixar em casa, o infeliz guiou o carro até um motel? E a gente nem tinha se beijado... E eu, descontrolada de raiva, enfiei a mão na cara dele, saí do carro batendo a porta dramaticamente e peguei um táxi de volta para casa. Desde então não saí com mais ninguém.

Mas não é só isso, não.

Ah, tudo bem. Eu confesso.

O negócio é que estou apaixonada por Edward Cullen, o vampiro encantado da saga *Crepúsculo*, e por Robert Pattinson, o ator que o interpreta nos cinemas. Sei que é uma grande loucura, que o primeiro não existe e o segundo não sabe que *eu* existo (eu acho). Mas, depois deles, nenhum homem parece suficientemente perfeito para mim. É isso aí. Pronto, falei.

— Susana? — chama Lisa, esticando o pescoço por sobre meus ombros. — *Susana*! O que você está fazendo?

Giro nos calcanhares. E enrijeço, chocada.

De joelhos, Susana está revirando minha mala gigantesca de gatinhos cor-de-rosa. Está jogando minhas roupas (que demorei séculos para arrumar ali dentro) para o alto. Algumas delas chegam a esbarrar no parapeito da janela.

— *Vou acabar com você*! — ouço-me gritar enquanto me lanço para cima de Susana, puxando seus cabelos louros oxigenados, sentindo a gosma marrom-cocô se espalhar pelos meus braços.

Agora estamos rolando teatralmente no chão de tábua corrida. Susana tenta enfiar o dedo no meu nariz, mas eu me esquivo astutamente e fecho a mão no pescoço dela. Com esforço, ela consegue escapar e foge rastejando-se pelo quarto. Sigo atrás dela, tentando alcançar a toalha *Sex Machine*.

De um lugar muito distante, a voz de Lisa suplica por paz.

Mas eu não quero saber de paz!

Com uma guinada rápida, minhas mãos agarram o traseiro de Susana, meus dedos se prendem à toalha. Idiota que só, ela engatinha para a frente e a toalha desliza como sabão pelo seu corpo. Fico gargalhando enquanto Susana corre porta afora, pelada, deixando um rastro de máscara marrom-cocô pelo caminho. Levanto-me contente (suando em bicas), faço *bilu-bilu* na estátua em que Lisa se transformou e me jogo de costas na cama, contemplando o teto branco.

Tudo bem. Eu sei. Foi ridículo e infantil. Mas quem não achou graça é porque não sabe o que é ter uma irmã (mais bonita que você). A sensação de vitória é indescritível e...

— *Duuuudaaaa...* — Susana cantarola meu nome. Ergo o tronco imediatamente.

Nãããããooo!

Agarrada aos livros da saga *Crepúsculo*, Susana está dançando pelo quarto. Pelada.

De pé na cama, fico desorientada e sem saber o que fazer. Não posso partir para cima dela e tentar resgatar os livros à força, pois o resultado desse combate seria duas irmãs inteiras e quatro livros estraçalhados.

Ai, meu Deus! Isso não está acontecendo! Susana está caminhando na direção da janela. Agora está estendendo os braços para além das persianas, balançando os livros ao vento.

— Pare... — suplico, a voz rouca, os olhos umedecidos.

— Só se me devolver o corselete.

— Estou falando sério. Acredite em mim... — Junto as mãos e imploro. — Não faço a menor ideia de onde foi parar esse corselete. Na última vez em que o vi, estava dentro do sacolão da doação! Mas eu compro outro para você, Susana. Só, por favor, *por favor*, não jogue meus livros pela janela.

— Eu sei que você escondeu o corselete e...

— Que corselete? — A voz milagrosa flutua atrás de mim. — *Este*?

Comovida, viro-me para ver minha salvadora: a garota que mora nesta república e não estava neste quarto um segundo atrás: Margareth Espíndola, a Margô, parada na soleira da porta.

Atrás dos óculos de tartaruga que Margô usa para estudar, suas pálpebras estão estranhamente maquiadas, esfumaçadas de azul-turquesa. Os cabelos castanhos enrolados em bobes. Margô veste um camisão folgado (*"Estive em Parati e me lembrei de você!"*). Nos pés, pantufas com a cara laranja do Garfield. Sim, essa é a imagem da minha "heroína desastrada da moda"! Margô, a melhor amiga de Susana. Margô, que sacode o corselete preto da Colcci.

Aparvalhada, Susana atravessa o quarto e arranca o corselete das mãos de Margô.

— Onde estava?

— Peguei emprestado dia desses — explica Margô. — Desculpe, esqueci de devolver.

Tenho uma súbita visão de Margô vestida num corselete preto apertado, aprumada no banco alto de um bar. De pernas cruzadas ela olha ao redor como quem vai à caça. Na boca, uma cigarrilha acesa. Não, não. Nada disso combina com ela. Margô não fuma. Ninguém aqui em casa fuma.

Margô é a garota mais inteligente que conheço. CDF de carteirinha. Em sua memória, porém, não há espaço para muita coisa além de números, cálculos de engenharia e assuntos diversos, os mais estranhos, que ela teima em saber. Em breve, sua memória também se ocupará da língua inglesa. Bom, essa é a ideia. Afinal, nós quatro trancamos o próximo período da faculdade e vamos morar seis meses em Nova York para isso, não é? Para estudar inglês, quero dizer. Enfim... Voltando à Margô, o fato é que, para coisas pequenas, coisinhas do dia a dia, a memória dela é mesmo medonha.

— Meus livros! — Estendo a mão para Susana. — Pode me devolver.

Mas ela não devolve. Em vez disso, aperta os livros contra o peito e me olha com a expressão altiva.

— Vai ao bota-fora? — pergunta.

— Como é que é?

— Eu perguntei se você vai ao bota-fora.

— Mas *o que*...? Isso é uma chantagem?

— Vou melhorar a pergunta. — Ela me ignora. — Vai ao bota-fora e vai se comportar como uma garota normal? O que significa que vai fazer *tudo o que acharmos melhor para você*?

Estou completamente chocada.

Para piorar, três pares de olhos ansiosos se viram na minha direção. Até a estátua de Lisa se move feito um robô enguiçado para me encarar.

Uma parte de meu cérebro começa a arquitetar planos alternativos. Posso correr e arrancar os livros das mãos dessa louca chantagista e seja o que Deus quiser. Posso gritar até a garganta estourar, na esperança de que algum vizinho escute e chame a polícia (roubo ainda é crime). Posso pular de um penhasco para a correnteza gelada e mortal (o que não seria uma má ideia, se eu estivesse à beira do abismo agora e não de pé na beirada da cama, e se, no meio da água, surgissem imagens alucinatórias de Edward Cullen implorando para que eu continuasse a nadar, como na cena de *Lua Nova*). Ou poderia simplesmente...

Ah, meu Deus! Como é que não pensei nisso antes?

— Quer ficar com os livros? — Lanço-lhe um olhar vitorioso. — Ótimo! Livrarias existem para quê?

Puxa! Arrasei!

Há uma tensão estranha que se avoluma como um vagalhão. Margô e Susana trocam aquele tipo de olhar que tudo compreende e de repente estão rindo sem parar. Viro-me para Lisa... Bom, Lisa continua me encarando, o corpo imóvel.

Mas que, diabos, está acontecendo?

— Duda — diz Margô, cheia de suspense, como se fosse anunciar o Oscar. — Você pode comprar a livraria inteira se quiser. Mas terá um trabalhão para remarcar suas partes preferidas com canetas marca-texto. Reescrever todas essas observações nos cantos das páginas. — Ela começa a folhear um dos livros, fazendo careta para o papel. — Além do mais, as fotos do Pattinson coladas nos espaços finais dos capítulos são mesmo lindas! Olhe esta! Deus, como é gostoso... — Ela vira o livro para que eu possa ver. É a foto de Robert no set de filmagens em Vancouver, os cabelos desgrenhados de Edward Cullen, o sorriso que faz meu peito vibrar. — Recortada em coração? Ai, que amor!

É isso aí. Margô acaba de despencar do posto de "heroína desastrada da moda" para o de "diabinha de pantufas".

— Sabe quantas árvores precisam ser derrubadas para se produzir um único rolo de papel? — continua ela, membro contribuinte do Greenpeace.

Ah, Deus! Ela está certa. Ela tem razão. Sei que tem.

Não estou falando das árvores. Não que eu não ame nossa linda (e brasileira) floresta Amazônica e a mata Atlântica...

Só que, neste momento, estou falando dos livros.

Porque esses livros são os únicos que têm as marcas fundas das minhas digitais. Algumas folhas ainda guardam os sinais das lágrimas que deixei escapar nas inúmeras vezes em que as li. Quantas vezes os quatro não dormiram ao meu lado? Não foram à faculdade, ao médico, ao shopping, à praia, ao mercado e até à privada comigo? Ai, meu Deus! Esses são os *meus* livros! Tão meus que fazem parte de quem sou.

— Certo. — Respiro fundo e acrescento — Eu vou ao bota-fora.

— E... — Susana fica na expectativa.

Não acredito no que estou prestes a dizer:

— Vou fazer tudo o que acharem melhor para mim.

Margô e Susana comemoram. Mas é claro que elas não vão me devolver os livros enquanto o bota-fora não acabar. Portanto, não vou gastar saliva perguntando.

— Só mais uma coisa, Duda — murmura Susana. — Só espero que você não esteja se iludindo. Pensando que pode cruzar com Robert Pattinson nas ruas de Nova York. Quer dizer, o fato de ele viver neste planeta não significa necessariamente que vamos trombar com ele por aí. Ele é ator de Hollywood, você sabe disso e...

— Ei, o que houve com ela? — Margô interrompe Susana e aponta na direção de Lisa, que continua imóvel, os olhos perdidos no vazio.

De repente, os lábios de Lisa começam a se mexer devagar:

— Seis meses em Nova York... Quatro loucas... O que será de nós?

Ninguém ousa responder.

Minutos depois, quando entro no banheiro e ligo o chuveiro, fico pensando no que Susana disse, sobre cruzar com Robert Pattinson por aí.

Sabe, eu bem que tenho esperanças. Acontece com tantas garotas! Por que não aconteceria comigo?

Pode até parecer impossível.

Mas sei que não é.

O BOTA-FORA

Depois de quase meia hora de correria, durante a qual experimentei seis vestidos, três saias curtas e uma longa, cinco blusas e duas calças (sendo uma de brim escuro que não combina com o calor de novembro do Rio de Janeiro)...

...de mais cinco minutos, que desperdicei me detestando por de repente descobrir que a boina que comprei na feira hippie de Ipanema é horrorosa e tem pouco a ver com meu estilo...

...de outros quinze minutos, em que fiquei plantada diante do espelho do quarto, de calcinha e sutiã, puxando os cabelos, desesperada por não ter o que vestir...

...de ter saído do quarto (e retornado logo em seguida) nas três vezes em que estive totalmente decidida a resgatar meus livros, chantageando Susana com a história do telefonema do tal de Augusto, mas acabei desistindo porque, sabe como é, não foi uma coisa muito correta bisbilhotar o celular dela...

...finalmente estou pronta para o bota-fora.

Agora que me observo no espelho, mal consigo acreditar que consegui um *look* fabuloso, do tipo "levanta defunto!"

Estou usando uma blusa branca, de alças bem finas que destacam meu colo (não que realmente exista alguma coisa a ser destacada ali), presa na cintura por uma vaporosa saia preta. Nos pés, sandálias rasteirinhas com *strass* incrustados nas tiras de couro. Apesar de ser magra e ter um metro e sessenta e cinco, não uso saltos (de todas as peculiaridades de Bella Swan — a garota de Edward Cullen — com as quais eu poderia me identificar, escolhi justamente sua tendência a se estabacar). Meus cabelos, castanhos e lisos até o meio das costas, estão presos em um rabo de cavalo.

A única maquiagem que estou usando, além de um discreto rímel marrom à prova d'água e um blush rosinha levemente pincelado nas maçãs do rosto, é um batom vermelho-sangue da MAC, daqueles que têm uma cobertura maravilhosa e se fixam na boca por um tempão.

De início fiquei meio assustada com o batom. Só que o vermelho incrivelmente berrante (e super na moda, segundo o site da revista *Cláudia*) tem um objetivo maior: todos os garotos acham sensual, mas, na verdade, detestam beijar bocas vermelhas a menos que estejam entre quatro paredes, de preferência em cima de uma cama. Não estou dizendo isso por experiência própria, claro, uma vez que nunca estive entre quatro paredes (muito menos em cima de uma cama) com um homem que não fosse da família, à exceção de Dani Dei, que também não conta, já que é mais feminino do que eu.

Conclusão, esta noite eu me safei na elegância. Nenhum garoto vai querer me beijar. E, no fim das contas, o bota-fora já nem parece um sacrifício tão grande.

Quer dizer, obviamente eu ainda preferia ficar recostada na cabeceira da cama, enrolada até o peito em meu fofíssimo cobertor azul, com o ar-condicionado no talo. Eu estaria bem mais feliz relendo alguns capítulos da saga *você-sabe-qual* à meia luz do abajur, empanturrando-me de bolinhas de chocolate Kopenhagen, bebericando Schweppes Citrus Light ou outra bebida borbulhante e *sem álcool* (só de pensar em Vitor Hugo e em sua obsessão por minha pessoa, sinto o estômago embrulhado) e limpando os dedos num guardanapo para não sujar os livros.

Ou quem sabe eu estaria rezando o terço na intenção de Robert Pattinson. Primeiro mistério: à saúde do gato, porque ser famoso deve ser muito estressante. Segundo mistério: para que sua beleza não se consuma com os anos (o que não vai acontecer, pois Robert joga no time de Brad Pitt e Tom Cruise). Terceiro mistério: à sua solteirice, que alimenta as esperanças da minha alma. Quarto e quinto mistérios: à sua vontade de levar uma vida normal, para que ele me aborde casualmente nas ruas de Nova York, pedindo informações sobre o metrô. (Ai, meu Deus! Eu não sei falar inglês!)

Mas enfim... Uma noitada é sempre uma boa oportunidade para se usar uma roupa nova.

Mando um beijinho estalado para o espelho, ensaiando minha péssima cara sexy para o remoto caso de um dia eu precisar usá-la (e não será hoje com toda certeza). Que horror! Tenho medo de mim mesma.

— Pronta? — Lisa enfia a cara na porta. Endireito o corpo, esticando a saia. — *Ulalá*, Duda! Você está um arraso! — Ela desliza pelo quarto e fica andando ao meu redor. Depois me encara. — Amei o batom vermelho!

— Obrigada.

— Qual é?

— Qual é o quê?

— A marca do batom...

— Er... Lady Danger da MAC — murmuro, sem jeito. É que tenho vergonha de ficar falando meu inglês altamente tosco na frente de Lisa, praticamente uma cidadã americana. Aliás, nem sei por que cargas d'água ela vai gastar dinheiro com esse curso em Nova York.

— Ah, claro! Lady Danger... Ficou perfeito. — Ela ergue as sobrancelhas. — Só que a cara da paquera ainda está ruim.

Ah, que beleza... Ela viu.

Lisa segura meu queixo, analisando-me. Reviro os olhos.

— Ah, Duda... Você é uma garota tão legal, inteligente, divertida... Tão linda...

31

Fico quieta, esperando a hora da virada. Porque depois de tanto elogio sempre vem um "mas".

— Mas...

Não disse?

— Certo, Lisa. — Afasto o rosto. — Conheço muito bem minhas fraquezas, tá legal? Não preciso de alguém me lembrando a toda hora que eu tenho de ser natural e deixar fluir. E que é o cúmulo do ridículo uma garota de 19 anos que acabou de concluir o segundo período de Jornalismo ainda sentir as pernas bambas e começar a gaguejar ao ver um garoto bonito. Sei disso tudo. Mas não consigo ser diferente. Ponto final.

— Mas eu não estou dizendo que você precisa mudar. — Lisa solta os braços. — É só que você não treina muito. Sabe como é... você não *beija muito*. E beijar na boca traz inúmeros benefícios para o organismo, sabia? Todos comprovados cientificamente! Estimula a produção de endorfina no cérebro. Ativa as funções circulatórias. Além de queimar calorias, o que é realmente ótimo e deixa a gente superfeliz. Puxa... há quanto tempo você não fica com um garoto?

Boa pergunta.

Faço uma rápida contagem mental e, boquiaberta, largo-me na cama, fitando o vazio.

Nem beijei Marcelo Venâncio! Ai, meu Deus!... Faz tanto tempo que praticamente recuperei a virgindade da boca.

Bufo com força para não chorar.

— Tudo bem. Não precisa responder. — Lisa agacha e pousa as mãos em meus joelhos. — Olhe, sei que você vai encontrar um garoto legal, que realmente valha a pena e que a ame de verdade. E que vocês vão ser felizes para sempre. — Ela sorri. — Mas enquanto esse garoto não cai de paraquedas bem na sua frente, divirta-se por aí! Não estou dizendo para sair beijando todo mundo, porque nunca é bom se for para se arrepender depois. Mas você tem 19 anos...

— Certo. Prometo que vou tentar — digo por fim, para me livrar do assunto. Porque a verdade é que eu não quero apenas "um garoto legal". Quero um Edward Cullen que me salve dos perigos e me ache a garota mais linda do mundo mesmo quando meus cabelos estiverem emaranhados em bolos de tufos.

— *Estamos atrasadas!* — Susana grita de algum lugar.

— Pronta? — pergunta Lisa.

— Só mais uma coisinha. — Corro até a mala e pego minha bolsinha preta de alças douradas, dentro da qual enfio celular, documentos, cartão de crédito e um kit salva-vidas (o batom que, mesmo com uma fixação maravilhosa, o costume não me permite largar para trás; um vidrinho de perfume amostra grátis, que tem uma serventia tremenda nessas horas; um pequeno espelho; e uma foto de Robert Pattinson para o caso de eu me sentir solitária e triste).

Na sala, paro para pegar a chave do carro. Através da porta aberta, tenho uma visão do corredor do décimo andar. Susana, de corselete preto e saia vermelha, olha seu reflexo no vidro do quadro de avisos enquanto Margô tamborila os dedos no botão do elevador (é provável que ela tenha ligado o vestido na tomada; nunca vi nada mais fluorescente).

— Viu minha chave, Lisa? — pergunto quando não encontro meu chaveiro de maçã (a maçã de *você-sabe-o-quê*) nas prateleiras da estante.

— *Anda logo, Duda!* — grita Susana.

— Que chave? — Lisa quer saber.

— *Vocês sabiam que às sextas-feiras à noite a probabilidade de se encontrar um táxi disponível diminui em estatísticas realmente consideráveis?* — lembra Margô.

— A chave do meu carro, ora bolas. — Levanto as almofadas do sofá. — Não está em lugar nenhum.

— Mas nós vamos de táxi.

— Como não estou bebendo, posso dirigir.

— Você não está bebendo? — pergunta Lisa, como se eu estivesse cometendo um crime.

— Não. E não sei por que o espanto. Eu quase nunca extrapolo e você sabe disso.

— Posso saber o que as duas ainda fazem aqui? — Margô chega na sala e seu vestido, na direção da luz, ofusca meus olhos.

33

— Ai, meu Deus! — Susana vem logo atrás dela, cruza os braços e larga o corpo no sofá. — Roberto Cavalcante, o Gostosão da Geografia, já deve estar tratando de ocupar sua boquinha linda a uma hora dessa!

Minha nossa! O que tanto essas meninas veem nesse tal de Roberto Cavalcante, o Gostosão Sei Lá do Quê? Quer dizer, eu não o conheço, nunca vi na vida, mas posso apostar como tudo isso é um grande exagero. Ele não pode ser tão gostoso assim, pode?

— Alguém aí viu a chave do meu carro? — pergunto, encarando Margô. Quando alguma coisa some dentro de casa quase sempre a culpa é dela.

— Não sei... — diz Margô. — Espere. Vou ver. — Ela desaparece da sala e volta dois minutos depois, balançando o chaveiro de maçã. — Sabe como é, um caso raro de DDA. Para quem não sabe, Distúrbio de Déficit de Atenção. Só me atrapalho com coisas idiotas. Levanta daí, Su! — diz à Susana e corre para segurar a porta do elevador.

— Rá! — Aponto para os pés da CDF Luminosa. — Se isso é idiota para você...

Susana e Lisa prendem o riso.

— O que foi? — Os olhos de Margô deslizam para baixo. — Ah, não! Aconteceu de novo! Uma sandália diferente em cada pé!

Assim que estaciono a Pajero TR4 vermelha em uma vaga apertada (tive de aceitar a ajuda de um garoto magricela que, com a mão colada no farol, ficou gritando *"Pode vir, moça!"*), enfio o dedo no botão *off* do CD Player. Sinto uma enorme paz de espírito. Que sensação deliciosa! É como sentar na privada e liberar o xixi preso há muito tempo.

Isso porque Susana e Lisa não só fizeram questão de vir de Ipanema à Barra da Tijuca ouvindo *hip-hop* nas alturas, como não pararam de cantar (desafinadas) e de sacolejar os braços no banco de trás, o que segundo elas é "o aquecimento para o arraso". Só que toda essa empolgação muito se deve às quatro garrafinhas de Smirnoff Ice (vazias) que elas ainda seguram, uma em cada mão.

Margô, por sua vez, manteve-se distante durante todo o trajeto. Está aborrecida com a história do DDA, que parece avançar a cada dia.

— Qualquer hora esqueço a roupa e saio de casa pelada — resmungou baixinho, num dos breves intervalos entre Jay-Z e Beyoncé.

A casa noturna Night Lounge não fica longe do estacionamento, mas uma caminhada é necessária. De modo que, depois que pego a notinha com o garoto magricela e atravesso a rua, observo, chocada, Susana e Lisa dispararem na frente, equilibrando-se nos saltos e cantando *New York, New York*.

— Santo Deus! — digo à Margô, a meu lado. — Isso é uma tentativa suicida de acordar os vizinhos?

— Pelo menos elas ainda estão conscientes de que temos uma viagem internacional na tarde de amanhã. — Margô suspira. — Só espero que eu não me esqueça disso até o fim da noite.

Na entrada da Night, uma funcionária de cabelo rosa me entrega o cartão de consumo e, enquanto cambaleio para dentro, uma garota bêbada me esmaga contra uma parede de tijolinhos envernizados. Tudo bem. É só uma questão de empurrar a bêbada para a frente e fingir que nem notou. Ótimo. Deu certo.

Esta é a segunda vez que venho à Night. Recordo-me de balcões de pedra, plantas ornamentais e luzes amarelas, mas não consigo notar nada disso agora. Chegamos bem no auge da festa e tudo o que se vê por aqui é gente. De todo tipo.

Estico o pescoço e olho em volta, distribuindo alguns acenos. Algumas pessoas assumem uma expressão de surpresa ao me verem. Puxa! Será que estou tão enferrujada de baladas que minha presença aqui é praticamente um evento inédito?

Na pista de dança, abaixo do DJ, que se agita dentro de uma gaiola elevada, uma galerinha da minha sala parece animada. Eles fazem sinal para que eu me aproxime, mas, embora a música esteja legal, definitivamente dançar não é meu forte. Também vejo o rosto moreno de Marcelo Venâncio, que parece realmente entretido numa conversa animada com uma ruiva mais alta que ele (sinto pena dela, coitada; espero que goste de terminar a noite num motel, sem ser beijada).

E, para meu alívio, o cabelo emplastrado de Vitor Hugo não está por aqui, o que significa que o jejum alcoólico, a promessa que fiz para que ele largasse do meu pé (Vitor Hugo inteiro, não somente o cabelo), está mesmo funcionando. Graças a Deus!

— Vem aqui! — Lisa me puxa para perto do bar, onde há uma confusão de pessoas se acotovelando no balcão, sacudindo os braços para os quatro *bartenders* habilidosos que, apesar do tumulto, insistem em fazer malabarismos com as coqueteleiras. Ah, pelo amor de Deus!

— Não estou bebendo, esqueceu? — Sou obrigada a gritar. — Você devia fazer o mesmo.

— Não é isso, não. Já parei de beber. Mas olhe ali...

— Ali o quê?

— Roberto Cavalcante, o Gostosão da Geografia. — Ela se abana com o panfleto da programação mensal da Night. — Quando foi que esse lugar ficou tão quente?

— Não sei quem é.

— Ali...

— Ali onde? — Estreito os olhos, mas é inútil. Se já é difícil reconhecer os amigos no meio da profusão de luzes e fumaça, imagina um sujeito que nunca vi na vida! Honestamente nem sei por que estou fazendo esse esforço.

— Do outro lado do bar, Duda! O de camisa preta... O sarado. Ali, ó! — Ela aponta a direção.

Então o vejo.

Não sei como não o tinha visto antes.

Estive cega esse tempo todo? Que absurdo monumental gregoriano é esse? Como pude deixar uma criatura linda dessas passar despercebida na PUC? Tudo bem que nos últimos meses tenho saído do carro direto para a sala de aula e vice-versa e estou deixando um pouco a desejar na parte social, mas mesmo assim...

Minhas pernas ficam trêmulas, claro, e eu me apoio no ombro de Lisa, rezando para que ela não perceba.

— Pernas bambas?

Ah, merda. Merda, merda.

— E então? — Ela quer saber.

— E-e-e-então o quê? — Olha aí a gagueira!

— Não é um arraso de homem?

Minha garganta se fecha, bloqueando as palavras. Mas que palavras? Não há palavras! Porque Roberto Cavalcante, o Gostosão da Geografia, é o sujeito mais gostoso que já vi. Deve ter um metro e noventa de puro músculo. A pele bronzeada, os cabelos pretos maravilhosamente desalinhados, o rosto másculo. E o que dizer dos olhos? Olhos pretos que estão se virando para o meu lado... Que estão se focando em mim e...

Ah. Meu. Deus.

Roberto Cavalcante, o Gostosão da Geografia, acaba de piscar para mim.

Olhe para baixo! Olhe para baixo!

Desvio o rosto para o chão, desejando que um enorme buraco se abra sob meus pés.

— Ele está olhando para cá! — Lisa se empolga.

Finco as unhas no ombro dela.

— Ai!

— V-v-v-vamos dar o fora daqui.

— Ficou louca, Duda? Roberto Cavalcante, o Gostosão da Geografia, está secando você! Total!

— F-f-f-fala baixo...

— E sabe o que ele está fazendo?

— N-n-n-não quero saber.

— Está fazendo o que todo garoto faz quando está a fim de uma garota. Está virando lentamente o copo na boca sem tirar os olhos de você. Agora está dando uma golada sensual, o pomo de adão sobe e desce, e ele continua com os olhos fixos em você. Agora está desvirando o copo e...

— Chega! — Fecho a mão no braço dela e a arrasto até o deque, onde o ambiente está mais sossegado, há bancos de madeira por todos os cantos e pufes coloridos.

Jogo-me de costas num pufe verde que acabou de vagar. Fico respirando e soltando o ar lentamente, abraçada à bolsinha preta (talvez uma espiadela rápida na foto de Robert Pattinson possa me trazer algum amparo).

De pé, com os braços cruzados, Lisa me observa.

— Você fugiu bem na hora da cara da paquera, Duda.

— Ah, tenha a santa paciência! — Eu quero é sumir daqui. — De preferência com uma bunda na cara para que Roberto Cavalcante, o Gostosão ~~confirmado~~ da Geografia, nunca mais pisque o olho para mim. Sinceramente, qual a chance que tenho com um tipo desses? É chave de cadeia! Tô fora!

— Preciso contar para alguém. — Lisa estica o pescoço.

— Ah, não. — Levanto-me depressa.

— Ah, sim. — Lisa olha em volta. — Mas cadê todo mundo? Onde estão as meninas?

— Sirvo eu? — Dani aparece do nada e eu despenco no pufe outra vez.

— Quer me matar de susto, garoto? — reclamo com a mão no coração. Ele me oferece ajuda, estendendo a mão, e eu me levanto.

— Desculpe, gata! — Ele pula para a frente e beija minha bochecha. Depois rodopia, batendo palmas. — Nova York! Nova York! Que tuuuudooo!

Dani Dei cursa Design de moda na PUC, na turma de Lisa. Recuperada do susto, consigo reparar que a calça jeans que ele está usando é tão justa que suas pernas parecem ainda mais magras e os joelhos, dois calos enormes. Parte do peito esquelético está exposto pela camiseta rasgada que ele customizou outro dia lá em casa. Os cabelos espetados estão mais lisos e eu me pergunto se Dani andou fazendo algum tratamento capilar ou se é o efeito da prancha alisadora mesmo. Como sempre, a franja, mais comprida que o resto do cabelo, cobre metade do rosto fino e maquiado. Os olhos delineados com lápis preto, as bochechas rosadas. Hoje Dani não usa gloss.

— Dani, você não vai acreditar — começa Lisa. — Roberto Cavalcante, o Gostosão da Geografia, está a fim da Duda.

— Para tudo! — O pescoço dele dá meia-volta, lançando a franja enorme para o lado. Dani põe as mãos na cintura e junta as perninhas num pulinho curto. Depois fica sapateando as havaianas no chão enquanto implora: — Me-conta-me-conta-me-conta!

— Nem sabemos se ele estava olhando para mim — minto.

— Sabemos *sim* e ele estava olhando. Eu mesma vi. — Lisa quica no chão. — Ele bebia sensualmente, Dani!

— Tá brincando! — surpreende-se Dani, abrindo a boca e exibindo o piercing prateado. Ao contrário de Vitor Hugo, Dani não fica fazendo movimentos nojentos com seu piercing lingual. — Ele estava virando lentamente o copo na boca com os olhos fixos na presa?

— A-hã. — Lisa sorri. — Com os olhos fixos em Duda.

Como uma prima tão amiga pode ser tão irritante? E como Dani pode conhecer as manias masculinas melhor do que eu?

— Você está vendo coisas, Lisa, porque está bêbada. — Cruzo os braços.

— Não estou, não.

— Realmente, gata! — Os pequenos olhos de Dani avaliam minha prima. — Lilica não parece nada alterada. As pernocas estão bem firminhas. — Ele aperta a perna dela. — Oh, Deus! Danizinho treina feito bicha louca, mas nunquinha que vai ter uma coxa dessas...

— *Margô!* — grita Lisa, apontando para além de mim.

Quando me viro, vejo a CDF Luminosa se aproximando e sorrindo toda diferente para um cara louro (e bastante bonito) que caminha a seu lado. Pelo visto, já se esqueceu do problema do esquecimento.

— Oi, meninas. Oi, Dani. Deixem-me apresentar a vocês, esse aqui é o *loca*... É Augusto Defilippo. Um dos donos do apartamento que alugamos em Nova York.

Então quer dizer que Augusto e o Locador Mara são a mesma pessoa? Foi por isso que ele ligou para Susana? Como posso ser tão idiota?

— Oi — diz ele, a voz grossa e gentil. Depois de cumprimentar Lisa, ele se vira para mim. — E você deve ser Eduarda Carraro!

— Oi..., hã, muito prazer. — Fico na ponta dos pés para os dois beijinhos cariocas. — Pode me chamar de Duda.

Com as mãos intimamente penduradas no ombro do cara, Margô adianta a explicação:

— Augusto e o irmão herdaram alguns imóveis em Nova York. Além de outras coisinhas, como uma megarede de supermercados. Mas a empresa já foi vendida, claro. — Ela sorri para ele, que assente, visivelmente sem graça.

Minha nossa! Tudo bem que dinheiro nunca foi um problema para a minha família. Mas imóveis em Manhattan custam o olho da cara. Ainda por cima, *alguns* imóveis...

— Ai, ai — suspira Dani, os olhinhos para cima. — Meu sonho é morar em Nova York. Trabalhar para Marc Jacobs... Mas eu queria morar lá no Greenwich Village, sabe. Perto da Gay Street.

— Margô — diz Lisa, mas seus olhos verdes estão pregados em mim — posso conversar com você um instantinho?

— Claro. Com licença, Augusto.

— Fique à vontade.

Lisa também arrasta Dani e os três somem de vista, deixando-me sozinha com Augusto: o cara desconhecido.

Mas será possível que minhas amigas não sabem como sou um verdadeiro fracasso nessas situações? Que nunca sei o que dizer?

Ai, meu Deus! Augusto está olhando para mim. Sorrio, tímida, e viro a cabeça.

Faz-se silêncio. Um silêncio enorme e medonho.

Estou pensando em assobiar, mas, em vez disso, pigarreio e digo:

— Então, você vai sempre a Nova York? Porque tem *vários* imóveis lá e coisa e tal... — Por que dei tanta ênfase no "vários"? Ah, que imbecil!

— Não com tanta frequência quanto gostaria. Ter imóveis no exterior dá um trabalho danado.

— Imagino... — Deve ser mesmo muito ruim ter *vários* imóveis em Manhattan se a gente pode não ter nenhum. Começo a tamborilar o indicador direito no cotovelo esquerdo.

— Mas meu irmão mora lá — diz Augusto. — E por enquanto é ele quem cuida de tudo mais de perto. Falando nisso, vocês serão vizinhos, no mesmo andar. Qualquer problema que tiver fique à vontade para reclamar com ele. Faça isso, por favor.

— Seu irmão mora lá... Que legal... — Ah, Deus! Por que preciso ser tão patética quando acabo de conhecer uma pessoa? Ainda mais se essa pessoa tem barba e pelo no peito? É como se minha cabeça se transformasse num enorme buraco vazio. Ou melhor, num enorme buraco transbordando lixo.

— É, ele mora lá. Está cursando o último período de Jornalismo na Columbia University — diz ele. — Até comentei com Susana. Acho que vocês vão se dar muito bem. Escolheram a mesma profissão, né?

Sorrio amarelo. Eu, Eduarda Maria Carraro, me dar muito bem com uma pessoa do sexo masculino que não seja gay? Até parece.

— Susana está mais avançada no curso que eu — digo. — Mas puxa! Columbia, hein... — Prefiro não dizer "University" com medo de errar a pronúncia.

— Pois é... Ele sempre foi muito inteligente. Sempre muito empolgado com essa carreira. Conhecer pessoas, correr o mundo em busca de notícias. Tem planos bastante ousados sobre isso. Ficou bem entusiasmado quando eu disse que vocês duas são filhas de Malu e Chico Carraro. — Augusto ergue as sobrancelhas. — Puxa! Dois grandes ícones do jornalismo nacional. Agora correspondentes da Rede Globo na China...

— É...

— Fico me perguntando por que vocês duas não se mudaram para Pequim com seus pais.

— Gosto do Rio. Nasci aqui.

— Claro, claro.

Novamente o silêncio.

— E você? — pergunto. — Faz o que da vida?

— Sou empresário.

— Ainda no ramo de supermercados?

— Não. Sou o dono daqui, da Night.

Começo a tossir. E não consigo parar.

— Ajuda? — Ele dá um passo para a frente, erguendo o braço na direção das minhas costas. Esquivo-me depressa.

— Não. Está tudo bem. Já melhorei. Sabe como é, ar-condicionado.

— Mas estamos ao ar livre...

— Bom, está no subconsciente de todo carioca. — *Cale a boca, Duda, sua estúpida! Ou... desconverse!* — Mas você não me disse qual é o nome do seu irmão, meu futuro vizinho...

— O nome dele é...

— Voltamos! — Lisa surge do nada. Margô chega em seguida, cheia de sorrisinhos suspeitos. Dani não voltou com elas. Isso não está cheirando a boa coisa... Sinto um espasmo de desespero.

— Augusto — Lisa está dizendo. — Aposto como a Duda não contou que sempre deixa as decisões importantes por nossa conta.

— Decisões...? — Ele fica confuso.

Margô pisca o olho para mim e diz:

— Sempre somos nós que resolvemos *o que é melhor para ela*.

Ah, não.

Não, não e não.

Elas só podem estar de brincadeira. Por que fui concordar com aquela chantagem idiota? Oh, Deus, por quê?

Como eu me detesto...

— Não é bem assim, gente — obrigo-me a dizer, as lágrimas enchendo-me os olhos. — Desse jeito, Augusto vai pensar que sou uma indecisa sentimental. E não é verdade. Sei muito bem o que *não quero* para mim. — Sorrio desajeitada, olho para a frente...

E meu coração congela.

Não dá para acreditar! Realmente não consigo acreditar no que estou vendo!

Por cima dos ombros de Augusto, vejo Dani conversando com Roberto Cavalcante, o Gostosão da Geografia, ao lado de um enorme vaso de palmeira ráfis. Agora os dois estão olhando na minha direção. E estão se aproximando devagar.

Elas me pagam.

Fuzilo Lisa com os olhos. Mas ela começa a rir. Então percebo que Margô já segurou o braço de Augusto, o que obviamente faz parte da preparação para a fuga.

Ah, Nossa Senhora Desatadora dos Nós! Ah, todos os santos e criaturas sagradas do céu!

E agora? E *agora*?

Já sei! Vou retocar o batom!

Trêmula e atrapalhada, abro a bolsinha. Só que, por um descuido bobo, a alça fica presa em meus dedos e, quando puxo a mão, tentando soltá-la, a bolsinha vira de cabeça para baixo. Minhas coisas se espalham pelo chão.

Ah, merda.

Lisa me entrega o batom e o espelho. Mas a foto de Robert Pattinson, para meu infinito constrangimento, foi parar bem em cima do pé do Augusto. Com um sorrisinho idiota, abaixo-me para pegá-la. Mas Augusto é mais rápido e, já agachado, entrega-me a foto. Em seu rosto, a expressão mais surpresa do mundo:

— Que, diabos, meu irmão estava fazendo na sua bolsa?

— Como assim? — pergunto.

— Vocês se conhecem?

— Não estou entendendo.

— Essa foto... *É o meu irmão*... De onde vocês se conhecem?

Espere. Ele está falando da foto de Robert Pattinson? Está dizendo que Robert Pattinson *é seu... irmão*? Ah, conta outra! Robert só tem *irmãs,* com todos os *ãas*. Era para ser engraçado? Porque não foi. De jeito nenhum.

Balanço a cabeça, irritada, tentando articular um jeito inteligente de devolver a piadinha.

Só que, de repente, minha cabeça se esvazia. Porque, quando me levanto, Roberto Cavalcante, o Gostosão da Geografia, está parado diante de mim. Está tão perto que, na subida, meu queixo roçou levemente em seu peito enorme. Afasto-me e olho em volta. Mas é lógico que, nessas alturas, todo mundo se mandou.

— Oi — diz ele, mordendo o lábio inferior. Ah, Deus, que boquinha linda... E ainda precisa ter essa voz de carioca descolado? — Pode retocar o batom se quiser. Não me importo.

É bem aí que eu abro a mão e o batom escorrega.

Ele sorri e segura meu cotovelo, procurando meu olhar. Fico mirando o chão de pedrinhas, temendo encontrar os olhos dele, temendo encontrar os curiosos que nos cercam, pois algo me diz que, neste instante, ele e eu somos o centro das atenções.

Ainda sem encará-lo, ensaio um passo para trás, o que é totalmente inútil pelo modo como minhas pernas ficam mais bambas do que corda-bamba. Então ele me enlaça pela cintura, roubando-me um gemido, e, com a boca entreaberta a centímetros da minha, despeja o hálito de Halls Uva Verde em meu nariz. É quando olho para ele, totalmente entorpecida.

Realmente não sei como ainda tenho consciência de minhas pálpebras oscilando e de meus braços, murchos como um balão sem ar. Ele também percebe, pois, quando ameaço desabar, aperta-me junto a seu peito musculoso, os olhos pretos analisando cada detalhe do meu rosto, como se pudessem atravessar meus ossos e enxergar do outro lado.

Depois, como um toque de seda, seus lábios pousam sobre os meus.

É provável que eu tenha morrido, já que estou tão absolutamente paralisada que meus lábios não se mexem. É isso aí. Nossas bocas estão grudadas, uma mistura de gesso, enquanto o tempo se arrasta de forma constrangedora.

Não tenho certeza de quantos segundos se passaram, talvez minutos. Também não sei se o que sinto agora é fruto do desespero para ter os livros de volta ou da certeza atormentadora de que estou presa em uma chantagem contra a qual não tenho argumento. Ou se é simplesmente o efeito da carência de meses na seca total.

Tudo o que sei é que acabo de fechar os olhos e estou prestes a me render à vozinha ecoando em minha cabeça: *"É Roberto Cavalcante, o Gostosão da Geografia! É Roberto Cavalcante, o Gostosão da Geografia!"*

Então relaxo, fecho os braços em volta do pescoço dele, e nossos lábios começam a se mover em sincronia.

Últimos Tweets da @crepuscolica

Acabei de pousar em Miami! 18 graus Celsius.
10:07 AM Nov 29th via UberTwitter

Sala de embarque, Galeão. Cauã Reymond está cochilando ali na frente (sozinho). Será que é falta de educação cutucá-lo e pedir uma foto?
18:13 PM Nov 28th via UberTwitter

Conheci um doido que pensa ser irmão do Robert. Quanto mais eu rezo, mais assombração me aparece.
05:45 AM Nov 28th via web

Não consigo dormir. E minha boca está ardendo de tanto beijar.
05:35 AM Nov 28th via web

Orkut da Crepuscólica – Recados

Bia Cullen – 28 nov

Oi, Crepuscólica.

Obrigada por me aceitar em sua comunidade **"Homem depois de Edward Cullen? Esqueça!"**
Adoro seus comentários divertidos. Concordo quando você diz que um cara apaixonado diria, no máximo, *"Boa viagem para Nova York! Até mais!"* enquanto Edward Cullen beijaria seus lábios suavemente e sussurraria em seu ouvido *"Cuide de meu coração; ele ficou com você"*.
Também acho tudo isso muito deprimente.

Robeijos

PSIU, TIO SAM, CHEGUEI!

— Ah, por favor! — Lisa empoleira-se na cadeira ao meu lado, na apinhada sala de embarque do Aeroporto Internacional de Miami. — Quando é que vocês duas vão crescer? Essa coisa de briguinha não é nada legal e...

Ainda que eu me esforce, não consigo prestar atenção nas palavras de Lisa. Quer dizer, Lisa está falando alguma coisa, não está? Porque não estou nem aí para ela quando tudo que meus olhos conseguem ver é a caixinha que ela traz nas mãos. Ela me entrega um copo enorme de café (daqueles feitos de material biodegradável e tampa de plástico com um furinho na extremidade). Em seguida, coloca a caixinha reluzente sobre a mesinha que nos separa.

Estou emocionada! É como se meu corpo estivesse se elevando para outra dimensão! A caixinha alaranjada tem a marca Dunkin' Donuts gravada em alto-relevo.

Imersas num transe profundo, Lisa e eu ficamos contemplando a caixinha e, quando finalmente conseguimos nos mover para abri-la, seis *donuts* quentinhos se iluminam diante de nós. Posso jurar que estão sorrindo e dizendo *"Hi!"*.

Ah, que saudade! Faz tanto tempo! A última vez foi no Magic Kingdom, acho. Agora, olhando para eles, vejo que minhas lembranças não faziam jus à tanta graciosidade. Tão fofinhos! E enfeitadinhos! Várias cores e sabores! Alguns, decorados com granulado amarelinho! Outros, cobertos com pasta branca e fios de chocolate! Outros ainda têm glacê cor-de-rosa e uma bolinha prateada espetada em cima!

Psiu, Tio Sam: cheguei!

Quando enfio o primeiro *donut* na boca (a verdadeira explosão de sentidos), meu corpo inteiro estremece; é minha alma se ajustando em seu lugar.

Retorno ao mundo real.

Há mais de meia hora estamos aguardando a conexão para Nova York e, meu Deus!... Não sei como existem pessoas que conseguem trabalhar o dia inteiro num ambiente em que, a cada dois minutos, um alto-falante cospe meia dúzia de palavras ritmadas, vindas de uma vozinha chata, que sempre surge depois de um enervante *blin blong!* Fala sério!

— Por que *ela* insiste em ficar tão longe de nós? — reclama Lisa, dando uma golada na Cherry Coke. — Detesto esse climinha, sabia?

— Pois nem me importo. — Dou de ombros e mordo o *donut* sabor *chocolate frosted*. Depois beberico o café. Um calorzinho agradável desce por minha goela, espalha-se até a ponta dos dedos. Tinha esquecido como café americano é aguado. Não é que seja ruim, mas prefiro mesmo um café pretão de tão forte.

Por cima da tela do laptop cor-de-rosa apoiado em minhas pernas, olho furtivamente na direção das duas, demorando um pouco para encontrá-las atrás da cortina de gente andando pra lá e pra cá.

Estou falando de Susana e Margô.

Estão do outro lado da sala, o mais distante possível de nós. Susana fala ao celular com a expressão mais emburrada que seu cérebro (menor que um grão de arroz) é capaz de projetar em sua cara. Posso apostar que está falando com mamãe. Aliás, ela *está* falando com mamãe. Primeiro porque disquei para China cinco minutos atrás e a linha estava ocupada. E, segundo, porque Susana sempre recorre à mamãe quando fica aborrecida, só para ouvir a voz mais reconfortante do mundo e choramingar um pouquinho.

Margô, por sua vez, sentada ao lado dela (apenas em solidariedade à amiga, claro), continua remexendo sua pasta de documentos com os óculos de tartaruga na ponta do nariz. Nem sei quantas vezes essa CDF conferiu a papelada depois que o taxista bigodudo ficou uma fera ao ter de contornar a Vieira Souto pela segunda vez (a *minivan* cantando pneu), quando Margô de repente revelou ter uma vaga imagem de seu passaporte em cima da escrivaninha do quarto (da primeira vez, tinham sido as chaves do apartamento de Nova York). Ah, pelo amor de Deus! Passamos do setor de imigração faz tempo.

Balanço a cabeça e me concentro na tela do laptop, esperando que a rede sem fio me conecte ao mundo enquanto admiro, abobalhada, a foto de Robert Pattinson no papel de parede do Windows. Fico pensando... Puxa! Augusto Defilippo é mesmo péssimo em piadas. Porque, não, francamente, que tipo de pessoa ele pensa que eu sou? Não é possível que achou que eu fosse morrer de rir quando pegou a foto de Robert Pattinson e disse com aquela cara de surpresa: *"que, diabos, meu irmão estava fazendo na sua bolsa?"* Porque não foi nada engraçado.

— Sabe — insiste Lisa, a voz abafada pela boca cheia. — Acho que você deve ir até lá e conversar com ela.

— Mas nem morta! Não tenho culpa nenhuma e você sabe disso — exclamo pela milésima vez. — Foi ela quem começou toda essa história ridícula de chantagem. *Vai fazer tudo o que acharmos melhor para você? Bebebebebê?* — faço uma imitação tosca da voz de Susana e ponho a língua para fora. — Agora ela que aguente! Também, eu ia lá saber que ela era assim tão a fim do Robertinho? Pensando bem, de quem ela não é a fim, diga aí?

Lisa tem uma síncope de risos, daquelas em que a gente sacoleja a barriga feito uma dona pelancuda fofocando na janela. Depois limpa os farelos do queixo e sussurra, encobrindo a boca com a mão:

— Ah, Duda... Que Susana não me ouça, mas estou tão feliz que você tenha se dado bem! — E dá uma abocanhada generosa no *donut* de morango.

— É... Também estou feliz, acho. Conectou! Conectou!

— *Acho?* Você disse *acho?* — Lisa se revolta. — *Glumpt!* — E fica engasgada, tossindo um bolo de massa vermelha para fora da boca.

Certo. Muita calma nessa hora. O negócio é bater delicadamente nas costas dela e esperar que a traqueia se desbloqueie com movimentos naturais. Simples e fácil.

Muito a contragosto, devolvo o *donut* à caixinha alaranjada, deixo o copo de café sobre a mesinha e, sem sair do lugar, estico o braço direito e começo a bater nas costas de Lisa.

Bato uma, duas, três... quinze vezes. Mas isso não está resolvendo nada e, agora, para meu horror, lágrimas começam a jorrar de seus olhos verdes subitamente vermelhos. Ela faz menção de levantar da cadeira, mas se esborracha molemente.

Santo Deus!

Lisa está morrendo!

Maldito *donut* de morango!

Fico de pé, largando o laptop na cadeira, e começo a berrar:

— *Help! Help!* — Bendita seja a música dos Beatles. — *Help! I need somebody!* — Ah, Deus! Que merda foi essa que acabei de dizer?

Ah, tanto faz. Tenho a impressão de que acabou ajudando.

Surge da Jamaica um americano vestindo uma camiseta fedorenta, estampada com a cara do Bob Marley e o Leão de Judá. Tem *dreads* na vasta cabeleira e, nas costas, carrega um instrumento que, pelo formato da caixa de proteção, deve ser um violão. Um sujeito louro também se apressa em ajudar, apoiando os braços de Lisa para que ela se levante.

Ah, não! Os olhos dela estão revirando nas órbitas!

Desesperada e chorando aos soluços, abraço Lisa por trás, apertando sua barriga na altura do estômago enquanto o americano esquisitão abana o rosto dela com uma revista de acordes musicais, onde se lê *"The Best of Reggae"* em letras impressas em vermelho, amarelo e verde (o que significa isso?).

Os dois sujeitos tagarelam ao mesmo tempo, mas, como obviamente não entendo nada, ignoro suas vozes. Já estou nervosa o suficiente com a cara multicolorida de Lisa e com o "budum" perturbador que exala das axilas do americano esquisitão à medida que ele, tão gentilmente, aumenta a velocidade do movimento, balançando a revista e espalhando o vento para salvar minha prima.

Fico respirando de pouquinho em pouquinho, prendendo o ar contaminado nos pulmões, esforçando-me para fingir que não estou vendo os olhos do lourinho saltarem para dentro do suéter decotado de Lisa. Francamente! Homem com boa vontade? Logo desconfie.

Ainda que lentamente, Lisa vai recuperando a cor. O alívio que sinto faz com que a catinga podre mais pareça uma maravilhosa fragrância floral.

— *Thanks...* — agradece ela, meio tossindo. Depois se senta novamente. Entrego-lhe o guardanapo e ela limpa os lábios.

O americano esquisitão balbucia alguma coisa, assente com um movimento brusco de cabeça, provocando uma chuva de caspas brilhantes, e sai andando em direção ao banheiro. O lourinho, por sua vez, não para de sorrir e se acomoda na cadeira ao lado de Lisa, no lugar que acabou de vagar (a mulher corpulenta saiu pisando duro e, muito embora eu não tenha entendido uma palavra, sei que ela reclamava de sua blusa vermelha salpicada de caspas nojentas. Sabe, eu até poderia tê-la alertado sobre seu buço, cuja penugem preta e vigorosa está levemente esbranquiçada. Chego a dar alguns passos, mas logo desisto quando lembro que a tal mulher de bigodes não mostrou boa vontade alguma para socorrer minha prima e, honestamente, estou longe de ter a benevolência da Madre Teresa de Calcutá).

Pego o laptop e me sento na cadeira como quem acabou de tirar uma tonelada das costas.

O lourinho continua sorrindo e, agora que reparo melhor, ele até que é bonitinho (e sua mochila preta Adidas também). Não sei por que tenho a sensação de que o conheço de algum lugar...

Lisa se vira para mim:

— Você *acha* que está feliz? *Você acha*, Duda? — Ela cruza os braços. — Não, porque agora dar uns amassos em Roberto Cavalcante, o Gostosão da Geografia, é pouco para você? E saber que ele estava super a fim desde o primeiro instante em que pôs os olhos em você também é pouco? Qual é a sua, Duda? Ah, já sei! Você preferia ter beijado Vitor Hugo.

— Deus me livre! Como é que Vitor Hugo veio parar nesta conversa?

— Vitor Hugo veio parar nesta conversa porque Vitor Hugo é a melhor comparação daquilo que se pode considerar o oposto supremo de RCGG.

— Quem é RCGG?

— Francamente, Duda! Preciso mesmo responder?

Bufo demoradamente, soltando o ar pelo filete de abertura entre meus lábios prensados.

— Olhe — digo, por fim. — Eu não "acho" que estou feliz. Tenho certeza. Estou feliz, tá legal? Robertinho beija bem à beça. Estou feliz... É, estou, sim. Feliz.

— Ah, bem. Porque, caso contrário, é daqui direto para o hospício.

— Ei! — O lourinho sorridente estica o pescoço, as sobrancelhas se unindo. — Vocês duas são brasileiras?

— *Dã*! — exclamo e logo me arrependo quando Lisa me reprime com o olhar. Ah, qual é a dela? É muito mau humor para alguém que acaba de sobreviver a um engasgamento terrível sem danos irreversíveis!

— Somos brasileiras, sim. — Lisa aperta a mão do desconhecido. — Muito prazer, sou Elisa Carraro.

— E eu, Frederico Barreto. Fred.

— Eduarda Carraro — informo a ele, erguendo o braço com preguiça. Como não estou nem um pouco a fim de embarcar numa desgastante "amizade de aeroporto", afundo-me na cadeira antes de fazer um sinalzinho para que Lisa prossiga e me livre dessa. Ela se ajeita em seu lugar (de costas para mim), e dá início a uma conversa inacreditavelmente animada, cheia de risinhos e gritinhos. De onde

Lisa tira tanta simpatia? Encaixo os fones no ouvido sem me preocupar com a resposta.

Sabe, de um modo geral, eu até fiquei feliz com o lance do Robertinho, o garoto mais bonito que já enrolou a língua na minha, o garoto mais bonito da PUC. Foi uma tremenda injeção de ânimo em meu ego, que andava para lá de caidinho. Mas, sei lá... Há uma coisa estranha me incomodando e não sei muito bem como lidar com ela.

O negócio é que, depois dos beijos de tirar o fôlego, era de se esperar que eu estivesse até um pouco aborrecida com o fato de estar de mudança para Nova York. Afinal de contas, serão seis longos meses que melam todas as mínimas chances de qualquer envolvimento com o cara.

Acontece que não estou dando a menor importância para isso.

Para ser bem sincera, ontem (foi ontem porque o dia já estava nascendo), quando cheguei em casa e finalmente resgatei os livros, conferindo se as lindas fotos de Robert Pattinson estavam inteiras, senti um alívio tão grande que, não fosse Lisa me perturbando para saber os detalhes da pegada de Robertinho, ele praticamente não seria nada além de fumaça em minha cabeça. Não é estranho?

Pois é. Também achei. Estou realmente preocupada com essa incoerente falta de interesse que me eleva ao patamar dos psicóticos. Ainda por cima, embora eu estivesse exausta depois do bota-fora (sabe como é, amassos cansam demais; sem contar que a mão de Robertinho é pesada para caramba), não consegui dormir direito. E não foi por ficar relembrando os beijos de tirar o fôlego (ui!), sonhando acordada, como seria o comportamento de uma garota normal. Tampouco foi a expectativa da viagem. Mas sim porque fiquei me sentindo uma completa retardada por não estar dando a mínima para o Gostosão Confirmadíssimo da Geografia. Juro que me esforcei, mas não consegui ligar minha mente no canal Robertinho e acabei no Orkut, navegando com minha identidade secreta, Crepuscólica, enquanto o sono não vinha.

Por exemplo, neste instante, sentada em frente ao laptop (com uma janela minimizada e carregada na página da previsão do tempo só por segurança, para o caso de Lisa resolver olhar para trás) em vez de estar vasculhando o Orkut e o Facebook em busca do perfil de Robertinho (a fim de ver suas fotos e bisbilhotar seus recados), estou, na verdade, inscrevendo-me pela vigésima vez na lista de interessados em assistir ao *Late Show*, o programa de entrevistas na Broadway. Tudo isso com a indispensável ajuda de um tradutor virtual português-inglês, é claro.

Sei que pode parecer loucura, mas veja só: Robert Pattinson vai lançar um filme daqui a seis meses e é óbvio que vai rolar divulgação na mídia antes disso, certo? Eu ainda estarei em Nova York nessa época, certo? Pois então. Há uma enorme chance de ele ser entrevistado no *Late Show*. É por isso que resolvi me adiantar, porque sei como esses programas de televisão são concorridos. Para falar a verdade, é quase impossível conseguir um lugar na plateia, já que a seleção dos inscritos é feita de maneira aleatória. De qualquer modo, uma fã como eu não pode perder a esperança.

O único probleminha é que ainda não foi divulgada a grade dos artistas que serão entrevistados na época em questão, ou seja, daqui a seis meses. Quer dizer, tenho quase certeza de que Robert Pattinson será um desses artistas, mas não faço a menor ideia de qual dia ele aparecerá no programa (se eu fizesse, só precisaria sentar diante de uma bola de cristal e começar a ganhar dinheiro). Então meu plano é fazer em torno de cem inscrições para cada um dos vinte dias que antecedem a data de lançamento do filme. Totalizando duas mil inscrições. O que é uma boa ideia, acho, pois aumenta minhas chances de sucesso (mesmo que ridiculamente, claro). Acho mesmo é que pirei de vez!

— Duda? — Lisa arranca os fones dos meus ouvidos.

Apesar do susto, lembro-me de fechar o laptop rapidamente e, antes de sorrir amarelo, digo alegremente:

— Oito graus em Nova York! Puxa!

— É o nosso voo. Nova York. Estão chamando.

— Ah, sim, claro — ouço-me dizer enquanto me levanto para arrumar as coisas. Guardo o laptop e os fones na mochila. Prendo o cabelo em um rabo de cavalo e coloco a mochila nas costas. Por fim, dobro o casaco de lã cinza no braço.

— Vamos? — É Frederico quem pergunta.

— V-v-v-vamos? — gaguejo, desta vez de surpresa. — Você também está indo para Nova York? — Boquiaberta, fico revezando o olhar entre ele e Lisa.

— Não é uma tremenda coincidência? — Lisa sorri para ele. — Já disse para o Fred...

— Bom, nem tanto — responde ele, os dentes cintilando na luz branca. — Já que boa parte das pessoas desta sala está aguardando uma conexão para Nova York. Por exemplo... Ali, Brad Marley acaba de atravessar o portão de embarque. Eu conversava com ele quando você se engasgou, Lisa.

Viro o rosto e, chocada, reconheço o americano esquisitão e fedorento. Quer dizer, reconheço parte do cabelo que ficou para trás, porque o corpo já entrou no túnel de embarque faz tempo.

— Mas é que a gente se deu tão bem, Fred — explica Lisa, encantada. — Você praticamente salvou minha vida... E também é carioca... Não deixa de ser uma tremenda coincidência, não é, Duda? — Lisa me cutuca com o cotovelo. — *Não é, Duda?*

Viro-me para os dois outra vez.

— É... — Pisco repetidas vezes, ainda sem acreditar. — Bom, acho que sim. Puxa... Uma tremenda coincidência...

Por um breve instante porém, quando Frederico (Fred) me encara e afunda os olhos nos meus, meu corpo estremece com a sensação de que o sorriso que se alarga em seu rosto tem um quê diferente. Qualquer coisa indecifrável. Qualquer coisa arrepiante.

Não sei por que, mas enquanto caminho em silêncio para a fila de embarque, um estranho pensamento fica martelando em minha cabeça de que, talvez, Fred não seja bem uma coincidência.

Suspiro.

É... Estou mesmo a um passo do hospício.

Ainda são cinco e meia da tarde, mas a noite já começou a descer sobre Manhattan. O tom alaranjado da atmosfera de outono encontrando graciosamente o topo dos arranha-céus mais incríveis do planeta.

Ah! Ah!

Estou em Nova York!

Estou aqui! Estou aqui *mesmo*!

Explodindo de felicidade, colo a testa na janela do táxi e fico admirando a paisagem passar acelerada enquanto me detesto imensamente por ser obrigada a piscar os olhos de vez em quando. Por que será que, em pleno século XXI, os cientistas ainda não inventaram um colírio "vitrificador de olhos"? Quer dizer, sem fazer muito esforço, eu poderia citar mais de dez situações em que um colírio "vitrificador de olhos" seria extremamente útil. Talvez, ocorre-me de repente, isso seja mesmo uma boa ideia. Talvez eu possa, inclusive, descolar uma graninha e depois aparecer no *Programa do Jô* como a garota que revolucionou o modo de se enxergar as maravilhas do mundo. Preciso enviar um e-mail à *Superinteressante*.

O táxi amarelo vai atravessando a cidade, serpenteando as ruas que ficam mais retas à medida que seguimos para o norte; os quarteirões, retângulos perfeitos. Lisa sugeriu o caminho mais bonito em vez do mais curto e ninguém se opôs à ideia.

À primeira vista, Nova York é pura correria e agitação. E à segunda também. Cruzes... Fico cansada só de ver.

Nas calçadas das grandes avenidas, algumas pessoas andam sem olhar para os lados e atravessam as ruas antes que o semáforo de pedestre pense em se esverdear. Encolhem-se em seus casacos, escondem-se nos cachecóis. Em sua maioria, seguram contra o peito um saquinho de papel marrom e um copo enorme de café. Parecem não saber que hoje é domingo e andam tão apressadas que posso apostar como mal percebem o tapete de folhas mortas no chão, as copas peladas das árvores, com seus galhos acinzentados e retesados ao vento frio.

Pelo comportamento contrário, é incrivelmente fácil reconhecer os turistas, munidos de câmeras que piscam para todos os lados. Os sorrisos congelados na cara, que vêm com o rótulo explicativo: *"Sou ridículo porque estou de férias"*. Fico achando graça quando me imagino fazendo uma banana para toda essa gente e dizendo bem alto: *"Vou morar aqui, seus babacas, hahaha"*.

Faltando pouco menos de um mês para o Natal, a cidade é uma mistura de luzes vibrantes, das mais variadas cores. Parques, monumentos, museus. Tudo está iluminado de uma maneira agradável de se ver.

Mas assim que o táxi vira a Rua Quarenta e Quatro no sentido da Times Square, minha primeira reação é estreitar os olhos, ofuscados pela claridade. Depois fico feito barata tonta sem saber para onde olhar.

Porque o cruzamento da Sétima Avenida com a Broadway não é algo com o qual você se acostume. Tenho a impressão de que minha cara de "bunda olhando a privada" será sempre como da primeira vez. Puxa! Quem diz que São Paulo é sinônimo de poluição visual nunca esteve em Nova York. A Times Square é tão iluminada com seus letreiros imensos e piscantes que desconhece o breu da noite. Aqui, é dia o dia inteiro na cidade que nunca dorme.

Misturando-se às limusines, nosso táxi cruza a Avenida das Américas. Sei que é ridículo, mas suspeito que exista mais táxi do que gente nesta cidade; preciso fazer uma pesquisa na internet.

Quinta Avenida! Tantas lojas de grife! Todas incrivelmente lotadas! As mais lindas decorações natalinas! Algumas lojas estão literalmente embrulhadas para presente, com imensas fitas vermelhas que sobem do chão até o último andar, enrolando-se num enorme laço. Outras têm vitrines falantes. Se respirar fundo, posso sentir cheiro de dólar misturado ao de *pretzel* das carrocinhas de esquina. E, se fizer um esforço maior, posso até ouvir os gritos histéricos de mamãe lá na China, com a conta do VISA nas mãos.

Acho que fui feita para esta cidade! Já consigo me imaginar como Carrie Bradshaw do *Sex and the City*, desfilando com meu casaco de pele pra lá e pra cá, procurando inspiração em meu agitadíssimo cotidiano social para preencher minha coluna do *The New York Star*. Se bobear, posso até ter minha cara estampada na lateral dos ônibus. E também...

Meus olhos focalizam um cartaz marrom.

É o cartaz do filme *Lua Nova*, ou melhor, do *New Moon*!

Meu coração dispara. Minhas mãos correm para acariciar o vidro da janela como se ele fosse o rostinho de Edward Cullen. Tudo bem, já sei. Fui ao cinema assistir ao *New Moon* três vezes. Na verdade, foram quatro, mas é que a estreia não conta, já que as garotas não paravam de berrar histericamente a cada aparição de Robert Pattinson, de modo que, mesmo sabendo exatamente o que ia acontecer na cena seguinte, eu não consegui escutar as falas dos personagens. E isso é péssimo! Péssimo, péssimo! Sabe, pensando bem, agora que estou nos Estados Unidos, o país de Hollywood, não é má ideia ir ao cinema outra vez, é? Aliás, preciso mesmo conhecer uma sala de cinema americana. Faz parte da cultura local. Também preciso treinar o inglês. Os professores não dizem que uma das melhores maneiras de se familiarizar com o idioma é assistir a filmes sem legendas? Pois então. Está decidido. Qualquer dia irei ao cinema assistir ao *New Moon* com o único intuito de aprender. Quem sabe amanhã.

No lado leste da ilha, à medida que avançamos rumo ao apartamento, na Rua Oitenta e Três entre a Primeira e a Segunda Avenidas, alguns prédios vão ganhando a tradicional arquitetura de tijolinhos marrons e as tão fofinhas escadas de incêndio começam a aparecer nas fachadas. Outros, mais luxuosos, têm entradas compridas com toldos que chegam a beirar o asfalto. Chiquérrimo!

Upper East Side...

Sinto-me como a Serena de *Gossip Girl*. Talvez com uma pequena diferençazinha entre nossas contas bancárias e nosso modo se ser.

Ai, que lindo! Ali! Ali! O prédio marronzinho... A escadinha da calçada à portaria de madeira verde berrante! Exatamente como vi no Google Maps Vista da Rua. Minha nova casinha.

Acho que vou chorar de emoção. Preciso conversar com alguém. Dividir a alegria. Desabafar.

Mas quando viro para o lado e encontro a cara branca de Fred, meu momento encantado evapora como chuva em asfalto quente.

Sim. Isso mesmo. Não estou delirando. Nem sonhando. Não desta vez.

Frederico Barreto está aqui. Bem aqui. Dentro do táxi. Sentado entre mim e Lisa. E ao ver o sorriso entalhado em sua cara de anjinho, quero mesmo é chorar de raiva.

Eu sei que deveria abrir a boca e perguntar sem rodeios: *"Ei, Fred. Por que você desceu do avião ao nosso lado e não desgrudou nem quando fomos lanchar? Por que toda essa conversinha fiada de também estar vindo para o Upper East Side? Por acaso está planejando nos matar e espalhar os corpos pelo Central Park? E, vem cá, de onde conheço você, afinal?"*. Mas, em vez disso, apenas sorrio debilmente e digo:

— Chegamos.

Salto do táxi, tremendo de frio, e ajudo Fred a descarregar o porta-malas enquanto Lisa acerta a corrida com o taxista paquistanês, que tem barba comprida, turbante verde na cabeça e uma sobrancelha só (não me pergunte por quê). Estamos equilibrando as malas na calçada, o vento gelado cortando as bochechas e se infiltrando em cada minúsculo furinho do tecido da roupa, quando o táxi que traz Susana e Margô estaciona junto ao meio-fio.

Minha irmãzinha querida salta do carro e vem puxando sua mala de um modo não muito delicado (sem fazer nenhum contato visual comigo), como se as roupas ali dentro tivessem alguma culpa de eu ter beijado o sujeito mais gostoso que a Geografia da PUC já recebeu em suas dependências. Assim que vê Fred, porém, sua expressão feliz desabrocha e a postura endireita. Margô também se aproxima, sorridente. O negócio é que todas elas simplesmente adoraram esse "agarradinho" misterioso.

— Foi um prazer enorme conhecê-lo — diz Lisa, adiantando-se e ficando na ponta dos pés para abraçar Fred. — E, mais uma vez, obrigada por salvar minha vida.

Ah, Senhor! Quanto drama!

— Você não me deu o número do seu telefone, Fred — Margô começa a digitar no celular. — Sabe, não vejo a hora de comprar um celular ecologicamente correto. Conhece, Fred? É feito de material reciclado, consome menos bateria e...

— Quem sabe não nos encontramos qualquer dia desses — Susana interrompe Margô. — Podemos tomar um café num dos milhões de Starbucks da cidade ou sair para uma noitada legal. Quer dizer, você está tão perto, no mesmo bairro... Onde *exatamente* vai ficar hospedado?

— Bom — Fred pigarreia. — Sabe, é que... Ainda não tenho lugar para ficar.

— *Não?* — pergunto com a voz esganiçada. Tenho vontade de acrescentar *"tem identidade e CPF?"*. Porque passaporte é óbvio que tem.

— Pois é — diz ele. — Gosto de viajar assim, para onde o vento me levar. Nunca me programo com antecedência. Na verdade, eu estava até pensando na possibilidade de trocar uma ideia com o irmão do tal do Augusto. É Augusto, não é? E o irmão dele mora aí no prédio, não mora? Talvez possa descolar um apê para mim.

Minha nossa! O que mais Lisa contou para ele? Será que contou que meu nome do meio é Maria?

— Que ótima ideia, Fred! — Lisa se empolga.

— Ele tem alguns apartamentos nesta rua! — informa Margô. — Deve ter algum vazio.

— Uau! Acho o máximo esse lance de viajar para onde o vento levar — comenta Susana. — É tão... excitante.

Elas só podem estar de brincadeira comigo. Não, porque, pelo amor de Deus! Nós acabamos de conhecer esse "agarradinho" sorridente. E se ele realmente for um assassino calculista? O maníaco do Central Park?

— Então vamos subir? — sugere Lisa.

— Claro. A rua está congelante. — Fred sorri e começa a carregar nossas malas escada acima, deixando-as no chão, em frente à portaria verde.

Como eu recuso a lhe entregar a minha mala, sei que estou vermelha de esforço, mas finjo que está tudo bem. Desisto de levantar o peso pesado e, alegremente, passo a arrastá-lo de degrau em degrau. *Tonk, tonk, tonk.* Será que pus chumbo aqui dentro?

— Margô, as chaves estão com você. Inclusive as da portaria — lembra Lisa.

— Estão, sim. — Margô apalpa os bolsos da calça. — Pensando bem, acho que guardei na bolsa.

Só o que faltava agora era essa CDF ter perdido as chaves. Mas também, honestamente, que tipo de idiotas confiam uma responsabilidade como essa a uma pessoa que... bom, vestiu a touca do lado do avesso? E usa calça de couro ecológico vermelho?

Margô procura em sua bolsa. Há um momento horrível de tensão. Até Fred ensaia um sorriso retraído.

— Achei! — diz ela, para o alívio de todos.

Susana passa por mim empurrando meu ombro esquerdo. Cambaleio, segurando-me no corrimão da escada.

Tudo bem. Não há motivo para estresse. Não aqui no meio da rua, no meio de tantos nova-iorquinos pacíficos. Quer dizer, que diferença faz ser a primeira ou a última pessoa a chegar em casa?

— Fico com a suíte! Falei primeiro! — grita Susana do fundo do apartamento assim que ponho os pés dentro de casa.

É. Talvez faça uma pequena diferença.

Mas não quero pensar nisso agora.

Na verdade, estou encantada com o apartamento.

Puxa! Que lugar aconchegante! Com toda certeza foi decorado por uma mulher. Talvez a falecida mãe de Augusto. Ou uma irmã que ainda vive. Será que, além de um irmão chamado "Robert Pattinson" (ah, como Augusto é ridículo!), ele também tem uma *irmã*? Será que ela é quem? A Kristen Stewart (*hahaha*)?

Na sala, as paredes, cobertas com papel de motivos florais, combinam com o piso de tábua corrida. Os móveis patinados, os enfeites de ferro, os quadros com molduras envelhecidas. Tudo contribui para compor o estilo romântico, provençal. Ao lado do aquecedor, há um abajur em forma de cisne. As cortinas semitransparentes, de tecido esvoaçante, estão amarradas dos dois lados, presas com borlas de laços amarelos como na casa da vovó Carraro. Ai, que amor!

— Margô — chama Lisa. — Qual é o apartamento do irmão do Augusto?

— Não sei. Ou, se sei, não estou lembrando. Mas o apartamento fica neste andar.

— Pelo menos sabe o nome dele?

— Não — responde Margô. — Acho que Augusto nunca comentou...

— É Robert Pattinson — ironizo.

— Como? — Lisa franze a testa.

— Deixa para lá. — Estou cansada demais para explicar a piadinha sem graça de Augusto.

— Certo — diz Lisa. — A gente dá um jeito. Vamos lá, Fred. — Ela puxa o "agarradinho" porta afora. Margô vai atrás.

Balanço a cabeça, tentando não ficar aborrecida com o fato de Fred continuar sorrindo, aparentemente sem motivo (ele ainda nem tem um lugar para ficar; deveria estar chorando, sei lá). Não quero quebrar o clima. Porque este lugar é tão feliz!

Os outros cômodos seguem o mesmo estilo nostálgico. Integrada à sala, a cozinha não é muito grande, apesar de abarrotada de armários brancos nas paredes e utensílios pendurados acima da pia, como nos filmes americanos. O corredor é largo, quase uma saleta, e tem uma porta em cada parede. O banheiro social fica logo na frente do quarto que agora é meu e de Lisa (viu, quem precisa de suíte?).

Estou parada no vão da porta, sentindo o coração pulsar forte. Que lindo! É o meu quarto! Entre as camas de estrutura de ferro, há um baú de pele escura e duas mesinhas de cabeceira. Os móveis são de madeira envelhecida: a escrivaninha de dois lugares, as cadeiras, o guarda-roupa com quatro portas e o toucador com espelho sextavado. Arrasto a mala pelo quarto e a roda fica presa no tapete de crochê (barbante cru), cheio de franjas. Ah, meu Deus! Tapete de crochê! *Com franjas!*

Penduro o casaco no cabideiro, depois corro para abrir as cortinas amarelas e... Mas o que é isso? Um brinde extra?

A janela dá para a rua! E a vista é mesmo muito boa, já que o apartamento fica no quarto andar. E dá até para ver aquele vizinho ali da frente. Está sem camisa. *Hum.* Bem gatinho. E forte. E... *Hã?* O que ele está fazendo?

Ah, meu Deus! O vizinho da frente está olhando para cá!

E acaba de dar um tchauzinho.

Fecho a cortina depressa e vou correndo até a suíte de Susana e Margô, a última porta do pequeno corredor.

— Muito obrigada, maninha — digo, enfiando metade do corpo para dentro do quarto. Susana está sentada na cama, a mala aberta nos pés. Nem levanta os olhos. — Não troco uma janela de frente para a rua por um banheiro particular.

Bato a porta e espero até ouvir o gritinho de Susana. Depois vou para a sala e me esparramo no sofá com as pernas para cima, feliz da vida. Puxa! Amei esse lugar!

Estico o braço, pego o controle e ligo a tevê: *Family Guy,* na Fox! Em inglês, claro. Mas tudo bem. Faz parte. Estou aqui para isso, não é? Não poderia estar mais alegre.

Há um rangido na porta da sala. Lisa entra. Depois Margô.

Logo em seguida entra... Fred.

Merda.

Desligo a tevê e me ajeito no sofá:

— E aí?

— O vizinho não está em casa — diz Lisa. — O apartamento dele é exatamente ao lado do nosso. Porta com porta. Puxa! Custamos a descobrir. Tem uma velha surda no apartamento ao lado da escada e...

— Mas e agora? — insisto.

— Bom — diz Fred. — Lisa diz que não vê problema se eu ficar aqui hoje...

Como é que é?

— ... mas vou procurar um hotel, claro. Não quero incomodar.

— De jeito nenhum, Fred — diz Margô. — Você fica aqui, pode dormir na sala. Tem espaço suficiente e, de qualquer modo, é só até o vizinho chegar.

— Garanto que Susana e Duda não vão se importar, não é Duda? — pergunta Lisa.

Não dá para acreditar! Isso não pode estar acontecendo comigo!

O pior é que minha opinião de nada vale (três a um). Ai, Deus! Alegria de brasileiro dura pouco...

Então respiro fundo e murmuro, olhando para o abajur de cisne:

— Não. Não me importo.

Só espero que o Agarradinho se lembre de meu gesto solidário e me deixe por último quando começar a matança.

No dia seguinte, quando acordo, tenho a sensação de que dormi por 48 horas. Meus pensamentos estão confusos. Olho em volta e demoro um bom tempo para entender onde estou.

Ah, sim! Estou em Nova York. Em meu fabuloso apartamento no Upper East Side. Em meu quarto novo. Deitada em minha cama confortável. Minha nossa! Preciso perguntar ao vizinho de onde veio esse travesseiro. Porque é simplesmente incrível! Pena de ganso, sei lá.

Tudo bem que minha cabeça está meio dolorida. Mas isso deve ser consequência dos sonhos esquisitos. Na verdade, foram alguns pesadelos horríveis, cheios de imagens nebulosas. Na mais nítida delas, eu corria pelo Central Park, fugindo de Fred, que tentava me enforcar com o laço vermelho da capa do *Eclipse*. Ah, céus! Estou realmente preocupada com o Agarradinho.

Mas não quero pensar nisso agora.

Estico o braço e pego o relógio na mesinha de cabeceira. Então meus olhos saltam: meio-dia! *O quê?*

Levanto-me depressa, tão rápido que fico tonta e sou obrigada a me deitar outra vez. Por um minuto, fico inspirando fundo e soltando o ar bem devagar. Pronto. Melhorei.

A cama ao lado da minha está perfeitamente arrumada com uma colcha de babados rosê. Mas onde está Lisa? Onde está... *a mala dela?*

Salto da cama e abro as portas do guarda-roupa (as portas dela) e, claro, encontro cada coisa arrumadinha em seu devido lugar. Suéteres em pilhas perfeitas, claras e escuras; casacos nos cabides; calcinhas, sutiãs, meias, cachecóis, toucas, luvas dentro das gavetas (há um sachê perfumado em cada uma delas). E, no vão superior, lá está: a mala vazia.

Ai, meu Deus! Tenho preguiça só de olhar minha mala parcialmente cavoucada, jogada ao lado da cama. Preciso encontrar coragem e enfrentar a arrumação. Também preciso de um lugarzinho estratégico para esconder os livros da saga *você-sabe-qual*. Porque, sabe como é, quero evitar chateação.

O fato é que nem minha prima Lisa sabe que eu trouxe os livros comigo, já que, depois de beijar Robertinho, aproveitei para fazer toda uma ceninha de que não quero mais saber de vampiros brilhantes e *blá, blá, blá*. Deu certo. Todo mundo sossegou. Graças a Deus!

— Duda? — Lisa põe a cara na porta.

— Ai, que susto! Quer me matar? Ainda estou em estado mórbido de sonolência.

Lisa sorri.

— Desculpe. Só vim avisar que vou sair com Fred. Vamos ao mercado.

— O *Aga*..., quer dizer, Fred ainda está aqui em casa?

— O vizinho ainda não apareceu.

Ah, que beleza! Acordei, mas o pesadelo continua.

— E as meninas, onde estão?

— Saíram cedo. Foram até a Macy's. Podemos ir lá mais tarde, se você se animar. Precisamos comprar mais roupas de frio, botas para neve, essas coisas... Amanhã de manhã começam as aulas. Está lembrando, não está?

— Claro. — Coço a cabeça. — Hum. Lisa, você se importa se eu não for ao mercado? Porque... — Olho para minha mala, desanimada.

— Realmente preciso arrumar aquilo ali. Preciso *mesmo*.

— Tudo bem. Fred me ajuda. Ah! Fiz cópias das chaves. Vou deixar as suas aqui, só um instantinho. — Ela sai do quarto. Volta meio minuto depois e deixa as chaves na mesinha.

— Obrigada, Lisa.

— De nada. Tchauzinho...

E desaparece pela porta.

Estou sozinha.

Poderia andar pelada pela casa (não que a ideia me agrade), plantar bananeira na cozinha, bisbilhotar as coisas de Susana, virar acidentalmente uma bacia de água suja nos casacos do Agarradinho (hum... isso muito me agrada).

Mas, em vez disso, apenas bufo e miro a mala no chão outra vez. Saco!

Ando pelo quarto coçando a cabeça e pensando que, talvez, se eu mentalizar com o âmago de meu ser, as roupas possam sair da mala, correr em fila indiana até o guarda-roupa e se arrumar sozinhas pelas prateleiras, em diversos montes separados por cor. É a Lei da Atração.

Espio a rua pela janela (o labrador acaba de deixar um rastro de cocô na calçada e a dondoca finge que não vê, *eca*!), me sento na cadeira da escrivaninha e digito no laptop desligado. Largo-me de costas na cama, fecho os olhos e cubro os ouvidos com as mãos. Depois de cinco minutos mentalizando firmemente (a Lei da Atração diz que a força do pensamento dita a realidade de nossa vida), abro os olhos, esperançosa. Mas nada mudou. Tudo está exatamente igual. A mala está ali, no mesmo lugar, bagunçada e apavorante. Então desisto.

Mas estamos falando de uma mala. De uma simples arrumação corriqueira. Não pode haver nada de tão maçante nisso, pode? O que é uma mala atulhada para intimidar a gente? Apenas uma mala. Atulhada. E, além do mais, só volto a mexer com toda essa coisa chata de arrumação daqui a seis meses.

É. Pode até ser divertido. Posso pôr uma música de fundo ou o DVD do *Crepúsculo* no laptop e ficar repetindo as falas dos atores (não vou poder treinar minhas expressões teatrais diante do espelho, mas não importa). Empolgada, abro as portas do guarda-roupa, as minhas, e fico ali, completamente parada, olhando o armário vazio.

Pensando bem, acho que vou escovar os dentes primeiro. Depois tomar café. Na verdade, *tenho* que escovar os dentes porque não sou uma garota porca. E meu estômago está roncando horrores. Posso ouvir ruídos ásperos vindos do alto da barriga... se fizer algum esforço.

Espere um instante. O que é aquilo dentro do guarda-roupa?

É uma caixinha de ferro? Que, de algum modo, está chumbada na parede? E tem uma portinha que, no momento, está totalmente aberta? Puxa! Acho que é o tamanho exato...

Estou de joelhos, transferindo os entulhos da mala para cima da cama. Minha nossa! Por que, diabos, trouxe dois secadores de cabelo? Blusas, casacos, sapatos e... ai, meu Deus!... A boina horrorosa da feira hippie de Ipanema. Bom, quando se pensa em Nova York como uma das grandes capitais da moda, a boina nem parece tão horrorosa assim. Decidi. Vou usá-la qualquer dia desses. Quando for passear na Quinta Avenida. Ou talvez seja melhor reservá-la para uma ocasião especial. A escola deve promover festas. Festas à fantasia...

Achei! Os quatro livros! Por baixo de todas as outras coisas!

Enfio os livros dentro da caixinha e me afasto para olhar. Puxa! Coube perfeitamente. Nem que tivesse sido feita sob medida teria ficado tão boa.

— Duda?

Ah, Deus! É Lisa! Ela voltou! Ela não pode saber que trouxe os livros comigo!

Sem pensar duas vezes e sem olhar muito bem, bato a portinha da caixa de ferro. Não sei se bati forte demais, não sei direito o que foi. Mas acabo de ouvir um *crec!*

— Oi... Lisa... Você voltou... Que alegria! — Meu reflexo no espelho do toucador é mais branco que papel.

— Já estava esquecendo... Tia Malu ligou. Bom, você estava dormindo e atendi o seu celular. Aliás, que música é aquela que você pôs como toque? É tão baixinha...

— *Clair de Lune*. Só isso?

— Como assim *só isso*? — Lisa me fita, ressabiada. — Está acontecendo alguma coisa, Duda?

— Não, por quê?

— Sei lá. Você está meio pálida.

— Acho que dormi demais. Estou faminta também.
— Então tome um bom café. Comprei *muffins* de baunilha.
— Vou tomar.
— Ligue de volta para a tia Malu assim que der.
— Vou ligar.
— Ela estava bastante preocupada.
— Ela está sempre preocupada.
— Quer algo especial do mercado? *Cookies* de chocolate?
— Não, Lisa. Não quero nada.
— Mesmo?
— Mesmo.
— Então tchauzinho. Agora é para valer.

E desaparece outra vez.

Giro o corpo nos calcanhares, escorrego até o chão e enfio a cara no guarda-roupa.

Não! Ah, meu Deus! Nããããoo!

Não dá para acreditar que cheguei ao nível máximo da estupidez!

A caixa de ferro... pelo amor de Deus!

A caixa de ferro... é um cofre digital. *Um cofre digital!*

Do lado de fora da portinha... as teclas numéricas. E a tecla *close* ainda piscando vermelha... Apertei sem querer! Apertei porque sou uma anta!

Tranquei o cofre com os livros dentro.

E não sei a senha.

Últimos Tweets da @crepuscolica

Depois desse último Tweet, decidi mudar de vida. Deus, estou realmente enlouquecendo...
18:66 PM Dez 01th via UberTwitter

Na porta do Burger King. É muito ridículo usar uma coroa de papel com os dizeres "Team Edward"? É que veio de brinde junto com o lanchinho...
18:65 PM Dez 01th via UberTwitter

Acabei de fazer o teste de nível de inglês e adivinha: Nível Elementar.
12:65 PM Dez 01th via UberTwitter

Conhece alguma técnica infalível de arrombamento de cofre digital, chapa de aço, de medida 12x23x17? Twita para mim!
14:35 AM Nov 30th via web

Orkut da Crepuscólica — Recados

Vampirona_233 – 01 dez

Minha Santa Mãezinha protetora dos vampiros purpurinados! Você *trancou* seus livros dentro de um cofre digital sem saber a senha??? Mas como isso foi acontecer???

Olhe só, eu tenho um primo que trabalha na CSN com aquele negócio perigoso de alto-forno, sabe... E ele é inteligente à beça e deve saber a quantos graus centígrados o aço entra em processo de fusão. Os mercados americanos vendem caixa de fósforo? Isqueiro também deve servir...

Ai, meu Deus, esquece tudo o que acabei de dizer (não consigo deletar o texto porque aquela tecla COM A SETINHA PARA A ESQUERDA do meu teclado está enguiçada, um horror). Se você colocar fogo no cofre vai queimar os livros. E o alarme de incêndio do prédio vai ser acionado, e todo mundo vai sair correndo, como em *American Pie 6* (foi em *American Pie 6*?, estou na dúvida agora), quando aquela estudante dispara o alarme de propózito (ai, meu Deus, "propósito" é com "s" – a tecla COM A SETINHA PARA A ESQUERDA não funciona!). Só que, no seu caso, não vai ser de propósito, porque o fogo vai pegar de verdade e se alastrar pelo quarto ou sei lá o quê.

Ajoelha e reza, amiga.

Mordidas envenenadas

TESTE DE SANIDADE MENTAL Adaptado de: http://www.rioserv.com.br/testesanidade.htm

1) Você se considera louca?

   x   **Sim**
          Não

2) Você costuma falar sozinha?

          Não
   x   **Apenas quando estou nervosa**
          Apenas no chuveiro
          Apenas quando estou na privada
          A qualquer hora
          Às vezes

3) Fala com seu computador?

   x   **Sim**
          Não

4) Costuma xingar seu computador ou seus programas?

          Sim, com frequência
   x   **Às vezes**
          Não

5) Costuma perguntar coisas para uma terceira pessoa que não existe no local?

   x   **Sim**
          Não

6) Já matou um gato?

          Sim
   x   **Não**

7) Quanto às drogas?

x **Não uso**
    Já usei
    Drogas leves de vez em quando
    Drogas pesadas de vez em quando
    Uso todos os tipos que encontro pela frente

8) Usa remédios com tarja preta?

    Sim
x **Não**

9) Curte quando tem pesadelos macabros?

    Sim
x **Não**

10) Se encontrasse alguém tomando LSD, o que você faria?

    Tentaria convencê-lo de que está no caminho errado
    Chamaria a polícia
x **Ignoraria**
    Pediria para escrever o roteiro de um filme bem doido
    Pediria um pouco
    Mandaria a pessoa nadar no asfalto e cataria o LSD para você

11) O que faria se encontrasse o cão de seu vizinho morto e pendurado no poste?

x **Ficaria com pena**
    Absolutamente nada
    Sairia dando gargalhadas
    Mandaria alguma carta preparada para a morte de algum parente
    Sumiria da cidade por uns dias para não levantar suspeita
    Tiraria o cão do poste, amarraria o pobre numa corda e brincaria de gira-gira
    Colocaria um copo embaixo do cão para recolher o sangue escorrido e depois faria um ritual de magia negra

12) Que tipo de filme você gosta?

        Ficção científica
        Suspense/Terror
        Trash
        Pornográficos
x   **Outros**
        Não tenho vídeo

13) Como gosta de ouvir música?

        Qualquer uma serve
        Uma suave que agrade aos ouvidos
        Gosto de entender as letras
        Quanto mais barulho melhor
x   **Não precisa nem ter letra, vale o que me faz sentir**
        Gosto do ritmo
        Sou surda
        **Marque aqui se você ouve músicas enquanto está na solidão da privada, estuda ou dorme

14) Possui algum tipo de criatividade excessiva para desenhar, escrever ou imaginar coisas?

x   **Sim**
        Não

15) Como você é com as pessoas?

        Tenho vários amigos e gosto de bater papo
        Trato todos como idiotas
x   **Não faço nada demais**
        Gosto de fazê-las rirem
        Gosto de fazê-las se sentirem confusas

16) Costuma falar com objetos?

        Sim, com frequência
x   **Às vezes**
        Não

17) Se tivesse uma arma...

x **Esconderia pra ninguém se machucar**
　Mataria um rato
　Mataria alguém
　Atiraria em latas
　Atiraria para o alto

18) Se acha confusa ultimamente?

x **Sim**
　Não

19) Até que horas fica acordada?

　22:00
x **00:00**
　02:00
　04:00
　Sou um zumbi e fico quase 24 horas acordada

20) Se encontrasse um alienígena se besuntando com um vidro de maionese, o que faria?

　Nada
　Ficaria com medo
x **Sairia correndo alucinadamente**
　Ficaria assistindo à monstruosidade
　Tentaria compartilhar o momento de confraternização pegando uma lata de atum
　Mataria a criatura para depois dissecá-la

21) Andando pela rua, você sente uma enorme vontade incontrolável de fazer xixi, o que faz?

　Encontra um canto onde ninguém a vê
　Segura o xixi e aguenta o risco de estourar

> x   **Entra correndo num restaurante e diz que esqueceu a carteira no banheiro**
> Abaixa as calças e mira as pessoas
> Faz xixi num copinho de café e bebe

22) Andando pela rua, você encontra um cachorro atropelado o que faz?

> x   **Ignora o pobre animal**
> Fica apreciando suas tripas escorridas para fora
> Dá uma bicuda para que ele caia no meio da rua e os carros possam passar em cima
> Arranca a cabeça e a joga no meio da multidão
> Senta no chão e come

23) Mate sua mente, beba algo diferente:

> Carreta de substâncias tóxicas atropela 13 ciclistas na avenida e depois capota dentro do rio
> Milhares de pessoas se matam depois da comprovação científica da inexistência de Deus
> Alienígenas mutantes invadem a Terra em forma de pessoas
> Olhe! Eu conheço aquilo pendurado na árvore. Era a minha cabeça
> O vento do duende vem do roxo quando pisca a inconsciência do javali
> Aluno psicopata faz novas vítimas na cidade
> x   **Esta pergunta me confundiu e não estou entendendo nada**

PONTUAÇÃO: 37
Você aparenta ser uma pessoa normal, porém, inconscientemente, às vezes age fora de suas razões. Talvez faça isso porque ache engraçado.
Pode-se dizer que você já não é igual aos demais seres normais.

cinco

PACTO PESSOAL

Certo, Eduarda Maria.

O negócio é o seguinte: faz quinze dias que você decidiu parar de pensar sobre o assunto. Então seja adulta, abrace firme o objetivo e simplesmente pare de pensar. Não pode ser tão difícil quanto parece, pode? É só uma questão de concentração. De deixar a mente livre, leve e solta. De se desligar naturalmente de influências ruins e permitir que a corrente de energia positiva inunde seu ser.

Ahummm...

Pare de pensar! Pare de pensar! Pare agora!

Não. Não tenho dúvidas. Não posso ter dúvidas. De jeito nenhum. Concentre-se.

Ahummm...

Mas pensando bem, talvez não tenha sido uma boa coisa. Meio fora de hora, quem sabe. Não sei se estava pronta para um rompimento tão abrupto. Se estava realmente disposta a esquecer toda essa ~~agora intitulada por mim~~ baboseira de vampiros vegetarianos bem como Robert ~~cada dia mais gostoso~~ Pattinson e seu belo par de olhos, que podem ser azuis esverdeados ou cor de âmbar, dependendo se ele está em casa de preguicinha (metido numa samba-canção; será que ele usa samba-canção?), ou no set de filmagens em Vancouver.

Ah, Deus! Apaga tudo! Não posso pensar em nada disso! Não, não e não! Não posso quebrar um pacto pessoal!

O fato é que há quinze dias decidi mudar de vida. Aproveitar alegremente minha estada em Nova York. Dedicar-me ao inglês e às milhões de opções de lazer que essa cidade incrível tem a oferecer, sem ter de andar por aí carregando todo esse tormento literário nas costas. Francamente! Tenho 19 anos, faço 20 daqui a um mês e meio! Já passou da hora de eu agir como uma jovem adulta!

Por exemplo, estou deliberadamente ignorando os insistentes e-mails de Robertinho. O que, de fato, é uma bela atitude altruísta de minha parte. Quer dizer, se não estou a fim do sujeito, por que cozinhá-lo em banho-maria? Não seria justo.

Também desisti de fritar neurônios tentando entender o real motivo de eu não estar a fim de Robertinho, o gostosão-mor da Geografia. Fiquei satisfeita em assumir para mim mesma que o real motivo nada tem a ver com Edward Cullen ou Robert Pattinson. Nadinha. Talvez eu tenha até tido duas ou três (tudo bem, cinco) crises existenciais por conta disso. Mas consegui superar o dilema. O real motivo não tem nada a ver com os dois. Ponto final.

É como acabei de dizer, decidi mudar de vida e venho batalhando ferozmente nisso. Além do mais, o que foi o incidente com o cofre digital se não um sinal divino? Aquilo foi, sem dúvida, um recadinho dos deuses psíquicos: *"Pare agora ou caso perdido"*.

Teve também aquele apavorante teste on-line de sanidade mental e, sabe como é... não gostei muito do resultado. Pois então.

Pare de pensar nessa droga! Pare de pensar! Pare de pensar!

Ahummm...

O problema é que quanto mais penso em parar de pensar, mais eu... penso.

Ai, meu Deus! A quem estou querendo enganar?

Porque a verdade é que não dá para acreditar que há dezessete dias auferi o certificado avançado de estupidez completa e tranquei os livros mais valiosos do mundo dentro daquele inútil cofre digital, cuja senha de seis dígitos nem São Longuinho conhece! Tudo bem que, depois de muito matutar, depois de digitar no teclado numérico mais de mil combinações infrutíferas e me contentar com duas unhas quebradas, cheguei à brilhante conclusão de que, talvez, o vizinho saiba a senha.

Foi por isso que fiz todo um ritual religioso e invoquei São Longuinho para encontrar o vizinho que continua desaparecido. Conclusão: mais um fracasso para encompridar a lista. O vizinho não apareceu.

O caso é que meus santos nunca haviam me deixado na mão. Fiquei realmente bolada com isso, até que, após uma rápida pesquisa na Wikipédia, descobri que São Longuinho só encontra objetos perdidos. Ou seja, senhas de cofre estão fora da área de especialização do santo, e o vizinho, embora ainda não tenha nome próprio, não pode ser considerado um objeto enquanto sua cabeça não aparecer pendurada em algum poste por aí. (Minha nossa! Aquele teste de sanidade mental foi mesmo uma péssima ideia!)

É desnecessário dizer que também fiz uma consulta na internet sobre arrombamento de cofres e que estes não se chamariam cofres se a violação da segurança fosse uma opção relativamente fácil.

Para complicar a situação, o suposto Maníaco do Central Park, vulgo Agarradinho, continua ocupando a sala lá de casa e pendurando as cuecas no boxe do banheiro enquanto o vizinho anônimo não aparece, se é que um dia vai aparecer. Pelo menos as cuecas são cheirosinhas. Não que eu tenha enfiado o nariz no tecido de seda pura para confirmar; sim, eu disse seda pura. *Eca*!

Quando sugeri, discretamente, que poderíamos ligar para Augusto Defilippo, Margô foi categoricamente contra, dizendo que ele havia deixado bem claro que, uma vez em Nova York, era o irmão quem resolvia os problemas e que não era sensato aporrinhar uma pessoa tão ocupada com algo tão insignificante, já que Fred não estava incomodando ninguém (não assumi publicamente que ele *me* incomodava).

— Como eu me detesto... — resmungo baixinho, batendo a testa na mesa dupla de MDF da sala de aula. Depois me ajeito na cadeira, esfrego os olhos e recosto a cabeça na parede à minha esquerda, ignorando o murmurinho dos alunos que começam a chegar.

Pela janela, observo o filete de um céu azul e sem nuvens no vão entre os topos de dois prédios marrons. O sol está ali, o que realmente não significa nada, uma vez que hoje é o dia mais frio desde que cheguei à Nova York.

De fato, no caminho da estação de metrô à LSA English School, o vento da manhã era tão absurdamente glacial que, quando percebi que eu não sentia mais a ponta do nariz, entrei em pânico e comecei a chorar. E, não fosse Lisa me arrastar para dentro da loja quentinha da GAP, muito provavelmente as lágrimas teriam se transformado em duas estalactites pontiagudas.

Lisa não compactuou desse receio, e, vermelha de tanto rir (pelo menos a parte visível do rosto enterrado no cachecol estava vermelha), pôs-se de lado para empurrar a primeira porta de acesso ao prédio da escola, depois puxou a segunda e não menos pesada.

— Não seja ridícula, Duda — disse ela, convencida. — Lágrimas não viram estalactites. — E passou depressa por um grupo de japonesas bem vestidas a fim de segurar a porta do elevador para mim.

— Você que pensa — retruquei, entrando no elevador, dentro do qual um garoto fez cara feia para minha enorme sacola azul da GAP, dizendo "*pay attention*". Radiante de felicidade por ter entendido o que ele disse ("preste atenção"), tirei a sacola do caminho sem me importar. — Eu li sobre isso. É sério. Lembra na quinta-feira quando saí de casa com o cabelo úmido? Você mesma pôs a mão e comprovou! Minutos depois, os fios pareciam uma raspadinha gigante sabor *pure seduction* da Victoria's Secret!

— Ah, por favor, não exagere! E a pronúncia correta é "piur", não "purê"! Boa aula! — Lisa saltou no terceiro andar, desaparecendo atrás das portas deslizantes do elevador.

Suspiro, pensativa em lembranças.

Ah, terceiro andar... O andar dos alunos avançados...

Será que um dia vou conseguir pelo menos descer para o quarto andar dos alunos intermediários como Susana e Margô? Na verdade,

Margô já está com o pé no terceiro, levando em conta que fica debruçada sobre uma penca de livros por mais de cinco horas ininterruptas. Ah, céus! Sou tão burra em se tratando de inglês... Queria tanto aprender por osmose... Preciso tanto... Futura jornalista, sabe como é.

Preciso abrir aquele cofre idiota, salta na minha cabeça.

O aroma Azzaro Pour Homme inunda meu nariz, cortando meus pensamentos e comprovando que o frio ainda não aniquilou meu olfato acurado.

— *Buenos dias*, Duda! — diz meu parceiro de classe, livrando-se do casacão preto, do cachecol azul e das luvas de couro. Em seguida, larga o corpo na cadeira ao meu lado.

— Oi, Pablo.

— *Fuerte viento, no?*

— Forte demais.

Pablo abre a mochila *"Barcelona mes que un club"* (no bolso da frente, há um "10" estampado em branco e um autógrafo do Ronaldinho) e começa a espalhar o material sobre a mesa: livros, caderno, dicionário eletrônico, caneta, lápis e borracha. Deixa por último o pote de iogurte natural (500ml) e a maçã vermelha.

Pablo é, sem dúvida, a pessoa com os hábitos mais saudáveis que conheço. De modo que, ao desviar meus olhos pesarosos do lanchinho dele para o meu, um Tall Latte melado de tão doce e um enorme *muffin* de *blueberry* comido pela metade, já posso sentir minhas veias entupidas e uns 230 quilos de açúcar pesando na minha cabeça.

— Por que não traz alimentos mais saudáveis, se isso a preocupa? — pergunta ele, como se meus pensamentos estivessem estampados na minha cara.

— Quero ganhar peso. Estou tão magra que acabo sentindo mais frio. — O que é uma grande mentira, claro. Estou falando de querer ganhar peso. Quer dizer, que mulher pensa assim? Nem Ângela Rô Rô.

— Posso elaborar uma dieta de ganho de massa muscular se você quiser. Equilibrando vitaminas, proteínas, fibras e carboidratos. Não sou profissional, mas pesquiso muito sobre o assunto. Pense com carinho no seu colesterol LDL, Duda.

— Tudo bem. Podemos pensar no meu colesterol LDL mais tarde. Talvez.

Pablo sorri, expondo os dentes perfeitos e brancos como neve, e me olha de um modo que faz minhas pernas estremecerem embaixo da mesa. Depois morde a maçã de um jeito, digamos assim, um tanto lascivo. E me oferece um pedaço.

— Não, obrigada — recuso.

Está aí. Mais uma decisão que assumi com bravura (e bastante pavor). Não estou falando de recusar uma maçã, pelo amor de Deus!

Estou falando de Pablo Rodríguez.

Resolvi arriscar um tratamento de choque e investir numa amizade com um sujeito do sexo masculino que, aparentemente, não é gay. Não. Definitivamente Pablo Rodríguez não é gay. O negócio é que antes de cair de cabeça nessa grande aventura, liguei para Dani e pedi que fizesse uma rápida avaliação do *gayzol* de Pablo a partir das informações que consegui coletar:

1. Pablo fala "chiclete" e não "sicléti" (em espanhol se diz "goma", mas eu pedi que ele pronunciasse "chiclete" em português para ver como se saía);
2. Nunca assistiu a *Will & Grace*;
3. Outro dia, no metrô, ele não só matou uma barata com uma pisada certeira, como esmigalhou a coitadinha contra o chão.
4. Não curte Madonna, muito menos Lady Gaga;
5. Não usa cueca Calvin Klein (sim, eu sobrevivi no dia em que ele abaixou na minha frente, deixando um bocado do traseiro à mostra);
6. Adora futebol.

Resultado: macho com "m" maiúsculo.

Fiquei me sentindo uma traíra depois de falar com Dani. Principalmente porque ele ficou todo interessado e exigiu que eu lhe mandasse uma foto do "bofe" em agradecimento pelo favor prestado.

Mas foi necessária. A investigação, quero dizer. Eu precisava ter certeza de que escolhera o amigo ideal para o tratamento (homem macho), embora não tivesse tido muitas opções.

Pablo é de Barcelona. E tudo bem que eu deveria ser mais ousada e procurar me relacionar com estrangeiros com os quais eu só conseguisse me comunicar em inglês, mesmo que precariamente, o que é uma das melhores maneiras de se aprender o idioma, é o que papai vive falando.

Só que foi mais forte do que eu. Acabei me aproximando de Pablo pela facilidade de entrosamento: consigo entender seu espanhol catalão sem muito esforço (até porque tenho uma colega, da época de colégio, cujos pais, executivos, foram transferidos inesperadamente de Valência para o Rio de Janeiro, de modo que meus ouvidos estão treinados e também sei algumas palavras) e ele, o meu português carioca. Para ser sincera, às vezes até esqueço que não falamos a mesma língua.

O único probleminha (talvez o grande erro) é que... bom, Pablo é um bocado bonito. Ah, tudo bem, ele é mesmo lindo demais com todo esse corpo másculo, além de ser uma fofura de pessoa. O fato de ele ser assim tão gostoso às vezes me confunde um pouco. Mas só um pouco.

Alguns dias atrás, li no site da revista *Cláudia* que amizade entre sexos opostos é realmente uma questão complicada e que a tendência para surgir uma atração sexual entre as partes é mais do que natural. Não que eu me sinta sexualmente atraída por Pablo. Tudo bem, eu me sinto, mas e daí? Nada demais. Puxa! Ele é lindão! E, apesar de eu ser bocó, sou garota em primeiro lugar, ora bolas! É só uma questão meramente física, atração entre corpos. Eu levemente atraída por ele. Nada mais.

Estou falando muito sério. Eu jamais ficaria com Pablo só por ficar. Não quero me envolver num casinho internacional sem futuro. Não quero me relacionar com ninguém, aliás. E Pablo vem sendo muito importante no meu tratamento.

Para ser bem honesta, tenho certo medo dele (ele é grandão demais, imagina só... bom, deixa pra lá). Além disso, embora ele seja muito legal comigo, eu já o conheço suficientemente bem para afirmar que ele não faz meu tipo ideal de homem. O tipo com quem quero passar o resto da vida. O tipo pálido, esguio, olhos multicoloridos, fã de frases de efeito e compositor nas horas vagas. O tipo... ai, meu Deus!... Edward Cullen. (Não dá para esquecer essa merda! Não dá! Por que, diabos, fui ler esses livros? Como uma pessoa conseguiu escrever uma história que mais parece uma droga?)

— Duda? Psiu... Oi...

Levo um susto com os dedos enormes de Pablo se mexendo diante de meus olhos. Afasto-me um pouco, piscando confusa.

— Oi.

— O que aconteceu? — Ele quer saber.

— Fiquei meio aérea.

— Meio aérea? *Estoy* chamando você a um tempão.

Agora que olho em volta, vejo que a sala se encheu de alunos: quatro japonesas, três coreanos, três turcos, dois brasileiros, duas chinesas, uma francesa e uma holandesa cujo nome não sei pronunciar, algo como "Divertje".

Tom Williams, o sujeito mais desajeitado do mundo, já rabiscou a data na lousa branca com sua letra tosca e ocupou toda a mesa da frente com seus badulaques: dois copos Starbucks (dá para saber que é café porque há pingos pretos sobre a mesa), *cookies* de baunilha, recortes de jornal e o CD player, que está meio pifado, de modo que a mão branquela de Tom precisa ficar pressionando a tampa do compartimento do disco durante toda a execução do *listening*, para que o som flua perfeito e sem engasgar.

Tom está vestindo uma camisa vermelha com estampas de margaridas brancas e seu tique nervoso (repuxar o pescoço e entortar a cabeça ao mesmo tempo para o lado direito) está mais visível do que nunca, o que suspeito ser consequência de uma noite maldormida depois da derrota dos Jets. Falando nisso, essa é a primeira vez que vejo seu cabelo louro, sempre escondido sob o boné verde e branco do time de coração.

— Minha nossa... — murmura Pablo, referindo-se a Tom que, neste instante, está meio que brigando com seu laptop. Está, inclusive, balbuciando algumas palavras (de baixo calão, provavelmente). Fico imaginando qual seria a pontuação de Tom no teste de sanidade mental e, de um modo bastante egoísta, sinto-me aliviada com meus 37 pontos.

— Tem programa para hoje? — Pablo se vira para mim, os olhos negros brilhando na luz.

— Eu? Bom... por enquanto nenhum. Alguma sugestão?

— Hum. — Ele morde o lábio inferior e me encara. Tudo bem, Eduarda Maria. Concentração. Inspirar, expirar. Inspirar, expirar.

— Por favor, Pablo...

— Sim?

— Que não seja ao ar livre. Não quero virar picolé.

Ele ri, sacode a cabeça e começa a folhear seu caderno.

Aproveito para, disfarçadamente, observar seu rosto de traços fortes. Sua pele morena de textura aveludada é levemente enrubescida na extensão que vai das têmporas aos ângulos laterais da mandíbula. Pablo não precisa fazer a barba simplesmente porque não tem. Seus cabelos são pretos e curtos. E, a julgar pelas veias protuberantes do antebraço, pelo pescoço largo e por seu gosto pela musculação, deve ter a barriga de tanquinho, embora eu não possa afirmar com certeza, uma vez que o corpo volumoso está sempre escondido sob várias camadas de roupa.

É claro que Lisa acha que sou um ímã para homens bonitos, uma tremenda sortuda. E sim. Ela também acha que sou uma tremenda idiota porque não aproveito nadinha, tirando RCGG, claro (é... eu aproveitei).

Mas o que Lisa não entende, o que ninguém entende, é que, apesar de tudo, Pablo não tira meu sono. Edward Cullen e os problemas que ele me traz, sim, conseguem essa proeza; olhe ele aí outra vez.

Também li nos arquivos do site da revista *Cláudia* sobre isso. O negócio é que não me pego pensando em Pablo quando não estou com ele e não tenho ciúme quando ele conversa com outra garota. Se um dia isso acontecer, aí sim estarei entrando na zona vermelha do perigo. Mas, por enquanto, ele é só um amigo. O único que tenho nesta cidade maluca.

— *Estoy* aqui pensando... — continua ele.

— Diga.

— *The Phantom of the Opera* na Broadway, o que acha?

— Puxa! Excelente ideia, Pablo! — exclamo, ignorando o fato de que será impossível entender uma única palavra. Mas, como perdi as contas de quantas vezes assisti ao musical em filme e que, por isso, sei toda a história de cor, acho que posso superar o pequeno inconveniente.

— Sabe — diz ele. — É uma de minhas histórias favoritas. Gosto de obras góticas.

— Sério? Também gosto da história de O Fantasma da Ópera, apesar de achar um pouco triste.

— Triste? — Ele parece surpreso. — Explique.

— Ah, não. Tenho vergonha de dizer — admito.

— Vergonha de mim? *Estoy* curioso agora.

— Bom, é que... tenho pena do fantasma.

Ele se ajeita no lugar, esperando. Continuo a explicação, tentando não parecer uma idiota:

— O fantasma Erik amava Christine. Era obsessão, claro, mas era amor.

— Acha que o fantasma deveria ter feito diferente? — Ele franze a testa. — Que deveria ter insistido na chantagem que fez e se casado com Christine quando ela se dispôs a tal sacrifício em troca da vida de Raoul, seu verdadeiro amor?

— Não, de forma alguma.

— Eu não entendo...

— O que acontece quando o fantasma Erik beija Christine, Pablo? — pergunto, na tentativa de fazer com que ele acompanhe meu raciocínio.

— Ele experimenta uma alegria única em toda uma vida de rejeição.

— ...porque, apesar de estar chantageando Christine, ela não o rejeitou. Erik abre mão de sua felicidade pela de Christine e a liberta da chantagem, liberta Raoul e diz estar pronto para morrer por sua amada. — Faço uma pausa para fitar Pablo, que está pensativo. — Eu não acho que Erik deveria ter feito diferente. Para mim, é justamente na renúncia que se baseia toda sua glória e, claro, sua destruição.

— Você sente pena do quê, exatamente?

— Em se tratando de amor, não existe prêmio de consolação.

— É uma boa questão — concorda ele. — Então... Se você acha a história assim tão triste, podemos assistir a outro musical.

— Claro que não. Quero ver *O Fantasma da Ópera*. Tenho 19 anos, Pablo. Já passei da fase de me envolver exageradamente com histórias.

Bom, isso não é exatamente verdade, mas Pablo não precisa saber, e, no caso de *O Fantasma da Ópera,* funciona perfeitamente.

— Eu não me surpreenderia se você dissesse o contrário — diz ele. — É muito comum que garotas sensíveis se deixem envolver por histórias. Principalmente as de amor. E você, bom... Você é uma das garotas mais sensíveis que já conheci.

— Por que acha isso?

— Não sei. Mas leio bem as pessoas.

Sorrio, meio sem graça. Edward Cullen também lê as pessoas. Ele continua:

— Veja o caso dos livros da saga *Crepúsculo*, por exemplo. Minha irmã é totalmente fascinada por... como é mesmo o nome dele? Qualquer coisa Cullen...

— Pois essa não é a minha realidade, tá legal? — estouro. — Não mesmo! Você é um péssimo leitor de pessoas! Por acaso tenho cara de quem se envolve com histórias? De quem deixa a vida de lado por conta de um mundo encantado, de um amor arrebatado que só existe nas folhas dos livros ou nas telas do cinema? Hein? Acha que só penso nisso 24 horas por dia, sete vezes por semana e que coleciono fotos dos meus personagens favoritos? E que não consigo dormir? E que não faço mais nada da vida? Acha? Para seu governo, Pablo, nem conheço essa saga *Crepúsculo*. Nunca li. Nunca vou ler. — Bufo por fim, porque não quero chorar. Sei que estou vermelha, minhas bochechas estão pegando fogo.

Só agora percebo que, enquanto eu derramava minha fúria incontida, o rosto de Pablo se afastou um pouco. Seus olhos negros parecem perdidos.

— Desculpe — É o que ele diz. — Não quis ofendê-la.

— Porque não sou uma garota tão... fútil assim — digo, mais para *me* convencer.

— Não acharia futilidade, mas tudo bem — ele está dizendo. — Não está mais aqui quem falou.

Há um silêncio horrível.

Pablo abaixa a cabeça e volta a folhear o caderno em silêncio. Realmente não sei por que está fazendo isso, levando em conta que as folhas estão em branco.

Ai, meu Deus! Olhe só o que acabei de fazer! Pablo não merece ouvir os desabafos de uma garota como eu. Porque sou fútil *sim*. E me detesto por isso.

— Pablo?

— Oi.

— E os ingressos? — Mantenho a voz suave, tentando consertar o mal-entendido, rezando para que não seja tarde demais. É estranho, mas, de algum modo, não consigo suportar a ideia de perder a amizade de Pablo. Apesar de conhecê-lo há pouco tempo, ele já é importante para mim.

— O que é que tem? — Ele devolve a pergunta, também suave. Bom, acho que ficou tudo bem. Graças a Deus!

— A fila para comprar os ingressos na Times Square é gigantesca e, sabe como é... a fila é ao ar livre.

— Isso não seria um problema, pois, embora poucos saibam, há outro guichê da TKTS. Bem menos movimentado.

— Sério? Onde?

— Pier 17, em South Seaport.

— Jura?

— A-hã.

Apesar de ter 21 anos e não falar inglês muito bem (o que para mim é uma bênção divina), Pablo esteve em Nova York algumas vezes. O que faz dele uma excelente companhia. Em todos os sentidos, claro.

— Então podemos ir ao Pier 17 logo depois da aula, o que acha? — sugiro.

— Duda. — Ele suspira. — Eu disse que isso não seria um problema se *precisássemos* comprar os ingressos.

— Não precisamos? — Ergo as sobrancelhas, confusa.

— Não. — Do meio das folhas brancas do caderno, surgem dois papéis compridos que Pablo ergue diante de meus olhos. Ele fica me encarando.

Demoro mais do que o necessário para perceber que os dois papéis são, na verdade, dois ingressos.

Uau! Não dá para acreditar que um cara como Pablo, um cara tão grandão, possa ser tão fofo! Estou profundamente sem graça e não sei o que dizer, para variar.

Mas Pablo está esperando. E parece ansioso pelo modo como ainda me encara.

— Você é um tanto pretensioso, sabia? — digo em tom de brincadeira.

— Sou mesmo, mas tinha certeza de que você não recusaria o convite.

— Parece que nos conhecemos há meses.

— Anos, eu diria.

— Então... Quanto devo a você? — pergunto, virando o corpo para mexer em minha bolsa pendurada na cadeira.

— Isso é decepcionante.

— O quê? Dinheiro é decepcionante?

— Não. — Ele segura meu queixo, forçando-me a encará-lo. — É decepcionante saber que você não me conhece tão bem quanto pensa, ou tanto quanto eu conheço você.

Minhas pernas já viraram glacê de bolo. Mas acho que Pablo não percebe, pois continua me olhando e falando:

— Não precisa me pagar e deveria saber disso.

Engulo em seco.

— Pablo — insisto, sem saber se devo. — Ingressos com antecedência custam caro. — Puxo os papéis da mão dele e, ao fazer isso, dou um jeitinho de, elegantemente, tirar meu queixo de seus dedos.

Estou lendo o ingresso com o coração disparado, os olhos arregalados. Por um momento, penso em recusar, temendo o que aceitá-lo possa significar.

Mas então chego à conclusão de que não preciso ter medo, já que na minha cabeça sempre esteve muito claro que, apesar de lindo, Pablo é apenas um amigo. Meu primeiro amigo homem. O que é uma grande coisa. Posso sair e me divertir com Pablo, como me divertiria com... Dani, por exemplo.

Além de tudo, sinto-me surpresa demais para recusar qualquer coisa. E não é pelo preço. Tudo bem, 122 dólares é uma quantia expressiva. Mas mesmo assim...

Quando percebo, estou toda empolgada.

— É na fila B, no centro da *Orchestra*! É muito perto do palco! Verei o suor da cara do Erik, se é que fantasmas transpiram.

Pablo começa a rir. Depois suspira.

— Adoro você.

— Q-q-q-que foi que disse? — pergunto, embora tenha ouvido muito bem.

— Disse que adoro você, Duda.

— B-b-b-bom, Pablo... Obrigada pelo convite. Eu também adoro você. É um amigo e tanto...

Percebo um lampejo estranho em seus olhos. Mas passa rápido.

— O musical é às oito da noite — continua ele. — Podemos passar a tarde juntos, se você quiser.

— É claro que eu quero — confirmo, sorrindo.

— *OK, guys* — diz Tom. — *Let's start. How are you today, Eduarda?*

Ah, sim. Meu martírio pessoal acabou de começar.

A TERCEIRA MIRAGEM

— Ele está a fim de você. — A voz de Lisa flutua por cima da parede que separa as cabines.

Estamos no segundo andar do prédio da escola, o ponto de encontro dos estudantes no intervalo. Mais precisamente, dentro do banheiro feminino.

— Não está, não — afirmo, pelo que deve ser a vigésima vez, levantando as calças e acionando a descarga. Depois cambaleio para fora da cabine, dando lugar a uma chinesinha de mechas coloridas no cabelo perfeitamente liso e sem volume.

— Pelo amor de Deus, Duda! Por que não quer enxergar o óbvio? — Lisa lava as mãos na pia enquanto ajeito meu cabelo diante do espelho. — Ele a convidou para um musical na Broadway *e* pagou os ingressos *e* são os melhores lugares do teatro. — Ela suspira. — Conhece algo mais romântico que isso? — Agora está esfregando as mãos sob o jato de ar quente. — Ele está a fim de você, Duda. E vai tentar beijá-la. Pode escrever o que estou dizendo.

Certo. Estou arrependida de ter contado à Lisa sobre o musical. Mas a verdade é que só Deus sabe como venho me sentindo sufocada! Queria tanto poder dizer a ela que não quero nada com Pablo Rodríguez porque... porque... Ah, você está careca de saber por quê! Queria tanto desabafar! Mas, além de não poder (seria um tiro no pé), sou obrigada a ficar ouvindo um monte de asneiras incabíveis.

Não sei como foi acontecer, mas quando observo minha imagem no espelho, vejo que meus dedos, enganchados sob os olhos, estão meio que puxando minhas bochechas para baixo, de modo que estou vendo o vermelho de minhas pálpebras inferiores. Estou com cara de buldogue. Totalmente. Não sei por que, diabos, não consigo fazer com que minhas mãos se movam. Meus dedos continuam exatamente no mesmo lugar. É como cola. Não quer soltar! Ah!

— Pare com isso, Duda! — Lisa puxa meu braço com força. — Vai borrar a maquiagem desse jeito.

Preciso abrir aquele cofre idiota, a frase martela na minha cabeça.

— Por que esse tipo de coisa só acontece comigo? — pergunto, indignada, encostando o traseiro na pia. — Oh, Deus, o que foi que eu fiz? — Estou me referindo à catástrofe dos livros presos dentro do cofre. Mas, claro, Lisa não consegue alcançar meu estado de espírito.

— *Pabl...*

— Chhh! — Balanço a mão na cara dela, olhando em volta. — Não diga o nome dele. Pode me complicar.

— Tá, tá, tá. — Ela cruza os braços. — O fato é que... hum... La Cosa está a fim de você. E você será uma tremenda idiota se não der uns beijos nele.

— La Cosa?

— É só um apelido para se referir àquele cujo nome não posso pronunciar — esclarece ela. — Significa A Coisa.

— De onde tirou isso?

— Sei lá! Mas tanto faz. O fato é que La Cosa vai beijar você.

— Eu. Não. Vou. Beijá-lo.

— Posso. Saber. Por quê?

Viro-me para o espelho outra vez. Estou realmente perdendo a paciência.

Ergo um dedo.

— Motivo *number one*: eu não estou a fim dele. — Ergo dois dedos. — Motivo *number two*: ele não está a fim de mim. — Ergo o terceiro dedo. — Motivo *number three*: ele não é *Edwa*... Deixa para lá!

Lisa solta os braços e me encara pelo espelho.

— Espere. Não, não, não. — Ela sacode a cabeça. — Não me diga que a neura vampiresca está voltando.

— Não... É claro que não.

— *Excuse me*. — A chinesinha de mechas coloridas no cabelo pede licença com uma voz tão baixa que é provável que esteja lá na China.

— *Sorry*. — Saio da frente do espelho, feliz por conseguir me comunicar.

— Quer saber? Cansei, Duda — diz Lisa. — Esse papinho me deu sede. — Ela me pega pelo braço e me arrasta em direção ao refeitório. Paramos diante de uma máquina de refrigerante, na qual Lisa enfia duas moedinhas. Dois segundos depois a Cherry Coke aparece rolando no compartimento inferior.

— Você deve conhecer os seus próprios sentimentos — diz Lisa, abrindo a lata. — Não está a fim dele.

— Não estou a fim dele.

Ela dá uma golada no refrigerante e larga o corpo numa cadeira que acabou de vagar. Sento-me do outro lado da mesa e apoio nela os cotovelos.

— Vai passar a tarde com ele? — Ela quer saber.

— Vou.

— E vai passar em casa antes do musical?

— É claro que vou.

— Provavelmente não vai me encontrar lá — diz ela, os olhos verdes brilhando. — Margô também vai sair. Vai a uma festinha na casa de uma colombiana aí. E Susana, pelo visto, vai junto.

— Mas e você? Não desconverse, Lisa.

— Alguém me convidou para sair. É um *happy hour*, mas está valendo.

— Ah, meu Deus! Quem? — pergunto alegremente. — Me conta!

— Fred.

Foi-se embora a alegria.

Pablo e eu almoçamos juntos em um restaurante francês ao lado da escola e, tão logo colocamos os pés na calçada (jurando que nunca mais voltaremos a pagar sete dólares por uma água DaSani *purified*), começamos a correr pelas ruas gélidas e ensolaradas do Upper Midtown, costurando a multidão encasacada e chegando ao Museu de Arte Moderna, o MoMA, em menos de dez minutos. Agora estamos atravessando as portas de vidro e morrendo de rir de tudo isso.

Ah, que calorzinho agradável!

Afrouxo o cachecol, enfio as luvas na sacola da GAP e olho em volta, admirada. O MoMA é tão *clean*! A arquitetura de vidro harmoniza o salão arejado e claro.

Puxa! Como eu amo um museu! Mal posso acreditar que estou prestes a ver (ao vivo, com meus próprios olhos) *A Noite Estrelada* de Vincent van Gogh. Uma corrente elétrica de ansiedade atravessa meu corpo e, quando percebo, minhas pernas estão caminhando sozinhas em direção à entrada de acesso às galerias, de onde um homem barbudo, com crachá pendurado no pescoço, levanta o indicador assim que me vê e começa a balançá-lo em sinal negativo, aumentando a velocidade do movimento à medida que me aproximo.

— Ei, Duda! — a voz de Pablo atrás de mim. — Aonde pensa que vai, garota? — Giro o corpo e vejo que meu amigo ficou parado na enorme fila do guarda-volumes. Volto depressa para junto dele. — Não é permitido entrar nas galerias carregando esse monte de coisas que não me deixa carregar para você.

Solto os ombros, desanimada. Detesto fila.

Sem distração melhor, começo a reparar nas pessoas. É possível contar vinte japoneses usando aquelas toucas amarelas de identificação de grupo; daria para esconder um ninja em cada uma de suas bolsas enormes. Mais no início da fila, há um casal usando roupas prateadas dos pés à cabeça. Tudo bem que estamos em Nova York, mundialmente conhecida por sua boa receptividade a estilos alternativos de vida e, talvez, a culturas intergalácticas. Mas mesmo assim...

Cansada do passatempo, começo a tamborilar os dedos no cotovelo, assobiando baixinho. Quando ergo os olhos, vejo Pablo me observando com os cantos dos lábios levantados.

— Algum problema aí? — Ele quer saber.

— Não, nenhum.

Só preciso abrir aquele cofre idiota, salta em minha cabeça.

Cada um dos 35 minutos de espera na fila mais parece uma eternidade e, quando finalmente chega a nossa vez, enfio o material escolar na sacola da GAP e a entrego à Senhora Sorriso Gentil atrás do balcão. Deixo também o casacão e faço menção de ir embora quando a Senhora Sorriso Gentil me cutuca o ombro e aponta para a bolsa da Nike atravessada em meu peito. Está dizendo um monte de coisas que não consigo entender.

— Pelo visto sua bolsa é grande demais para os padrões permitidos — cogita Pablo, que já se livrou da mochila do "Barça" e do casacão.

— E agora? — reclamo. — Não posso deixar dinheiro e passaporte para trás! Não confio tanto assim nessa gente. — Apalpo a calça jeans. — E não tenho bolso.

— Eu os levo aqui comigo — oferece Pablo, estendendo a mão.

No compartimento externo de sua carteira, Pablo enfia meus dólares e os cartões de crédito. Meu passaporte, porém, como não cabe na carteira nem no bolso traseiro de sua calça, ele enfia no bolso interno de seu casaco de moletom.

— Não é aconselhável andar com passaporte por aí, Duda — diz ele enquanto caminhamos a passos largos em direção às galerias. — E se roubarem sua bolsa? E se você perder o passaporte? Não faz ideia do transtorno.

Abro um sorriso imponente para o homem barbudo, que agora mantém seu indicador bem sossegadinho, e entrego o ingresso.

— Eu sei. Geralmente ando apenas com a fotocópia do passaporte. Vale para quase tudo. Só que hoje tive de levar o original à secretaria da LSA. Faltava qualquer coisa no meu cadastro.

— *Muy bien.* — Ele suspira e passa o braço em meu ombro, trazendo-me mais para perto. Estremeço levemente. — Lembre-me de devolver o passaporte a você.

— Pode deixar. Não vou esquecer.

— Por onde vamos começar?

— Pode me guiar pelas galerias, Espanhol Sabe Tudo! Confio totalmente em você.

Ele ainda está sorrindo quando chegamos às escadas rolantes.

Às cinco da tarde, subo as escadas da estação de metrô no cruzamento da Rua Setenta e Sete com a Avenida Lexington e o corre-corre continua diante de mim. No céu, o sol dá lugar às estrelas, que começam a brilhar tímidas bem acima da massa de ar seco e frio.

Estou sozinha, caminhando no meio de toda essa gente americana que borbulha de ansiedade na volta para casa. Na verdade, boa parte dessa gente nem americana é, mas isso não vem ao caso.

Viro a Rua Oitenta e Três na direção leste e, apesar do vento, não estou com pressa. Ao contrário, estou praticamente flutuando pela calçada, balançando alegremente as sacolas (agora são duas porque fiz umas comprinhas na loja do museu). Não consigo parar de sorrir.

Depois de uma manhã sem expectativas promissoras, tive uma tarde incrível! É bem provável que eu sonhe com as cores impressionistas de Van Gogh e com o surrealismo de Magritte. O melhor de tudo é que o dia ainda não terminou! Ainda vou ver *O Fantasma da Ópera* e me sentar no melhor lugar do teatro! Pablo vem me buscar, de táxi, lá pelas sete horas.

Mal posso esperar para estrear o vestido de lãzinha xadrez que comprei outro dia na Zara e que vai combinar perfeitamente com a meia-calça de lã e as sapatilhas pretas. Vou vestir o sobretudo cinza escuro. Pensando bem, talvez o claro fique melhor, apesar de ser mais leve. Só que não preciso me preocupar tanto com o frio, já que vou sair da portaria do prédio direto para dentro do táxi.

Ai, ai... Preciso comprar uma daquelas camisetas I ♥ NY. Porque é a mais pura verdade.

E também preciso abrir aquele cofre idiota.

Pare de pensar! Pare de pensar!

Avisto meu prédio marronzinho lá longe e nem preciso olhar para o alto para saber que minha janelinha linda também está lá. Adoro este bairro! Essas pessoas elegantes, essas árvores desfolhadas, esses... sacos de lixo no meio-fio (certo, o lixo pode ser um pouco deprimente). Esses carros charmosos estacionados nas ruas e...

O que é aquilo ali? É uma miragem? *Ou será...?*

Estou correndo desembestada pela calçada, os cabelos voando na direção que o vento sopra. Os ímãs coloridos, as canecas *"we are happy to serve you"*, as luzinhas de leitura e todas as outras 255 bugigangas chacoalhando na sacola do MoMA. Preciso chegar mais perto *dele*. E rápido.

Meu Deus! É *ele* mesmo! Como é lindo! Tenho certeza de que nunca esteve por aqui antes. Eu o teria visto.

Estou falando do Volvo prata estacionado em frente ao meu prédio.

Meu coração está disparado e por um motivo muito simples: o carro de Edward Cullen em minha saga favorita é um Volvo prata idêntico a esse. E estar de frente para ele (para o Volvo, não para Edward Cullen infelizmente) torna tudo tão... real.

Certo. Há mais de dez minutos estou parada na calçada, admirando a lataria de prata polida, reprimindo a vontade de largar as sacolas no chão e envolver o Volvo num abraço carinhoso. Não é uma boa ideia, acho; um carro desses deve ter dispositivo de alarme.

Sei que preciso ir para casa. Primeiro, porque não me parece muito seguro ficar plantada numa calçada de Nova York por um longo tempo como uma completa idiota. Alguém pode desconfiar do comportamento estranho e chamar a polícia e só de pensar na NYPD (New York City Police Department, do escudo amarelo, branco e azul) sinto como se estivessem esfregando um quilo de gelo nas paredes do meu estômago. Segundo, porque o vento está queimando minhas bochechas. E terceiro porque tenho hora marcada com Pablo e, se não quiser me atrasar, preciso subir agora, tomar banho e trocar de roupa. Só que, claro, meus pés não entendem isso e não se movem para a frente.

Então me ocorre que é bem provável que, daqui a pouco, esse carro maravilhoso não esteja mais aqui e eu preciso, não, *eu tenho* que vê-lo da minha janela e fingir, só por um minuto, que sou Bella Swan à espera do vampiro encantado, como no livro.

Subo depressa as escadas do prédio. E, neste instante, estou sentada no último degrau, no meu andar, soltando os bofes pela boca. Não posso arriscar nem mais um passo sem me recompor. Estou realmente tonta e poderia cair.

Respiro fundo duas vezes. Passo as sacolas para a mão esquerda e, com a direita, seguro-me na grade, a quentura em ascensão.

No momento em que ergo a cabeça, algo novo lampeja em minhas vistas. Estreito os olhos.

Deus do Céu! A segunda miragem do dia!

Há um feixe de luz branca embaixo da porta do vizinho.

O vizinho chegou.

Minha vontade imediata é de sair correndo (não sei com que pernas) e bater na porta dele, para perguntar sobre a senha do cofre. Mas estou ciente de que seria um erro tremendo e tento me concentrar firmemente no pacto pessoal. Só que...

Ai, meu Deus! Não dá! Simplesmente não dá! É mais forte do que eu! Preciso saber se o vizinho sabe a senha! E preciso saber agora!

Em frangalhos, arrasto-me até a porta do vizinho. Levanto o braço e me preparo para bater. Mas, por meio segundo, hesito. E recolho a mão.

Não vou bater.

Vou entrar em casa. O Volvo prata está lá fora e sabe-se lá até quando vai estar. Preciso pensar direito para não fazer besteira. Se os livros estão presos dentro do cofre é apenas por um sinal divino, lembra? Não posso amarelar. Talvez um gole de café bem quente acalme minhas ideias.

Quando atravesso minha porta, já me vejo correndo pelo apartamento, movida por uma energia que vem do além, largando casaco, cachecol, luvas e as demais tranqueiras em cima da cama e colando a testa na janela do quarto.

O Volvo ainda está na rua. Ah! Daqui de cima é incrivelmente mais lindo, brilhante no escuro. Preciso tirar uma foto antes que ele desapareça. Mas a câmera está dentro do guarda-roupa e não posso nem pensar em chegar perto daquele cofre idiota.

Estou andando pelo quarto feito barata tonta. Abrindo e fechando as gavetas da escrivaninha. Levantando o laptop cor-de-rosa só para recolocá-lo no mesmo lugar. Não posso chegar nem perto do cofre. Se olhar a portinha trancada, tenho certeza, não vou ser capaz de me conter.

Então me ocorre uma lembrança. Preciso pegar umas roupas de dentro do guarda-roupa. Preciso tomar banho, aliás. Para quê, mesmo? Ah, tanto faz!

Estou com a cabeça enfiada dentro do guarda-roupa. Agora estou socando a testa no cofre com a inútil esperança de que meu crânio rache de vez.

Muito bem. Sou fraca demais para resistir. E, quando se vê a coisa toda sob um ponto de vista diferente, é só uma perguntazinha de nada: *"você sabe a senha do cofre digital do quarto de frente para a rua?"*. E se o vizinho souber? Não significa necessariamente que vou querer recuperar o tesouro perdido no mesmo minuto. Claro que não. Com a senha na mão, posso pensar sobre isso depois.

Feliz com a decisão, atravesso a sala na velocidade da luz, saio para o corredor social e fecho a porta atrás de mim.

Respiro fundo antes de bater na porta do vizinho cujo nome desconheço. *Toc, toc, toc.* Tenho vontade de esmurrar a madeira com as duas mãos, como uma criança birrenta, mas não me custa nada manter uma centelha de elegância, já que minha aparência deve estar mesmo monstruosa (entre os dedos da mão, posso sentir os tufos de cabelo que arranquei no auge do desespero; não sei exatamente quando foi).

Nervosa, só consigo olhar para baixo. Meus olhos, cravados no minúsculo filete de luz, esperam o instante em que a porta vai se abrir e o filete, virar um clarão.

Ouço passos. Ouço a maçaneta girar. Mantenho os olhos no filete de luz.

Primeiro vem o clarão. Depois dois pés descalços entram em meu campo de visão. Dois pés enormes e ligeiramente tortos (não sei por que me parecem familiares)...

Quero erguer os olhos. Mas a cena diante de mim está em câmera lenta e isso me dá uma agonia profunda, pois chego a ouvir *Carruagem de Fogo* tocando de algum museu do disco em minha cabeça.

Então meus olhos estão subindo, ainda muito devagar para o meu gosto. Passam pelos pelinhos louros da perna do vizinho, encontram uma toalha branca amarrada abaixo da cintura. Ah, que vergonha! O vizinho acabou de sair do banho. Depois meus olhos sobem para o peito, que também não me é estranho.

Finalmente encaro o vizinho e a cena congela de vez.

Estou perplexa, chocada, desorientada, abalada, perturbada e todos os outros sinônimos que o *Aurélio* é capaz de encontrar.

Loucura...

A terceira miragem...

Só que de repente não tenho tempo para nada. Não consigo sequer duvidar quando tudo o que sinto é meu corpo amolecendo para a frente. Em meio à alucinação (a mais linda de toda minha vida), um último fio de consciência: estou desmaiando em cima de Robert Pattinson.

Tudo fica escuro.

O VIZINHO

Primeiro vem a dor no tornozelo esquerdo. Uma dor não muito forte, apesar das fisgadas espaçadas e consideravelmente agudas.

Tento abrir os olhos. Mas eles estão colados, como se eu tivesse derramado algumas lágrimas antes de fechá-los da última vez, embora eu não esteja me lembrando de quando ou por que chorei. Faço um esforço mental, mas só o que consigo são lembranças confusas, girando descoordenadas em minha mente.

— *Aaaai!* — ouço-me gemer com uma fisgada mais forte.

Em seguida vem o toque. Dedos quentes e macios pressionando minha testa com suavidade. Deslizando para a bochecha. Deixando uma trilha de formigamento por onde passam. Hum. Isso é bom. Na verdade isso é bom demais! E o mais impressionante de tudo é que, de algum modo incompreensível, o toque alivia a dor.

Por último, a voz masculina:

— *Are you awake?*

Como um filme que desacelera devagar, as imagens em minha cabeça começam a ganhar algum sentido. De repente lembro-me da alucinação com uma clareza mais do que necessária: Robert Pattinson na soleira da porta do vizinho. Absurdamente lindo e... ai, meu Deus!... Seminu.

Piscando com dificuldade, abro os olhos e, ao fazer isso, vejo um teto branco e também um lustre pendendo do meio de um quadrado de alumínio acetinado, espalhando luzes fracas. Minha garganta se fecha de pavor.

Esse não é o *meu* quarto.

Este colchão sob minhas costas também não é o *meu* colchão. É inacreditavelmente mais confortável.

Certo. Não há motivo para pânico. Eu sabia que isso estava para acontecer e, honestamente, até que demorou bastante. Mas aconteceu e agora preciso ficar calma. Alguém juntou as peças do quebra-cabeça e descobriu a verdade. E esse mesmo alguém, muito sabiamente, me trouxe para cá.

Estou no hospício.

— *Are you ok?*

Meus olhos se movimentam devagar, procurando pela voz do enfermeiro atencioso. Tudo bem, sei que é uma falta de respeito tremenda de minha parte, sendo eu sua nova enferma mental, mas... Puxa! Esse enfermeiro é o dono do toque mais maravilhoso que minha pele já experimentou e estou curiosa para saber quem...

Ah! Ah!

Aaaahhh!!!!

Recolho as pernas num átimo, ignorando a tontura e a dor, e arrasto-me para o outro lado da cama, o mais longe possível do vulto alucinatório.

— *Don't do that!* — ordena o vulto.

Não conheço este quarto. Nunca estive aqui antes. Mas, aparentemente, é muito bem decorado para um quarto de hospital de loucos. E aqueles olhos ali (verdes-esmeralda, não azuis esverdeados), que me fitam com preocupação, não pertencem a enfermeiro nenhum. A menos, claro, que enfermeiros agora tenham adotado toalhas brancas presas abaixo da cintura como uniforme de trabalho em vez de jalecos (o peitoral nu)...

...e tenham a cara de Robert Pattinson.

— Oh! — Esfrego os olhos com os punhos.

O vulto de vinte e poucos anos continua sentado na beirada da cama, exatamente onde estive deitada segundos atrás. Agora seu corpo está se inclinando para a frente, meio hesitante, o braço estendido na minha direção como se quisesse salvar uma criança da arte perigosa. Afasto-me mais um pouco, até onde consigo ir sem correr o risco de cair da cama.

Ao perceber meu movimento, o vulto lança-me um olhar de reprovação e para, recolhendo o braço.

Ai, meu Deus! Isso é muito, *muito* pior do que eu imaginava. O vulto alucinatório está interagindo comigo. Minha mente pifou de vez.

Só se... Bom, talvez não seja uma alucinação. Talvez seja um sonho.

É um sonho, decido de repente. E Susana vai chegar daqui a pouco, sacudir-me pelos ombros e me perguntar sobre o corselete preto da Colcci. Ela vai chegar. Já deve estar a caminho. Tomara, Deus! Tomara!

Tomara que Susana não chegue. Oh, céus! Que pensamento miserável!

— *Aaaai!* — grito. *Putz!* Essa doeu à beça.

— *Don't move!* — insiste o vulto.

Espere um pouco. Essa voz não se parece com a voz de Robert Pattinson, sequer tem o sotaque britânico.

Hahaha. Tudo bem, eu sei o que você está pensando. Quem sou eu para ter certeza disso, afinal? Sou apenas uma anta completa em se tratando da língua do país de Tony Blair. E também, cá pra nós, é realmente muita idiotice esperar que a voz de um vulto alucinatório se mantenha fiel à original, pelo amor de Deus!

Enquanto penso nisso, um detalhe me chama a atenção. Do lado de dentro do braço do vulto, que continua me olhando com olhos reprovadores e dizendo um monte de coisas que não consigo entender, há uma pequena tatuagem preta: *those we love never die* (o que significa isso?). E, de acordo com as milhões de fotografias que tive o prazer de analisar minuciosamente (com a cara colada no laptop), Robert

Pattinson não tem essa tatuagem no braço. E o braço do vulto parece mais volumoso. Aliás, o vulto como um todo é mais encorpado.

Ah! Ah!

Como eu me detesto...

Nem delirando! Nem delirando consigo ser um pouco menos patética. Será que me custava pelo menos fantasiar com o Robert verdadeiro? Em vez desse... Robert Paraguaio de tatuagem no braço, sotaque americano e músculos aparentes? Tudo bem. Tenho de admitir que esse vulto sentado do outro lado da cama é indescritivelmente deslumbrante, o homem mais lindo que meus olhos já viram (é uma pena que vá esmaecer e sumir no espaço a qualquer instante). Mesmo assim... É pirataria pura.

Está bem. Está bem. O negócio é que o vulto ainda não começou a esmaecer. Nadinha. Continua me olhando e falando em inglês americano. O que é estranho, porque, se alguma coisa é certa nesta vida, é que eu, Eduarda Maria, não tenho a menor condição de delirar ou sonhar em inglês. De onde meu subconsciente estaria tirando as palavras que eu ainda não sei?

O vulto parece tão real!

A dor no tornozelo é tão aguda!

Certo. Digamos que não seja uma alucinação, nem um sonho. Então o que Robert Paraguaio Pattinson estaria fazendo aqui no... no... Que lugar é esse, afinal?

— *I'm from Brazil* — ouço-me dizer num impulso.

Ao ouvir minha voz, o vulto se cala e abre um sorriso exageradamente charmoso. Depois, para meu amolecimento final, seus olhos, verdes-esmeralda, começam a examinar meu rosto com curiosidade. Mesmo que minha consciência esteja berrando "desvie o olhar", o que parece ser a única chance de sobrevivência para mim, não consigo fazê-lo. As esmeraldas são como ímãs, irresistíveis.

De repente o vulto está de pé. Vem caminhando lentamente, contornando a cama (sem desgrudar os olhos de mim), e se senta ao meu lado. Está tão perto que sua única vestimenta, a toalha branca felpuda, está roçando na minha perna boa.

Adeus, Tio Sam! Foi bom enquanto durou. Estou enfartando.
Estranhamente feliz à espera da morte, observo os lábios dele se movendo.

— *Me too.* — É o que ele diz. — Eu também sou brasileiro.

Há um silêncio assustador. Não consigo ouvir minha respiração. Talvez porque eu não esteja respirando.

— Você está bem? — pergunta ele. — Estou preocupado. Você desmaiou duas vezes seguidas e...

— D-d-d-duas vezes? — Minha voz é um murmúrio trêmulo.

— Primeiro na soleira da porta. Depois em meus braços, enquanto eu a carregava aqui para dentro — esclarece ele. — Como está o tornozelo? Acho que você torceu o pé na queda. Chegou a chorar no breve intervalo de consciência. Tomei a liberdade de tirar suas botas. Dói muito? — Seus olhos se desviam para meu pé enquanto seu braço se movimenta. Eu me afasto, ligeira como um bicho do mato.

O choque inibe meu cérebro. Não consigo processar as informações com presteza. Só consigo pensar que, Deus!... Essa criatura linda me carregou no colo. *No colo!* E eu idiotamente desmaiei. E devo estar um monstro medonho. Descabelada e com os olhos inchados.

— Ei, não precisa ter medo de mim. Não sou um vampiro e não vou morder você. — Ele dá um meio sorriso simpático. — Nem preciso ler sua mente para saber o que está pensando. Posso até suspeitar por que desmaiou. Acho que é a milésima vez que vou dizer: eu não sou o Robert Pattinson.

Muito bem. Chega de palhaçada.

— Quem é você, então? — Fico surpresa com meu tom firme de voz.

— Miguel Defilippo.

— Defilippo... — Penso por dois segundos. Então a foto de Robert Pattinson que caiu de minha bolsa era mesmo... Minha testa se franze.
— Você é o irmão do Augusto Defilippo?

— A menos que alguém já tenha arrumado um jeito de trocar minha identidade... Sim, sou irmão do Augusto. — Sua voz é tão acolhedora que não me deixa opção a não ser um sorriso desconcertado. — De onde vocês se conhecem?

— A menos que minha irmã tenha se esquecido de depositar o aluguel, você está um pouco mais rico à minha custa. — Devolvo a brincadeira.

— Não... Não me diga que... — Ele parece perplexo. — Não me diga que você é uma das filhas de Malu e Chico Carraro?

— Sou sim. Eduarda Carraro. Duda...

— Uau! — Ele se empolga. — Eu estava realmente ansioso para conhecê-la. Só não imaginava que ia ser desse jeito.

— E eu não imaginava que... Bom, você sabe...

— Nunca me perdoaria se algo mais grave tivesse acontecido a você. Desculpe, Duda.

Ele não faz ideia, mas agora sim a situação é muito grave. Acabo de perder meu coração ao ouvir essa criatura surreal pronunciar meu nome.

— *Hã*... Muito prazer. — Estendo o braço. Mas aí vem a fisgada e minha mão corre para o pé. — *Aaaai!*

— O tornozelo! — Ele se assusta e de repente está de pé. — Não se preocupe. Vou levá-la ao hospital agora mesmo. Acha que consegue suportar a dor até lá?

— Não, pelo amor de Deus! Nada de hospital!

Mas ele ignora meu pedido, puxa as portas transparentes do armário e começa a abrir as gavetas, enquanto fala comigo por sobre os ombros.

— Pode ser uma luxação. — Ele mexe nos cabides. — Uma fratura.

— Não, por favor! — insisto, exasperada. — Não faça isso! Costumo ser fraca para dor. Além do mais, eu já quebrei o pé uma vez e sei que é muito pior do que isso. Logo, logo vai passar. Acredite em mim.

Ele para, pensativo, fitando a calça jeans em sua mão.

— Mas, claro, fique à vontade para se vestir — acrescento. — Aliás, faça isso, por favor. — *Faça isso ou encomende meu caixão.*

Miguel me analisa com a expressão hesitante. Depois olha para a toalha branca enrolada abaixo de sua cintura.

— Certo. — Ele larga a calça jeans na cama e segura a toalha. — Desculpe por isso, eu...

Mas o que ele está...?

— Não! — grito, horrorizada. — Não foi isso o que eu quis dizer. Vou sair daqui agora mesmo para você se trocar. — Começo a me mover na cama.

— Fique parada onde está! — Ele manda e eu obedeço, surpresa demais com sua voz imperativa e desconcertantemente sexy. — Não ponha o pé no chão. Prometo que vou ser rápido.

— Ficou maluco, Miguel? — contesto, sem acreditar em como dizer o nome dele pela primeira vez possa ser algo tão emocionante. — Vista-se no banheiro. — Faço um gesto para a porta de vidro fumê que separa o quarto do banheiro conjugado, e acrescento: — Lembre-se de fechar a porta.

— Não é uma boa ideia.

— Como não? — Sinto minhas bochechas queimarem.

— Que garantia eu tenho de que você não vai fugir na primeira oportunidade e acabar de arruinar seu tornozelo no caminho?

— Por que eu faria isso? — Olho para ele, desesperada. — Não vou fugir.

— Pois não acredito em você.

— Por que toda essa preocupação? — Balanço a cabeça, confusa. — Você nem me conhece.

— Eu... não sei. — Seus dedos correm para o nó da toalha. — Cubra o rosto se achar melhor.

Com um movimento ágil, puxo o travesseiro para cima do rosto, reprimindo um grito. Estou apertando o travesseiro com força, praticamente me sufocando. Mas não há outro jeito se tenho medo de ser traída pelas minhas próprias mãos.

Ah, meu Deus! Será que esse sujeito metido à dublê de Robert Pattinson ainda não percebeu que eu simplesmente poderia cair dura nesta cama se, por acaso, visse qualquer minúsculo pedacinho de qualquer coisinha censurável? Qualquer coisinha que nunca vi na vida? Será que dois desmaios não foram suficientes? Eu moro no Brasil e não na Europa, ora bolas! Não frequento praias de nudismo. A nudez despretensiosa é altamente chocante para mim.

— Pronto — diz ele.

Jogo o travesseiro para o lado e respiro aliviada, um cheiro maravilhoso de perfume me inundando o nariz. Por um instante, chego a pensar que ficou tudo bem. Mas então uma figura arrasadora toma conta de minha visão e lá se vai todo o ar novamente. Isso porque Miguel está usando jeans claro e suéter preto de mangas compridas. Está tão lindo que meus olhos inconsequentes não conseguem se desgrudar de seu peito.

— Bom — ele vem caminhando na minha direção e se senta ao meu lado de novo. — Resta a você uma única chance.

— Uma única chance? — repito, quase afônica, mirando a camiseta de malha preta atrás do suéter de gola V. Suéter de gola V... Realmente muito tentador.

— Uma única chance de escapar do hospital.

— Qual seria ela?

— Você precisa confiar em mim. É capaz disso?

Neste instante, confiaria minha alma a esse anjo. Anjo Miguel. Mas, claro, ele não vai saber disso. Encaro-o com segurança (mais ou menos) e cruzo os braços:

— Você não confia em mim, que razão posso ter para confiar em você?

Ele pensa por um momento.

— É um bom argumento — concorda. — Vou levá-la ao hospital agora mesmo.

— Espere! — exclamo, apavorada e, com a voz definhando, acrescento: — Eu confio em você.

— Certo. — Ele sorri. Eu amoleço. — Tenho um inquilino... Na verdade, um amigo. Ele é médico, está fazendo residência, enfim. É um bom profissional. Se tivermos alguma sorte, ou melhor, se *você* tiver alguma sorte, talvez ele esteja de folga hoje e possa dar uma olhada nisso aí.

Miguel não faz de propósito, claro, mas, na tentativa de tocar meu pé (suponho), sua mão vem para cima da minha. No lugar onde nossas peles se tocam, sinto o mesmo calorzinho, o formigamento gostoso que logo se transforma numa corrente gelada em minha espinha.

— É pegar ou largar. — Ele me lança as profundezas verdes de seus olhos.

— Tudo bem. — Tiro a mão de baixo da dele. — Eu aceito.

— Ótimo. — Ele fica de pé e aponta o indicador para mim. — Vou pegar meu celular lá na sala. Nem pense em tentar fugir. Teria de pular a janela ou passar por mim e posso garantir que a segunda opção não seria uma experiência para acrescentar à sua lista de boas recordações. — Ele parece sério. Lindamente sério. Fico imaginando como ele me impediria de fugir. Será que me agarraria forte e me jogaria no chão e me prenderia com suas pernas? Como isso seria uma recordação ruim? — Já volto.

Miguel desaparece pela porta, deixando-me sozinha com meus pensamentos confusos.

Minha cabeça está girando loucamente.

Certo. Tudo isso parece um enorme absurdo sem sentido. Quer dizer, é claro que Robert Pattinson tem sósias por aí. Não é o que dizem? Que todos nós temos pelo menos um sósia perdido no mundo?

Só que... Não dá para acreditar! Realmente não consigo acreditar que foi acontecer justo comigo? *Uma Crepuscólica em tratamento!* Será que já não bastava eu ser totalmente doente de amor por Robert Pattinson? O destino ainda precisava me enviar a cópia em carne e osso quase perfeita do sujeito? Será que o destino é tão insano a ponto de pensar que o tratamento mais adequado no meu caso é a confrontação direta com a realidade como forma de libertação dos medos e angústias interiores? Porque não é. De jeito nenhum. E Miguel é meu vizinho, ainda por cima. Oh, Deus! Como o Senhor permitiu uma calamidade dessas? Como vai ser daqui pra frente? Será que devo chorar? Gritar? Cortar os pulsos? Ou apenas fugir para o Usbequistão?

Deixando o Usbequistão de lado... esse quarto é simplesmente fabuloso! Tão aconchegante e inspirador! Uma mistura criativa de preto e branco, começando pelo enorme painel fotográfico na parede em cima da cama *king size:* uma imagem estilizada da Times Square. Sem muito esforço, consigo contar mais de dez fotografias pelo quarto, uma mais impressionante do que a outra. Será que saíram das lentes poderosas daquela *Nikon* ali, no tripé?

A estante branca, embutida na parede oposta à cama, tem prateleiras abarrotadas de livros e CDs, além de um espaço sob medida para a televisão de LCD e toda a aparelhagem de áudio e vídeo e nichos que organizam a coleção de DVDs. Ao lado da cama, há uma poltrona cinza que parece bem confortável, um cantinho para se perder numa boa história. Há um livro aberto sob o abajur de metal retorcido, mas não é seguro arriscar uma espiadela. Miguel deve irromper pela porta a qualquer instante.

Ah, Deus! E o que dizer deste colchão? Que conforto! Fico pulando de bunda feito uma imbecil, o tornozelo no alto, parando a brincadeira a dois segundos de ser pega no flagra.

— Conseguiu? — Minha voz está ofegante quando ele entra.

Miguel solta os ombros e me encara:

— Você tem sorte.

Não demora muito, uma batida na porta. Nessas alturas, já estou sabendo que Alex Hill, o amigo de Miguel, é brasileiro, mas mora nos Estados Unidos desde os 10 anos de idade, e é filho de médicos americanos (acho muito bonito isso, a família que se dedica a salvar vidas, ou tornozelos torcidos). E adivinhe só como sou incrivelmente sortuda: Alex é o meu vizinho da frente. Sim, Alex Hill é o sujeito que me espia de vez em quando, mandando-me tchauzinhos gratuitos. Pelo menos agora sei que ele não é um sequestrador ou chefe de esquemas de prostituição de garotas estrangeiras indefesas, como cheguei a suspeitar.

— Oi — digo, envergonhada, quando Alex estende o braço para um aperto de mão. Mas, para meu alívio, ele finge que nunca me viu antes e age de maneira bastante profissional. Quer dizer, tão profissional quanto pode parecer um sujeito de um metro e noventa de altura e um de largura, bastante bronzeado para os padrões do inverno e com cara de quem acabou de acordar.

— Muito prazer, doutor Alex Hill.

Dr. Alex Hill? *Doutor*? Não vou chamá-lo de doutor. Como posso chamar de doutor um moleque que pouco combina com a maleta preta (com o escudo do Knicks) que carrega na mão esquerda?

— O que está sentindo, Eduarda? — Ele se senta e abre a maleta, o escudo do Knicks de frente para mim.

— Uma dorzinha bem minúscula no tornozelo esquerdo.

Olho furtivamente para Miguel, que está balançando a cabeça e falando *tsc, tsc, tsc*.

— Onde exatamente? — pergunta Alex.

— Hum — Pouso a mão no tornozelo. — Bem aqui, ó. Mas não é forte não.

— É forte, sim, Alex — intervém Miguel. — Ela inclusive chorou.

— Eu já disse que sou muito sensível à dor — reclamo.

— Como aconteceu a lesão? — pergunta Alex, virando-se para Miguel, como se ele fosse responsável por mim. Meu pai, por exemplo. Ah, que ódio!

Fecho a cara, amofinada, enquanto os dois discutem o *meu* problema.

— Acho que ela torceu o pé ao desmaiar da primeira vez — diz Miguel.

— Ela desmaiou. Mais de uma vez. — Alex fica repetindo as frases com aquela pontuação irritante de médico, sua cara amassada se enrugando como um maracujá apodrecido.

— Duas vezes — assinala Miguel. — Sabe como é, desmaiou em cima de mim.

Os dois trocam um olhar confidente. Alex ergue uma sobrancelha de taturana e seus lábios realmente carnudos se repuxam levemente para cima. Encolho-me à minha máscara de vergonha, desejando apenas o milagre de ficar invisível.

Alex dobra a barra de minha calça até o meio da panturrilha, descalça minha meia rosa *pink* de bolinhas amarelas (é mesmo uma sorte eu ter feito as unhas ontem) e examina meu tornozelo, apertando-o com relativa pressão.

— Consegue pôr o pé no chão, Eduarda? — Alex quer saber.

— Ainda não tentei. Mas acho que sim.

— Tente, por favor.

— Com cuidado — lembra Miguel. Cometo o erro de olhar para ele. Seu rosto perfeito, cheio de uma preocupação carinhosa, faz meu corpo se reduzir a geleia, obrigando-me a canalizar a atenção rapidamente para o tapete de formas geométricas. Não posso falhar na única chance que tenho de escapar do raio X.

Muito devagar, encosto a ponta dos dedos no tapete, experimentando o contato. Ótimo. Não está doendo nada.

Confiante, apoio a planta do pé.

Hahaha. Que felicidade! Poderia perfeitamente me levantar daqui e dar mil voltas correndo pelo quarto. Poderia pular ou fazer a *pointe* do balé (se eu soubesse como se dança sobre a ponta dos pés). Queria tanto ver a cara impressionada de Miguel! Mas nem ouso olhar para ele, ciente de que, embora meu pé esteja totalmente saudável, meu coração está enfraquecido.

— Sente muita dor? — investiga Alex.

— Não. Nenhuma. É sério. Não estou *mentin... Aaaai!* — Tiro o pé do chão.

Miguel se movimenta para me salvar.

— Fique parado onde está. — Ergo as mãos. — Estou bem. Foi só uma fisgadinha de nada. Vou pôr o pé no chão agora *mes...*

— Não faça isso! — diz o mandão, depois se vira para o médico — E então, Alex? Direto para o hospital?

— Felizmente hoje não será necessário — sentencia o médico dorminhoco, e eu respiro aliviada. — Não é grave. Apenas uma leve contusão muscular com dores espaçadas. Não houve fratura. Ela não teria suportado colocar o pé no chão. — Ele olha para mim. — Compressas geladas por três ou quatro dias devem resolver, Eduarda. Durante esse período, evite colocar o pé no chão. Caminhe devagar, escorando-se numa muleta, ou em alguém. Acho pouco provável, mas se a dor persistir depois desse tempo, me comunique e então terei de encaminhar você a um médico mais especializado, para uma avaliação mais detalhada a partir de exames, radiografias, essas coisas.

— Não é mais sensato providenciarmos os exames de uma vez? — sugere Miguel.

— Ele acabou de dizer que não é necessário — guincho. Não dá para acreditar! Como é que um ser humano tão lindo pode ser tão teimoso?

— Alex? — insiste Miguel, me ignorando pelo que deve ser a décima vez.

— Não é necessário, Miguel. Confie em mim.

Por fim, Alex enrola uma faixa em volta de meu tornozelo e se despede de mim com um aperto de mão, lembrando-me mais uma vez dos cuidados que devo ter. Miguel o acompanha até a porta. Ouço vozes brincalhonas, agora livres do tom profissional. Na voz de Alex, algo como *"tá sumido, molecão!"*.

Três minutos depois, Miguel retorna ao quarto. Olho para ele e empino o queixo, altiva.

— Não disse? Nada demais, senhor Teimosinho.

— Mas podia ser, senhora Medrosinha... Um pouco de cautela não faz mal a ninguém. — Ele vai até o armário sob a pia do banheiro e volta com uma bolsa de gel. — Pode ficar com essa.

— Obrigada.

Enfio a bolsa de gel embaixo do braço e, apoiando-me na grade da cama, começo a me erguer com cuidado.

— Será que você poderia fazer o favor de levar minhas botas e a meia? Estou indo para casa e...

Mas não termino a frase. Miguel já está ao meu lado e, sem pedir autorização, passa o braço em minha cintura, elevando-me do chão suavemente. Minha reação é imediata: as pernas amolecem, o coração dispara. Isso não está nada bom.

Não demos nem três passos (três pulos, no meu caso) quando Miguel estaciona, ainda me segurando, ainda perto demais.

— Eu estava aqui pensando... — Ele vira o rosto perfeito para me olhar no andar de baixo. O rosto perfeito... a centímetros do meu, lançando a respiração quente em minha pele. — São quase sete horas... Posso convidá-la para jantar comigo?

— Q-q-q-quê?

— Sabe como é, moro sozinho há algum tempo. Honestamente, se eu fosse você, não desperdiçaria a chance de provar minha especialidade: espaguete à carbonara.

Fico olhando para ele, estupefata, mal podendo acompanhar suas palavras. Será que entendi direito? Ele está mesmo me convidando para jantar? Ele vai *fazer o jantar*?

Miguel espera a resposta com a expressão ansiosa.

— Acho que já dei trabalho demais por hoje — digo, minha voz falhando.

— Não é trabalho nenhum — garante ele. — Vou jantar de qualquer jeito. E tenho ingredientes suficientes para duas pessoas.

— Sei... Sempre prevenido — digo e logo me arrependo. Como eu me detesto...

— Tive bons pressentimentos para hoje.

Então ele morde o lábio inferior, lançando-me um olhar presunçoso, acabando de acabar comigo. Não posso aceitar. Simplesmente não posso. Seria uma estupidez deliberada.

Fecho os olhos, tentando clarear a mente. Só que estou tonta e não consigo pensar. Tudo bem. A verdade é que, de algum modo, não *quero* pensar; meu instinto emocional está dilacerando a cajadadas o pensamento racional. Sei que é um erro enorme. Também sei que existe algo me esperando lá fora, mas não consigo lembrar o que é. Não consigo elaborar um argumento eficiente contra isso, não *quero* elaborar. Não agora. Não com esse corpo quente exageradamente colado ao meu. Com esse perfume maravilhoso me intoxicando as ideias, bagunçando meu juízo.

— Está bem — concordo, por fim, odiando-me por isso.

Ele apenas sorri. E, impaciente, carrega-me nos braços até a cozinha.

oito

QUEM SOU? DE ONDE VIM? PARA ONDE VOU?

Preciso admitir que, ao contrário de mim, que não sei fritar um ovo sem deixar a escumadeira cair no chão, Miguel Defilippo é bastante habilidoso na cozinha. É claro que sua cozinha não é uma cozinha qualquer, mas um ambiente agradável, bem decorado, onde cada objeto parece estar em seu devido lugar, como era no princípio, agora e sempre, amém.

Há uma charmosa coifa sobre o fogão, que é do tipo *cooktop* e se confunde com a chapa de granito polido na qual está fixado. Os outros eletrodomésticos são cromados e encaixados perfeitamente nos vãos de madeira escura. Os utensílios, pendurados na parede em cima da pia por ordem de tamanho, se alternam entre o preto e o branco. Já deu para notar que Miguel aprecia a combinação clássica. O piso, por exemplo, lembra um tabuleiro de xadrez.

— Gosta de cozinhar? — pergunta ele, tirando os materiais dos armários.

Debruçada na bancada que divide a cozinha da sala, com a cabeça entre as mãos, estou sentada num banco de alumínio, tão alto que meus pés mal tocam o chão. O que é bom. De fato, deve fazer mais de quinze minutos que não sinto dor no tornozelo. Miguel preparou uma compressa de gelo moído, o que também ajudou.

— Sou meio desastrada para brincar com fogo — respondo, meus olhos fixos na parede oposta ao fogão. — Ei, onde comprou essas fotos? São incríveis! — Além dos quadros magnéticos, lotados de bilhetes pendendo de ímãs redondos, há na parede painéis de uma Nova York retratada em detalhes, como, por exemplo, a foto do reflexo do Empire State numa poça disforme na calçada, e outra de uma placa em mandarim com a Chinatown desfocada no plano de fundo. Tudo em preto e branco.

— Eu não comprei. — Ele se vira para olhar os painéis atrás de si. — Eu fotografei.

— Está brincando? — pergunto, impressionada.

— Não estou, não. Mas o mérito é mais da Nikon do que meu.

O debate se arrasta até que, por fim, desisto de duvidar.

— Olhe só isso.

Pelo controle remoto, Miguel apaga as luzes da cozinha e da sala. Na penumbra, seu rosto entra em foco à luz das chamas do fogão. O queixo quadrado, o nariz em linha reta, os lábios sedutores que parecem sempre prontos para sorrir. Ah, Deus! Ele é lindo demais! E analisá-lo desse jeito é uma grande burrice. Sou uma Crepuscólica em tratamento, não posso me deixar envolver.

— Também posso escolher os *spots* que quero acender. Fácil assim.

Ele aperta os botões do controle remoto e deixa apenas a quantidade exata de luz para cozinhar em segurança, de modo que agora, com as luzes fracas, o ambiente está... hum, romântico.

Meu rosto, apoiado em minhas mãos, parece entorpecido enquanto observo Miguel preparar nosso jantar com as mangas da camiseta arregaçadas. Ele se livrou do suéter antes de começar a trabalhar. Ah, como o colírio "vitrificador de olhos" me faz falta!

Miguel separa e pica os ingredientes para o molho com a eficiência de Jamie Oliver. Em seguida, enche a panela maior com água e a coloca para ferver.

— Conte-me sobre você — incentiva ele, empurrando o bacon fatiado para dentro da panela com azeite, a panela menor. O cheiro se alastra pelo ar, preenchendo o vazio em meu estômago.

— Minha vida não é tão interessante assim.

— Eu gostaria de saber um pouco mais — insiste ele.

— Acho que você já sabe boa parte. Tenho 19 anos, curso Jornalismo na PUC. Estou no segundo período.

— Augusto me contou.

— Isso foi tão injusto da parte dele! — reclamo. — Não restou nada para eu contar.

— Você não está se esforçando. — Ele ergue os olhos da panela para me fitar. — Você é filha de Malu e Chico Carraro, afinal de contas! Correspondentes da Rede Globo na China! — enfatiza, como se esse fosse o ponto mais interessante de minha vida. Bom, talvez seja mesmo.
— Conte-me sobre seus pais.

— Você se interessa bastante por eles — observo, tentando não mostrar frustração. — Bom, meus pais moram em Pequim há três anos, mais ou menos.

— Vocês se veem com frequência?

— Não tanto quanto gostaríamos.

— Já foi à China?

— Ainda não — respondo. — Eles é que vão ao Rio de vez em quando.

— Talvez você possa ir morar na China quando se formar. Seus pais podem conseguir um trabalho para você na redação. Devem ser influentes para isso, suponho.

— Eles são — confirmo, um pouco confusa com o assunto. — Mas não quero morar na China.

— Vocês se falam sempre?

— Quase todos os dias — suspiro. — Apesar da distância, tenho pais presentes, de alguma forma. Não sei o que seria de mim sem os dois.

Sua expressão se fecha de imediato.

— Desculpe — digo depressa. — Esqueci que...

— Não tem problema não. É a realidade. — Com a tesoura, ele faz dois cortes laterais na caixinha de creme de leite. — Já faz tempo que aconteceu. Eu tinha 13 anos.

— Não precisa falar sobre isso.

— O acidente foi na Rio-Petrópolis — continua ele, como se não tivesse me escutado. — De acordo com os peritos, os pneus do carro derraparam no rastro de óleo de um caminhão-cegonha. Papai perdeu a direção e o carro mergulhou no nada, depois capotou serra abaixo. Os corpos se consumiram na explosão. Eles eram tão novos... Minha mãe, tão linda e cheia de vida.

Há um instante de silêncio, exceto pelo barulho da panela fumegante.

— Eu... sinto muito — digo, sem jeito.

Ele se vira para mim e sorri de um modo afável.

— Tudo bem. É a minha história.

— Posso perguntar uma coisa? — digo, na intenção de quebrar o clima. Miguel assente com a cabeça e eu continuo: — Como é ser o clone quase perfeito de um astro de Hollywood? Estou impressionada! Até seus pés são meio tortos.

— Você é muito espirituosa. E observadora também. — Ele balança a cabeça, gostando disso. — Mas, respondendo a pergunta, posso afirmar que não é nem de longe tão bom quanto parece. Já passei por situações embaraçosas, como na vez em que eu estava numa livraria e uma garota praticamente pulou em cima de mim, mostrou-me o colo dos seios tatuado com *RobLoveU* e depois tentou me beijar.

— E o que você fez? — pergunto, mal podendo acreditar.

— Tive que beijá-la. Fazer o quê?

Olho para ele, boquiaberta.

— É brincadeira — ele diz, com cara de quem se diverte. — Na época, eu nem sabia direito quem *ele* era. Na verdade, até hoje não sei muita coisa. Sei que interpreta um vampiro vegetariano e telepata. Eu disse à garota que ela estava me confundindo com outra pessoa. Ela só acreditou quando comecei a falar português. Mesmo assim queria que eu autografasse seus seios. — Ele dá uma piscadela para mim e eu me derreto. — Meus olhos são muito verdes e também costumam ajudar.

— Minha nossa! E isso acontece... tipo, sempre?

— Não, não. Bom, para começar, o "sujeito lá" parece se vestir de um jeito muito diferente do meu. Em geral, tomando alguns cuidados, dá para passar despercebido. Mas, claro, já precisei usar disfarces.

— Sério?

— É ridículo, mas é verdade. Principalmente quando sei que ele está na cidade. Evito até sair de casa.

— Como consegue viver, Miguel? — pergunto, fascinada.

— Estou pensando em tatuar na testa "Não sou Robert Pattinson". O que acha?

— Pelo amor de Deus, não faça isso! — guincho num impulso. Sua expressão se alarga de vaidade e eu me encolho à minha extrema idiotice. — Quer dizer, você já tem uma tatuagem no braço e coisa e tal. Falando nisso, o que está escrito mesmo...?

— *Those we love never die*? Aqueles que amamos nunca morrem. — Ele suspira e retoma o assunto: — Mas as fãs mais histéricas, as que costumam dar dor de cabeça, conhecem cada detalhe do "sujeito lá" e eu acabo me safando, de uma forma ou de outra. E a maioria das pessoas, as pessoas normais, não anda pelas ruas procurando por rostos famosos. Ainda bem, não é?

Não me atrevo a dar um pio, temendo a traição de um pensamento fugidio. Miguel não vai saber, mas desde que cheguei à Nova York, adquiri o hábito de andar pelas ruas encarando as pessoas, procurando por rostos hollywoodianos. Para ser sincera, procurando por *um* rosto hollywoodiano. Agora... Bom, acabei encontrando.

— Você fala o "sujeito lá" como se não gostasse dele — observo.

— Não tenho nada contra. Nem o conheço. — Ele despeja o macarrão compridinho na água fervente, esquivando-se elegantemente dos respingos. — Mas foi ele quem roubou meu rosto, porque nasci primeiro. E nunca ganhei um dólar com isso.

— Deveria ficar orgulhoso — digo. — É uma forma de trabalho voluntário. Você alegra muita gente deprimida por aí. — *Ah! Ah! Mude de assunto! Mude de assunto!*, penso. — E a Faculdade de Jornalismo? Sei que você estuda na Columbia. Puxa... Que legal!

— Pego meu diploma daqui a seis meses.

Tenho vontade de perguntar sobre seus planos pós-formatura. Mas, ao pensar na palavra "futuro", sinto um aperto horrível na boca do estômago, como se a palavra, de repente tão ácida, me causasse azia.

— Esteve fora esses dias... — Tento não mostrar muito interesse.

— É. Estive viajando. Resolvendo umas coisas por aí — responde vagamente. — Aproveitei o recesso de fim de ano, sabe como é, minhas aulas recomeçam em janeiro. — Ele apaga o fogo da panela menor. — Quais são seu planos para as festas de fim de ano?

— Ainda não tenho certeza sobre o Natal. Mas a virada do ano será em Chicago.

— *Chicago?* — Ele larga o que está fazendo (que é espetar o macarrão com um garfo) e se vira para mim com a expressão realmente surpresa.

— Sim... — respondo, confusa com sua reação. — Algo contra?

— Não... É só que... — Ele parece distante, pensativo. — Deixe pra lá.

Ficamos em silêncio. Depois de um tempo, ele vai até o iPod conectado no sistema de som.

— Gosta de Lifehouse? — Ele quer saber.

— Hum. — Minha testa se franze para a música. — *You and Me?*

— Acertou.

— Não repare no meu inglês tosco, por favor. Sempre fui uma excelente aluna na escola, mas em inglês, *hã*... um asno.

Ele ri da palavra que escolhi.

— Ninguém nasce sabendo. Você está aqui para isso, não está? Tenho certeza de que vai aprender mais rápido do que imagina. Qual é a escola?

— LSA English School, Upper Midtwon. Conhece?

— Claro! — diz ele com empolgação. — Estudei na LSA logo que me mudei pra cá. — Ele fita o relógio da geladeira e tira a panela do fogo, despejando o espaguete no escorredor montado na pia. — *Al dente!*

Com uma desenvoltura incrível, Miguel arruma os pratos e os talheres na bancada, e traz a travessa com o espaguete cheirando à Itália. De uma prateleira alta, ele retira duas taças e as coloca ao lado dos pratos. Depois se abaixa diante de uma pequena adega no chão, apoiando-se nos tornozelos.

— Prefere suave ou seco? — pergunta ele, por sobre os ombros.

— Não estou bebendo álcool — respondo automaticamente. Por que não estou bebendo álcool? Não me lembro...

— Nem uma taça?

— Nem meia.

Ele parece um pouco decepcionado ao ficar de pé e vir se debruçar na bancada, de frente para mim.

— Não sei se você sabe, mas aqui em Nova York é proibido beber nas ruas. Aliás, na sua idade, é proibido beber em pubs, boates... Proibido.

— S-s-s-sei de tudo isso — confirmo, meio perturbada com a proximidade de seu rosto perfeito.

— Então deveria aproveitar a oportunidade. — Ele sorri com o canto da boca. — Sou bonzinho e não vou dedá-la à NYPD.

— Muito obrigada pela consideração — digo. — Mas não vai ser hoje que o clone de Robert Pattinson terá o desprazer de me embebedar.

— Desprazer? — Ele tomba a cabeça, a expressão curiosa.

— Eu fico um pouco chata quando bebo — admito. — Meio repetitiva. Não falo coisa com coisa.

— Hum. — Ele pensa por um momento. — Agora fiquei curioso. Mas tudo bem. Sou paciente e vou esperar por esse dia.

Engulo em seco. É impressão minha ou seus lábios (perto demais) estão se desenhando de forma sugestiva?

— Refrigerante? Suco? Água? — Ele se afasta de repente, arrancando-me do transe, e puxa a porta da geladeira.

— Ah... — digo, ainda abalada. — Qualquer coisa que não tenha álcool.

— Por acaso você fez alguma intenção? — Ele se inclina para alcançar a prateleira mais baixa da geladeira. Estou tentando me concentrar em sua pergunta, mas parece realmente impossível com uma bundinha perfeita dessas em meu campo de visão.

— Sim... Acho que sim. Uma intenção? Deve ter sido.

Ele traz duas latinhas de Schweppes Citrus Light para a bancada e se senta de frente para mim. Não consigo me mexer. E não apenas porque ele está sentado com as pernas meio abertas.

— Espero que goste de Schweppes — diz ele. — Eu realmente adoro.

Ele examina meu rosto quando não digo nada.

— O que foi, Duda?

— Como você adivinhou que Schweppes Citrus Light é minha bebida favorita? Depois de caipirosca de limão, claro.

— Temos algumas semelhanças, afinal. — Seus olhos verdes perfuram os meus como se soltassem faíscas. — A paixão por jornalismo, por Schweppes...

— Fique à vontade para beber o vinho, se preferir. — Minha voz é um sussurro quase inaudível.

— *Nope!* Prefiro acompanhar minha convidada.

— Mas a convidada não liga.

— Também preciso manter as pernas equilibradas — diz ele. — Tenho de levar você para casa. Mais tarde.

— Posso ir pulando.

— Para cair e quebrar o tornozelo de vez?

— Sério, por que se preocupa tanto comigo?

— Não gosta que as pessoas se preocupem com você? — Seus olhos hipnóticos ainda estão nos meus.

— Gosto. Mas é que... — Mas é que você não é qualquer pessoa. Você é o clone de Robert Pattinson e se preocupa comigo e tem os olhos mais verdes que já vi na vida e se não parar de me hipnotizar agora vou me esborrachar deste banco.

— Você se importa? — Ele morde o lábio inferior.

— Com o quê?

— A taça de vinho não é adequada.

— Ah... — Afasto-me no segundo em que percebo que, enquanto falávamos, nossos corpos foram se inclinando para a frente. Ele faz o mesmo. — Claro que não. Sem regras de etiqueta, por favor.

Ele enche nossas taças com o líquido borbulhante.

— A que vamos brindar? — Ergo a minha.

— Que tal às surpresas da vida?

— Tim, tim.

É somente quando ponho o espaguete na boca que percebo quanto estou faminta. *Hum. Isso é bom.*

Na verdade, isso é bom demais!

Fecho os olhos, concentrando-me no paladar.

— E aí? — A voz dele é ansiosa. Meus olhos continuam fechados. Sei que é totalmente piegas o que vou dizer, mas, se não fosse Miguel Defilippo do outro lado desta bancada, provavelmente não teria vontade de ver o mundo outra vez.

Depois de engolir, respiro fundo e abro os olhos:

— Quer que eu responda diretamente ou prefere as entrelinhas?

Ele ergue uma sobrancelha, intrigado, mas não responde.

— Certo — continuo. — Acho que gosta de evasivas. Bom, neste caso, você entende tanto de cozinha quanto consegue ser gentil.

— Sei... — Ele parece gostar de minha resposta. — E você vai me dizer como anda minha marcação em seu termômetro de gentileza ou terei de descobrir sozinho? — Ele larga os talheres no prato. Parece que sua mão direita está se aproximando um pouco da minha esquerda. Ah, Deus! É claro que estou vendo coisas! Mas, por via das dúvidas, tiro a mão do caminho e agarro a taça com força e dou três goladas afoitas na Schweppes, sentindo a língua formigar.

— Não vai me responder? — insiste ele.

— Infelizmente não dá para saber sua marcação. — Ponho a taça na mesa e olho para ele.

— Por quê? Não me maltrate tanto...

— Você conseguiu estragar o termômetro.

— Sou tão ruim assim?

— Na verdade é tão bom que o termômetro não suportou a pressão. Explodiu. *Bum!* Sabe como é... Ele não estava acostumado.

Agora Miguel está rindo para valer. Depois de um tempo estou rindo também e chorando de rir porque tudo isso é tão surreal e maravilhoso. E me sinto tão feliz!

Quando, enfim, conseguimos nos concentrar no jantar, não digo mais nada por um tempo e meu prato se esvazia com uma rapidez constrangedora.

— É melhor arranjar um termômetro novo. — Miguel retira os pratos da bancada e os coloca dentro da pia. — Espero repetir isso mais vezes.

— Vou ajudar você com a louça. — Eu me mexo no banco de alumínio.

— Nem pense em sair daí. — A faca em sua mão aponta na minha direção. Ele não parece perceber.

— Não me mate, por favor! — Ergo as mãos como quem se rende.

— Certo. — Seus olhos descem para a faca. Ele abaixa o braço. — Então não saia daí.

De volta à posição original (o rosto entre as mãos, o cotovelo na bancada), sinto as pálpebras pesadas e uma leve dorzinha no meio da testa. Sei que ainda é cedo, mas solto um bocejo minúsculo.

— Você não me disse se está gostando de Nova York. — A voz dele me acorda para a vida.

— Tem como não amar esta cidade? — Suspiro.

— E nem começou a nevar. Espere para ver. — Ele se vira para mim. — Eu gostaria muito de levar você para conhecer meus lugares favoritos. Podemos passar algum tempo numa sessão de fotos por Manhattan. Ou sei lá... Posso convidá-la para um musical na Broadway?

Meus olhos se arregalam de repente.

— Musical...?! Broadway...?! — Meu estômago despenca para o pé. Ah, meu Deus!

MoMA. Volvo prata. Cofre digital. *O Fantasma da Ópera.*

Pablo Rodríguez.

A porta de meu apartamento está aberta quando chego. Fico parada na soleira, olhando para dentro da sala, abobalhada. Miguel mantém o braço em minha cintura. Ninguém nota nossa presença.

Lisa está aflita ao telefone, andando de um lado ao outro enquanto tagarela sem parar. Margô, com a testa colada na janela, parece concentrada na rua. E Susana... Bom, Susana está no sofá, os cotovelos apoiados nos joelhos. Ela esfrega as mãos de nervoso e tem a expressão, realmente, *realmente* desolada.

Ah, meu Deus! O caso é sério! Olhe só o que eu fiz! Estraguei o programa de todo mundo!

Então Lisa vira a cabeça e me vê.

— Duda! — Ela pula em cima de mim. Miguel me segura quando cambaleio. — Fred! Pablo! Duda está aqui! E... ai, meu Deus! — Lisa salta para trás, como se meu corpo desse choque. — Robert Pattinson está com ela.

Susana, que já estava de pé, despenca novamente no sofá.

— Ah, pelo amor de Deus! — Margô se aproxima, balançando a cabeça. — Ele não é Robert Pattinson. Robert Pattinson tem olhos azuis esverdeados e não muito verdes.

Mas antes que eu tenha tempo de refletir sobre os motivos que levaram Margô, dentre todas as pessoas, a fazer uma observação tão improvável para ela, a voz grossa e ansiosa de Pablo toma minha atenção.

— Duda! — Pablo surge atrás de Lisa e esgueira o corpanzil para se encaixar na frente dela, segurando-me pelo rosto. — *Gracias a Dios! Gracias a Dios!* — Ele fica repetindo enquanto acaricia meu rosto. Sinto o braço de Miguel se ajustando um pouco mais firme em minha cintura.

— O que aconteceu, Dudinha? — Susana levanta do sofá. — Quase enfartei quando Pablo telefonou dizendo que havia encontrado o apartamento aberto, suas coisas espalhadas pelo quarto, o celular em cima da cama.

— É isso aí, Eduarda! — O Agarradinho cruza os braços. — Merecemos uma explicação e espero que seja boa. — Sua expressão "não quero aparentar, mas estou furioso" é intimidadora.

Pablo se afasta para ouvir.

Ah, meu Deus! E agora? *E agora?*

O que vou dizer a eles?

Sinto o sangue fugir do rosto e, ao virar a cabeça, vejo que Miguel está me encarando com curiosidade.

— Você não me disse por que bateu na minha porta, afinal de contas.

Então minha boca está se abrindo e, antes que eu consiga pensar nas consequências, antes mesmo que consiga lutar contra isso, começo a explicação:

— Bom — pigarreio. — Aconteceu algo horrível. Eu caminhava pela rua alegremente quando percebi que estava sendo seguida por um homem gigantesco e mal-encarado. Comecei a correr, mas, para meu pavor, o homem também começou. Então ele estava correndo atrás de mim. Por um milagre, cheguei ao prédio antes dele e fechei a porta. Subi as escadas, bufando horrores, e fiquei desesperada ao olhar pela janela do quarto e ver que o homem ainda estava lá embaixo, tentando entrar. Larguei tudo do jeito que estava e fui procurar ajuda. Fiquei rodando desnorteada pelo hall social por um tempo, sem saber em que porta bater. Eu não ia pedir socorro à velha surda! Foi aí que vi uma luz...

ESTE DOCUMENTO É DE PROPRIEDADE ÚNICA E EXCLUSIVA DA CREPUSCÓLICA

Se você é um ladrão, achou este papel na rua, ou está apenas fazendo gracinha, ponha a mão na consciência e entre logo em contato: crepuscolica123@gmail.com

ESTARÁ SALVANDO UMA VIDA!!!!!

EXERCÍCIO NÚMERO 01:

OS 100 DEFEITOS REALMENTE DEFEITUOSOS DE M. D.

1) *Ele tem os pés tortos;*
2) *Ele é tão... tão... tão O QUÊ???????*
3)
4)
5)
6)
7)
8)
9)
10)
(...)

nove

EFEITO BORBOLETA

Pela manhã, estou um verdadeiro bagaço.

Nem o poderoso corretivo da Lancôme foi capaz de esconder minhas olheiras de panda-gigante.

Sentada à bancada da cozinha, observando Lisa passar o café do jeito que eu gosto e que ninguém mais gosta (preto de tão forte), em vez do tornozelo, é minha cabeça dolorida que não me deixa em paz. Minha perna esquerda está estendida e apoiada num banquinho. Susana, agachada a meu lado, aperta a bolsa de gel contra meu pé enquanto Margô, sob os óculos de tartaruga, mantém-se concentrada em seu novo relógio do Garfield para não perder os quinze minutos recomendados por Alex.

— Posso muito bem fazer tudo isso sozinha — digo às duas.

— Fique quietinha aí! — ordena Susana.

— Puxa! Esse relógio é tão bacana! — Margô abre um sorrisão. — Excelente investimento.

Ah, Deus! A dor que sinto na cabeça é tão profunda que parece esmagar meus miolos já danificados.

Em parte porque não dormi direito. Na verdade, praticamente passei a noite em claro, apesar do cansaço me moendo o corpo como uma máquina de caldo de cana (e é por isso que hoje só restou o bagaço; do meu corpo, quero dizer). Durante horas fiquei me revirando na cama, tentando esvaziar a mente para que pudesse caminhar pela ponte do mundo fantástico dos sonhos. Só que a ponte nunca veio e acabei desistindo, pulei com um pé só até a escrivaninha (o mais silenciosamente possível para não acordar Lisa) e liguei o laptop à procura de um pouco de distração, o que me rendeu, entre outras coisinhas, mais trinta inscrições no *Late Show*.

Mas a dor de cabeça também se deve à pavorosa onda de culpa que me engoliu depois de eu não somente ter estragado o programa de meus amigos como testemunhado covardemente a compreensão injusta de todos eles, diante da mentira bizarra que inventei para me safar da verdade humilhante.

Até o meio da madrugada, quando de repente me ocorreu uma ideia brilhante para abrandar o sentimento de miserabilidade que me assola, tive vontade de fazer uma besteira: lançar-me do alto da escada do prédio a fim de quebrar o tornozelo de vez, como uma forma masoquista de autopunição.

Mas, depois da ideia brilhante, estou até me sentindo um pouco melhor e devo agradecer a meu querido cérebro pela rapidez com que me livrou de uma medonha atadura de gesso. Eu tinha 11 anos quando quebrei o pé, e a única lembrança que tenho, além da dor excruciante que senti quando o médico colocou o osso no lugar (não sei como eles conseguem fazer isso com tanta frieza), é de Marcelo Venâncio desenhando dois peitos redondos em meu gesso e de todos os seus coleguinhas rindo à beça da palhaçada enquanto ele ainda puxava uma seta e escrevia Rita de Cássia, a única garota da classe que já usava sutiã, nem preciso dizer por quê.

(Abrindo parênteses. A ideia brilhante é a seguinte:

1. Comprar dois ingressos nos melhores lugares da *Orchestra* e convidar Pablo para *O Fantasma da Ópera*;

2. Apresentar Alex Hill à Susana. Sei que isso vai me custar a janela do quarto, mas tudo bem;
3. Presentear Margô com o livro *An Inconvenient Truth*, do Al Gore. Estava em promoção na Borders da Penn Station;
4. Incentivar Lisa a convidar o Agarradinho para um programinha diferente. Ah, Deus! Isso sim é um sacrifício que redime qualquer falta.

Fechando parênteses).

Mas não é apenas a noite maldormida ou o sentimento de culpa que faz com que minha cabeça pareça uma bola maciça de chumbo. Quem me dera se fosse só isso. Seria tão fácil de lidar!

Para ser franca, o que realmente está me amofinando até o último fio de cabelo é Miguel Defilippo e seu irresistível jeito lindo de ser (além de seu próprio ser: lindo). Não parei de pensar nessa criatura misteriosa um só segundo e sei que isso é uma grande estupidez. Primeiro porque obviamente ele é muita, *muita*, areia para o meu caminhãozinho. E segundo: daqui a alguns meses, volto para o Brasil, para minha pacata vidinha na PUC e, muito embora eu não tenha tido coragem de perguntar a Miguel sobre seus planos futuros (ô, palavrinha pavorosa!), sei que não nadamos na mesma direção. Indubitavelmente chegará o dia em que nunca mais nos veremos.

Mas é que estou tão desconfiada, sabe como é.

Por que será que ele foi excessivamente gentil comigo ontem? Por que, depois de salvar minha vida (meu tornozelo poderia ter cortes internos altamente profundos, gangrenar, apodrecer e me infeccionar por inteira, vai saber), ele ainda me convidou para jantar? De onde veio tanto interesse em minha vida desinteressante? Por que desconversou quando perguntei sobre os dias em que esteve fora? E o modo como ele ficou surpreso quando eu disse que ia para Chicago no Ano-Novo, que coisa mais estranha. Por que ele precisa saber cozinhar tão bem se já fotografa como J. R. Duran? Por que é tão perfeito a ponto de me deixar sem ar só de pensar em seu rosto com aquela barbinha por fazer? Minha nossa! E o que são aqueles pelos claros e finos que cobrem o peito dele, descendo por aquela barriga impressionante e indicando o caminho do pecado? Por que justamente comigo, oh, Deus? Por quê?

— Por que não fica em casa hoje, Duda? — sugere Lisa, fechando a geladeira.— Eu converso com Tom Williams. Justifico sua ausência.

— Posso fazer companhia para você, maninha — diz Susana, dando um sorrisinho venenoso na direção de Lisa. — Nunca mato aula mesmo...

— Quinze minutos! — informa Margô.

Lisa franze a testa:

— Por acaso você está insinuando que eu fico matando aula, Susana? Porque não estou.

— Eu não disse isso. — Susana fica de pé, larga a bolsa de gel na bancada e encara Lisa. — Mas se a carapuça serviu...

Lisa apenas revira os olhos verdes e finge que não ouviu.

O negócio é que Susana não suporta perder uma disputa que, na maioria das vezes, só existia na cabeça dela. E, na cabeça dela, é inaceitável que um homem prefira qualquer outra mulher a uma loura oxigenada com o corpo cheio de curvas e que se enrola numa toalha *Sex Machine*. Na minha humilde opinião, em se tratando do Agarradinho, Susana deveria mesmo era ficar feliz por ele estar dando em cima de Lisa e não dela.

— Eu quero ir à escola. Estou bem — minto, fazendo esforço para engolir o *muffin* de chocolate que o Agarradinho comprou "especialmente" para mim. (Neste momento, ele está cantarolando no chuveiro *"Cuide do seu nariz, você fala demais..."* com a voz terrivelmente desafinada).

— Ele canta tão bem... — suspira Lisa, derramando um pouco de café fora da xícara.

Tudo bem. Sei que o Agarradinho acordou mais cedo e foi ao mercado e que todo mundo achou um gesto lindo da parte dele trazer um *muffin* de chocolate "especialmente" para mim. Só que, cá pra nós, ele não fez isso para me agradar (ah, não mesmo!). Frederico Barreto (o

Agarradinho) continua me olhando meio torto. E, de vez em quando, ainda me provoca aquela arrepiante sensação de que o conheço de algum lugar. Pelo menos, até agora, ele não matou ninguém.

Pigarreio e prego um sorriso no rosto.

— Lisa, o que aconteceu entre vocês dois ontem, hein? — pergunto, fingindo interesse. Susana começa a cantarolar baixinho, mas alto o suficiente para sabermos que ela está cantarolando, acompanhando o Agarradinho que mudou a faixa para *Tô nem aí*, da Luka.

— Não aconteceu nada. — Lisa solta os ombros com um bufar. — Não deu tempo. Acho que talvez tenha sido isso. Quero dizer, não sei se ele ia me beijar. Mal entramos no pub e tivemos de sair. Fiquei tão apavorada quando Margô telefonou! Mas tudo bem.

Largo no prato o resto do *muffin* de chocolate "especialmente" para mim. *Mal entramos no pub e tivemos de sair.*

Certo. O Agarradinho envenenou o *muffin*. Deve ter usado arsênico, provavelmente. É só esperar um instantinho. Vou começar a vomitar e minha boca vai se encher de espuma, seja lá qual for o efeito que isso tenha. E vou começar a tremer e tremer até me afogar em minha própria baba. Ah, Deus! Sou tão nova para morrer! Ainda nem plantei uma árvore, ou tive um filho, ou escrevi um livro!

— Por que não convida Fred para sair hoje à noite, Lisa — digo, fechando as mãos na garganta, preparando-me para vomitar para o outro lado se for necessário. Talvez em cima do... do... relógio novo de Margô. — Sabe como é, para compensar o desastre de ontem.

— Acho que isso tem de partir dele, não tem? — indaga ela.

— De jeito nenhum, Lisa — insisto. — Você é uma garota independente! Assuma o controle da situação! Quer dizer, não precisa ser assim tão direta. Mas sei lá, jogue um papinho mole para cima dele. *"Puxa, Fred, aquele pub era tão legal! Quero voltar lá qualquer dia."* Deve funcionar. — Ah, meu Deus! Quem sou eu para dar esse tipo de conselho?

— É... — murmura ela, pensativa. Depois engole o café, fazendo um *glup, glup* relativamente alto. — Pode ser...

— Por que ninguém nunca me convida para sair? — Margô se revolta.

— Olhe — diz Susana. — Fred comentou de você com o amigo dele, o tal cantor do showzinho de domingo. Ele ficou interessado. É a sua chance, amiga. Domingão está chegando e estaremos lá para apoiá-la.

— Não quero desanimá-las, não — digo, cheia de dedos. — Mas vocês ainda não conhecem Brad Marley.

Lisa cospe um bocado de café na toalha de mesa branca e começa a rir. Depois limpa os olhos na gola rulê do suéter da Banana Republic. Aliás, Lisa me deve uns bons trocados por esse suéter. Emprestei a grana quando ela, já na fila do caixa, percebeu que estava sem sua carteira. Mas então me ocorre que é melhor eu ficar calada, porque, pensando bem, acho que estou devendo mais a ela... aquele dinheiro que ela me emprestou para comprar uma calça jeans da Diesel, linda por sinal. É. Com toda certeza devo muito mais.

— Além disso — Lisa está dizendo —, você não poderia convidar Brad Marley para vir aqui em casa simplesmente porque os cabelos dele não passam por aquela porta.

— Estão vendo? — resmunga Margô. — É só isso que me sobra. Só as cracas.

— Só as cracas literalmente! — digo. — É tudo o que Brad Marley tem a oferecer.

— Bem que Augusto podia vir fazer uma visitinha ao irmão — suspira Margô, sonhadora.

— E você, hein, Duda? — Susana me cutuca com o cotovelo. — *O Fantasma da Ópera* com... como é mesmo o apelido dele? La Cosa... Uhu! Gostosíssimo!

Espere um pouco. Eu ouvi direito? Susana não está com inveja porque um cara gostosíssimo me convidou para um musical? Minha nossa! Será que ela não se interessa por espanhóis? Ou é isso ou eu realmente deveria correr do Tarado do Upper East mais vezes.

— Por falar nisso — ouço-me dizer —, Pablo deve estar chegando.

— Hum — fala Lisa. — La Cosa vem buscá-la em casa?

— Sim — respondo. — Ele ficou realmente preocupado com o Tarado do Upper East e se ofereceu para me buscar em casa todos os dias. Sabe como é, até que eu fique completamente curada desse trauma medonho.

— Ui! — Lisa estremece ao ouvir o nome do tarado.

— Ai, que fofo! — Susana besunta creme de amendoim num pão de forma. — Você deveria investir em Pablo.

— Sabe, maninha — mudo de assunto, colocando o item dois da ideia brilhante em ação. — O médico que me atendeu ontem...

— Ah! Ah! — Margô salta no banco, toda contente. — Acabei de lembrar o que queria perguntar a Pablo ontem! Que bom ele estar a caminho, pois vou perguntar agora mesmo, antes que eu me esqueça de novo. — Ela olha para cada uma de nós enquanto fala. — Vocês sabiam que o governo espanhol vai plantar 45 milhões de árvores em pouco mais de três anos a fim de reflorestar mais de sessenta mil hectares de território e lutar contra as mudanças climáticas que afetam o planeta?

— Nossa... que interessante... — respondemos juntas com o mesmo desânimo.

Uma coisa é certa: vou arrasar com o livro do Al Gore.

— Então, maninha — retomo o assunto, virando-me para Susana. — O médico que me atendeu é mesmo um gato. Acho que ainda não comentei, mas, da minha janela, dá para ver boa parte do apê dele.

— Sério? — Susana se ajeita no banco, interessada.

— Ahã.

— Meninas, será que vocês poderiam deixar essa conversa para depois? — pergunta Lisa, abrindo seu laptop cheio de adesivos do sapo Keroppi. — Estive olhando as passagens para Chicago... American Airlines, saindo do La Guardia às dez horas da manhã do dia 31 de dezembro e retornando no dia três de janeiro. Certo?

— É uma pena não podermos ir antes — reclamo. — Puxa! Não é justo que apenas os alunos do curso anual da LSA tenham duas semanas de férias. Pablo, por exemplo, vai passar as festas com a família em Barcelona.

— Chicago... — Susana fica pensativa, enrolando uma mecha loura de cabelo nos dedos. — Não estou gostando muito dessa ideia.

— Tem outra melhor? — provoca Lisa, irritada.

— Não — responde ela. — Na verdade, eu queria mesmo era ficar aqui em Nova York. Virar o ano na Times Square. Mas...

— Mas você enlouqueceu? — Margô parece incrédula. — Ir para a Times Square no Ano-Novo? Para quê? Para se perder no meio de um zilhão de pessoas? Porque, você sabe, se quiser chegar perto da bola para vê-la cair e espalhar os confetes e coisa e tal, terá de chegar muito cedo na Times Square, ficar horas e horas esperando em pé, sob um frio congelante. Pior: sem banheiro! Deus me livre! Eu não vou com você.

— Não estou falando de multidão — esclarece Susana. — Eu queria assistir a tudo do hotel Marriott Marquis, com a vista privilegiada da festa *One Night in Heaven*. Ah, Deus! Sonhar não custa nada. Quem sabe um dia...

— E por que você não vai? — pergunta Lisa, como quem diz: *"não faço questão de virar o ano com você"*.

— Os ingressos custam caro — esclarece Susana. — De qualquer modo, sempre se esgotam com meses de antecedência.

— E como é que essa gente que comprou o ingresso atravessa a multidão para chegar ao hotel? — pergunto. — Não, porque eles não podem obrigar uma pessoa a chegar a uma festa com 24 horas de antecedência, podem?

— Para uma futura jornalista, Duda, você anda muito mal-informada. — Margô balança a cabeça. — Não é assim que funciona, não. A NYPD divide as ruas ao redor da Times Square em várias seções distintas. À medida que a multidão vai ocupando as seções, os espaços vão sendo fechados, de modo que, se alguém quiser sair de uma seção, não pode mais retornar a ela. Mas eles deixam passagens reservadas no asfalto para residentes, trabalhadores, convidados de festas, hóspedes de hotel, enfim... É claro que, neste caso, a pessoa é obrigada a apresentar um documento oficial que comprove onde está hospedada ou onde trabalha. Você nunca viu as fotos aéreas, Duda? A multidão se apertando nas grades enquanto, no asfalto, os corredores estão livres?

— Nunca reparei — admito, meio com raiva. Ah, qual é a dessa CDF? Ela consegue mesmo me irritar! Como assim mal-informada? Eu não sou mal-informada e vou mostrar a ela. Puxo o jornal que o

Agarradinho trouxe do metrô e o abro confiante diante de mim. Vou mostrar a ela que sei de tudo. E que posso muito bem entender todas essas palavras americanas esquisitas... se fizer algum esforço. Leio a manchete:

Lion Boods: What's the next sex scandal?

Mas o que significa isso? Estreito os olhos para a foto ao lado da manchete.

— Este aqui não é aquele famoso jogador de tênis de mesa? — pergunto, aproximando o rosto do jornal.

— Sim. É Lion Boods — responde Margô. — É manchete de jornal há semanas! Minha nossa, Duda! Em que mundo você vive?

— *Scandal...* Opa! — digo, surpresa. — Eu conheço essa palavra! Em que escândalo Lion Boods se meteu?

— Bom, foi um escândalo sexual — explica Susana. — Ele traiu a esposa.

— Surgiu uma lista enorme com os nomes de possíveis amantes do sujeito — acrescenta Margô.

— Caramba! — murmuro, fitando a foto mais uma vez. Lion Boods está segurando a Taça do Campeonato Mundial de Tênis de Mesa, pelo que percebo. E, bom, não parece assim tão infeliz. Não nessa foto. Mas essa era a época em que ele pegava mil e uma mulheres e o mundo não sabia. Lion Boods e as mil e uma amantes! Quem diria...

— Coitado! — diz Susana. — Sua carreira foi para o saco. Um escândalo atrás do outro.

— Por mim, quero mais é que ele pague pelo que fez — diz Margô. — Traição não está com nada.

— É claro que o que ele fez não foi nada legal — continua Susana. — Para um homem casado, claro. Se ele ainda fosse solteiro... Bom, mas a verdade é que famosos pagam preços muito altos.

— A verdade — interrompe Lisa, de braços cruzados — é que vamos pagar o dobro do preço se deixarmos para comprar as passagens para Chicago na última hora. Vou resolver isso hoje à tarde. Tudo bem para todo mundo?

— Fazer o quê? — reclama Susana.

Neste instante, alguém bate na porta e eu me sobressalto ao ouvir meu nome.

— Duda?

Meu coração ridículo dá uma cambalhota no peito. Porque essa não é a voz de Pablo Rodríguez.

É a de Miguel Defilippo.

— Pelo amor de Deus, ninguém abre essa porta! — suplico aos sussurros.

— Por que não? — pergunta Lisa já com a mão na maçaneta.

— Espere — murmuro, apoiando o pé direito no chão para me levantar. — Estou indo lá para dentro. Se ele perguntar qualquer coisa, diga que já fui para a escola... Diga que Pablo veio me buscar.

— Tá, tá, tá. — Lisa sacode a mão. — Agora vai!

Susana se apressa em me ajudar no caminho até o quarto, mas tão logo sento na cama, ela corre para a janela, abrindo as cortinas.

— Qual é o apartamento do médico, Duda? — Ela quer saber.

— Chhh! Fale baixo — sussurro. — É no prédio da frente, quinto andar, última janela da esquerda.

Então fico quieta, concentrada, mal ousando respirar, que é para ver se consigo ouvir a voz de Miguel. Mas é impossível, então me lanço de costas na cama e abraço o travesseiro, tentando me acalmar.

O negócio é que não quero olhar para ele. Aliás, eu quero, mas não posso. Ou melhor, eu posso, mas não devo. Ah, Deus! Que confusão! Não quero! Não posso! Não devo! Não mesmo!

De madrugada, depois de mudar o plano de fundo do Windows para uma joaninha pousada no girassol para não ter de ficar olhando a cara de Miguel Defilippo (quer dizer, de Robert Pattinson), reli os arquivos da revista *Cláudia*, escarafunchando cada frasezinha, cada palavrinha, tentando inutilmente encontrar qualquer mínimo desvio nas evidências em relação à minha realidade.

Acontece que os fatos não estão a meu favor.

O que foi a pane de memória que tive ontem ao acordar do desmaio?

Miguel Defilippo, o clone de Robert Pattinson, conseguiu a façanha de me fazer esquecer o que me parecia absolutamente improvável:

o maldito cofre digital (que acabou caindo de posição em minha lista de problemas emergenciais), o Volvo prata (que continua estacionado no mesmo lugar, como constatei ao raiar do dia) e *O Fantasma da Ópera* com Pablo. Até Vitor Hugo e sua inativa perseguição à minha pessoa eu consegui esquecer ao recusar o vinho sem saber por que o fiz. É realmente um milagre eu ter lembrado meu nome.

A conclusão é que, em se tratando de Miguel Defilippo, já estou na zona vermelha do perigo e, para meu próprio bem, preciso recuar. Imediatamente. Antes que seja tarde demais. Não quero sofrer.

Foi por isso que procurei ajuda nesses sites que ensinam as melhores maneiras de se esquecer uma pessoa.

A primeira dica que encontrei, levou-me a uma enorme lista de simpatias, mas logo percebi, esperta que sou, que nenhuma delas funcionaria no meu caso. Por exemplo, eu não posso pôr fogo numa caixa dentro da qual esteja um papelzinho escrito a punho *"Eu vou te esquecer"* porque essa é uma simpatia para "esquecer um amor" e eu não amo Miguel Defilippo, de jeito nenhum.

Abandonei as simpatias.

Também não quero fazer outra promessa porque, sabe como é, Nossa Senhora Desatadora dos Nós tem seus compromissos e não posso ocupá-la a todo instante.

Então comecei a elaborar uma lista com *"Os 100 defeitos realmente defeituosos de M. D."*.

Por enquanto, encontrei apenas um defeito e, para falar a verdade, nem é tão grave assim. Mas já é alguma coisa. Sei que é só uma questão de pensar mais um pouco, quando eu estiver mais descansada e coisa e tal, e eu vou conseguir encontrar pelo menos mais uns dez defeitinhos. Vai ser moleza.

Vou dizer uma coisa: este mundo é mesmo muito estranho.

Veja bem, vamos fazer uma rápida análise.

Em uma bela noite de luar, depois de colocar os filhos para dormir, uma mulher, lá no Arizona, sonha com o vampiro *você-sabe-quem* (ela poderia ter sonhado com Jack, o Estripador, mas não sonhou). Na manhã seguinte, essa mesma mulher, lembrando-se nitidamente do sonho, começa a despejar no computador a história *você-sabe-qual* (ela poderia sofrer de amnésia retrógrada, mas não sofre). Depois de várias tentativas, uma editora resolve, enfim, publicar a saga *você-sabe-qual*. Daí vem uma produtora de cinema e se interessa pela história. E eis que surge Robert Pattinson nas telonas do mundo.

Um dia, papai e mamãe fazem *você-sabe-o-quê* (a camisinha não era para ter furado, mas furou). Eu aprendo a ler (eu poderia ser um asno total, mas não sou). Em um belo dia de domingo, passeando pelo Shopping Leblon, entro na Livraria da Travessa e compro a saga supracitada. E leio. Depois releio. E me apaixono completamente. E assisto ao filme. E eis que surge Robert Pattinson nos meus sonhos.

Lisa sugere uma temporada em Nova York (poderia ter sido Miami, mas não foi). Margô conhece Augusto Defilippo na Night Lounge (Margô poderia ter se esquecido dele, mas por um milagre, ou por uma louca paixão, não se esqueceu). E eis que surge Miguel Defilippo no caos completo em que se transformou a minha vida. Eu invento uma mentira bizarra sobre o Tarado do Upper East, todo mundo acredita e agora estou aqui, quase arrancando as penas de ganso do travesseiro, pensando em tudo isso só porque Miguel acabou de bater na minha porta.

Lisa e Margô entram no quarto e eu salto na cama, pondo a mão no coração.

— Acalme-se — diz Lisa. — Ele já se foi.

— O que ele queria? — Minha voz sobe uma oitava em meu estado de paranoia avançada.

— Queria saber se você estava bem e se ofereceu para levá-la à escola.

— Você disse que eu não estava aqui? — Meu coração está batendo forte contra as costelas. — Que Pablo me levou?

— Disse — confirma Lisa e eu respiro aliviada. Margô vai para a janela com Susana. — Por que isso agora, Duda?

— Como ele estava vestido? — pergunto, ignorando minha prima.

— Estava... bonitinho?

— Miguel Defilippo poderia vestir um monte de trapos velhos e ainda ficaria lindo. Ô, sujeito gostoso! — diz Margô, olhando as próprias unhas, e eu tenho uma súbita vontade de voar em cima dela e arrancar com os dentes cada uma de suas cutículas mal feitas. *Pare, Eduarda! Pare!* Ah, Deus! Olhe aí: o ciúme. O site da revista *Cláudia* me avisou... — Vamos embora, Su! Estamos atrasadas. — Ela puxa Susana pelo braço.

— Ele só queria isso? — pergunto para Lisa quando as duas passam pela porta e ela se senta ao meu lado. — Só veio aqui para saber de mim?

— Não — responde Lisa com um suspiro triste. — Infelizmente não. Ele também veio dizer que conversou com o inquilino do prédio da frente, o tal médico que cuidou de você. O italiano com quem ele dividia o apartamento voltou para Roma, enfim... Miguel encontrou um lugar para Fred ficar.

— Que bom! — murmuro.

— Ah! — Lisa afunda a cabeça entre as mãos. — Isso não é nada bom.

— Não fique assim, Lisa. — Aliso as costas dela, tomando o cuidado de virar o rosto para o outro lado.

Não quero que ela me veja sorrindo. Porque estou sorrindo à beça. Não consigo parar de sorrir. Ah, Deus! Isso tudo é muito bom! Não dá para negar! Miguel veio aqui, todo fofo e preocupado, querendo saber se eu estava bem, oferecendo-se para me levar à escola. Ainda trouxe a notícia que eu esperava ouvir há um tempão: Frederico Barreto, o Agarradinho, finalmente vai se mandar daqui.

Na verdade, tudo isso é bom demais!

E a terrível dor de cabeça acabou de acabar.

| EDUARDA CARRARO | Sábado, 19 de dezembro, 17:32 |

De: "Debra C." <xxxx@xxxx.com>
Para: "Eduarda Carraro" <duda.m.carraro@gmail.com>

Hello, Eduarda Carraro

I'm happy that you are in New York and I hope you're enjoying the city.

Like you already know, there are only **two ways** to apply for a ticket to the Late Show with David Letterman:

1) Submit your request online using our Online Ticket Form;
or
2) Visit the theater during specified hours and submit an In-Person Request.

I can see that **you are a big fan of Robert Pattinson**, but there is nothing I can do about that. **I can't put a little mark on your 2.000 requests**, like you suggested.

I do know the word **"jeitinho"**, but Americans are not used to agree with that.

Have a nice day.

Debra C.

Traduzido do Inglês

Olá, Eduarda Carraro,

Fico feliz que esteja em Nova York e espero que esteja gostando da cidade.

Como você já sabe, só há **duas maneiras** de se candidatar a um ingresso para o Late Show with David Letterman:

1) Enviar seu pedido online, usando o nosso Formulário de Bilheteria Online

ou

2) Visitar o teatro durante as horas especificadas e entregar um Pedido em Pessoa.

Posso ver que **você é uma grande fã de Robert Pattinson**, mas não há nada que eu possa fazer neste caso. **Não posso colocar uma pequena marca em seus 2.000 pedidos**, como você sugeriu.

Conheço sim a palavra **"jeitinho"**, mas os americanos não costumam concordar com ela.

Tenha um bom dia.

Debra C.

PRESENTE DE NATAL

Quatro dias depois, fico de pé no teatro, acompanhando a multidão extasiada que não para de aplaudir. Puxa! Foi fantástico! Valeu cada minuto que fiquei na fila para comprar os ingressos e me redimir com Pablo!

Estou falando de O Fantasma da Ópera.

Tudo bem. Como era esperado, não entendi uma só palavra, mas mesmo assim... É impossível não se emocionar com Erik, Raoul e Christine e, quando puxo o espelhinho da bolsa, vejo que meus olhos estão vermelhos e esbugalhados. É. Chorei um pouco. E estou horrível. Viro para o lado e encontro uma carreira de dentes brancos (de comercial de pasta de dente) sorrindo para mim. Pablo está se divertindo à custa de minha sensibilidade lacrimejante.

— Gostou? — pergunta ele quando descemos as escadas em meio à multidão que se apressa em seus casacos sofisticados.

— Se gostei? — sorrio, feliz. — Eu amei, Pablo! Foi inesquecível. E pensar que minhas amigas estão lá, no show do Brad Marley.

Ao sairmos para a rua, a noite está congelante e adivinhe só: está nevando! Isso mesmo! Pouquinho ainda, mas está nevando e o vento frio está sacudindo a barra do meu casaco preto e longo. Enfio as mãos nos bolsos. Meu queixo está batendo levemente. Pablo chega mais perto.

— Bom... — Ele diz enquanto tira a luva para colocar umas mechas castanhas de meu cabelo para dentro de meu capuz de bordas peludas, agora salpicadas de floquinhos brancos. Seus dedos quentes agradam a pele fria de meu pescoço e... só. Não sinto nada além disso. Minhas pernas não amolecem. Não fico tonta. É sério. Não estou brincando. — Já que você fez questão de pagar pelos ingressos, posso convidá-la para jantar?

Certo. Agora sinto. Mas não o que se esperaria que eu sentisse. Não tem nada a ver com Pablo esperando uma resposta a centímetros de mim.

O que me vem é uma pontada amarga de lembrança. O motivo é tão simples quanto idiota. *"Posso convidá-la para jantar?"* Já ouvi essa frase antes.

Não tenho notícia de Miguel Defilippo desde a noite em que ele me convidou para jantar. Ele nunca mais bateu na minha porta, não me procurou, não telefonou. (Ei! Ele não tem meu número!)

Só faz quatro dias, eu sei. Talvez ele esteja viajando, "resolvendo umas coisas por aí", como da outra vez. Ou talvez saiba que eu não quis atendê-lo na manhã em que foi me procurar e esteja dando o troco, me evitando. Ou pensando: *"Duda, estou completamente arrependido de ter socorrido você. Por mim, você poderia ter quebrado o pé! Adeus".*

Todas as vezes em que subo as escadas do prédio marronzinho e me deparo com um filete escuro embaixo da porta vizinha, sinto uma onda de decepção. O que é uma grande tolice. Aliás, por que, diabos, eu fico decepcionada? Se provavelmente sairia correndo e me esconderia sob as cobertas ao primeiro sinal de Miguel?... Mas é que não consigo parar de pensar nele! Onde será que ele se meteu?

Isso sem mencionar que ainda não consegui encontrar nem mais um mísero defeitinho defeituoso para engordar minha humilde lista, que era para estar com cem itens e continua apenas com um.

Suspiro, afugentando os pensamentos e sorrio para Pablo.

— É claro que pode, Pablo. Tem alguma sugestão?

— Confie em mim — diz ele, fazendo sinal para o táxi. — Você vai se surpreender.

Estou realmente surpresa porque, depois de termos combinado que não voltaríamos a pagar o olho da cara em uma água com gás, acabo de entrar, de braços dados com Pablo, em um restaurante francês bastante chique. *Daniel*, na Rua Sessenta e Cinco leste.

— Pablo! — exclamo, olhando em volta. O ambiente é incrível, com enormes lustres redondos, plantas ornamentais, pilares detalhados em gesso, cadeiras confortáveis e... ai, meu Deus!... Meu radar Hollywoodiano faz *bip, bip*. Kate Hudson está sentada bem ali, linda e loura. Juro que ela acabou de sorrir na minha direção e quase sinto vontade de chorar.

— Hoje é por minha conta — diz Pablo, conduzindo-me pela cintura até a mesa indicada pelo garçom simpático.

Ah, Deus! Que vergonha! Tudo bem que os pais de Pablo são advogados em Madrid e devem estar bem de vida e tudo o mais, e que essa poltrona é confortável pra caramba, mas mesmo assim... Não me sinto à vontade. Sabe como é, não sou uma garota aproveitadora. Não mesmo. E Pablo não é tão rico quanto... Miguel Defilippo. Quer dizer, acho que não. Aliás, muito provavelmente não, porque, até onde sei, Pablo não tem renda própria, não recebe aluguel (de vários apartamentos), altos juros de investimentos bancários ou sei lá mais o quê. Ele apenas estuda Direito em Barcelona. De modo que, bom, esse restaurante deve ser bem caro para seus padrões. Mas quando olho para ele, ele parece tão feliz que prefiro aceitar a situação sem fazer objeções.

— Um restaurante como este deve trabalhar com reservas. — Ajeito o guardanapo sobre os joelhos. Já que o tecido é engomado, mantenho-o dobrado na horizontal pelos vincos. Bom, é assim que manda a etiqueta que conheço... É mentira, *hahaha!* Não conheço etiqueta nenhuma. Estou simplesmente imitando uma senhora cujas pernas estão em meu ângulo de visão e são bem rechonchudas por sinal.

— Sim — diz ele. — Eu fiz reserva há dois dias. E vou falar uma coisa: tive muita sorte de conseguir. A cidade está lotada de gente. Sabe que hoje fui ao Rockefeller Center e não consegui passar ao lado da fileira de anjos luminosos? — Ele ri, expondo todos os dentes da boca. — Era uma multidão apavorante! Tive de dar a volta na Quarenta e Nove para chegar à Quinta Avenida.

Fico olhando para ele, admirada.

— O que foi? — Ele quer saber.

— Não dá para acreditar.

— É sério. Fim de ano em Nova York é sempre assim. E o Rockefeller fica mesmo impossível. Sabe como é, todo mundo quer fotografar a árvore de Natal de Kevin McCallister em *Esqueceram de Mim 2*.

— Não estou falando disso. É que... Pablo, você é realmente muito pretensioso. Como pode fazer uma reserva num restaurante desses sem me consultar antes?

Ele sorri.

— Mais uma vez eu tinha certeza de que você aceitaria. — Afunda os olhos negros nos meus e... só. Não sinto as pernas estremecerem. Juro que nada está acontecendo comigo.

Pablo pega seu cardápio e começa a ler, ou sabe-se lá o que está fazendo porque, a julgar por mim, que também estou no nível elementar (meu caro Watson) no inglês, este enorme cardápio lindamente aberto na minha cara não me serve de nada a não ser para espiar Kate Hudson por cima dele sem ser notada. Ah! Ela sorriu outra vez.

Então me ocorre que, muito possivelmente, Pablo deve *sim* estar entendendo a maioria dessas palavras. Quer dizer, a Espanha faz fronteira com a França e esses nomes de comida não costumam variar muito de uma língua para a outra. Por exemplo, tem um *velouté* aqui que posso apostar como é francês e não inglês (leia em voz alta para você ver). Se bem que o Brasil faz fronteira com o Suriname e eu não sei nada sobre a culinária dessa gente (aliás, quem nasce em Suriname é o quê?). Acho que comem de tudo um pouco, sei lá. E falam holandês. Mas isso não vem ao caso.

É por isso que fico tranquila e, quando o garçom se aproxima e Pablo faz seu pedido, eu apenas sorrio para ele (para o garçom, não para Pablo) e digo alegremente:

— *The same.* — Que é uma frase trivial do inglês e significa "o mesmo". Até vovó Carraro sabe essa.

O garçom anota tudo e some de vista.

Puxa! Arrasei!

Suspiro, satisfeita, e dou uma golada na Schweppes Citrus Light que, graças a Deus, chama-se Schweppes Citrus Light em qualquer lugar do mundo.

— Eu também adoro caviar — comenta Pablo, bebericando sua água DaSani *purified*.

— C-c-c-caviar? — gaguejo, assustada.

Ah, Deus! Como eu me detesto...

Acontece que a última vez em que comi caviar, que por coincidência também foi a única, foi num jantar que mamãe e papai ofereceram a uns jornalistas importantes, para impressionar, sabe como é. Pois então. Eu quase vomitei em cima das torradinhas em meu prato quando um senhor, cujo nome não me lembro, apesar de me lembrar de seu cinto de couro afivelado no alto da barriga e da gravata borboleta (gravata borboleta!), disse em alto e bom som: *"Um brinde às ovas de esturjão não fertilizadas, também denominadas caviar".*

Foi aí que cuspi. Tudo bem, eu cheguei a golfar uma boa porção de caviar, e Susana me chutou por baixo da mesa. Mas, para meu alívio, ninguém mais percebeu. Sinceramente eu nem estava achando tão ruim. É por isso que digo: em certos momentos da vida, a ignorância é a melhor opção.

Então Pablo está rindo.

— Qual é a graça? — pergunto, chateada.

— Ah, Duda... Está na cara que você não sabe o que pediu.

— É claro que eu sei o que pedi.

— Então o que você pediu?

— Alguma coisa com... c-c-c-aviar? — Ergo uma sobrancelha enquanto fico rezando secretamente. Não pode ser caviar. Ai, meu

Deus, por favor, não permita que seja caviar. Eu não ligo de pagar mico na frente de Pablo, desde que eu não tenha que enfiar ovas de esturjão não fertilizadas outra vez em minha boca. Não posso vomitar na frente de meu amigo. Não posso vomitar na frente de Kate Hudson, que não para de sorrir para mim. Acho até que vou pedir um autógrafo.

— Você pediu salmão, sua bobinha. — Ele se diverte. — *Nós* pedimos salmão. Na próxima vez, seja sincera comigo, por favor.

— Como você sabe que eu não sabia?

— Hum... — Ele pensa por um momento. — Alguma vez eu já disse que leio bem as pessoas? A propósito, também detesto caviar.

Aliviada, respiro fundo antes de cair na gargalhada.

No momento em que engulo a última porção do jantar, mal posso acreditar que acabou. Puxa! Foi a coisa mais deliciosa que comi na vida. Quer dizer, a coisa mais deliciosa que comi na vida foi espaguete à carbonara a Miguel Defilippo, mas mesmo assim... No âmbito dos restaurantes, com toda certeza esse merece o primeiro lugar.

É uma pena que essas comidas chiques sejam muito enfeitadinhas, bonitinhas demais, mas acabem logo na quinta garfada, para o desespero geral dos estômagos. É por isso que sou praticamente obrigada a pedir a sobremesa: quatro docinhos brilhantes, perfeitamente decorados, dispostos em fila num pratinho comprido. Pablo não me acompanha nas doses cavalares de glicose. Manter o corpo atlético não é moleza, não!

— Obrigada, Pablo — digo, satisfeita. — Esse restaurante é incrível! A noite foi incrível.

Ele se ajeita na cadeira e pigarreia.

— Como você sabe, Duda, estou indo para Barcelona amanhã de manhã e... Bom, até pensei em pedir à Lisa para colocá-lo embaixo da árvore da sua casa, mas depois achei melhor entregá-lo pessoalmente. A verdade é que eu não queria perder sua reação.

— Do que você está falando?

— Do seu presente de Natal.

Sinto um aperto no peito.

Certo. Ele está brincando. Ele só pode estar brincando. Quer dizer, não estou vendo presente algum aqui. Nenhum embrulho. A menos que seja invisível ou tão pequeno a ponto de caber no bolso da jaqueta dele.

Ai, meu Deus, não. Não pode ser uma joia. Não pode ser! Porque eu não comprei nada para ele! Na verdade, nem lembrei.

— Mas eu não comprei nada para você, eu...

— Chhh — ele faz, pedindo silêncio. — Não estou pedindo nada em troca. — E faz um sinalzinho para o garçom, que assente com um discreto movimento de cabeça e dá meia-volta.

Mas o que o garçom tem a ver com meu presente de Natal? Ai, meu Deus, será que o garçom foi chamar os cantores? Será que eles vão formar uma roda em volta da nossa mesa e cantar alegremente ao som do violão, como naquele episódio de *Os Normais* em que a Vani tem uma crise de riso durante a execução de um fado em volta de sua mesa, num restaurante tremendamente chique? Porque se for isso, eu também não vou aguentar. Vou passar mal de tanto rir e esse vai ser o maior vexame da minha vida. Ou...

Já sei! Pablo mandou embrulhar uns docinhos. É isso! O que mais poderia ser? Confesso que estou bastante aliviada e...

...quando olho para o lado, o garçom vem trazendo uma linda caixa dourada, enfeitada com um enorme laço de veludo vermelho e eu fico imaginando o tamanho dos doces que estão ali dentro ou a quantidade deles. Porque, sabe como é, a caixa não é lá tão pequena.

Afundo na cadeira quando o restaurante inteiro parece olhar para mim. Inclusive Kate Hudson, que, bom, continua sorrindo.

— Eu não podia levar o presente ao teatro — justifica Pablo, segurando a caixa. — Estragaria a surpresa. Então estive aqui ontem e pedi que eles fizessem a gentileza de guardá-lo para mim.

— Você fez isso? — Estou boquiaberta. — Só para que fosse uma surpresa?

— Sim.

Pisco os olhos várias vezes. Não parece ser real. Quer dizer, que coisa mais fofa Pablo arquitetar uma surpresa para mim, uma... *amiga*.

— Feliz Natal, Duda! — Ele me entrega o presente.

Posso ver a ansiedade arder em seus olhos negros, que me fitam como se pudessem me devorar. Demoro mais do que o necessário para entender que preciso desamarrar o laço. Pablo está esperando, afinal. E eu não poderia estar mais curiosa e...

Santo Deus!

Dou um salto para trás e ponho a mão no coração. Parece que levei um choque. Porque o que meus olhos estão vendo, o que está aqui dentro desta caixa dourada...

São os quatro livros da *Saga Crepúsculo*.

Os quatro.

Cheirando a novos.

Em português.

Fico olhando para dentro da caixa por um momento enquanto uma corrente gelada sobe e desce pela minha espinha. Depois, quando ponho os livros na mesa, descubro no fundo da caixa dois gorros vermelhos de Papai Noel.

Não dá para acreditar! Quer dizer, depois de todo o meu discurso idiota naquela sala de aula, de todas aquelas baboseiras de que eu não me envolvia com histórias de amor e coisa e tal, a sensação que tenho agora é de que simplesmente eu estava falando para as paredes! Pablo não me ouviu.

Só que, pensando bem, ele me ouviu *sim*, porque ainda por cima se desculpou. Então ele não acreditou em mim. Ou será que ele sabe que eu sou a Crepuscólica? Será que também sabe sobre o cofre digital? Mas como ele poderia saber? Se eu não disse nada. Sinceramente, estou começando a desconfiar de que Pablo tem algum tipo de poder mediúnico. Ou vai ver que ele não é... humano.

— Pablo... — murmuro num fio de voz. *Você é humano?*

— Acho que devo uma explicação — diz ele, colocando os dedos sobre minha mão livre, a que não acaricia os livros. Como não sinto nem um arrepiozinho, não vejo motivo para tirar a mão dali. — Quando você disse que não tinha lido essa saga, eu meio que acreditei. Mas quando disse que não é o tipo de garota que se envolve com histórias, eu definitivamente duvidei. Por isso resolvi arriscar. Bom, eu nunca li esses livros, mas tenho certeza de que você vai gostar. E comprei em português, claro.

— Como os encontrou? Em português, quero dizer. Nunca os vi em nenhuma livraria de Nova York!

— Então você estava procurando? — pergunta ele, enfiando o gorro de Papai Noel na cabeça, o pompom branco na ponta do tecido vermelho caindo um palmo abaixo de seu ombro. Ele gesticula para o outro gorro.

— Você ainda não respondeu a pergunta. — Enfio o outro gorro em minha cabeça.

— Duda, esses livros vieram a jato do Brasil. Comprei numa livraria virtual e mandei entregar aqui. Fiquei ansioso, achei que não fosse dar tempo, enfim... Deu tudo certo. Mas se você andou procurando por esses livros... Então gostou do presente?

Ele afunda os olhos nos meus.

— Pablo Rodríguez — digo com um suspiro longo. — Você é o melhor leitor de pessoas que existe.

Certo. Eu realmente não sei como Pablo ainda não "leu" a minha cara e descobriu a mentira sobre o Tarado do Upper East. É por isso que, depois de pagar a conta, mais uma vez, ele se oferece para me acompanhar até em casa e eu aceito de bom grado, já que é quase uma hora da manhã e a rua lá fora deve estar vazia.

Acontece que a rua está deserta.

Parada na entrada do restaurante, olho a paisagem, sem esconder minha expressão de choque. A neve parou de cair, mas se acumulou de tal maneira que não consigo distinguir a calçada do asfalto. Uma espessa camada branca cobre as escadas nas entradas dos prédios, os parapeitos das janelas e os galhos das árvores, que se transformaram em fantásticas formas na atmosfera meio rosada pelo efeito incomum das luzes da cidade refletidas em nuvens baixas.

— Lindo — murmuro, embasbacada.

Apesar de eu sempre ter tentando fugir do inverno em viagens (uma grande besteira por sinal), não é a primeira vez que vejo neve. No ano passado, nas férias de julho, fui esquiar em Bariloche, na Argentina, o que, sem dúvida, foi uma experiência humilhante considerando os machucados que ganhei. Mas isso não vem ao caso.

O caso é que uma metrópole escondida sob a neve é algo diferente e espantoso. Quer dizer, as pessoas têm de trabalhar amanhã de manhã, meu Deus! A primeira sensação que tenho é de que a Big Apple vai amanhecer parada, nada vai acontecer até que os *Snow Plow Trucks* (que fazem um barulhinho irritante com suas escavadeiras, aliás) consigam retirar os montes brancos do meio da rua. É claro que esse é um pensamento idiota de quem vive num país tropical e que Nova York só para totalmente em grandes nevascas.

— E agora? — pergunto.

— Vamos voltar de metrô. Vem — diz Pablo, passando o braço pelo meu ombro.

É assim que, meia hora depois, ao subir as escadas da estação de metrô mais perto de casa, não consigo resistir e saio correndo pela rua, afundando as pernas no tapete fofo de neve, que alcança o meio de minha panturrilha. Agora estou girando de braços abertos, maravilhada com o cenário incrível em que se transformou a minha rua inacreditavelmente abandonada.

— Não faça isso, Duda! — Pablo me repreende com sua voz abafada pela tonelada de neve que cobre os carros. Não preciso olhar para trás para saber que ele ficou parado no mesmo lugar, os dois pés fincados no chão, como um pai que se obriga a dar o bom exemplo. Um pai... com o gorro do Papai Noel na cabeça. E, como uma filha mal criada, ignoro seu chamado e apenas corro. — Volte aqui! Seu tornozelo ainda está frágil! Você vai escorregar! Duda!

Ele continua gritando para a noite sem estrelas, mas não dou ouvidos. Ao contrário, corro mais rápido, ouvindo o *clap, clap* de minhas botas de couro furando a neve. É verdade! Estou ouvindo o *clap, clap*! Desligaram Manhattan da tomada!

— Vem, Pablo! — digo para o alto. — Vem!

No instante em que paro e giro o corpo, percebo que Pablo está longe.

— Vem logo, Pablo! — Acompanho o grito com um gesto de braço. — O que você está esperando para começar a correr?

Eu o vejo hesitar. Uma, duas, três vezes.

Mas então parece irresistível e de repente seu corpo se lança para a frente e ele está correndo em minha direção, equilibrando meu presente nos braços, o pompom branco do gorro de Papai Noel se sacudindo no ar. Agora nós dois estamos rindo de tudo isso e cantando *We Wish You a Merry Christmas* com nosso inglês tosco, minhas bochechas queimando e se igualando à cor do gorro em minha cabeça.

Mas quando avisto a escadinha do prédio marronzinho, os degraus cobertos de branco, acelero na frente, olhando para cima, admirando as formas nebulosas que o pisca-pisca da árvore de Natal lança pela janela da minha sala. Também observo, com tristeza, as janelas do apartamento de Miguel totalmente vedadas e fico imaginando se as luzes estão acesas ali atrás. Não dá para saber.

É bem neste instante que as solas de minhas botas perdem o atrito e, numa fração de segundo, meus pés escorregam para a frente. Meu traseiro vai de encontro ao bolo de neve num baque surdo. A única coisa que consigo pensar, antes de começar a chorar de rir, é que essa merda é gelada pra burro!

— Duda!

Pablo me alcança rapidamente, larga a caixa dourada na neve (ah, não... a caixa vai ficar toda molhada; ah, sim... acabo de lembrar que a neve não molha) e me ergue com braços firmes.

— Estou bem — afirmo em meio às gargalhadas.

— E o tornozelo? — Ele parece angustiado, como se tivesse culpa. — Está doendo?

— Não aconteceu nada, Pablo! — Dou um passo para trás para provar o que disse. — Só foi muito engraçado.

— Sabe — ele está dizendo, agora sorrindo —, não consigo tirar os olhos de você. Com ou sem Tarado do Upper East.

Engulo em seco.

— Pablo... Preciso dizer uma coisa sobre isso.

— Não precisa, não.

— Preciso *sim*, estou me sentindo péssima.

— Pois eu estou me sentindo muito bem.

— Espere. — Ergo a mão. — Do que você está falando?

— Eu sei que você inventou essa história — diz ele sem mostrar surpresa. — Não existe nenhum Tarado do Upper East.

Fico olhando para ele, estupefata. Mas ele continua:

— Antes que você comece a pedir desculpas, vou logo dizendo que não aceito.

— Não?

— Não aceito, porque não precisa.

— Mas...

— Mas era mesmo um excelente motivo para eu passar mais tempo com você.

— Pablo! — Agora estou socando o peito musculoso dele enquanto ele se diverte com o efeito ridículo que isso tem.

Mas antes que eu perceba, sua mão se fechou em meu pulso, puxando-me para perto. Enterro a cabeça em seu peito, secando as lágrimas de riso em sua jaqueta marfim, que cheira a Azzaro, tentando ignorar a tensão que me atinge quando ele de repente levanta meu queixo, os olhos negros como a noite caindo brilhantes sobre os meus pela proximidade de nossos corpos quentes, apesar do frio. Minhas pernas ficam bambas, mas, outra vez, não é pelo motivo que se esperaria. Na verdade, estou com medo.

— Duda... — Ele sussurra meu nome, tirando o gorro de minha cabeça. Depois arranca suas luvas com os dentes e seus dedos livres se entranham por baixo de meus cabelos, fecham-se em minha nuca. Fico pensando em como foi que ele conseguiu afrouxar meu cachecol.

Ele curva o pescoço para encostar sua testa na minha, a respiração quente em meus lábios.

É quando fecho os olhos, desesperada e sem saber o que fazer. Quase posso sentir o coração dele batendo forte atrás de todas as roupas. Meu estômago esfria com a evidência de que algo muito, *muito* errado está para acontecer. Algo que eu realmente não quero que aconteça.

Ah, Deus! Por que não quero beijar Pablo? Por quê? Qual é o meu problema, afinal?

Pablo é tão especial... E lindo como um modelo de revista espanhola. E se preocupa comigo... E tem um senso de humor incrível... E não é misterioso... E não desaparece do nada... E fez dessa noite um sublime momento de trégua em minha vida sentimentalmente caótica. Como posso simplesmente não querer sua boca molhada na minha agora? Como posso, ainda por cima, achar que é errado? O que tem de errado nisso?

Seus dedos ásperos, apesar de suaves, desenham formas circulares em minha bochecha enquanto seu braço pesado me envolve a cintura. De repente sua cabeça desceu para o vão de meu pescoço, a ponta gelada do nariz afaga minha orelha. Certo. Isso é mesmo muito errado...

Mas é tão bom!

Preciso fazer alguma coisa antes que seja tarde demais.

Com a cabeça de Pablo ainda enfiada em meu pescoço, abro as pálpebras e olho furtivamente em direção à janelinha fechada de Miguel. Sinto uma pontada horrível por dentro.

— Pablo... Por favor... Não faça isso...

— Por quê? — murmura ele contra minha orelha com uma voz que não se parece nada com a voz normal dele. — Ah, Duda... Eu te quero tanto... — A voz agora é quase de dor.

— Não, Pablo! Não! — Empurro seu peito com toda força para trás. Ele resiste por alguns instantes, mas acaba cedendo com um suspiro resignado.

— Por quê? — Ele me encara.

Fecho os olhos de novo. Não quero olhar para ele. Não quero encontrar qualquer mínima prova que confirme o pensamento irritante saltitando em minha cabeça subitamente dolorida, como se alguém tivesse acabado de acertar minha testa com um martelo.

— Porque eu... — sussurro, ainda de olhos fechados. A angústia se converte em choro (um choro ruim), as lágrimas se desgarram e começam a escorrer livremente por meu rosto e pescoço. — Porque eu...

— Pelo amor de Deus, Duda! Não chore. — Ele me puxa para seu peito e eu me aninho ali, abrindo os olhos. Meus braços se fecham em torno de seu corpo gigante. — Pronto... Não aconteceu nada. — Ele afaga minha cabeça. — Não precisa chorar. Não vou fazer nada que você não queira.

— Porque eu não consigo...

— Tudo bem. Não quero mais saber por quê. Não se preocupe com isso... Apenas pare de chorar, por favor...

Mas fico soluçando em seu peito, sem encontrar uma brecha que me faça parar.

Eu não consigo, Pablo. Porque estou obcecada por Miguel Defilippo.

ESTE DOCUMENTO É DE PROPRIEDADE ÚNICA E EXCLUSIVA DA CREPUSCÓLICA

Se você é um ladrão, achou este papel na rua, ou está apenas fazendo gracinha, ponha a mão na consciência e entre logo em contato: crepuscolica123@gmail.com

ESTARÁ SALVANDO UMA VIDA!!!!!

EXERCÍCIO NÚMERO 01:

OS 100 DEFEITOS REALMENTE DEFEITUOSOS DE M. D.

1) ~~Ele tem os pés tortos;~~
2) ~~Ele é tão... tão... tão O QUÊ???????~~
3) ~~Ele é muito misterioso;~~
4) ~~Ele desaparece sem dar notícias;~~
5) Estou obcecada por ele;
6) Estou obcecada por ele;
7) Estou obcecada por ele;
8) Estou obcecada por ele;
9) Estou obcecada por ele;
10) Estou obcecada por ele;
(...)

onze

INESPERADO NUMBER ONE

— Anda logo, Duda! — A voz de Margô vem da sala. — Nós vamos perder o avião!

Sozinha no quarto, de joelhos, estou com a cabeça enfiada no guarda-roupa e um imenso "abacaxi" na mão. Estou procurando um objeto importantíssimo há mais de vinte minutos e, a cada segundo em que o objeto não aparece como mágica na minha frente, é como se o "abacaxi" fosse ganhando mais casca, engrossando.

— Já estou indo — grito de volta, tentando parecer despreocupada e sem parar de fazer o que estou fazendo agora, que é revirar o guarda-roupa, tirar as roupas das prateleiras, das gavetas, e atirá-las no chão, meio que desvairadamente.

Boina horrorosa da feira hippie de Ipanema, suéter listrado, gorro do Botafogo de Futebol e Regatas... Perco alguns segundos olhando o gorro do Botafogo. Minha nossa! Onde estava minha cabeça quando resolvi trazer *isto* para Nova York? Enfiada num guarda-roupa, talvez? Ou numa privada, é mais provável. Quer dizer, ninguém nem conhece o Botafogo nesta cidade e, ainda por cima, o gorro tem pompom da estrela solitária no cocuruto. Eu disse pompom da estrela solitária no cocuruto! Amarelo! O pompom e o cocuruto! Ah!

Meias, calcinhas... Droga! *Ele* também não está aqui! Onde *ele* foi parar?

Agora estou com as mãos na cintura, olhando a bagunça espalhada pelo quarto, bufando de raiva e pensando em como eu estava errada quando, inocentemente (devo frisar), imaginei que não voltaria a mexer com essa coisa de arrumação pelos próximos seis meses.

Merda.

— O que está acontecendo aí dentro? — É o Agarradinho batendo na porta do quarto. A porta que tranquei. — Saia desse quarto ou vou arrombar, Eduarda Maria!

Certo. Quanto a isso, já me decidi.

Vou matar esse Agarradinho.

Vou agarrar aquele pescocinho branquelo dele com as duas mãos e vou apertar com toda força do meu ser. Fincar minhas unhas até tirar sangue da carne ou até que o sorriso de palhaço alegre dele se desfaleça em Pierrô. De que adianta esse Agarradinho ter se mudado para o apartamento de Alex Hill se ainda vive enfurnado aqui em casa? Quem ele pensa que é para falar assim comigo? Quem ele pensa que é para usar meu nome do meio?

— Duda? — Lisa gira a maçaneta. Inutilmente. — Por que trancou a porta? Duda? Diz alguma coisa! Está passando mal?

— Está tudo bem! — Levanto-me do chão e limpo os joelhos. — Só mais um minutinho! Já estou indo! — É o que eu digo.

Mas na verdade estou abrindo as gavetas da escrivaninha. Agora tirando as coisas das gavetas e colocando na mesa. E enfiando o braço lá no fundo e puxando as coisas mais para perto e, não satisfeita, começo a desencaixar as gavetas vazias e virá-las de cabeça para baixo. Agora larguei tudo e estou puxando os cabelos, doente de nervoso.

Como é que vou descascar esse "abacaxi"? A casca é muito grossa! Não vou conseguir! De jeito nenhum!

Então vou apenas gritar da janela para todo mundo ouvir "como eu me detesto" e me jogar do quarto andar.

Ou talvez só o grito já esteja de bom tamanho.

Respiro fundo, puxo a cadeira da escrivaninha e me largo nela. Empurro as tranqueiras e encosto a testa na mesa.

Certo. Vamos pensar de uma forma mais ampla, como faria Platão. Ele tem de estar aqui, não tem? Não estou falando de Platão, pelo amor de Deus!

Estou falando do meu passaporte.

Meu passaporte tem de estar aqui. Quer dizer, onde mais poderia estar se tenho absoluta certeza de que não o tirei deste quarto desde o dia em que cheguei à Nova York? A não ser naquela vez em que precisei levar meu documento original à secretaria da LSA, no mesmo dia em que estive no MoMA com *Pa...*

Meus olhos se arregalam.

Ai, meu Deus!.. não! Não, não e não!

Como eu me detesto...

Totalmente derrotada, arrasto-me até a sala. Margô, empoleirada no sofá, tamborila os dedos em sua nova mala do Garfield. Lisa e o Agarradinho, encostados na parede ao lado da porta da sala (já aberta), conversam baixinho e sorriem um para o outro, balançando as pestanas naquela lenga-lenga enervante. Susana e Alex, de mãos dadas e mochilas nas costas, nem parecem estar ali, fitando a chuva pela janela, e quase posso ouvir os sininhos dourados fazendo *blém, blém* sobre suas cabeças. Eles se conheceram, afinal, e se beijaram na noite de Natal, atrás da árvore iluminada, depois que Brad Marley (o convidado especial do Agarradinho) tocou *Is This Love* no violão.

— Certo, pessoal — digo, as lágrimas enchendo meus olhos quando cinco cabeças giram na minha direção ao mesmo tempo, como se eu fosse anunciar que não vou mais virar o ano em Chicago. O que, infelizmente, é justamente o que vou dizer. — Não vou mais virar o ano em Chicago.

Eu meio que esperava ouvir um *"Oooh!"* no plano de fundo, como nas cenas infelizes dos *sitcoms* americanos. Mas, em vez disso, o que ouço é um *"hã?"* esganiçado.

— *Hã?* — Os ombros de Lisa caem levemente.

— É isso mesmo que acabaram de ouvir. Não vou mais virar o ano em Chicago — repito. — Pablo guardou meu passaporte no bolso de seu casaco de moletom quando fomos ao MoMA. E não me devolveu. Eu também não lembrei. Portanto, meu passaporte está na Espanha.

— Rá! — exclama Margô, irritantemente feliz. — Não sou a única a sofrer de DDA.

Há um instante de silêncio horrível. Parece que joguei uma bomba-relógio no meio da sala. Só que, em vez de saírem correndo desesperadamente, as pessoas estão apáticas em seus lugares, esperando a bomba explodir.

Depois de um tempo, olho em volta e vejo que nada mudou. Ninguém se mexeu. O que isso significa?

Por exemplo, a boca aberta de Lisa, juntamente com os olhos semicerrados, teria algo a ver com, sei lá, constrangimento? E, por um breve instante (realmente breve, graças a Deus), sinto-me como uma cantora famosa sob o efeito de comprimidos para labirintite depois de errar absurdamente a letra do Hino Nacional Brasileiro na frente de uma plateia enorme, que não teve coragem de admitir publicamente que a troca de palavras ficou até bastante formosa: em vez de "és belo, és forte, impávido colosso", ficou "és belo, és forte, és risonho e límpido" (olhe que gracinha!).

Então meus olhos fitam vagamente a porta aberta da sala e fico pensando que não passarei por ali hoje e isso é muito triste. De verdade. Quer dizer, já estou me sentindo péssima, pois tenho certeza de que ninguém vai querer me deixar sozinha em Nova York na virada do ano e será inútil lutar contra isso, o que não significa que eu não vou lutar. Também estou pensando em puxar uma cadeira e esperar sentada até que alguém se pronuncie. Talvez eu lixe as unhas ou algo do tipo.

É bem neste instante, enquanto estou olhando o vão da porta, pensando no esmalte com o qual devo virar o ano (se com o rosa para atrair um bom amor ou o branco para afastar as energias negativas), que uma blusa com a palavra *Tommy* entra de repente em meu campo de visão. Ergo os olhos, desejando o milagre de me deparar com Pablo trazendo meu passaporte no bolso do casaco.

Mas, em vez de Pablo, vejo Miguel Defilippo.

Sorrindo para mim.

Meu coração dá um salto mortal dentro do peito e eu quase caio para trás com o golpe que isso tem.

— Oi — diz ele com a voz aveludada.

Não consigo tirar os olhos dele. Não que eu esteja fazendo algum esforço. Mas é que faz tanto tempo... Ele está vestindo uma calça jeans que se molda maravilhosamente bem às pernas dele, e uma blusa cinza da Tommy Hilfiger por baixo da jaqueta, também cinza, só que num tom mais escuro. Continua estonteantemente lindo em sua máscara quase perfeita de Robert Pattinson, exatamente como em meu sonho de véspera. A única diferençazinha é que, em meu sonho da véspera, ele vestia um manto vermelho e descia a mão nuns vampiros lá na Itália só para me salvar.

Sentindo as pernas bambas, escoro-me discretamente na parede da sala. Que culpa tenho eu de ele ser tão gostoso?

— Miguel! — exclama Margô, exageradamente empolgada. — Quanto tempo... Tudo bem com você? Tem notícias do Augusto? Mandei uma mensagem de Natal, mas ele não me retornou...

Não posso voar em cima dela! Não posso voar em cima dela!, fico repetindo firmemente para mim mesma.

— Estamos bem, sim. Augusto e eu — responde ele, perfeitamente educado. Agora está olhando para mim com aqueles olhos verdes-esmeralda hipnotizantes. Meus joelhos cedem um pouco. Apoio-me melhor na parede. — Duda, posso falar com você um instantinho? — E dá uma coçadinha no nariz e, pelo amor de Deus!, até sua coçadinha no nariz é sexy!

Posso falar com você um instantinho? Como assim posso falar com você um instantinho?

O que você quer de mim, hein? Já não basta ter desaparecido durante todos esses dias e me deixado completamente pirada? Agora chega assim, querendo exclusividade? Quem você pensa que é, afinal?

Ai, meu Deus! Será que ele veio dizer que também não parou de pensar em mim um só segundo? Vai ver que, depois de dizer isso, ele vai atravessar a sala, erguer-me pela cintura, girar-me junto ao seu corpo e beijar-me demoradamente na frente de todo mundo. E nós dois vamos cambalear desajeitados até o quarto porque nossas bocas não vão conseguir se desgrudar. E ele vai me jogar na cama. E eu vou perder a consciência quando ele puxar uma caixinha azul da Tiffany do bolso e exibir a aliança de brilhantes e me pedir em casamento de joelhos. E vou ficar toda atrapalhada por que nunca fiz o que ele vai querer fazer logo em seguida. Será? Puxa! Ainda nem pensei direito nos nomes dos filhos que vamos ter (duas meninas e dois meninos: talvez Isabela, Alice, Eduardo e Jacó).

Pigarreio.

— Oi, Miguel — obrigo-me a dizer num tom muito sério. — Infelizmente não tenho tempo para você agora.

Ele franze a testa e me olha com a expressão de quem muito duvida. Na verdade, está quase sorrindo. De novo.

— Estou ocupada demais com um probleminha aqui — explico, tentando ignorar o fato de que, agora, ele está sorrindo de verdade, os braços cruzados.

— Probleminha? — Ele quer saber.

— É que não vou mais virar o ano com meus amigos e...

— Ficou louca, Duda? — Lisa me interrompe. — Se você não vai a Chicago, nós também não vamos, não é pessoal? — Ninguém responde. — *Não é pessoal?*

À exceção do Agarradinho, que solta um palavrão inaudível (que só fui capaz de perceber devido à minha excelente aptidão para leitura labial), todos parecem concordar sem mais delongas. Susana, inclusive, já começou a tirar a mochila das costas, com uma certa dificuldade para passar as alças pelos braços, uma vez que aparentemente se recusa a soltar a mão da mão do Alex. Fala sério!

— De jeito nenhum — insisto. — O erro foi meu e não vou melar o programa de todo mundo de novo.

— Duda, não seja teimosa — diz Lisa.

— Nova York tem milhões de opções para o Réveillon — comenta Alex. — Como é mesmo o nome daquele bar onde passamos a última virada, molecão? — Ele vira a cara (sempre sonolenta) para Miguel. — Aquele com garotas dançando...? — Mas a frase fica incompleta quando Miguel o fuzila com o olhar.

O que Alex ia dizer? Ai. Meu. Deus. *O que ele ia dizer?* Com garotas dançando peladas? Ou dançando *"erguei as mãos e dai glória a Deus"*?

Miguel volta a me encarar, a expressão curiosa.

— Posso saber o que aconteceu, Duda, ou você também está ocupada demais para responder? — pergunta ele, irônico. — Desistiu de Chicago?

— O negócio é que meu passaporte está no casaco de um amigo.

— No casaco de um amigo? — Ele franze o cenho, duvidando.

— Sim, um *amigo* — confirmo, sem dizer o nome de Pablo por algum motivo desconhecido. Pablo e Miguel só se viram uma vez, muito rapidamente, na noite em que eu torci o pé. — E esse amigo está em Barcelona neste instante. Sem passaporte não posso embarcar. É o único documento válido que trouxe comigo. A fotocópia do passaporte não serve para o *check-in*. — Suspiro. — No momento, não sou ninguém neste país.

— Mas como você tem certeza de que esse seu amigo levou o casaco com ele? Já telefonou?

— Não. Mas não faz diferença. Não tenho a chave da casa dele. Ele mora no Brooklyn, não daria tempo.

— Neste caso — Miguel está dizendo —, se quiser uma carona...

Abro a boca. Mas, por um instante, fico afônica. Depois digo algo parecido com:

— Q-q-q-que f-f-f-foi que você d-d-d-disse? — Fecho a boca.

— Eu disse que se você quiser uma carona... — repete ele, palavra por palavra, como se falasse com uma bêbada. — Estou indo para Chicago daqui a pouco. De carro. E, sabe como é, minhas medidas de segurança são realmente muito precárias. Não vou exigir que me mostre seu passaporte. Você é Eduarda Carraro! Como eu poderia esquecer?

Ele sorri de um jeito lindo e eu fico ali, olhando para ele como uma boba, ouvindo as vozes de incentivo de meus amigos, loucos para correr para o aeroporto depois de uma solução tão salvadora como essa.

— Aceita logo! São oito e dez! — exclama o Agarradinho. A única voz que me chama a atenção.

Uma parte de mim quer disparar um zilhão de perguntas que estão rodopiando ferozes em minha mente. Como assim Miguel estar indo para Chicago? Por que ele não disse nada sobre isso quando *eu* disse que ia para Chicago no Réveillon? Como ele pode ter um carro, meu Deus, um carro, nesta cidade em que todo mundo anda de metrô? Ainda por cima ele vai de carro para Chicago! *De carro!* Quer dizer, é muito longe, mais de doze horas de viagem com toda certeza. E, o mais importante, o que ele queria falar comigo antes, afinal?

Mas a outra parte, a parte ridícula que fica fantasiando em passar doze horas dentro de um carro com essa criatura linda, não consegue resistir e, sem que eu perceba, minha boca já se abriu:

— Tudo bem. Aceito a carona.

INESPERADO NUMBER TWO

Às dez horas desta chuvosa manhã de 31 de dezembro, entro no carro de Miguel Defilippo. Adivinhe: o Volvo prata.

Muito bem. É desnecessário dizer quanto estou chocada com as coincidências que me cercam e que é demasiado irritante eu não poder dar um berro enorme para extravasar a tensão.

Sei que preciso me acalmar. Mas ficar analisando o Volvo em detalhes não parece ajudar em nada. Na verdade, só piora meu reflexo abobalhado no espelho do retrovisor. Isso porque, bom, só para se ter uma ideia, o carro tem teto solar, bancos de couro cinza claro (extremamente confortáveis, posso afirmar, já estiquei as pernas), câmbio automático, *mini cooler* e sistema de som com DVD player. Tudo isso misturado ao cheiro de Miguel impregnado em cada pedacinho do automóvel, e do próprio Miguel, lindo e louro no banco do motorista, perfeitamente encaixado no papel de Edward Cullen, o que me leva a fantasiar (só um pouquinho) como seria se eu fosse Bella Swan e ele se virasse para mim com seus olhos cor de âmbar (ou verdes-esmeralda, não ligo) e dissesse: *"Fiquei cansado de tentar ficar longe de você. Então estou desistindo"*.

Ao imaginar isso, sinto um calafrio subir pela espinha. Depois estremeço, voltando à minha realidade. Não demoro a perceber que, mais uma vez, cometi um erro colossal aceitando a carona. Eu não devia me envolver desse jeito. Não devia fingir que nada está acontecendo. O fato é que estou perdidamente obcecada por essa pessoa que ao meu lado se encontra e que, muito provavelmente, sairá do meu caminho tão logo eu voltar para o Brasil. O que é uma coisa apavorante.

Mas, dada a minha magnífica capacidade de tapar o sol com a peneira, não quero pensar nisso agora.

— Miguel — digo, abraçada às sacolas I ♥ NY lotadas de alguma coisa que ele fez questão de trazer e que, por estarem mais leves que minha mochila da Kipling (cujas alças lilases ficam uma graça em contraste com meu casaco branco fofinho), sobraram para eu carregar. Miguel trouxe o resto da bagagem. — Por que, diabos, você tem um Volvo? Um Volvo *prata* ainda por cima? — pergunto numa voz que não dista muito da histeria.

Através do fino plástico das sacolas, sinto algo gelando minhas coxas, mas não tenho condições físicas (na verdade, psicológicas) de lidar com isso agora: esticar as pernas foi o esforço máximo que consegui exigir do meu corpo apatetado.

— Como assim? — Ele gira a chave do motor inacreditavelmente silencioso e aciona o limpador de para-brisa. A chuva do lado de fora é fina, mas constante. — Não entendi a pergunta.

Miguel apoia o braço direito atrás do encosto de cabeça do meu banco e vira o corpo para trás, dando ré para sair da vaga. Aproveito a oportunidade e dou uma olhadinha furtiva em direção às pernas dele, meu pescoço tombando levemente, as sobrancelhas erguendo-se. Abro mais os olhos: sob o jeans da calça, dois gomos de músculos se elevam ao redor dos joelhos. Isso é um pouco mais que interessante. E desconcertante também. Uma informação nova, já que a toalha branca que ele vestia em nosso último encontro (e isso soa um bocado estranho) cobria os joelhos dele.

— Não é possível! — exclamo, os olhos vidrados nos gomos. *Não é possível que eu não possa encostar meus dedinhos nessas suas perninhas gostosas!* — Você não sabe que Edward Cullen tem um Volvo prata?

— Ele tem um Volvo prata? — Miguel rebate a pergunta. E a julgar por sua expressão de surpresa ele realmente não sabia disso. Fico pensando, cá com meus botões, como é que um habitante do planeta Terra pode não saber que Edward Cullen tem um Volvo prata? É um absurdo tremendo! Uma deficiência cultural e existencial! Quer dizer, levando em conta a fama do vampiro e tudo mais, isso é quase como não saber sobre Lion Boods e as mil e uma amantes. Pensando bem, até pouco tempo atrás, eu nada sabia sobre Lion Boods e as mil e uma amantes. Ah, deixa para lá!

— Sim, ele tem um Volvo prata igual a este — confirmo. — O que significa que você arranjou mais um motivo para chamar atenção para si mesmo, como se não bastasse ter nascido com a cara que nasceu. — *A cara mais incrível do universo*, gostaria de poder acrescentar.

— Foi o "sujeito lá" quem nasceu com a minha cara, só para lembrar. Sou um ano mais velho do que ele.

— Miguel — digo com calma. — Preste atenção numa coisa: as fãs do "sujeito lá" têm verdadeira adoração por este carro, você não faz ideia. Posso apostar como esta belezinha aqui já foi muito mais fotografada do que você possa sonhar em suspeitar. Não interessa se você nasceu primeiro. Ou você é o pai dos acasos ou realmente gosta de aparecer. — É claro que não vou dizer a ele (nem sob tortura) que eu mesma tirei uma foto do Volvo. Várias, para ser sincera. E que, inclusive, já quis abraçar o carro depois de ficar mais de dez minutos plantada na calçada, admirando a lataria e lançando energias positivas para o dono do possante, o que, de certa forma, acabou valendo a pena. — Outra coisa, qual é o problema de se ter 24 anos? Não precisa dizer *"sou um ano mais velho que o sujeita lá"*. Diga apenas: *"tenho 24 anos"*. Não vai ferir sua virilidade. — Homens... Tão ridículos...

— Fica para uma próxima vez, tá legal? — Ele faz uma pausa, me olhando de esguelha. — E você?

— O que é que tem?

— Tirou uma foto do meu carro?

— E-e-e-eu? — Quase tenho um ataque cardíaco. Pisco os olhos freneticamente. — É claro que não. Quer dizer, gosto dos livros e tudo mais. Também vi os filmes, óbvio. Quer dizer, quem não viu? Mas é só isso mesmo. Quer dizer, não sou dessas fãs malucas, não. De jeito nenhum. Quer dizer, isso é ridículo, não acha?

Ele olha para mim franzindo as sobrancelhas, sem entender.

— Estou falando de tirar uma foto de um carro só porque ele é o carro de um personagem da literatura — esclareço. Sou tão idiota que, com esse minidiscurso de desapego aos personagens da literatura, acabei melando toda e qualquer chance de perguntar a ele sobre a senha do cofre, não que essa maldita senha esteja me enlouquecendo como antes. Não posso correr o risco de Miguel querer abrir o cofre pessoalmente e descobrir meu grande segredo guardado lá dentro. Acho que eu morreria nesse caso. — Pelo amor de Deus!...

Ele pensa por um momento.

— É. Você tem razão. É mesmo ridículo — concorda, por fim. — Bom, de qualquer forma, nunca vou ler esses livros.

Pigarreio e mudo de assunto:

— Posso saber o que tem nestas sacolas? — De fato, não sei com que ele encheu essas sacolas. Fiquei em meu apartamento, arrumando a bagunça no quarto (e não terminei de arrumar, saco!), enquanto esperava ele me chamar.

— Abra e veja você mesma — diz ele no instante em que pegamos a Quinta Avenida na direção sul, em frente ao Metropolitan Museum. Meus olhos vagam rapidamente pela escadaria do museu e sou obrigada a reprimir uma risada baixa com a lembrança de meus pés tropeçando naquele último degrau lá no alto. Por sorte (na verdade, a sorte deve-se aos braços atentos de Pablo), não me esborrachei no chão.

Abro as sacolas e fico alucinada ao encontrar batata Pringles de vários sabores (como amo isso!), salgadinhos de bacon (sem pimenta, que alívio!), *cookies* de baunilha, chocolates Kit Kat e muitas outras guloseimas que de repente perdem a importância quando eu, enfim, descubro o que está gelando minhas coxas dormentes: quatro latinhas brilhantes e suadas de Schweppes Citrus Light.

— Você lembrou... — ouço-me murmurar numa voz estrangulada, emocionada. Tudo bem que Miguel também gosta de Schweppes Citrus Light e que é bem provável que tenha sido por isso que enfiou as latinhas na sacola. Mas mesmo assim... Algo me diz que ele também pensou em mim, só um pouquinho. É inútil tentar esconder o quanto isso me emociona e me deixa feliz.

Ele apenas sorri daquele jeito perigoso que me faz agradecer o fato de eu estar sentada.

— Acho bom colocar no *mini cooler* — sugere quando fico parada, admirando seu rosto, como se ele fosse um presente mágico dos deuses do destino. O que, para mim, é exatamente o que ele é.

— Ah, claro...

Imediatamente, enfio as latinhas na minigeladeira, depois ajusto a temperatura. As guloseimas, deixo na sacola, que coloco no banco de trás, junto do meu casaco. É que, com o aquecedor ligado, comecei a sentir calor e agora estou vestindo apenas meu suéter peludinho. E calça jeans, claro.

Estamos cruzando o Central Park de leste a oeste. Miguel liga o som.

— Você se importa? — pergunta ele.

— Não...

— Quer escolher o DVD? Tenho vários no porta-luvas.

— Fique à vontade. Confio no seu gosto.

Ele mexe nos botões. De repete, Bono Vox surge na telinha do DVD.

— U2 — murmuro. — Parece perfeito.

— Só para começar, claro. Ainda temos doze horas pela frente — diz ele, e meu coração dispara em resposta a essa constatação. — *All Because Of You*. Clipe filmado nas ruas de Nova York.

Fico viajando no clipe, totalmente absorta.

— Isso não significa que não podemos conversar — lembra ele depois de alguns instantes de silêncio. Aliás, depois de alguns instantes exclusivos de Bono Vox. — Converse comigo, por favor. Não me faça sentir saudade da sua voz.

Pelo retrovisor do carona, vejo que estou vermelha-carmim.

— Hum — murmuro, pigarreando. Eu queria mesmo era saber o que ele foi fazer na minha casa hoje de manhã. O que queria falar comigo. Mas não me parece uma boa ideia soltar essa pergunta assim tão diretamente, pois ele poderia pensar que estou muito interessada na resposta e coisa e tal. E estou mesmo. Só que ele não precisa saber.

— Já que insiste, posso perguntar uma coisa?

— O que quiser.

— Por que você escondeu de mim que ia passar a virada do ano em Chicago? Naquela noite, quero dizer...

Sua expressão se fecha de imediato. As mãos apertam o volante. Minha nossa! Qual é o problema de Miguel com Chicago?

— Bom, eu... eu... — diz ele, estranhamente embaraçado e tenso. — Na verdade, eu ainda não sabia que ia a Chicago. Um amigo me fez um convite de última hora.

É claro que isso não é verdade. Ele está mentindo. Está escrito na cara dele. Mas também não me parece uma boa ideia debater o assunto.

— E por que não foi de avião? — pergunto, num tom casual. — É mais fácil, rápido. Mais seguro.

— Eu gosto de dirigir. — Ele relaxa um pouco. — Gosto de sentir a força da estrada sob as rodas do carro. De me sentir livre, dono do meu próprio caminho. Gosto de parar e fotografar paisagens. Também aprecio a oportunidade de pensar um pouco na vida, enfim...

— Então estou atrapalhando você.

— Você nunca me atrapalha. Quer dizer...

Ele para.

— Quer dizer...? — insisto.

— Deixa pra lá.

Ficamos em silêncio por um tempo. Bono Vox está cantando *With Or Without You*.

Pela janela, fico observando a cidade se movimentar vagarosa e meio descorada por causa do trânsito intenso e do mau tempo quando pegamos a Nona Avenida no sentido sul.

— Vamos passar por algum túnel? — pergunto, para quebrar o vazio.

— Lincoln Tunnel.

Eu me viro e observo o GPS desligado.

— Há quanto tempo você mora em Nova York? Conhece tudo tão bem...

— Há cinco anos — diz ele, fazendo careta para a chuva que apertou um pouco. Ele aumenta a velocidade do limpador de para-brisa. Os carros passam pelo Volvo levantando água do asfalto. É uma sorte não estar nevando.

— Cinco anos é um tempo razoável — comento. — E... hum... nesses cinco anos, quantas vezes esteve no Brasil?

Sinto meu estômago enregelar à espera da resposta e me reprimo secretamente por isso. Ele pensa por um instante, apertando os lábios, enquanto tento controlar minha impaciência.

— Quatro vezes, acho.

— Não sente saudade?

— Um pouco. — Ele me olha ao pararmos no semáforo vermelho. Bono Vox canta: *"And I'm waiting for you... With or without you..."* E a chuva cai. — Mas eu me adaptei bem à Big Apple. Tenho vários amigos aqui, enfim, não posso reclamar da vida. Sinto falta de Augusto, claro. Mas nos falamos com frequência, e ele costuma vir à Nova York uma ou duas vezes por ano. Ah, não preciso ficar explicando... Você sabe muito bem como é isso, já que vive longe de seus pais. Não é algo que se deseje, mas não é impossível de lidar.

— É verdade — respondo vagamente.

Miguel acelera o Volvo.

— Como anda o curso de inglês? Está gostando? Evoluindo?

— Acho até que melhorei bastante, para quem não estuda quase nada.

Ele ri.

— Estudar em Nova York é sempre complicado. Uma escolha arriscada. Pode até ser um suicídio dependendo dos propósitos. A cidade tem atrativos irresistíveis e é preciso autocontrole. Sei muito bem o que é isso. Logo que me mudei para cá, ficar trancado em casa estudando era um verdadeiro suplício, tão desesperador quanto se eu trabalhasse na Magnolia Bakery e fosse obrigado a fazer dieta.

— É realmente impossível resistir a um *lemon cupcake*.

— Mas agora estou mais sossegado. É claro que ainda como *cupcakes* — ele se vira rapidamente para me encarar. — Mas não me lambuzo como antes.

Rimos juntos. Fico imaginando o que ele faz nas horas de lazer, além de fotografar, ler bons livros e assistir a DVDs. Será que gosta de sair para bares? Será que curte uma noitada com garotas dançando, como Alex insinuou? Minha nossa! Miguel deve arrasar por aí! E as garotas americanas são tão... sei lá, "pra frente"! Ah, Deus! Fico tentando rejeitar a imagem horrível que me vem à cabeça: Miguel entrando na Cielo Club, sendo atacado por mil mulheres louras (com peitos de melão), que o agarram e rasgam suas roupas.

— Mas você quase não fica em casa... — ouço-me dizer sem pensar.

— Estive fora esses dias. Resolvendo...

— ...umas coisas por aí — concluo.

Ele me olha, surpreso.

— É que você já disse isso antes — esclareço.

— Você é muito atenta.

— Costumo ser — admito, sem graça. — Para algumas coisas.

— Tipo o quê?

— Tipo... vizinhos, por exemplo. — Ah, droga! *Vizinhos, por exemplo?* Eu me meto em cada furada por conta dessa boca gigante e inconsequente! Como eu me detesto...

— Ah, é? — diz ele, presunçoso, mordendo o lábio inferior. Meu corpo amolece como queijo em chapa quente. — Então me fale: quais são os hábitos da senhora Smith?

— Senhora quem?

— Senhora Smith. A velhinha surda do apartamento em frente à escada.

— Rá, rá. Engraçadinho.

Não acredito! Ele está curtindo com a minha cara!

— Estou brincando — diz ele assim que paramos em outro semáforo.

Não digo nada.

Ele muda de assunto:

— E o tornozelo? Cem por cento curado?

— Estou pronta para cair outra vez. Quem sabe eu me atire da escada, bem na frente do apartamento da velha surda. Oh! Acabo de descobrir que ela é a senhora Smith!

— Não diga uma besteira dessa. — Ele balança a cabeça. — Lisa deve ter comentado que estive na sua casa no dia seguinte ao acidente. Mas você já tinha saído. Um amigo foi lá te buscar. Por acaso... Pablo o nome dele, não é?

— Pablo Rodríguez — confirmo, surpresa por ele lembrar.

— Esse Pablo é o que encontrou seu apartamento vazio naquela noite e depois quase chorou quando viu que você estava viva e segura, apesar do tornozelo torcido? É ele quem está com seu passaporte no bolso do casaco?

— Ele mesmo.

— E ele é espanhol, claro. Os mais perigosos... — murmura baixinho e eu finjo que não ouvi. Acabamos de entrar no túnel e o trânsito é ainda mais intenso. — Vocês dois estão... ficando? — Ele me olha com o canto do olho.

— Não. De jeito nenhum — guincho num impulso apressado. — Quer dizer, Pablo é meu amigo. Um amigo especial, só isso. Nos demos muito bem desde o primeiro dia de aula. E saímos bastante juntos. O que é engraçado, porque até esqueço que ele não fala português. Consigo entendê-lo tranquilamente, falando devagar e coisa e tal. Ele é supergentil comigo e foi todo prestativo com o caso do... Tarado do Upper East.

— E ele está cercando você. Garoto esperto.

Cruzo os braços, ofendida.

— Qual é o problema de uma pura e ingênua amizade entre sexos opostos, afinal? — pergunto irritada, tentando não pensar no pequeno incidente que tivemos há alguns dias (Pablo e eu). Tudo bem. Pablo tentou me beijar. Mas tenho certeza de que a tentativa não passou de uma fragilidade masculina momentânea. A emoção da neve, *O Fantasma da Ópera*, sabe como é. — Por exemplo, não estamos aqui agora? Você e eu?

— Sim, estamos aqui agora. Você e eu.

Os olhos verdes hipnotizantes caem sobre os meus e sinto meu estômago despencar em queda livre, uma quentura nas bochechas.

— Definitivamente possível.

— Definitivamente possível.

Ficamos presos na conexão de nossos olhares. O que, para mim, é como se eu estivesse flutuando para uma dimensão superior. Não consigo mais pensar.

É bem neste instante que meu corpo é lançado violentamente para a frente. Ouço os pneus do Volvo escorregando no asfalto. Fecho os olhos antes de meus braços se posicionarem defensivamente, cobrindo meu rosto. Não tenho tempo de gritar.

O carro dá um solavanco, depois para abruptamente. Com a mesma violência, sou jogada de volta para trás, minhas costas quicando no banco de couro, meu estômago se achatando contra a coluna.

Chocada e subitamente lívida, abro os olhos (embaçados por luzes coloridas) e vejo que paramos no meio do túnel. Foi por pouco, mas não batemos, graças a Deus! Assim que recupero a capacidade de me mexer, respiro forte, soltando os ombros de alívio. Uau! Estou viva...

— Você está bem? — pergunta Miguel, a cara mais branca que papel.

— Estou — murmuro.

— Hã... Desculpe.

— Sem problema.

— Mas o que está acontecendo aqui, afinal? — pergunta ele para si mesmo, olhando para a frente. Ele puxa o freio de mão e pressiona os botões laterais para abrir a janela. Depois enfia a cabeça para fora.

— Droga! — Ele salta do carro, apressado, largando a porta aberta. Faço a mesma coisa.

E fico boquiaberta.

Há um engarrafamento enorme no túnel, duas filas de automóveis buzinando impacientes, o que é completamente inútil porque, lá na frente, um caminhão cargueiro, tombado, perpendicular às pistas, está fechando o caminho. Não dá para passar. Olho para trás: um carro atrás do outro até onde minha vista consegue alcançar.

Estamos presos no Lincoln Tunnel.

— Não estou acreditando nisso... — reclama Miguel, adiantando-se para conversar com o motorista do Ford Windstar vermelho, cuja traseira robusta por um milagre não esmagou o capô do Volvo agora há pouco.

Fico de longe, observando os olhos do motorista se arregalarem para Miguel, que rapidamente começa a gesticular e dizer um monte de coisas. Não precisa ser muito inteligente (nem estar no nível Avançado da LSA) para sacar que o motorista pensa que está diante de Robert Pattinson, e Miguel, coitado, tenta provar o contrário.

Debruçadas no banco de trás do Ford Windstar, três crianças pequenas e sardentas (dois meninos e uma menina banguela) estão olhando fixamente para mim através do vidro retangular, rindo envergonhadas. De início, eu as acho engraçadinhas. São sardentas, não é? E fofinhas demais com suas carinhas americanas. O problema é que elas começam a dar tchau.

Tenho nervoso de crianças dando tchau.

Aceno de volta. Uma, duas, três vezes. Mas as crianças não cansam. Ao contrário, ficam ainda mais entusiasmadas com a atenção que recebem, e as mãozinhas começam a se agitar frenéticas.

Bufando, volto para o carro. Nem engarrafamento na véspera de Ano-Novo pode ser mais irritante que seis mãozinhas insaciáveis dando tchau para você. Bato a porta do Volvo e me debruço no vão entre o porta-luvas e o para-brisa, enterrando a cabeça entre os cotovelos, fechando os olhos e tapando os ouvidos para o caso de as crianças começarem a gritar, vai saber.

— Duda? — Dedos firmes me cutucam o ombro. Depois a mão inteira me sacode com delicadeza. Hum. Conheço essa mão. Conheço esses dedos. São os mesmos dedos que um dia pensei pertencerem a um enfermeiro de hospício. Senti tanta falta desse toque! Estou sem casaco, o que significa que a distância entre as peles é pequena o suficiente para que eu sinta o calorzinho entrar por onde a mão me toca e se irradiar pelo corpo. Isso é um tanto excitante. E minha mente começa a imaginar coisas. E não quero que ele afaste a mão. E talvez por isso eu esteja me fingindo de morta. — Duda? Você está bem? O que aconteceu? Por favor...

— Oi... — sussurro, por fim, porque um "por favor" dito assim tão melosinho é altamente irresistível.

— Você se machucou?

Quando viro o rosto devagar, vejo Miguel, inclinado em minha direção. As luzes do túnel colorem sua face de vermelho e amarelo, mas os olhos ainda brilham como o sol (se o sol fosse verde-esmeralda, claro). Ele tira a mão de meu ombro, levando o calorzinho todo embora.

— Não, não — digo, tentando não olhar na direção das crianças. — Está tudo bem comigo. Eu... só estou com um pensamento horrível.

— E posso saber que pensamento é esse?

Eu o encaro de novo, seu rosto lindo agora na sombra. E minto, meio que choramingando, com a primeira coisa que me vem à cabeça:

— Não quero virar o ano dentro de um Volvo prata!

Ele sorri de um jeito reconfortante, sincero e tão incrivelmente lindo! É quando percebo que, ao contrário do que acabei de dizer, tudo o que mais quero é virar o ano dentro deste Volvo prata. Com Miguel.

Enquanto penso nisso, nesse sentimento louco a que estou começando a dar o nome de paixão, é que, para minha surpresa e total exultação, ele puxa meu corpo para o dele e me abraça, afagando meu cabelo, despejando sua voz aveludada em minha orelha num tom mais alto para se sobrepor à voz de Bono Vox cantando *Beautiful Day*.

— Fique tranquila, Duda. — Minhas pernas estão tão moles que não as sinto mais. — Vai dar tempo. Vamos sair logo daqui, você vai ver.

Mas eu não quero sair daqui! Nunca mais! Não quero me soltar deste abraço!

Como ele é cheiroso! Ainda não consegui descobrir que perfume ele usa, embora eu tenha cheirado quase todos os frascos masculinos da Sephora dia desses, na vã esperança de encontrar a fragrância de minhas memórias (eu disse a Pablo que era viciada em perfumes masculinos, ao que ele respondeu, com a voz preocupada: *"você precisa se tratar, Duda"*). Mas agora estou começando a desconfiar que esse é o cheiro da pele de Miguel. Só pode ser! Será que ele não consegue perceber como estou atordoada? E o modo como meu coração está martelando no peito? Será que não sente, como eu sinto, uma energia diferente fluindo por nossos corpos colados? É arrepiante demais!

Impossibilitada de qualquer outra coisa, continuo a ceninha teatral, fechando os braços com mais força em volta de seu corpo com uma coragem que me vem do além. Faço até um carinhozinho com a ponta dos dedos, de leve, sabe como é.

— Não vai dar tempo. — Fungo na nuca dele. A nuca dele tem o "pé de cabelo" tão perfeitinho! Os fios meio louros se juntam num triângulo e se empinam ligeiramente. — Estamos com o horário apertado e vamos virar o ano aqui dentro, Miguel... Sabe o que isso significa? — Fungo mais uma vez. — Isso significa que eu não vou comer doze uvas grandes após as doze badaladas e guardar os caroços na carteira.

— Bom... Eu trouxe uvas. Doze, exatamente. Vou deixá-las para você.

Ele trouxe uvas! Ai, meu Deus, ele trouxe uvas!

— Mas tem de ser uvas grandes.

— Elas não são tão miúdas. — Ele alisa minhas costas. Ai, meu Deus, ele está se aproveitando de mim! Ele está se aproveitando de mim *e* as uvas não são miúdas! — Olhe, eu prometo a você que seu Réveillon vai ser perfeito. Confie em mim...

— Promete mesmo? — *Promete que nunca vai me deixar?*

— Prometo. — A mão dele desce para a base de minhas costas e tudo que posso dizer é: *Ah! Ah!*

Quero tanto chorar. A cena ia ser tão completa... Mas estou feliz demais para chorar. Eu devia ter me empenhado mais naquele curso de teatro que fiz durante as últimas férias, quando eu ainda sonhava em entrar para a *Malhação*, o que não é nada fácil, mesmo para quem tem pais trabalhando na emissora; é necessário talento e... bom, beleza.

— E se a gente nunca mais sair daqui? — pergunto, manhosa. — E se a gente passar uma semana inteira presos neste túnel? Um mês? Seis meses? Eu tenho compromissos no Brasil!

É quando ele afasta o corpo e me encara, como se eu estivesse surtando.

Percebo que exagerei.

— Por favor, Duda... Sem drama, né? — diz ele, agora sério (lindamente sério), segurando-me pelos ombros. Meu corpo flácido está pesando contra as mãos dele, suplicando para estar *"de volta para o aconchego"*. Mas Miguel parece ignorar meus apelos tanto quanto estou tentando ignorar a voz de Elba Ramalho (*"trazendo na mala bastante saudade"*, com ênfase estridente no *"ma"* da *"mala"*), que salta em minha cabeça e se mistura aos sons reais de Bono Vox. Merda! Elba Ramalho justo agora? — É claro que vamos sair daqui. Não sei exatamente *quando*, já que o acidente com o caminhão foi mesmo grave e não estamos em uma faixa reversível. E hoje é véspera de Ano-Novo. Mas vamos sair...

Por fim, ele me solta, e, como se estivessem presas em molas, minhas costas voltam a bater no banco de couro.

Daí vejo as crianças sardentas. Elas pulam umas sobre as outras.

E começam a dar tchau.

PASSATEMPO

— Miguel, pelo amor de Deus!...
Flash!
— Qual é o problema, Duda? Estou tentando me distrair...
Flash!
— E eu estou tentando *apenas* não me irritar. — Descruzo as pernas apoiadas no porta-luvas e ajeito umas mechas de cabelo atrás da orelha (só por precaução, sabe como é).
Flash!
— Está dizendo que eu irrito você?
Flash!
— Estou dizendo que está me irritando agora. Com toda essa conversa irritante sobre irritação. E essa câmera Nikon com todas essas lentes apontadas para mim também me irrita. — Com a ponta dos dedos, encurvo os cílios duros de rímel (só por precaução, sabe como é). Será que consigo passar um batonzinho sem que ele perceba?
— Mas foi você mesma quem começou com essa conversa sobre irritação.

Flash!

— Miguel, você não vê? Não quero ser fotografada agora porque estou um monstro horrível, um verdadeiro lixo humano largado num túnel engarrafado.

Flash!

— É claro que estou vendo. — Ele sai de trás da câmera e me encara. — Você está linda, Duda. Sempre está. Agora sorri para mim, vai... — Como se não bastasse, ele ainda morde o lábio inferior de um jeito malicioso. Fico mais mole que creme de leite vencido, completamente perdida na visão de seus lábios irresistíveis.

Flash!

— Aí é que está o problema. Eu não posso sorrir — informo a ele.

O que é uma verdade, já que estou comendo a última barrinha de Kit Kat e estou deixando o chocolate meio que derreter lentamente na boca, para render, e não quero ser fotografada com uma gosma marrom entre os dentes, o que seria de uma grosseria tremenda com Miguel, que, tão gentilmente, deixou a última barrinha de Kit Kat para mim. Tudo bem que isso só aconteceu depois que eu comentei, como quem não quer nada (certo, eu tremi um pouco os lábios), que o chocolate contém substâncias que estimulam a produção de serotonina no organismo e que, por isso, ajuda a combater a depressão e a ansiedade (nessa hora minha voz foi esganiçando histericamente). Eu não tenho culpa se ele se convenceu tão facilmente de que eu merecia a última barrinha de chocolate, já que estava mais estressada do que ele por causa de toda essa situação do engarrafamento na véspera de Ano-Novo e coisa e tal.

Só que eu não estou nem aí para o engarrafamento. Estou tranquila. Principalmente agora que as crianças americanas (e sardentas) finalmente me deixaram em paz. Elas estão dormindo.

Flash!

— Tudo bem. Você não precisa sorrir — diz ele. — Aliás, não precisa fazer absolutamente nada. Você é inacreditavelmente fotogênica, Duda. Estou impressionado.

Flash!

— Pare, por favor — digo com minha melhor voz autoritária (e meus melhores lábios trêmulos), erguendo a mão na frente da lente da câmera e mirando profundamente as esmeraldas cintilantes dos olhos dele. O que, claro, acaba sendo uma estratégia traiçoeira, pelo modo lamentável como minhas pernas começam a deslizar para fora da janela aberta.

— Certo — concorda ele, por fim, puxando minhas pernas de volta para o carro. Ele fecha a janela. Em seguida, guarda a Nikon numa bolsinha preta, que deixa no banco de trás. — Vou ver as horas.

— De jeito nenhum! — sobressalto em meu lugar, sentando-me rapidamente. Sim, eu estava deitada. É que inclinei o banco para trás, e estava relaxando com a música, admirando Miguel (furtivamente e na medida do possível) e comendo porcarias gordurosas, que é exatamente o que estou fazendo há sei lá quantas horas. — Nada de relógio. Nós combinamos, esqueceu? Entrelaçamos os mindinhos e tudo.

— Só porque você insistiu — lembra ele. — Entrelaçar os mindinhos é uma grande bobagem.

— Entrelaçar os mindinhos não é uma grande bobagem. É uma forma de expressar o compromisso com a palavra.

— Muito bem — diz ele, derrotado. — Sou um homem de palavra. Só vou olhar o relógio quando pudermos sair daqui, certo?

— Certo.

Ele dá *play* no Bon Jovi. Só que, em vez de se deitar ao meu lado (ou melhor, no banco de couro ao meu lado), enfia a touca cinza na cabeça e sai do carro, dizendo:

— Vou dar uma espairecida.

Abro a boca melada de chocolate, querendo implorar para que ele não me deixe sozinha com Bon Jovi. Juro por Deus, Bon Jovi é demais para o meu frágil coração. Penso em sair correndo atrás dele, mas não posso abandonar o Volvo prata.

Então me abraço com força, engulo o chocolate e começo a cantar *Always* com meu inglês medonho, os olhos marejados.

Não sei por quê. Mas algo me diz que estou perdendo o controle da situação. De uma vez por todas.

— ...e foi assim que subi no palco, na frente de toda aquela plateia, peguei o violão, deixando a timidez de lado porque... bom, eu era uma gordinha usando laço vermelho na cabeça e uma jardineira que me fazia parecer um balão de gás... e comecei a dedilhar O meu chapéu tem três pontas. Eu era boa nessa. Cantando, claro.

— Você era gordinha?

— Era.

— O que aconteceu depois?

— Eu emagreci, ué — respondo, apalpando a barriga disfarçadamente. É possível que eu tenha ganhado uns quilinhos desde que cheguei à Nova York, levando em conta que tudo o que faço é comer besteiras e tomar bebidas quentes cobertas de espuma. E não estou malhando. Também evito caminhar no frio glacial (o vento não deve fazer bem para as... hum... glândulas sudoríparas, talvez). Mas não dá para ter certeza, já que fujo de balanças como fujo de Vitor Hugo, ou fugia, antes da promessa. — Por quê? Você acha que estou gorda?

— É claro que não, Duda — responde ele, como se tivesse sido insultado. — O que aconteceu depois da sua apresentação fantástica? A plateia aplaudiu? — pergunta ele e, mais uma vez, fico impressionada com seu interesse por minha vida chata. Quer dizer, eu já contei tudo sobre mim. Não estou brincando. Para eu ter chegado ao lastimável episódio de O meu chapéu tem três pontas é porque as histórias realmente se esgotaram.

Miguel desconversou quando tentei mudar o foco da conversa para a vida dele, para seu comportamento misterioso, sobre o qual não consegui extrair nem uma mísera explicação. Não tive coragem de insistir. Fiquei com medo de ele ficar aborrecido e ir "dar uma espairecida" outra vez.

Ah, veja bem, entenda. Ele está esparramado no banco de couro, o corpo estendido virado de frente para mim. Só para se ter uma ideia de seu conforto, onde antes se lia *"Tommy"* em sua blusa cinza enrugada agora se lê *"Toy"*. Os cabelos lindamente bagunçados. A cabeça apoiada no braço direito. É bem difícil manter o pensamento coerente ou discutir com alguém deitado desse jeito, principalmente se esse alguém tem a cara de Robert Pattinson, sorri meio torto e olha no fundo de seus olhos quando fala com você.

— Desci do palco chorando depois de errar a letra toda — admito.

— Mas você disse que cantava bem.

— Quando podia *ler* a letra.

— Coitadinha. — Ele estala a língua, divertindo-se. — Mas eu entendo. É realmente uma letra bastante complexa para ser memorizada. Tem o quê? Três frases diferentes?

— Quatro, na verdade.

— Ah, sim, quatro.

— Nem são tão diferentes assim. Foi por isso que joguei o violão no chão, e ele vibrou pela última vez.

— Você quebrou o violão? — Ele parece assustado.

— O que esperava que eu fizesse? Eu estava chorando descontroladamente, morrendo de vergonha.

— Sei lá... Qualquer coisa, menos quebrar o violão. Não conhecia esse seu lado agressivo.

— *Lado agressivo*? Que lado agressivo, Miguel? Eu tinha só 10 anos de idade! E, para seu governo, paguei meus pecados com um castigo bem cruel. Fiquei dois meses sem comer Kinder Ovo e, por causa disso, não consegui a surpresinha em miniatura que faltava na minha coleção. Seja razoável e não me julgue para uma vida inteira.

Ele apenas balança a cabeça, sentando-se para trocar o DVD (eu nem tinha reparado que o disco tinha chegado ao fim). De qualquer modo, ele coloca *Friends*. Eu adoro *Friends*. Sempre tive uma quedinha por Joey Tribianni.

— Acho que estão chamando você — diz Miguel, franzindo a testa.

— É mesmo? Quem? — pergunto, curiosa, içando-me rapidamente.

Então vejo as crianças americanas (e sardentas). Por um momento, chego a pensar que elas desistiram de mim. Mas de repente as seis mãozinhas se levantam, timidamente no início, e começam a dar tchauzinho.

— Santa Maria! — exclamo, afundando-me de volta no banco e cruzando os braços. — Essas são as crianças mais insaciáveis do mundo. E sabe o que acontece com crianças insaciáveis?

— Não.

— Viram adultos gananciosos.

— Ah, seja razoável... São apenas três crianças e não merecem um julgamento para uma vida inteira. Aceita Pringles?

— Rá. Rá. — Faço uma careta e pego a lata de Pringles da mão dele. Ele retira duas latinhas de Schweppes Citrus Light do *mini cooler*.

— *Friends* terceira temporada — diz ele, deitando-se ao meu lado de novo (ou quase).

— Para mim, está ótimo. Só é uma pena que tenha reflexos na tela. Por que um túnel precisa de tantas luzes? — resmungo, mudando de posição no banco, o que é inútil, pois os reflexos continuam lá.

— Bom, de onde estou, não enxergo reflexo nenhum. Se quiser deitar aqui comigo. Podemos nos espremer.

— Não! — guincho, apavorada. — Não é uma boa ideia, acho.

— Certo. — Ele levanta as mãos na defensiva. — Foi só uma sugestão, eu não mordo. Quer que eu apague a luz então?

— Isso sim é uma ideia inteligente — digo, irônica. — Ligue para a Casa Branca, por favor. Diga que Eduarda Carraro está pedindo encarecidamente que desliguem a energia do Lincoln Tunnel, já que está muito difícil tirar um caminhão cargueiro da pista ou fazer com que todos esses carros atrás de nós deem meia-volta.

— Ótimo. Vou fazer isso agora mesmo. — E joga uma latinha de Schweppes Citrus Light para mim.

Ao abrir os olhos, dou de cara com um par de esmeraldas brilhantes me fitando e fico me perguntando se ainda estou sonhando. Porque as esmeraldas também agraciavam meus sonhos coloridos. Com uma única diferença: em meus sonhos coloridos, elas não provocavam um calafrio na espinha, como agora. Mexo-me levemente.

— O que foi? — murmuro, meio grogue, piscando com dificuldade por causa da luz.

— Não foi nada — sussurra ele, sorrindo. Esse é exatamente o tipo de sorriso que deveria ser proibido por lei. É injusto o efeito que tem sobre as pessoas.

— Por quanto tempo dormi?

— Não olhei o relógio, como vou saber?

— Ah — suspiro.

Miguel continua me fitando de um jeito estranho, como se estivesse ponderando se deveria ou não dizer alguma coisa. Será que eu murmurei uma besteira enquanto dormia? Não. Pouco provável. Ao contrário de Bella Swan, eu não falo enquanto durmo. Não que eu tenha certeza disso, claro. Nunca me ouvi para saber. Mas acho que Lisa teria comentado sobre isso como fez com o...

Ai, meu Deus!

Eu ronquei.

Faz duas semanas que Lisa reclamou de meus roncos. Tudo bem que eu disse a ela que isso era humanamente impossível, já que eu também ouvia o barulho nos momentos de torpor. Cheguei a suspeitar do Agarradinho, mas... Será que Lisa tinha razão? Será que eu ronco? Que esse teto prateado desabe sobre mim agora se isso for verdade!

Certo. O teto prateado não desabou e isso significa alguma coisa. Hum. O que será?

— Aceita um Trident? — Miguel me oferece um chiclete.

— Não, obrigada.

É quando a ficha cai.

Estou com mau hálito.

Isso é infinitamente pior do que roncar. Na verdade, percebo de repente, roncar seria uma opção maravilhosa perto do mau hálito. Eu teria emitido alguns grunhidos e só. E estaria inconsciente ainda por cima.

Arranco a caixinha de Trident da mão dele e enfio dois chicletes na boca.

— Mudei de ideia.

— Fique à vontade.

Masco o Trident depressa, meio que pensando que, se esfregar o chiclete com bastante força em cada canto da boca, a halitose suma por sobreposição forçada de odores. Só que não resisto e acabo fazendo umas bolas. O problema é que sou viciada em bolas de chiclete. Não consigo simplesmente mascar o chiclete. Quer dizer, chicletes servem para isso, não é? Para que as pessoas possam fazer bolas divertidas de chiclete. E para disfarçar o mau hálito, o que certamente deveria ser meu objetivo principal neste instante. O que há de errado comigo? Será que colocaram alguma substância diferente neste chiclete? Será um chiclete de maconha ou algo do tipo?

— Duda? — murmura Miguel. — Preciso muito te dizer uma coisa...

Então a bola de chiclete, a maior que eu tinha feito até agora, explode em meu nariz.

Ah, Deus!... O que ele vai dizer? Não deixe que ele diga que eu faria uma enorme gentileza se esperasse do lado de fora do carro. Eu e minha bola de chiclete nasal. Por favor, não deixe...

Mas algo me diz que isso é exatamente o que ele vai dizer. *"Duda, o negócio é que eu não estou suportando esse fedor, estou com dor de cabeça até. Saia do meu Volvo prata! E tem mais, você ronca feito uma gorda velha e encachaçada".*

— Duda, o negócio é que fui à sua casa hoje de manhã porque preciso conversar com você sobre... sobre...

Ah! Ah!

Então é isso. Ele vai dizer por que foi me procurar. Vai dizer agora!

Certo. Provavelmente ele vai dizer que não quer mais me ver. Nunca mais. Que seria melhor se eu me mudasse do prédio marronzinho, sumisse do Upper East. Talvez ele diga que o melhor *mesmo* seria se eu voltasse para o Brasil. E que só me ofereceu carona por pena. Talvez ele tenha percebido que eu tenho, sabe como é, uma ligeira obsessão por ele e esteja querendo cortar o mal pela raiz, porque, claro, ele não tem uma ligeira obsessão por mim. Não mesmo. Ele tem a cara de Robert Pattinson, pelo amor de Deus! Perto das garotas louras, altas, descoladas e com peitos de melão com quem ele muito possivelmente se relaciona eu devo parecer uma espiga de milho.

Mas e se ele disser que também tem uma ligeira mínima obsessão por mim? Acredite, coisas mais bizarras já aconteceram. E se ele também disser que não consegue mais viver sem mim? Talvez nesse momento ele abra a caixinha azul com as alianças de brilhantes da Tiffany e me peça em casamento, não de joelhos, como eu gostaria, porque não temos espaço no carro para isso.

Então já nem quero saber o que ele tem a dizer, porque, de uma forma ou de outra, a verdade é que vou simplesmente morrer. Vou enfartar de felicidade. Ou me suicidar de desgosto.

Ele ficou em silêncio. E eu também não abri a boca. Só estou tremendo, esperando pelo inevitável momento em que meus olhos vão se encher de lágrimas, e eu vou sair desembestada túnel afora e me atirar diretamente nas profundezas do rio Hudson.

Então me ocorre que eu não posso largar a mochila da Kipling para trás, pois ela me custou um bocado de dólares. Vou levá-la comigo. Ela pode me ser bem útil com todo seu peso, levando-me rapidamente para o fundo do rio, que deve estar congelante, creio eu. Ah, Deus! Vou ser um defunto com cabelo de pedra. Isso se um dia acharem meu corpo.

É bem neste instante, enquanto estou pensando no melhor jeito de me lançar no rio Hudson (se de barriga para baixo, para morrer olhando o azul, ou de costas, virada para o céu cinzento), que ouço um *toc, toc, toc*. Quase engulo o chiclete.

Há um homem batendo na janela.

INESPERADO NUMBER THREE

Há um homem batendo na janela.

Um homem que, quando se observa melhor, parece muito o Tarado do Upper East. Você sabe, se o Tarado do Upper East existisse de verdade.

Miguel se apressa em levantar seu banco, abre a porta do Volvo e começa a conversar com o Sósia do Tarado do Upper East.

Aí eu me pergunto: o que esse brutamonte pode querer com duas almas de bom coração? Por que foi bater nessa maldita janela justo na hora em que eu estava prestes a descobrir todas as verdades verdadeiras sobre o misterioso Miguel Defilippo (ou quase todas)?

O Sósia do Tarado do Upper East sorri por detrás de toda aquela barba desgrenhada beirando o peito, e vai embora, sacolejando os braços contra as banhas laterais da barriga. Já vai tarde, Tarado!

— Duda? — O semblante de Miguel é de tanta expectativa quando se vira pra mim que chego a ouvir o *tã, tã, tã* dos tambores. — Hora de ir embora.

— Jura?

Sento-me depressa e olho em volta. Os carros da fila da direita estão se movimentando, lentamente ainda, mas estão se movimentando, ao passo que nossa fila, atrás do Volvo, está completamente parada porque... bem, porque estávamos totalmente distraídos. Na nossa frente, o Ford Windstar está tão longe que as seis mãozinhas se balançando mais parecem seis pontinhos borrando a paisagem.

Ajeito o encosto do banco na vertical enquanto Miguel liga o Volvo e acelera o motor.

— Acho que é uma boa hora para *a hora* — diz ele.

— Hã?

— A hora certa, Duda. O relógio.

— Claro, claro.

Viro-me para trás e pego meu celular, que deixei fora da mochila depois que tentei avisar Lisa sobre o engarrafamento, mas o celular dela estava desligado. É claro que fiz isso sem me ater ao relógio do celular porque sou uma garota que valoriza o compromisso com a palavra e também o pacto do entrelaçamento dos mindinhos. (Segundo vovó Carraro, o não cumprimento do pacto faz com que a unha da gente apodreça e caia.)

— Ei, você mexeu no meu celular? — pergunto, focalizando a telinha reluzente, onde uma série de números enormes em posição de discagem está cobrindo o relógio no canto superior direito. — Que número é esse?

Mas antes que Miguel tenha chance de explicar, eu aperto o botão "discar" e comprimo o celular contra a orelha, impressionada com a tecnologia. Estamos trinta metros abaixo do rio Hudson e o celular realmente funciona aqui embaixo.

Então ouço um som.

Um som que não deveria existir.

Um som que vem de algum lugar de dentro do carro e que começa baixinho e vai se intensificando até que reconheço a música: *You and Me,* do Lifehouse. É a música que Miguel escolheu na noite de nosso jantar. A nova música que toca quando alguém me telefona. Só que, desta vez, o som não vem do meu celular.

Tenho vontade de gritar quando entendo tudo. Mas, em vez disso, viro depressa a cabeça para o lado, o coração saltando pela boca, e vejo Miguel tirar seu celular do bolso e atender à chamada, sorrindo para mim de um jeito vitorioso.

— O-o-o-o que significa isso? — gaguejo quando dois "alôs" entram em meus ouvidos ao mesmo tempo. Um pela orelha direita, grudada no celular, o outro pela esquerda, diretamente da fonte, a boca de Miguel.

— Coloquei meu número na tela do seu celular. — Ele está explicando e eu continuo ouvindo sua voz duplicada, o que eu acharia um bocado estranho, se não estivesse tão chocada para achar qualquer coisa. — Eu poderia ter gravado na sua agenda. Mas aí pensei *"ela vai demorar a perceber"*. Então coloquei o número na tela mesmo, para que você ficasse curiosa e apertasse o botão *"discar"*, como acabou de fazer. Mas eu deveria saber... Você é rápida demais. Ainda estamos juntos e eu perdi a oportunidade de ouvir sua voz depois que nos despedíssemos.

Estou apertando o celular contra a orelha com tanta força que chega a doer. Mas isso é bom. A dor não costuma fazer parte de meus delírios. Eu não consigo inventar a dor. Eu *sinto* a dor. E sentir essa dor agora me faz ter certeza de que não estou apenas fantasiando a perfeição desse garoto.

Fico olhando para ele, impossibilitada de balbuciar ou produzir qualquer som, exceto por meu coração disparado pulsando alto, dizendo que ainda não morri, apesar do choque, apesar de tudo.

Então me vem uma certeza ainda maior, que se revela diante de meus olhos com uma clareza vítrea. Não como se tivesse surgido de repente. Mas como se tivesse estado ali o tempo todo. Prontinha para me abocanhar.

E a certeza é: eu me apaixonei.

Por mais que eu tente fugir ou negar, por mais que seja uma burrice tremenda, uma burrice cujo preço é o sofrimento, a verdade inescapável, contra a qual não tenho mais força para lutar, é que estou perdidamente apaixonada por Miguel Defilippo. Muito mais apaixonada do que suspeitei ser possível um dia.

— O que foi? — pergunta ele. — Está chateada comigo?

— Não... Está tudo bem — digo, virando o rosto para a frente, para que as lágrimas não me denunciem se vierem a cair. — É só que... não é sensato atender ao celular na direção. Você deveria saber disso.

Não preciso olhar para saber que ele está rindo. Estou ouvindo. Com os dois ouvidos.

— E você deveria colocar o cinto de segurança desta vez — diz ele.

— E você deveria não ter olhado o relógio.

— Mas eu não olhei o relógio.

— Como foi que mexeu no meu celular sem olhar o relógio?

— Da mesma forma que *você* mexeu no *seu* celular sem olhar o relógio. Ou você olhou?

— Não. De jeito nenhum. Então você deveria encerrar essa ligação e olhar o relógio do *seu* celular — digo, ainda mirando o trânsito lento. — Deveria fazer isso agora.

— Por que não faz você mesma?

— Porque... — Olho para ele de esguelha. — Não consigo me mexer.

— Certo.

Há um momento de silêncio. A ansiedade borbulha em minhas veias.

— Duda... Não quero virar o ano na estrada — diz ele com a voz cheia de cuidado. — Sinto muito.

— O que isso quer dizer?

— São quatro horas da tarde. Não conseguiríamos chegar à Chicago antes da meia-noite.

É quando meu braço direito amolece e despenca sobre minhas pernas com celular e tudo.

— Olhe, Miguel — começo, sentindo a voz embargada. — Não quero melar seu Réveillon. De verdade. Deixe-me em casa e corra para o aeroporto, eu...

— O quê?

— É sério — interrompo, porque realmente preciso dizer isso. — Pegue um avião para Chicago, ainda dá tempo... para você, pelo menos.

— Duda. — Ele estica o braço direito para pegar minha mão sobre a perna, sem soltar a outra do volante, e, ao fazer isso, é como se ateasse fogo em minha pele. Meus dedos queimam. Olho para nossas mãos, sentindo o calor se espalhar, delicioso e desconcertante. — Deixá-la sozinha em Nova York está totalmente fora de cogitação para mim.

Engulo em seco.

— Mas... — murmuro, cabisbaixa.

— Mas assunto encerrado. — Sua mão deixa a minha, deslocando-se para meu queixo, virando meu rosto, forçando-me a olhar para ele. — Ei... Olhe para mim... Eu realmente sinto muito... Por tudo.

— Eu estou bem — digo num fio de voz, completamente sem fôlego pela consciência absoluta de sua pele na minha. A verdade é que eu não poderia estar mais feliz. Eu poderia gritar, sem pensar nas consequências, se tivesse voz para isso. Vou virar o ano com Miguel Defilippo! Em Nova York! Ele e eu! Sozinhos!

— Vamos para casa — ele está dizendo. — Você avisa seus amigos e depois decidimos o que fazer.

Ele solta meu queixo, mas continua revezando o olhar entre mim e a pista movimentada. Meu coração idiota vai crescendo e crescendo, apertando o peito, sufocando-me. Estou à beira de perder o juízo com uma vontade louca de abrir a boca e confessar: *"Estou apaixonada por você!"*. Mas, em vez disso, apenas pergunto:

— O que foi agora?

— Por tudo o que é mais sagrado, Duda. Ponha o cinto de segurança.

É somente às seis e meia da noite que Miguel estaciona o Volvo na rua Oitenta e Três, depois de vencer a acirrada disputa por uma vaga, aparentemente a única que restou nas redondezas, meio longe do prédio marronzinho. Mas nem me importo. Estou feliz demais para me aborrecer com uns pingos de chuva na cabeça.

O atraso deve-se à lentidão do trânsito em torno da Times Square, que já está lotada, apesar do mau tempo. Miguel veio ouvindo as notícias pelo rádio e me deixando a par delas durante o percurso.

Ele desliga o motor e eu o ajudo a recolher nossas coisas do banco de trás. Batemos as portas do Volvo e corremos rumo à portaria do prédio marronzinho, cobrindo a cabeça com o casaco, cada gota de chuva enregelando o meu corpo como se eu estivesse mergulhando numa piscina de gelo derretido, mas tudo bem. É claro que escorrego na escadinha da frente. Salvo-me da queda agarrando-me ao corrimão de cimento.

Ainda falando ao celular, que tocou o Lifehouse enquanto subíamos o primeiro lance de escadas, Miguel abre a porta de seu apartamento. E, embora eu não esteja entendendo muita coisa do que ele está dizendo, percebo que está um pouco agitado, pedindo desculpas o tempo todo, provavelmente justificando a ausência ao amigo que o convidou para passar a virada do ano em Chicago, vai saber. Antes de entrar, ele faz um sinalzinho para mim, notadamente silencioso, e eu entendo como: *"Volte quando estiver pronta"*.

Assinto com a cabeça, mantendo a pose ereta de indiferença até que ele fecha sua porta, mas não tranca com chave, e eu me vejo, meio segundo depois, adentrando em casa aos tropeços, atravessando o corredor, largando a mochila na escrivaninha, jogando-me de cara no colchão.

E simplesmente berro de felicidade.

Berro repetidas vezes e cada vez mais alto e descontroladamente.

Ah, Deus! Como eu precisava extravasar... Como eu precisava gritar...

Quando minha garganta começa a doer, vou para a janela e fico abençoando a chuva, um milagre indescritivelmente perfeito. É que ficamos sabendo, por fim, que o motorista do caminhão cargueiro perdeu o controle da direção devido à pista molhada pela chuva, já na saída do túnel.

Puxo o celular da mochila, disco o número de Lisa, que desta vez atende, e conto (quase) tudo a ela, com uma felicidade que não me cabe no peito. Tudo bem, fico só um pouco triste quando ela ameaça chorar do outro lado da linha e cogita a possibilidade de voltar para Nova York. Nessa hora, eu me desespero:

— Não, Lisa! — ouço-me dizer, uma oitava acima. — Não volte! Por favor, não faça isso.

— Mas você está sozinha, Duda. Sozinha na véspera do Ano-Novo. Isso não é justo.

— Lisa, ouça bem uma coisa. Eu não estou sozinha. Vou passar a virada do ano com Miguel. Com Miguel Defilippo, está entendendo? — Ai, meu Deus, em voz alta parece ainda mais inacreditável. — Não sei exatamente onde, mas... Ah! Quem se importa?

Não sei o que está acontecendo comigo, mas estou rindo sem parar e, claro, Lisa percebe a histeria atrapalhada.

— Por que você está tendo uma crise de risos num momento tão triste e difícil como este?

— Não sei — minto, aos soluços.

— Espere. Você e Miguel... Vocês dois não... — Tenho a impressão de que ela se escondeu em algum canto do quarto do hotel e está abafando o celular com a mão, pois sua voz de repente virou um sussurro quase inaudível. — Duda, não me diga que você beijou Miguel Defilippo? Quer dizer, eu só fiquei nesse estado de histeria caótica uma vez em toda a minha vida, e você sabe muito bem quando foi. Duda... ai, meu Deus!..., você *transou* com Miguel Defilippo?

— Ficou louca, Lisa? É claro que não! — Ao ouvir a palavra que começa com "t", sinto uma flechada incandescente atingir meu corpo. Inspirar, expirar. Inspirar, expirar.

— Por que então está fazendo exercícios de respiração? — insiste Lisa. — O que está acontecendo? Estou tão preocupada...

— Não é nada demais. — Ah, Deus! Preciso arrumar uma boa desculpa. — Eu... conto depois.

— Ah, não! Não faça isso comigo, Eduarda Maria! — guincha ela com a voz estridente. — Nós não temos segredos uma com a outra. Não me deixe curiosa desse jeito. Duda...

— Lisa, é sério. Não se preocupe comigo. Bom, preciso desligar agora.

— *Du...*

— Tchauzinho, Lisa. Ah! E feliz Ano-Novo!

Corro até o banheiro, ignorando o celular, que esgoela *You and Me* ininterruptamente e, mais uma vez, fico pensando na coincidência de Miguel ter escolhido justamente o mesmo toque para o celular dele. Sinto-me ainda mais apaixonada. Foi tão lindo! Quem se importa se ele é misterioso? Quem se importa com suas esquisitices? O celular dele toca *You and Me,* do Lifehouse! Como o meu!

Tiro as roupas e entro no chuveiro, deixando o jato de água quente cair diretamente sobre as costas, relaxando os músculos. Ah, como isso é bom! Ensaboo os cabelos enquanto cantarolo algumas músicas na bolota do chuveirinho, que costumo fazer de microfone (deprimente). Não sei quanto tempo levo até cambalear para fora do boxe. Enrolo-me na toalha branca, atiro as roupas sujas no cesto e corro de volta para o quarto, deixando um rastro molhado por onde piso.

É quando me vem uma dúvida tão surpreendente quanto desesperadora.

O que devo vestir?

Não tenho nada para vestir numa ocasião como esta. Mas, pensando bem, que ocasião *é esta*, afinal? Certo, é a virada do ano. Mas nem sei aonde vamos! Talvez eu precise de um vestidinho de lã simples e um sobretudo. Mas... ai, meu Deus!... Se for um baile de gala então só vou querer morrer.

Vamos com calma, Eduarda. Vamos com muita calma. Essa afobação é ridícula. Você vai *apenas* virar o ano com Miguel Defilippo. Não vai se casar com ele. Só virar o ano. Só isso...

...só isso tudo! Ah! Ah!

De qualquer modo, não dá para decidir o que vestir sem saber aonde vou. É por isso que resolvo me enfiar numa calça jeans limpa e num suéter de bolinhas roxas. Vou pensar na roupa definitiva depois que eu for até o apartamento dele e descobrir a programação da noite. Mal posso esperar para saber! É quase como um encontro. Entre namorados, quero dizer.

Ah, meu Deus, qual é o meu problema? Não tem nada de encontro entre namorados nisso. Nada. É só o acaso. Uma feliz coincidência.

Corro até a porta da sala apenas para dar meia-volta e retornar ao quarto meio segundo depois.

Certo. Independentemente de tudo, ele não pode me ver de cabelo molhado. Muito menos sem maquiagem. Sei que estou longe de ser comparada a todas as louras, altas e peitudas cujas bocas ele deve estar acostumado a morder. Mas não preciso detonar minha aparência de vez. Mesmo que a gente, sabe como é, não venha a se beijar de fato.

Ligo o secador de cabelo e, quinze minutos depois, meus fios estão secos e sedosos (Victoria's Secret, *I love you*!). Passo rímel e blush clarinho, pensando que também terei tempo de incrementar a maquiagem mais tarde, talvez esfumace as pálpebras com sombra preta. Dou uma olhada no relógio e quase caio para trás: oito horas! Como posso ser tão lerda?

Mesmo sabendo que Miguel deixou a porta destrancada para mim (ou assim espero), não tenho coragem de entrar sem bater. Mas, para o alívio do meu coração, ele não demora muito e abre um sorriso lindo quando me vê, embora não perceba (ou assim espero) o que está acontecendo com minhas pernas virando pudim.

Ele ainda está ao celular. Não acredito que está falando com a mesma pessoa de antes! Que coisa mais irritante! Mas por que ele estaria falando com a mesma pessoa? Não faz sentido, já que ele teve tempo de trocar de roupa (calça jeans desbotada nas partes atraentes e blusa de algodão branca) e a expressão é bem mais calma agora. Sua mão cobre a metade inferior do celular. Ele me diz para eu ficar à vontade.

Eu obedeço, claro. Até porque seria uma falta de educação agir de forma diferente. Empoleiro-me na ponta do sofá de couro preto e olho em volta.

Definitivamente é estranho estar aqui de novo. É estranho estar num lugar pela segunda vez. Porque acabamos reparando em detalhes, aparentemente tão evidentes, que sequer havíamos notado antes. Como, por exemplo, o projetor instalado no meio do teto, virado na direção da janela fechada. Mas por que o projetor está virado para a janela? Ah, sim. Há uma tela de projeção fixada no teto. Provavelmente a tela desliza para baixo quando acionada por um controle remoto. Que luxo! E o que dizer desse tapete bege felpudo? Tenho vontade de rolar ali e...

— Duda? — Miguel me chama, desligando o celular. — Tenho más notícias.

— O que foi agora? — pergunto, mais desesperada do que gostaria de aparentar.

— Ainda não sei o que vamos fazer.

Ele bufa e se senta ao meu lado. Respiro aliviada. Puxa! Por um segundo pensei que ele fosse dizer: *"Duda, estou indo para Chicago"*.

— Como assim? — pergunto num tom casual.

— Telefonei para todos os meus amigos. Todos os que poderiam ter dois convites de alguma festa badalada, enfim. Tudo esgotado. Estou pensando num *pub* ou algo do tipo. Algum bar em que você possa entrar. Nem todos aceitam menores de 21 anos.

Sinto uma gigantesca pontada por dentro. Então é isso. Miguel me acha uma criança de fraldas. De repente minha boca já se abriu:

— Faço 20 daqui a um mês.

— Ótimo. Comprarei um presente para você.

Posso sentir minhas bochechas esquentando. *O que exatamente foi essa frase incoerente? O que acabei de dizer?*

— Eu não quis dizer isso. — Tento consertar. — É só que...

— Você tem alguma sugestão? — pergunta ele, livrando-me de mais uma asneira idiota que eu certamente iria dizer. — Para esta noite.

— Eu? Eu não conheço quase nada...

Ele segura minhas mãos. Sim, ele está segurando as duas, para meu derradeiro amolecimento.

— Ah, Duda... — Ele balança a cabeça. — Eu sinto tanto pelo que aconteceu... Uma virada de ano que era para ser perfeita para você e simplesmente deu tudo, *tudo* errado. *I'm so sorry.*

Mal sabe ele. Mal sabe ele que minhas pernas estão derretendo atrás do jeans apertado (eu realmente engordei), as mãos pegando fogo com a mistura de sensações que a pele dele provoca em mim. Tampouco sabe que esta será a virada de ano mais perfeita de todos os tempos, mesmo que fiquemos em casa bebendo Schweppes Citrus Light e comendo o que restou da lata de Pringles.

— Miguel, pare de se lamentar — digo a ele, muito séria. — Você não tem culpa de nada e eu estou feliz. De verdade. Por que é tão difícil acreditar em mim? Eu não me importo de passar a virada do ano com você. Muito pelo contrário. Gosto da sua companhia e...— *e estou apaixonada por você. Pode me beijar agora? E me jogar no chão? E pressionar minhas costas contra este tapete, por favor?*

Ah! Ah! O que há de errado comigo?

— E...? — Ele me incentiva.

— E se você achar difícil sair — estou dizendo, ainda pensando em nossos corpos suados rolando pelo tapete. — Podemos ficar em casa, vendo a bola de confetes pela televisão e...

Sinto dizer que não ouvi o que ele disse em seguida, porque foi justamente nesse instante que me ocorreu uma ideia brilhante. Tudo bem. Uma ideia tão brilhante quanto absurda. Tão absurda que nem sei se tenho coragem de expô-la em voz alta. Mas minha vida já anda tão absurda que de repente não sei como poderia piorar e não vejo motivo para não tentar.

— Duda, você está bem?

Miro fundo os olhos verdes, enchendo-me de coragem, e pergunto:

— Miguel, você se recusaria a ser Robert Pattinson por uma noite?

PLANO FABULOSO

Enquanto exponho meu plano fabuloso, Miguel fica me encarando em silêncio (aquele silêncio *"nem sei o que dizer, coitada"*), como se eu fosse uma fugitiva do Pinel ou a redatora do *Pânico na TV*.

Ah, meu Deus! O que ele vai pensar de mim depois dessa?

Infelizmente sei o que ele vai pensar. Vai pensar que somente uma pessoa pirada, ou uma criança com QI elevado, conseguiria elaborar um plano tão absurdo e cinematográfico em tão poucos segundos. Eu realmente mereço o Oscar de melhor roteiro original, já que não existe prêmio de melhor idiotice. Porque, claro, só uma idiota exporia um plano desses ao garoto gatíssimo por quem está apaixonada.

— E então? — pergunto, a voz trêmula de ansiedade. Agora que comecei, vou nessa até o fim. — Você se recusaria a ser Robert Pattinson por uma noite?

— Eu não me recusaria.

— Não? — Não escondo o tom de surpresa.

— *Eu me recuso* — diz ele, enfático. — Totalmente.

Miguel se levanta. Eu o acompanho com os olhos. Primeiro, ele anda de um lado para o outro umas cinco vezes. Depois se recosta na bancada que divide a cozinha da sala, cruzando os braços. Mas por que ficou tão longe de mim? Tem medo de ser contaminado pela loucura ou o quê?

Sem pensar duas vezes, fico de pé, determinada, e vou para perto dele. Sento-me à bancada, firmando-me no tampo da mesa quando o banco de alumínio cambaleia e quase caio para trás.

— Por quê? — insisto. — A ideia é coerente e você sabe que... — Mas não termino a frase. Minha voz vai definhando à medida que ele volta a atravessar a sala e empoleira-se no sofá de novo. Fico ali sentada, afônica, olhando de longe o rosto lindo dele, sem nada entender. Ele é tão imprevisível! Tudo bem que eu não esperava que ele fosse aceitar o plano logo de cara. Só que jamais pensei que fosse fugir de mim depois de ter sido tão solícito e gentil frente à minha pseudotristeza em relação ao engarrafamento. Fico de pé, mas não avanço.

— Por quê? — obrigo-me a perguntar de novo.

Ele bufa e me olha com ar de impaciência.

— Eu não posso me passar por outra pessoa, Duda. — Agora está falando comigo como se eu fosse uma criança imbecil saindo das fraldas. A criança de quase 20 anos que ele certamente pensa que sou. — Isso é crime e dá cadeia. Você deveria saber. É falsa identidade.

Mas eu não sou imbecil, muito menos criança, e vou mostrar a ele.

— Você não vai infringir a lei, Miguel, simplesmente porque não vai dizer que é Robert Pattinson hora nenhuma. As pessoas é que vão pensar que você é Robert Pattinson. E se quer mesmo saber, você pode até dizer que *não é* Robert Pattinson, sabe por quê? Porque as pessoas não vão acreditar. Confie em mim. Só precisamos dar uma ajudazinha à sorte, melhorar seu visual. — Deslizo os olhos pelo corpo dele. Mas que saúde! É mesmo uma pena que essa blusa branca voltará para o guarda-roupa tão logo Miguel perceba que meu plano, apesar de absurdo, é totalmente fantástico. — Quer dizer, piorar seu visual.

Há um instante de silêncio.

— Você deve ter uma camisa xadrez de botões — aproveito para continuar enquanto ele parece pensativo. — E uma blusa de moletom aberta com zíper na frente. Ah! E uma jaqueta de couro. Mas tem que ser surrada, como a de Robert Pattinson.

— Duda... — Ele sacode a cabeça obstinadamente. — Você perdeu o juízo.

— É claro que vou precisar chamá-lo de Rob — prossigo, ignorando seus olhos me examinando de longe, para não correr o risco de perder o fio do pensamento. — Mas quantos Robs não existem por aí? Vamos fingir que você se chama... Roberto. Isso mesmo. Roberto Cavalcante, para parecer mais real.

Levo susto com a gargalhada sarcástica que ele solta no ar.

— Roberto Cavalcante, Duda? *Roberto Cavalcante?* — Sua voz é um misto de descrença e divertimento. — O que eu realmente acho é que você assiste a novelas mexicanas. De onde tirou esse nome tosco? Por acaso tenho cara de cafetão de bordel?

Cafetão de bordel? Reflito sobre isso. Bom, talvez "Roberto Cavalcante" não pareça tão esquisito para mim por me fazer lembrar a pessoa gostosíssima por trás do nome. Se bem que, mesmo antes, quando eu não conhecia a pessoa gostosíssima, nunca achei o nome esquisito. Talvez porque Robertinho, na verdade, não se chame apenas Roberto Cavalcante, e sim Roberto Cavalcante, o Gostosão da Geografia. Mas agora que paro e penso, fazendo uma análise da coisa como um todo, apesar de todos aqueles músculos impressionantes e o hálito de Halls Uva Verde, o nome dele é bem cafona mesmo. Será que a mãe dele se inspirou em "Maria da Vida", "Maria do Sol Poente", "Marielza" ou em qualquer outra "Maria do Nada a Ver" exibida pelo SBT?

Mas nada disso vem ao caso.

Ando devagar e sento-me ao lado dele. Ele está mirando o chão, os cotovelos apoiados nos joelhos, as pernas... hum... abertas.

— Pare de enrolar, Miguel. O tempo está correndo.

— Sinto muito. — Suspira. — Mas não vou ser Robert Pattinson por uma noite.

— Eu só quero lembrar que você prometeu que meu Réveillon seria perfeito — arrisco debilmente.

Ele revira os olhos.

— A promessa não incluía um plano maluco.

— Não é um plano maluco! — bato o pé. — Quer dizer, é maluco, mas é perfeito. Sabe qual é o seu problema, Miguel? Você está com medo. É isso. Eu só acho que, para um futuro jornalista, medo é uma qualidade deplorável.

Ele nem se dá ao trabalho de me rechaçar. Sinto minha garganta arder, mas, corajosamente, continuo:

— Se quer saber a verdade, eu estou tão, *tão* triste com essa história de não ter ido para Chicago com meus verdadeiros amigos, por causa daquele estúpido passaporte e depois daquele estúpido caminhão cargueiro, que tive de me entupir de calmantes agora há pouco — minto e mal posso acreditar! Eu consegui! Estou chorando! Ah, meu Deus, Hollywood, estou aqui!

— Calmantes não fazem bem à saúde — diz ele. — Você acabou de dizer que estava bem com tudo isso.

— Eu menti — digo, as lágrimas escorrendo devagar. — Miguel, você não sabe, mas esse plano é a oportunidade de eu realizar um sonho de infância. Desde a época em que eu me vestia de balão de gás, cantava *O Meu Chapéu Tem Três Pontas* e errava tudo, eu já sonhava com isso.

Ele respira forte e ergue a cabeça, analisando meu rosto.

— Precisa chorar? — Seus dedos hesitam por um momento. Mas logo estão limpando as lágrimas em minha bochecha, e eu morro e vou ao céu em meio segundo.

— Além do mais, que sentido tem a vida sem um pouco de aventura? Eu não quero ter uma vida vazia. — Não dá para acreditar que eu, a Crepuscólica, a garota que, há algumas semanas, preferia ficar embaixo das cobertas relendo um livro pela milésima vez a sair com as amigas, esteja fazendo um discurso comovente sobre vida vazia. Pensando bem, estou mais para o Congresso que para Hollywood. —

Quero colecionar boas memórias para contar aos meus netos. — *Que também serão seus netos, assim espero.*

— Você terá histórias lindas para contar, Duda. Você vai ver.

— Como o quê? — Cruzo os braços. — Como quando quebrei um violão de pirraça? Ou quando quase fui atacada pelo Tarado do Upper East? Ou, melhor ainda, quando passei o Réveillon em Nova York, comendo Pringles e vendo a bola de confetes pela televisão?

— Duda... — Ele parece cansado. — Você acabou de dizer que não se importa. Ou não ouvi direito?

— Eu menti. Ah, Miguel, por favor... *Por favor...* — suplico, choramingando, agora sem medo de mirar as esmeraldas atrás das poças em meus olhos. — É só o que estou pedindo... Não temos nada a perder... Se não der certo, voltamos para casa e bebemos Schweppes Citrus Light a noite inteira...

— Não faça assim comigo. — Ele fica de pé e avança, distanciando-se, deixando um lampejo de fúria para trás. Para meu completo pavor, sua mão se fecha brutalmente contra a bancada de madeira.

Ele socou a bancada. Foi um soco surdo, mas que fez vibrar meus tímpanos e o coração.

Fico tão congelada no sofá, tão chocada com sua atitude inesperada, que só depois de um tempo me lembro de que preciso respirar. Mas não o faço.

Ele gira o corpo, ficando de frente para mim, as sobrancelhas fechadas num arco de raiva. E diz, ainda de longe:

— Será que você não percebe que vê-la chorar ou suplicar, ou... *fazer qualquer coisa*, torna tudo mais difícil para mim? Como se já não estivesse difícil o bastante?

— Espere um pouco. — Ergo a mão. — *Fazer qualquer coisa?* — pergunto e, agora que respiro, é como se inalasse uma descarga elétrica. Meu corpo inteiro estremece. Não dá para acreditar no que acabei de ouvir. Ele parecia perfeitamente educado um segundo atrás. Como assim? Primeiro eu me apaixono por um vampiro, um personagem da literatura, alguém que não existe (só para deixar bem claro). Agora... por um sujeito instável e incoerente? Que, ao mesmo tempo em que é amável e carinhoso, soca o tampo de uma mesa? Qual é o meu problema, afinal? — Eu entendi direito, Miguel? Você disse que tudo o que faço dificulta sua vida? Minha simples existência atrapalha você? — Solto os ombros tensos. — Por que, diabos, me ofereceu carona então? Por que me socorreu quando torci o pé?

— Desculpe. — Ele dá dois passos inseguros para a frente. — Não foi isso o que eu quis dizer, Duda. É que você não percebe...

— Não, não percebo. — Sinto o rosto doer de nervoso. — As coisas estão difíceis para você?

— Você nem imagina quanto.

Então me levanto, irritada, parando diante dele.

— Que coisas são essas? Por que não posso saber? Por que não se abre comigo? Porque sou muito criança, é isso?

Ele bufa pesado e pega uma mecha de meu cabelo, olhando vagamente para ela.

— Eu... Eu preciso dizer... Ah, Duda... Droga! — Ele larga meu cabelo e sai da minha frente. Giro o corpo para olhar suas costas. — Por que você é assim?

— Assim como?

— Exatamente do jeito que você é? Tão...

O que ele está dizendo? Meu Deus! Esse garoto é mais louco que eu. Mais louco que Tom Williams, o professor de inglês que veste blusa vermelha com estampas de margaridas brancas e fala com seu laptop.

Miguel prolonga o silêncio enquanto afasto-me de ré, tateando o vazio atrás de mim, procurando algo em que me firmar. Encosto-me na bancada.

— Ah, esquece! O problema sou eu — diz ele, virando-se para mim e soltando os braços. E muda de assunto: — Duda, você sabe tanto quanto eu que esse plano é uma loucura. Francamente, não sou adepto às loucuras. Fujo de loucuras se é que ainda não percebeu. Ou tento fugir, pelo menos. Tento fugir de complicações.

Só que eu não quero mudar de assunto.

— É por isso que foge de mim? — *Cale a boca, Eduarda Maria! O que você está fazendo?* — Que desaparece sem dar notícia? E depois reaparece como se nada tivesse acontecido? E não responde satisfatoriamente minhas perguntas? Eu complico sua vida? Porque se for isso, o problema não é você. Sou eu. E gostaria de saber o que foi que eu fiz. Mereço saber.

Imediatamente quero apenas morrer. Pelo amor de Deus! Eu não sou absolutamente nada desse garoto. Nada. Nem amiga. Como posso exigir que me dê satisfação de sua vida? Como posso querer que ele me telefone e diga: *"Vou me atrasar hoje, Duda"*, ou *"estou viajando, volto amanhã"*? Agora ele vai ficar pensando que sou uma idiota insegura e apaixonada. E vai ter razão.

Como eu me detesto...

Miguel permanece em silêncio, cabisbaixo. Quando olho para ele, para seu semblante distante e vazio, eu me pego pensando em Pablo. Na noite em que corremos desembestados pela neve. Naquela vez em que tivemos uma crise desenfreada de risos só porque Tom Williams estava com uma etiqueta de preço colada na bunda da calça. Naquela tarde em que entramos num restaurante da Little Italy, fingindo que éramos italianos e estudantes de gastronomia (o dono era um chinês com o inglês pior que o nosso) e negociamos a troca de uma lasanha à bolonhesa e uma salada italiana por um relatório completo de avaliação de temperos que, obviamente, nunca enviamos. Vejo quanto Pablo é corajoso e verdadeiro. Quanto gosta de mim. E percebo que me apaixonei pelo garoto errado.

Sei que devia sair correndo daqui. Que devia obrigar meus olhos a jamais olharem para Miguel outra vez. Mas a ideia me machuca tanto que minha mente a descarta.

— Tenho certeza de que Pablo não fugiria. — A frase sai automaticamente.

É quando Miguel ergue os olhos e me encara por um tempo, enrijecido, como se eu tivesse virado um balde de água gelada em sua cabeça. Depois, quando sai do transe, ele passa a mão pelo cabelo e vem andando lentamente na minha direção, os olhos profundos nos meus. Tento dar um passo para trás, mas tudo o que consigo é esmagar minhas costas na madeira da bancada.

Ele para a centímetros de mim, inclina-se para apoiar as duas mãos na bancada, uma de cada lado de meu corpo, prendendo-me no meio, o rosto perfeito perto demais... Fico ali, presa, completamente estarrecida com meus joelhos de esponja e meu coração a uma pulsação do colapso quando Miguel ainda encurta a distância entre seus braços, encontrando os meus pela lateral. Ele sussurra meu nome e molha os lábios. E parece se preparar para dizer mais alguma coisa, meio hesitante e com os olhos semicerrados.

— Duda... — sussurra de novo. Meu estômago dá um salto. — Eu não... Eu não posso. — É o que ele diz. Mas posso sentir o calor de seu rosto se aproximando e fecho os olhos.

É bem neste instante que o Lifehouse começa a tocar, quebrando o encanto, sugando-me de volta à realidade. Abro os olhos.

Miguel estica o braço direito, pega o celular (sem se ater ao identificador de chamadas) e atende à ligação, ainda olhando para mim, talvez até notando como me deixou arfando descontroladamente, divertindo-se mentalmente com isso.

No segundo em que parece descobrir quem está do outro lado da linha, ele se afasta.

Enquanto observo sua expressão fechada, fico pensando no que ele disse. O que ele *não pode*? Não pode aceitar o plano? Não pode me contar a verdade sobre sua vida? *Ou não pode me beijar*? Será que... ai, meu Deus!... Ele é gay?

Enxugo o que restou das lágrimas na gola do suéter; é uma sorte eu ter passado rímel à prova d'água. Olho para a frente, abro bem os ouvidos, deixando minha mente trabalhar. Mas não consigo entender o que ele diz, embora seja fácil notar como está agitado, andando de um lado ao outro da sala, gesticulando, apertando os olhos e bufando muitas vezes. Só posso concluir que está falando com a mesma pessoa de antes, a pessoa que o deixou irritado mais cedo, o que é mesmo uma chatice. Principalmente porque não estou gostando nem um pouco de vê-lo gritar desse jeito. Será que ele é assim? Ou será que essa pessoa o faz ficar assim?

Ele desliga o celular e o atira no sofá, como quem se livra de uma bola de fogo.

Estremeço com a cena. Mas logo em seguida, boba e apaixonada que sou, já nem me importo com nada disso quando ele se aproxima de mim, pega meu rosto entre as mãos e diz, todo fofinho:

— Sabe de uma coisa, Duda? Estou, *sim,* precisando de uma boa aventura. Vamos nessa.

Às nove e quarenta da noite, Miguel e eu começamos a descer, aos pulos, as escadas do prédio marronzinho. A pressa, no entanto, não nos impede de trombar com a velha surda (a sra. Smith) no meio do caminho. Pelo contrário. O mundo inteiro sabe que a probabilidade de o pão cair com o lado da manteiga virado para baixo é proporcional ao valor do carpete.

Isso porque Miguel, que não poderia ter escolhido momento mais apropriado para bancar o bom samaritano, resolveu ajudar a sra. Smith a subir com duas gigantescas sacolas do Jefferson Market. É possível que ela esteja levando um porco inteiro em cada uma delas. Hum. Porco recheado... Ah, Deus! Preciso emagrecer.

Estou esperando no segundo andar, sozinha, contando as ondulações do teto cinza e assobiando *O Meu Chapéu Tem Três Pontas* quando Miguel reaparece, exibindo um pacote de balinhas Dylan's Candy Bar, o que, sem dúvida, foi uma excelente (e justa) recompensa oferecida pela sra. Smith devido à boa vontade prestada. Enfio a mão no pacote e pego logo três balinhas. Certo. Começo a dieta amanhã. Sem falta.

Atravessamos a portaria verde e saímos para a rua congelante e nevoenta, seguindo na direção oeste. É uma sorte a chuva ter dado uma trégua.

Miguel fica olhando para mim de relance e parece estar sorrindo pelo modo como as ruguinhas se apertam em volta de seus olhos verdes. Mas não posso ter certeza, já que boa parte de seu rosto está escondida atrás de um cachecol preto, enrolado até o alto das bochechas.

O negócio é que Miguel não pode ser reconhecido antes da hora, um erro que nos faria chegar atrasados ao destino final, se é que chegaríamos a algum lugar. Porque, modéstia à parte, o resultado de meus esforços foi muito mais que impressionante.

Miguel não é sósia, nem clone. Ele *é* Robert Pattinson. Sinto espasmos pelo corpo só de olhar.

Ele está vestindo uma jaqueta de couro preta (que não estava surrada, mas ficou depois que esfreguei minha lixa de pé na extensão das duas mangas) por cima do moletom cinza escuro que, por sua vez, cobre parte da camisa xadrez vermelha e preta, ambos abertos na frente, mostrando a blusa branca por baixo de tudo (a blusa branca permaneceu, para minha completa alegria). A calça preta, meio desbotada, roubei do Agarradinho, que está pagando pela folga de usar o varal improvisado lá de casa (bate mais sol, segundo ele). E, para surpresa geral da nação, Miguel tinha uma chuteira velha da Nike, da época em que jogava futebol às segundas, quintas e sábados, com uma turma de brasileiros legais, como ele fez questão de frisar. Não discuti, apesar de duvidar que pés ligeiramente tortos sejam boas ferramentas na prática de esportes. Na verdade, decidi não me aventurar pela linha tênue de entendimento que me une a ele: nenhum de nós tocou no assunto "bate-boca" desde que o plano fabuloso entrou em ação.

— Vamos apertar o passo — diz Miguel, a voz abafada fluindo por um buraquinho aberto no bolo fofo do cachecol.

Quando praticamente corremos, a mochila de Miguel começa a emitir um barulho de objetos chacoalhando. Embora ele não pareça fazer esforço, suas costas estão meio vergadas para a frente por causa do peso da fortuna verde que carregam. Não temos intenção de aplicar nenhum tipo de golpe, claro. Vamos pagar por todas as despesas.

Quer dizer, Miguel vai pagar por todas as despesas, em dinheiro vivo, já que um cartão de crédito denunciaria sua identidade. Aliás, foi o próprio Miguel quem se lembrou disso (de pagar) porque, honestamente, eu nem tinha atentado para esse pequeno detalhe. Quando ele me viu estarrecida de choque, assustada com a quantidade de dinheiro que ele ia recolhendo dos cofres espalhados pelo apartamento, ele simplesmente deu de ombros e disse que, desde a quebra do Lehman Brothers, não confia muito nos bancos americanos.

Mas o barulho se deve principalmente aos acessórios que enfiamos nos bolsos laterais da mochila, por precaução. Óculos, bigodes e até um nariz de Luciano Huck incrivelmente perfeito. Ainda que Miguel tivesse me contado sobre os disfarces na noite em que nos conhecemos, eu jamais poderia ter imaginado que fossem tantos. Fiquei me perguntando em que ocasião ele havia precisado de tudo aquilo. Quando foi que havia usado, por exemplo, a peruca loura de corte chanel que estou usando agora, por baixo da boina horrorosa da feira hippie de Ipanema. É que achei melhor me disfarçar, para o caso de sermos perseguidos por *paparazzis*, vai saber. Será que alguma vez Miguel também se disfarçou de He-Man?

Chegamos ao cruzamento da Rua Oitenta e Três com a Avenida Lexington e paramos. O vento ártico sacode meus novos cabelos e, com a mão direita, seguro a boina na cabeça, para não perdê-la (a boina, pois a cabeça já perdi há muito tempo). Há um zunido agudo em meus ouvidos empedrados de frio. Mas não estou reclamando, já que me recusei a usar protetores de orelha. Ah, entenda! Eu já estou suficientemente ridícula de boina e peruca loura.

Miguel estende o braço e começa a fazer sinal para o trânsito, balançando a mão. Só que os táxis, com as luzes de teto apagadas, passam direto, a toda velocidade.

Enfio a mão no bolso do casaco, a fim de pegar meu celular. Miguel não trouxe o dele, o que, de fato, achei muito bom. Não quero ser perturbada por aquela pessoa irritante, que ligou outras três vezes enquanto nos arrumávamos (eu sei que era ela porque Miguel simplesmente olhou a telinha do celular, xingou baixinho e jogou o aparelho para longe). Então lembro que, em Nova York, não existe rádio-táxi. Ou, pelo menos, se existe, não sei o número.

O jeito é esperar no frio. E rezar para não virar uma boneca de gelo de peruca do He-Man e boina horrorosa da feira hippie de Ipanema.

— Será uma sorte um táxi a essa hora — comenta Miguel, sem parar de fazer sinal; sua voz atravessa o buraquinho do cachecol e espirala no ar na forma de uma fumacinha quente. Ele me fita de esguelha quando não digo nada. Prefiro ficar em silêncio. Meus dentes doem quando abro a boca. — Está com frio?

— Um p-p-p-pouco... — respondo, meio que batendo o queixo.

— Vem cá. — Com a mão livre, ele me puxa pelo pulso. Então seu braço está em meus ombros. Ele me abraça de lado, quentinho. É quando começo a torcer para que todos os táxis de Manhattan sejam engolidos por uma cratera gigante se abrindo no asfalto, como em *2012*.

Vinte minutos depois (*apenas* vinte minutos) e sem que eu esteja esperando, o braço de Miguel me empurra com força para trás. Os pneus de um Ford sobem abruptamente na calçada. Ainda estou arfando de susto quando dou um passo cauteloso para a frente. Fico aliviada ao sentir meus dedinhos dos pés intactos. Abro a porta e sento no banco traseiro, à direita, enquanto Miguel dá a volta por trás do carro e entra pelo outro lado, tirando o cachecol assim que se acomoda, e bate a porta.

O motorista carrancudo resmunga alguma coisa, sem virar a cabeça para nos olhar, e faz cara feia pelo retrovisor quando Miguel diz "Times Square". Pelos movimentos bruscos da sua mão, não é difícil concluir: o motorista quer nos expulsar do táxi. Provavelmente porque o engarrafamento em volta da bola de confetes mais famosa do planeta é uma grande perda de tempo para ele.

Miguel praticamente enfia a cabeça na janelinha da divisória de fibra de vidro e começa a tagarelar até que o sujeito subitamente para de falar e ergue o braço direito. Miguel se afasta.

Será que o motorista tem uma arma? Morreremos no fim?

Ah, não! Quem é que vai verificar a caixa de correio todas as manhãs? Ou fazer carinho em meus novos livros da saga *você-sabe-qual*? Quem vai comunicar o triste falecimento da Crepuscólica a seus amiguinhos *fakes* do Orkut? Ou rezar todas as noites para que a senha do cofre digital se desenhe como mágica no vidro suado da janela do quarto?

Eu não posso morrer. Não sem antes descobrir as verdades verdadeiras sobre Miguel Defilippo. Sem saber o que significou aquele "eu não posso".

Estou pensando no modo doce como Miguel sussurrou "eu não posso", quando, para minha surpresa, eu o vejo tirar da mochila um chumaço de dinheiro e o enfiar na mão estendida do motorista, pela janelinha.

Espere. Como assim? Miguel está comprando o taxista? Está pagando mais caro pela corrida?

O sujeito, agora sorrindo de um jeito simpático, acelera o motor feliz da vida. Fico me lembrando daquele e-mail mal-educado da tal da Debra C. Ela destacou em negrito que os americanos não são adeptos ao "jeitinho". Veja bem que ironia. Tudo bem que o motorista está longe de ser americano com toda essa pinta de imigrante. Mas mesmo assim.

Miguel aproveita a mochila aberta e guarda o cachecol dentro dela. Pega uma balinha Dylan's Candy Bar e enfia na boca, fechando o zíper da mochila quando eu recuso o açúcar com um movimento de cabeça.

Ele pisca o olho para mim. *"Por que ele faz isso?"* é o que fico me perguntando em seguida, incomodada demais com minhas pernas se reduzindo à geleia enquanto observo seus lábios altamente lambíveis se moverem sensualmente no processo de derretimento da balinha em sua boca. Minha nossa! Estou olhando para os lábios de Robert Pattinson. Robert Pattinson está aqui no táxi. Ao meu lado. Mastigando uma balinha Dylan's Candy Bar. E estou apaixonada por ele. E seus cabelos ficaram ainda mais incríveis e altamente pegáveis depois que eu os desalinhei na medida certa, com um pouco de *mousse* (notei seus olhos se fecharem algumas vezes enquanto eu passava lentamente as mãos em seus fios louros escuros, exagerando na massagem com a ponta dos dedos). Sacudo a cabeça e tento me concentrar em qualquer outra coisa. Um mosquito pousado no ombro do motorista. O vidro da janela.

A cidade vai ficando mais cheia à medida que o táxi vai descendo a Avenida Lexington. O clima de fim de ano parece ferver o ar gelado e uma emoção gostosa começa a se misturar à adrenalina em minhas veias. Adoro fim de ano!

Quando olho para o lado de novo, Miguel está sorrindo (não sei se para mim ou se para a paisagem), e me vem uma vontade louca de passar os braços ao redor de seu pescoço e me declarar. Mas fico em silêncio porque, sabe como é, antes de sairmos de casa, decidimos que seria mais seguro se, na presença de estranhos, eu mantivesse minha boca fechada, para não levantar suspeitas com meu inglês aportuguesado, se é que tenho algum inglês.

Não demora muito e, o que se vê do lado de fora, é uma grande multidão. Pessoas se espremendo umas nas outras e nas grades de ferro que cercam a entrada de uma rua cujo nome não consigo vislumbrar.

Sinto uma pontada de compaixão por toda essa gente.

Puxa! Essas pessoas estão passando frio há sabe-se lá quantas horas. Fico pensando na injustiça que é a vida e no que estamos prestes a fazer só porque Miguel tem uma cara famosa. Penso também nos suspiros de Susana ao idealizar seu Réveillon perfeito na Times Square e na expressão arrogante de Margô ao me explicar detalhadamente como a festa funcionava, depois de dizer que eu estava mal informada para uma futura jornalista e ainda jogar na minha cara a fofoca sobre Lion Boods e as mil e uma amantes. Só que, ao contrário dessa CDF, tenho boa memória e sei usar as informações a meu favor.

Margô disse: *"A NYPD divide as ruas ao redor da Times Square em várias seções distintas"*. E ainda completou com algo como *"mas eles deixam passagens reservadas no asfalto para residentes, trabalhadores, convidados de festas... a pessoa é obrigada a apresentar um documento oficial que comprove onde está hospedada"*.

De repente minha cabeça se esvazia.

Porque o táxi acabou de parar.

É agora ou nunca.

Ai, meu Deus, permita que dê certo. Permita que eu não desmaie nem vomite de nervoso quando chegar o momento de eu entrar em cena. Por favor... Encha-me de coragem e faça-me levitar se, por ventura, eu precisar desaparecer de repente. Porque não vou conseguir sair correndo. Olhe só essa multidão! Por favor... Não estamos violando nenhuma lei, afinal de contas. Certo, estamos violando *sim*, pois não temos nenhum tipo de documento que nos permita entrar na área restrita, mas mesmo assim... É uma única leizinha de nada.

Dois policiais se aproximam do táxi e batem duas vezes no capô amarelo. Imediatamente, Miguel abre o vidro da janela.

O policial mais gordo fala alguma coisa e, muito embora eu não tenha entendido (e realmente acho que, neste momento, minha surdez deve-se muito mais ao nervoso que à incapacidade de entender a língua), sei que ele está pedindo para ver os documentos oficiais, os convites, exatamente como Margô me explicou.

Conforme o combinado, Miguel começa a procurar na mochila. Depois nos bolsos laterais da jaqueta de couro. Mas é claro que não está encontrando os convites simplesmente porque não os temos. Observo a metade não sombreada do rosto do policial mais gordo se franzir de impaciência e cutuco Miguel com o cotovelo. É o aviso.

Miguel abre a porta e sai do carro.

Meu coração dá um salto gigante e mantém o ritmo irregular.

De dentro do táxi, vejo Miguel erguer o rosto imaculado para a multidão distraída. A profusão de luzes da rua destaca os traços conhecidos daquela face pela qual eu me atiraria do alto do Empire State, ou, menos suicida, subiria todos os 102 andares, degrau por degrau. De joelhos.

Miguel continua a farsa, procurando os convites nos bolsos traseiros da calça preta, apalpando certas partes de seu corpo que eu não me importaria de apalpar. Ele está realmente empenhado. Forçando a expressão. Levantando as sobrancelhas e separando os lábios exatamente como Robert Pattinson faz nos vídeos que vimos pelo YouTube. Meu Deus! Miguel *sim* é um astro de Hollywood!

Quando consigo desviar os olhos da dança erótica dos apalpamentos, percebo que um dos policiais, o mais magro, está encarando Miguel com o rosto meio confuso, como se estivesse tentando se lembrar de onde o conhece. Só que, como era esperado, isso não será suficiente.

Confiante depois de tanta reza, abro a porta, fico de pé, debruço-me no teto do Ford, para não ser traída por minhas pernas bambas, e grito o que treinei durante vinte minutos:

— Rob! Rob! *I've just found it!*

Miguel, de acordo com o plano, finge não me ouvir. Então grito de novo, a plenos pulmões:

— Rob! Rob! *I've just found it!* Rob! Rob! *Rob!*

É bem neste instante que uma rápida sequência de eventos se desencadeia, como naqueles comerciais eletrizantes que contam uma história perfeitamente lógica, com início, meio e fim, em apenas oito segundos.

Grito "Rob" pela última vez. Miguel dá um passo para a frente. O queixo do policial mais magro despenca uns vinte centímetros antes de ele ter um chilique revelador e abrir a mão direita, largando o cassetete que quica no chão (bem que eu suspeitava). Atrás da grade mais próxima, uma menina albina arregala os olhos e cutuca outras duas garotas e as três começam a berrar desesperadas, apontando na direção de Miguel:

— Robert Pattinson! *Oh, my God!* Robert Pattinson!

De repente, um mar de gente está gritando. E chorando. E se descabelando. E fazendo força contra as grades. E centenas de *flashes* disparam em nossa direção. Até o taxista saiu do carro e está tentando passar a mão no peito de Miguel, que o detém pelos braços (do taxista eu realmente não suspeitava).

E pronto.

Instalou-se o pandemônio.

dezesseis

DESORDEM

— *Go! Go!* — "Vai! Vai!", grita o policial mais gordo, empurrando Miguel para dentro do táxi enquanto faz sinal para outro grupo de policiais, que se aproximam e se distribuem estrategicamente na tentativa de conter o tumulto que se formou atrás das grades, uma bomba prestes a explodir.

Entro no carro e bato a porta com força, sentindo minha cabeça girar, uma quentura fechar a garganta, um aperto claustrofóbico. Estou respirando fundo, tentando não desmaiar, quando ouço um estrondo e viro automaticamente para o lado, arfando de susto. Concentro-me na janela, desejando com o âmago do meu ser que o vidro seja blindado contra objetos voadores, projéteis de metralhadora e balas de canhão. O carro se sacode. Em seguida, um sapato despenca do teto, escorregando pelo exterior do vidro fechado. Um sapato cor-de-rosa. De salto.

Alguém tentou acertar minha cabeça com um sapato cor-de-rosa de salto.

Ainda com os olhos fixos no vidro, vejo que, atrás do reflexo de minha cara pálida emoldurada pela peruca loura do He-Man (que não me concede os poderes de Grayskull, infelizmente), há um deus nos acuda sem limites conhecidos. Fico observando a histeria impulsiva das pessoas, sentindo uma certa complacência por dentro, apesar do medo, meio que enxergando a mim mesma em cada uma daquelas garotas fascinadas pela possibilidade de encostar a ponta da unha no tesouro mais precioso de sua vida. Não posso culpá-las. Eu estaria agindo exatamente do mesmo jeito. Talvez até tentasse acertar a cabeça da acompanhante de Robert Pattinson com um sapato cor-de-rosa de salto.

Meus olhos se estreitam mais um pouco e garimpam uma garota ossuda, uma agulha no palheiro, aparentemente desprovida de qualquer habilidade física. Ela atravessa a multidão e pula a grade com um quase *duplo twist carpado* digno de Daiane dos Santos, as lágrimas escorrendo pelo rosto cadavérico, a câmera fotográfica balançando no pescoço magro. Ela avança em nossa direção. Está mancando. Em seus pés, percebo, falta um sapato cor-de-rosa.

O que ainda estamos fazendo aqui parados? O plano fabuloso não se encerrava na nossa morte! Ou na *minha* morte! Onde está o taxista, minha Nossa Senhora?

Capto um movimento brusco e meus olhos focalizam o segundo plano da cena. Atrás da menina manca, a grade de ferro já foi ao chão e as dezenas de pessoas estão avançando desembestadas, como se alguém as tivesse libertado de uma prisão superlotada, como uma tourada assassina ou algo do tipo. Centenas de braços se embaralham, puxam uns aos outros, empurram-se agressivamente pela sobrevivência na selva, e de repente, já não me resta dúvida de que seremos engolidos ao menor piscar de olhos.

— *Go ahead!* — insiste uma voz autoritária. A voz do policial. — *Go fast! Just go! Now!* — "Sigam em frente! Rápido! Agora!"

A porta dianteira se abre e o motorista do táxi é impelido forçadamente para seu assento, caindo de costas em cima do freio de mão (talvez até gostando). Ele luta contra os braços do policial mais gordo, que, por sua vez, começa a gritar forte, provavelmente o ameaçando com toda sua autoridade e gotículas de saliva. Derrotado, o motorista se ajeita no banco e acelera fundo, quase se esquecendo de fechar a porta, quase rasgando ao meio o corpo do policial mais gordo. O carro guincha barulhento e chega a empinar levemente antes de arrancar descontrolado pela pista.

Fecho os olhos e cubro os ouvidos, apavorada com o misto ensurdecedor de ruídos deixados para trás e, quando o barulho finalmente se reduz a uma intensidade suportável, abro os olhos de novo, esperando encontrar o fim do mundo ou algo assim. Mas, se o fim do mundo se assemelha à imagem que vejo ao meu lado, então se encontra a anos luz do inferno. Na verdade, é o próprio paraíso.

Miguel está imóvel, lindo como nunca, os olhos verdes perdidos no vazio, o meio sorriso denunciando a emoção da vitória. *"Atravessamos a primeira barreira da noite"*, é o que ele está dizendo sem abrir a boca.

Ele olha para mim, a expressão de repente suave e zelosa, e levanta o polegar em sinal positivo. Quer saber se estou bem. Respondo com um sorriso.

O motorista volta a tagarelar um monte de prováveis asneiras com seu sotaque estranho e nos viramos para olhá-lo. Ele ergue papel e caneta para um autógrafo, quase perdendo a direção e dobrando a esquina com um movimento tão agressivo de volante que lança meu corpo para a direita, contra a janela. Mas nem me importo, já que o corpo de Miguel vem junto, escorregando para cima do meu, sua perna esmagando a minha.

— *Sorry* — Miguel pede desculpas (para mim e para o taxista, percebo logo) e se segura desajeitadamente no encosto de cabeça, impulsionando o corpo de volta ao lugar. — *But I'm not Robert Pattinson.*

— *Come on...* — O motorista gargalha sarcasticamente. — *I'm a big fan of you, man...*

Miguel continua insistindo que não é Robert Pattinson. Mas o motorista não acredita e sacode o papel com mais entusiasmo. *"Sou seu grande fã, cara!"*, é o que ele está dizendo, acho.

— *I'm not Robert Pattinson* — repete Miguel. — *We just have identical faces.* — Eu sei o que isso significa, já que Miguel me explicou previamente como argumentaria em sua defesa. *"Nós apenas temos rostos idênticos."*

Encolho-me no assento, cobrindo o rosto com as duas mãos, fazendo um esforço descomunal para segurar a gargalhada. Miguel me dá uma cotovelada na cintura. Ergo o rosto e o fito de esguelha, encontrando seu olhar repreensivo.

— *Stop* — sussurra ele, pedindo-me para parar de rir.

— Não disse? — provoco, movimentando os lábios silenciosamente. — Pode continuar insistindo. O motorista não vai acreditar.

Respiro fundo, evitando a cena bizarra que é um taxista gay, metido a carrancudo, sacudindo um papel com o pulso mole para alguém que diz ser apenas o sósia de um dos famosos mais influentes do mundo. Fala sério! É para morrer de rir!

Só que não posso rir.

Então me concentro em olhar pela janela.

Como se não parecesse fisicamente impossível, as pessoas nas ruas estão ainda mais espremidas. Algumas, inclusive, já tiraram os casacos por conta do aquecedor humano, ligado à máxima potência. As expressões felizes se colorem com a abundância de luzes que vai se transformando numa aquarela difusa à medida que o táxi avança pela pista, cada metro mais estreita, nos levando em direção à Sétima Avenida, o centro da festa. É quando tenho a impressão de que, a qualquer instante, vou acordar de um sonho.

— Não dá para acreditar — murmuro baixinho, embaçando o vidro com o hálito quente.

Sinto um calorzinho se aproximar de minha orelha:

— Eu sei.

Os pelos de meu pescoço se eriçam. Tento despistar, virando o rosto para o motorista, tentando entender o motivo que fez o pobre coitado sossegar de uma hora para outra. Mas então percebo que pobre é o que ele menos está neste momento. Está lutando para enfiar um novo chumaço de dinheiro num compartimento do painel da frente.

Balanço a cabeça como quem pergunta: *"Então é assim que você costuma silenciar as pessoas, Miguel?"*.

Como se pudesse me escutar, ele sussurra de novo em minha orelha:

— É.

Na esquina da Rua Quarenta e Cinco com a Sétima Avenida, o motorista puxa o freio de mão. Desta vez, porém, é ele mesmo quem se adianta, sai do carro e desaparece por um corredor estreito no meio da multidão.

Será que o motorista desistiu? Será que enfiou o dinheiro de Miguel nos bolsos do casaco e nos largou sozinhos na selva de monstros insensíveis? Tenho uma súbita visão de mim mesma esgueirando-me pela janelinha minúscula, pulando para o assento da frente, dando partida no Ford e atropelando impiedosamente dezenas de pessoas agarradas ao carro como plantas trepadeiras. Depois me vejo sendo arrastada por uma passagem cinza e fria, empurrada para o xadrez. Uma chave dourada gira a fechadura e a cela se tranca com um ruído horrível, um guincho agudo. Um guincho que se dissolve num silêncio profundo e cruel. Bela maneira de começar um novo ano, Eduarda Maria!

Mas então Miguel se vira para mim com os olhos calmos e, mantendo a voz mais alta para se sobrepor à algazarra da rua (Jennifer Lopez está se apresentando no enorme palco diante da bola de confetes; a última atração antes da contagem regressiva), explica:

— O motorista foi chamar um funcionário do hotel. Disse para esperarmos aqui no carro, em segurança.

— Ah, que sabedoria! — ironizo. — Como se pudéssemos simplesmente abrir a porta e dar uma voltinha lá fora.

Olho em volta, atenta a qualquer sinal de perigo. Certo. Está bem óbvio que a notícia do "Robert Pattinson" ainda não se espalhou até aqui. O que é certamente um alívio, mas não deve se sustentar por muito tempo. As pessoas, para meu horror, estão agora a apenas dois metros de distância do carro.

— Abaixe a cabeça, Miguel! — digo. — As pessoas estão olhando aqui para dentro! Rápido! Gosta de viver perigosamente?

Ele se posiciona de costas para a janela da esquerda, de frente para mim, e deita no encosto de cabeça, o rosto deslumbrante na sombra.

— Viver perigosamente? — Ele sorri no escuro. — Olhe só quem fala.

Sorrio de volta, endireitando o corpo, mantendo a pose de autoconfiança.

Puxa! Miguel deve pensar que sou um exemplo de coragem e determinação. Deve me comparar à Sophie Neveu de *O Código da Vinci*, ou a alguma personagem feminina do gênero. Deve até me achar melhor que Sophie Neveu, considerando minha pouca idade e coisa e tal. Talvez, depois dessa aventura, ele não me veja mais como uma criança de fraldas. Talvez me dê algum crédito, afinal, e me inclua em sua restrita lista de garotas relacionáveis.

Fico me perguntando se eu teria encabeçado essa loucura se não fosse... Bom, se não fosse para ficar mais perto dele ou para impressioná-lo de alguma forma. Pouco provável. Sou a mais medrosa das criaturas! Ou, pelo menos, costumava ser. A paixão faz cada coisa com a gente...

Suspiro.

— Sabe — diz ele. — Estou muito orgulhoso.

Eu o encaro, franzindo a testa. Ele começa a explicação:

— Porque mesmo que a gente não consiga chegar ao fim, mesmo que tenha de voltar não sei para onde, já valeu até aqui. Já é o bastante para esta ser a melhor história da sua vida. E me sinto orgulhoso de fazer parte dela. — Ele faz uma pausa, olhando rapidamente para baixo. — Quer dizer, não sei... Às vezes você tem histórias melhores.

— É claro que não — digo, emocionada. — Sem dúvida esta é a melhor.

— Agora, não sei quanto a você — continua ele. — Mas eu realmente não gostaria de ser famoso e nunca estive tão certo disso.

— Hum. Acho que é tarde demais. Para você, quero dizer — digo em tom brincalhão. — Devia ter pensado nisso quando era apenas um espermatozoide e selecionado melhor a combinação genética. Não é uma decisão que se possa tratar com leviandade.

Ele estala a língua.

— Duda, Duda... Quantas vezes vou ter de repetir que fui eu quem nasceu primeiro? E tem mais. Não são os espermatozoides que escolhem o óvulo. Eles brigam furiosamente pelo único óvulo disponível. Na verdade, se eu não tivesse enfiado minha cara lá dentro, se eu não fosse o mais espertinho entre milhões, teria morrido antes de nascer.

Meu corpo estremece e minha mente se recusa a imaginar o que seria de mim se Miguel não tivesse sido um espermatozoide "espertinho". Ah, meu Deus! É mesmo um milagre ele ter disparado na frente. Ter sido o primeiro (e único) a enfiar a cabeça naquele óvulo mais disputado que um lugarzinho sob a bola de confetes da Times Square.

Mas não quero pensar sobre o encontro entre espermatozoides e óvulos na noite de Ano-Novo. É tão deprimente! Se bem que o embate amoroso que provoca tal encontro não me parece tão deprimente assim. Hum.

Meus olhos se prendem ao peito de Miguel e vão deslizando na direção sul. Param num montinho de tecido volumoso. Um montinho bem interessante. Começo a imaginar coisas.

Ah! Ah!

Como posso ficar pensando... *nisso*? Estamos presos no meio de uma Times Square na noite de Ano-Novo! Encurralados por milhões de seres imprevisíveis munidos de garras sangrentas. Condenados pelo fim desconhecido de um plano absurdo. E, em vez de utilizar a Lei da Atração para mentalizar algo contra meu falecimento iminente, fico canalizando os pensamentos para *montinhos interessantes*? O que há de errado com minhas combinações genéticas? Será que sou uma aberração, uma mistura bizarra de cromossomos mutantes?

— Tudo bem! — guincho aflitamente. — Tudo bem. Já entendi.

— E você? — pergunta ele casualmente.

— O que é que tem?

Gostaria de se embater amorosamente comigo?

— Gostaria de ser famosa?

— De ser famosa? — repito pateticamente. Depois me remexo no lugar.

Miguel analisa meu rosto.

— Qual é o problema, Duda? Você ficou meio agitada de repente.

— Não é nada — minto. — Só estou ansiosa. Só isso.

Sabe, Miguel, o problema é que, neste instante, estou aqui imaginando como seria me embater amorosamente com você. Por que você não acaba logo com esse dilema e me mostra agora mesmo?

Ah! Ah!

Reprima o pensamento inútil. Reprima o pensamento.

— A fama deve cansar. — Ele continua filosofando.

— Ô, como deve... — Limpo um suorzinho da nuca.

— Tudo bem, vai, tem lá suas vantagens — continua ele, sem saber onde está meu pensamento.

— Ô, se tem...

Ele me encara de novo, erguendo a cabeça da sombra.

— Você *realmente* está bem, Duda?

— É claro! — exclamo, animada. — Hum. A fama tem suas vantagens... Hum. Olhe só aonde viemos parar!

— Pois é. — Ele deita a cabeça no encosto de novo.

— Mas eu não preciso da fama. — *Eu só preciso de você me mostrando como é um embate amoroso!* — Se já conheço alguém para pescar as mordomias para mim.

— Ah, é? Interesseira! — Ele faz um biquinho lindo ao dizer isso. Desvio os olhos da tentação e fico em silêncio, tentando me acalmar.

Dou uma espiadela rápida no celular: há uma mensagem de Pablo piscando na telinha. Queria ler e responder. Mas não posso lidar com Pablo agora. Faltam apenas 25 minutos para a virada e preciso canalizar minhas energias, pensar positivamente. Vai dar tempo, tem de dar!

O motorista vai voltar logo.

E vai trazer uma boa notícia.

Então a primeira parte funciona, pois, quando ergo os olhos...

— O motorista está voltando! — informo a Miguel, já que ele não pode virar a cabeça para trás e olhar. — E há uma mulher atrás dele. Deve ser funcionária do hotel. E ela veste um terninho cinza que se molda perfeitamente a seu corpo cheio de curvas. — À medida que vou descrevendo a mulher, minha voz, de aliviada, vai se tornando agoniada.

— Ela é bem charmosa. E bonita. Seus cabelos estão presos num coque elegante... Seus cabelos são louros... E ela tem peitos de *me...*

Tirem essa mulher daqui! Tirem!

— Duda, como você consegue reparar em tantos detalhes na situação em que estamos?

— Abaixe mais a cabeça! — ignoro a pergunta e, sem pensar duas vezes, empurro a cabeça de Miguel para baixo com as duas mãos. Ele não luta contra, embora seu rosto tenha ficado numa posição bem estranha, entre meus joelhos.

O negócio é que essa mulher que vem rebolando em nossa direção não é uma mulher qualquer. Ela é *ela*! A mulher de meus piores pesadelos! A que é loura e estonteante! A que tem peitos de melão! A que me faz parecer uma espiga de milho de peruca do He-Man e boina horrorosa da feira fippie de Ipanema! Um espantalho no milharal!

Talvez, ocorre-me de repente, eu tenha de dar o fora do táxi imediatamente, arrastando Miguel comigo. Talvez tenhamos de enfrentar a manada assassina de peito aberto. Tudo bem. Eu não me importo. Desde que essa Loura Pesadelo não esteja no caminho.

Só que... Miguel não pode ser pisoteado por minha culpa. Como eu carregaria esse remorso pelo resto da vida? Só que... para que isso não aconteça, para que consigamos sair daqui em segurança, Miguel vai ter de se comunicar com a Loura Pesadelo, já que eu só sei falar *"How are you? I'm fine. Where are you from? I'm from Brazil".*

E não sei gesticular a linguagem dos sinais, a linguagem dos surdos e mudos. Minha nossa! Nem sei quantos dicionários da linguagem dos sinais eu comprei pelo trânsito carioca, exercitando meu eu solidário. Agora eu me pergunto: *para quê?* Se eu os jogava no lixo na primeira oportunidade.

— Ai, meu Deus! — choramingo, em pânico. — Sabe o que mais? Dois brutamontes gigantescos caminham atrás dela. Ai, meu Deus! Ai, meu Deusinho! Se isso der errado vamos ter as pernas quebradas.

— Não vai dar errado. Vamos seguir o plano, tá legal?

Mas esse é exatamente o problema: seguir o plano. Porque o plano não previa que Miguel tivesse de encarar uma Loura Pesadelo, muito menos chegar perto dos melões siliconados (500 ml cada) que ela carrega nos peitos.

— Preste atenção numa coisa, Miguel — digo com segurança, apesar de minha mente girando desesperada. — É de vital importância para o sucesso do plano. Está me ouvindo?

— *Ai!* — reclama ele. — Você está me machucando!

Obrigo meus dedos a pararem de puxar, ou de empurrar, ou de se enrolar, ou sei lá o que estejam fazendo com o cabelo dele. Mas não tiro minhas mãos de sua cabeça. Afinal de contas, não é todo dia que podemos ter a cabeça do clone de Robert Pattinson enfiada entre nossos joelhos.

— Você sabe muito bem o que tem de dizer — lembro a ele.

— É claro que sei.

— Pois é — falo. — Mas eu me esqueci de acrescentar que é sempre bom manter os olhos vagos quando estamos, sabe como é, tentando convencer uma pessoa a fazer alguma coisa. Nunca encare a pessoa, está entendendo?

— Olhos vagos? — Ele parece confuso.

— Estou falando sério. Não estou inventando. Eu li um artigo numa revista sobre... técnicas infalíveis de persuasão. Não estabeleça nenhum tipo de contato visual com essa mulher. Não olhe parte nenhuma do corpo dela, está bem?

— Pode me dizer o nome da revista que publicou uma asneira dessas? Porque o que vou fazer, Duda, o que *tenho* que fazer, é exatamente o contrário de tudo isso que acabou de dizer. Preciso convencer essa mulher, está lembrada? — Ele ergue apenas os olhos e me fita vitorioso. — Além do mais, Duda, você também não acredita no artigo da revista. Ou por qual motivo estaria me encarando agora?

Merda.

— Eu... estou encarando seu cabelo — justifico e tento seguir por outro caminho: — Talvez você nem precise dizer muita coisa. Porque essa mulher vai simplesmente olhar para você e *pimba*: Robert Pattinson! Isso, claro, se você fizer exatamente o que Robert Pattinson faz quando fala com uma pessoa, que é manter os olhos fixos no céu, na noite estrelada.

— Acontece que essa noite não tem estrelas. — Ele bufa pesado, esquentando meu jeans. — Duda, por favor, não seja ridícula.

Ah, que beleza! *Não seja ridícula.* Ótimo. Acabou-se Duda Sophie Neveu. Acabou-se o exemplo de coragem e determinação. Voltei a ser a criança de fraldas.

Alguém aí, por favor, me convença de que homens não fantasiam com mulheres louras com peito de melão metidas num terninho cinza apertado. Alguém me diga isso agora ou me atire um bloco de concreto na cabeça. Porque não quero assistir à cena que se aproxima. Não quero ver!

Mas a procissão medonha vem marchando em nossa direção: o motorista, a Loura Pesadelo e os dois brutamontes.

— Está bem, Miguel. Só... por favor, não esqueça nem por um segundo: foco no plano. Não se deixe distrair por ninguém, nem por... melões.

— Melões? — Ele está erguendo a cabeça.

— Esconda esta cabeça! — Empurro-o para baixo, ganhando tempo, na esperança de que a Loura Pesadelo se transforme como mágica numa Dentuça Nariguda Barriguda Sonho Perfeito.

— Duda... Deixe-me levantar. — Ele luta educadamente, tentando me ganhar no papo. Se ele se esforçasse... bom, é claro que ele é mais forte que eu. — Ela precisa me *ver*, Duda. A tal funcionária do hotel... Eu não posso *não* aparecer.

— Certo. Eles estão chegando. Agora vou parar de falar. Foco no plano. Vou parar de falar. E, tudo bem, vou soltar sua cabeça. Consigo fazer isso. Tranquilamente. Vou parar de falar. Agora.

Afasto as mãos rapidamente e fico quieta.

— Parabéns. — Miguel já se ergueu e está ajeitando os cabelos, ainda de costas para o vidro. — Ficar em silêncio é uma grande virtude.

Cruzo os braços, ofendida.

— Você disse isso ironicamente, suponho, porque juro por Deus, Miguel...

— Chhh. Eu estava brincando. Agora fiquei quietinha, vai. — Ele afaga minha bochecha. *Ah, tudo bem, pedindo assim eu calo a boca, eu faço tudo o que você quiser!* — Custa confiar em mim pelo menos uma vez, hein? Vai dar tudo certo.

Quero pegar a mão dele, segurá-la mais firme junto à minha pele. Chego a levantar o braço.

Mas sou interrompida pela imagem de um par de melões (acesos de frio) quase sendo esmagados contra o vidro atrás de Miguel. Então os melões se afastam um pouco e a Loura Pesadelo abre a porta, exibindo suas longas unhas vermelhas que flamejam à luz da rua. Ela se inclina para olhar para dentro do carro com seu rosto de vinte e poucos anos, e os melões quase saltam do decote.

Eu a encaro, perplexa.

— *So...* — diz ela em um tom que se assemelha à voz mais sexy da Angelina Jolie. — *How can I help you?*

É quando Miguel se vira para ela.

dezessete

FELIZ ANO-NOVO?

A Loura Pesadelo está encarando Miguel há cinco segundos. Agora seis. Sete. Oito. Dez.

Mas sua expressão profissional é inabalável. Seu rosto impecável vislumbra um lampejo minúsculo de surpresa. Uma sobrancelha fina e bem feita se ergue pelo mais breve dos instantes. Ela nem pigarreia e, com uma voz muito segura (mas ainda muito sexy para o meu gosto), diz:

— *So, it's true. It's a pleasure to have you here, Mr. Pattinson. How can I help you, sir?*

Mas é claro que é um prazer ter Robert Pattinson aqui, queridinha! Não precisa dizer isso e... Espere. É impressão minha ou eu *realmente* entendi tudo o que ela acabou de dizer?

Miguel está paralisado. Apesar de eu não ter uma boa visão de seu rosto, só posso supor que seus olhos descobriram os melões acesos. Tá legal. Não dá para ter certeza. Também, se for verdade... *qual é o problema?* Talvez ele só esteja usando uma técnica infalível de persuasão e...

Ah, Deus! A quem estou querendo enganar?

Qual é o problema? Eu vou dizer qual é o problema. O problema é que não estou nem aí para as técnicas infalíveis de persuasão. Na verdade, quero mais é que todas elas *falhem* no instante em que sou tomada por uma vontade louca de esquecer todo o plano. Quero mesmo é sair do carro e empurrar a Loura Pesadelo para o mar de gente, para a boca faminta do leão. Estou pensando na melhor maneira de fazer com que seus melões siliconados se explodam, quando percebo que os dois brutamontes, agora com os braços cruzados sobre os peitorais impressionantes, estão fechando uma parede de ferro logo atrás dela. Encolho-me humildemente em meu lugar. Vovó Carraro, o oráculo do saber, sempre diz que um bom guerreiro não deve hesitar quando a estratégia mais inteligente é simplesmente recuar.

— I... — murmura Miguel, desconcertado. Ele limpa a garganta e recomeça: — *I'm not Robert Pattinson. I just want to buy two tickets to the party. One Night in Heaven.*

Tudo bem. Eu *realmente* entendi o que ele disse. Ele disse que não é Robert Pattinson e que só quer comprar dois ingressos para a festa de Ano-Novo do hotel (a festa com vista privilegiada para a Times Square). Nada mais. Não disse que é louco por louras. Nem pediu permissão para fazer *fom, fom* nos melões dela.

A Loura Pesadelo fica em silêncio por um momento, estudando as possibilidades.

Também entendo perfeitamente quando ela abre a boca e diz, com uma voz de lamento (mas ainda muito sexy para o meu gosto), que os ingressos se esgotaram há meses. Em seguida, começa a despejar um jorro de palavras rápidas que não consigo acompanhar. Miguel faz o mesmo. Ela fala. Ele fala. Ela fala. Ele fala.

Ah, pelo amor de Deus! Ele tem a cara de Robert Pattinson, queridinha!, fico mandando mensagens telepáticas para ela enquanto os dois conversam, ou discutem, ou se declaram, ou sei lá o que estão fazendo. *Seu hotel precisa de publicidade!*

Então me ocorre um pensamento. Será que a Loura Pesadelo está dizendo que Miguel pode entrar na festa desde que seja... ai, meu

Deus!... Sozinho? Será que ele vai acatar a decisão dessa Barbie Girl e me deixar para trás? Ele não pode fazer isso! E se essa Barbie Girl for, na verdade, a líder de uma quadrilha diabólica que assassina famosos e rouba suas roupas para leiloá-las no e-Bay?

Estou pensando na imagem de Miguel sem roupa quando, de repente, ele para de falar e fecha os dedos na alça da mochila, arrastando-se para fora do carro. Ele inclina o corpo e me estende a mão.

— *Come on.* — "Vem".

Nem me lembro de fechar a porta.

No segundo seguinte, estou correndo, agarrada à jaqueta de couro de Miguel.

Miguel se concentra em seguir os saltos da Loura Pesadelo, que vai abrindo caminho na frente do comboio e gritando ao telefone. Os dois brutamontes vêm nos escoltando, fechando um cerco em volta de nós com os braços de aço, expulsando do círculo as 250 mãos que querem nos alcançar a todo custo quando, em menos de meio minuto, a multidão reconheceu o queridinho de Hollywood e os berros recomeçaram. Nem precisei gritar "Rob" desta vez; o circo montado ao nosso redor foi o bastante. Todo mundo se virou para nos olhar. Milhões de *flashes* e declarações de amor.

Foi assim que fiquei mais importante que Jennifer Lopez cantando *Louboutins*!

Só que, diferentemente de Jennifer Lopez, sou uma pessoa indubitavelmente *odiada*. As garotas querem me matar. Elas estão fincando as unhas na pele de meu rosto com muita força, como se eu tivesse aptidão para faquir. Elas me odeiam, porque pensam que sou a namorada de Robert Pattinson.

Depois do que parece uma eternidade, atravessamos as portas automáticas do hotel, e o saguão de entrada se ilumina grandioso diante de nós, como um oásis no deserto. Ou uma enfermaria no campo de guerra. Não tenho ideia da extensão de meus ferimentos.

— *I want a ticket!* — grita uma voz atrás de mim. — *I want a ticket to the party!*

Viro-me imediatamente, procurando a voz, e vejo que dois seguranças (um de cada lado) ergueram o motorista do táxi pelos braços. O motorista, por sua vez, balança as pernas no ar, indomável, e grita de novo, tentando comprar um ingresso para a festa de Ano-Novo com o dinheiro do suborno de Miguel. Coitado.

— *Get out!* — "Cai fora!", é o que os seguranças respondem.

Os brutamontes nos conduzem a um canto reservado, perto de uma fileira de gerânios vermelhos. Enquanto esperamos não sei o quê, a Loura Pesadelo, atrás do balcão da recepção, fala ao telefone, gesticulando e balançando a cabeça, movimentos que, vindos dela, continuam sendo muito elegantes, para não dizer sexy. Há um grupo de turistas num sofá, cochichando e apontando para nós. Uma das garotas, a mais bêbada, grita uma frase ininteligível aos meus ouvidos, e todos riem. Na minha frente, Miguel vira o rosto para a parede.

Mas então não enxergo mais nada, pois o meu brutamonte mudou de posição e agora está cobrindo minha visão com seu peitoral imenso a dez centímetros do meu nariz. É claro que prefiro abaixar a cabeça e me concentrar no chão de mármore preto a encarar o tecido de seu paletó, que cheira a tabaco barato. Mas ainda estou ouvindo Miguel repetir e repetir: *"I'm not Robert Pattinson"*.

Ah, Deus! Por que a Loura Pesadelo está demorando tanto? Será que Miguel conseguiu os ingressos para a festa? Será que vamos chegar a tempo de ver a bola de confetes cair? Sem respostas, minhas entranhas se reviram de nervoso.

Quando, finalmente, começamos a nos mover de novo, há uma nova série de *flashes* barulhentos. As pessoas gritam com empolgação. Seguimos por um caminho diferente, sobre o qual não sei dizer muita coisa, uma vez que ainda estou mirando a parte de trás dos sapatos do meu brutamonte (alguém precisa dizer a ele que meias devem combinar com a cor dos sapatos e não da calça). Mas sei que a Loura Pesadelo voltou a puxar o comboio, já que seus saltos estão batendo no mármore com tanta força que parecem querer furá-lo. Acabamos num elevador panorâmico, que se afasta devagar do grande saguão. Lá embaixo, as pessoas acenam.

O elevador parou. E, muito embora eu não tenha conseguido entrever os botões luminosos, já que meu brutamonte ainda cobre parte de minha visão com seu peito fedorento e por isso eu não saiba em que andar estamos, no instante em que as portas deslizam para o lado e passo por elas, quase dou meia-volta e desço outra vez. Porque, o que quer que a Loura Pesadelo tenha dito a Miguel, foi uma enorme mentira.

Ela nos enganou.

Não estamos na entrada do salão de festas, que a essa altura deve estar se preparando para a contagem regressiva.

Estamos em um corredor comum de hotel, com piso acarpetado e várias portas de madeira nas duas paredes extensas. Um corredor silencioso.

Quero gritar. Quero exigir uma explicação. Mas não posso abrir a boca, ciente de que seria um desastre ainda maior. Não posso fazer absolutamente nada a não ser relaxar os ombros e seguir à direita, acompanhar os outros, sentindo-me enjoada de decepção e angústia. O que estamos fazendo aqui? Será que estamos no corredor da morte e os brutamontes são os carrascos? Será que eles atiram, enforcam ou cortam cabeças?

Meu rosto se contorce quando dou os primeiros passos, ziguezagueando de tontura, e quase posso sentir a ardência dos arranhões em minha pele.

Quase. Na verdade, não sinto ardência alguma. O que é muito estranho.

Tudo bem. Talvez eu esteja anestesiada de raiva. Ou talvez, *só talvez*, eu tenha, sabe como é, imaginado os arranhões. Será que meu rosto, na verdade, está perfeitamente intacto e todas aquelas unhas me fincando como garfos foram apenas falsas impressões de uma descarga alucinatória dos meus medos interiores mais profundos?

Há uma mudança de planos e Miguel passa a andar ao meu lado. Olho para ele de soslaio. Ele não parece confuso ou preocupado. Não parece doente de pavor, como eu. Ao contrário, quando nossos olhos se cruzam, ele pisca para mim e sorri confiante...

Pega minha mão.

Meu coração dispara em resposta e, de repente, já nem me importo com o destino dessa caminhada. Miguel está comigo. Isso basta até o fim.

Somente quando paramos em frente à última porta do corredor, Miguel solta minha mão. A Loura Pesadelo lhe entrega um cartão magnético, diz umas quinze palavras e vai embora, seguida pelos brutamontes. Dou um tchauzinho tímido pelas costas deles, feliz com o afastamento dos melões que, no fim das contas, não me causaram tantos transtornos.

— Pronta? — pergunta Miguel quando os três somem de vista.

Respiro fundo e faço que sim com a cabeça, sem saber o que esperar.

Miguel enfia o cartão magnético na fechadura, abre a porta e faz um gesto para que eu entre primeiro. Mas eu não me mexo. Então ele pega minha mão e me conduz para dentro de um quarto escuro. A porta atrás de nós se fecha com um estrondo surdo.

Faz-se silêncio. Um silêncio tão profundo quanto rápido, como se alguém tivesse enfiado tampões em meus ouvidos e os tirado no segundo seguinte. A primeira coisa que ouço, na sequência, é o palpitar de meu coração em contagem regressiva. Depois o som distante da rua lá embaixo. Por fim, o ruído do cartão magnético sendo enfiado no compartimento de ativação de energia.

Tudo se ilumina.

Imóvel onde Miguel me soltou, olho ao redor do quarto decorado em azul e caramelo. Há uma poltrona ao lado da enorme cama de centro, abajures compridos e um espelho redondo refletindo meu rosto chocado e... intacto. *Sim, minha pele está perfeita, sem nem um arranhão, apesar de enrubescida.*

Ao mesmo tempo em que minha mente busca respostas e só encontra perguntas (*Por que viemos parar num quarto de hotel? Onde estão os ingressos da festa?*), Miguel livra-se da jaqueta de couro, do moletom e da camisa xadrez, atirando-os na cama, onde já deixou sua mochila. Depois de sacudir a barra da blusa branca, fazendo um vento em si mesmo como se estivesse com muito calor, ele vai até as cortinas de tecido longo e bege e as afasta para os lados, descobrindo a janela, que, na verdade, é uma parede inteira de vidro cristalino.

Sinto que vou desmaiar.

— Vem ver, Duda!

Tento me lançar para a frente. Meu corpo chega a se balançar nos calcanhares. Meus pés, no entanto, não se movem. Estão plantados no chão de carpete, no mesmo lugar.

— A gerente do hotel me ofereceu um quarto com vista para a Times Square. — Miguel começa a explicação e, quando percebe que não avancei um milímetro, volta para perto de mim.— Ela disse que era mais seguro para nós dois. Ao que parece, o salão de festas já está agitado demais.

Franzo o cenho, confusa.

— Mas como foi que...?

— Houve uma desistência de última hora. — Ele responde minha pergunta antes de eu concluí-la.— Bom, foi o que a gerente disse. Não me preocupei em acreditar ou duvidar. Apenas aceitei. É incrível, não é?

Abro a boca, mas não sei o que dizer. Então suspiro pesado e aperto os lábios, desejando encontrar as palavras certas.

— O que foi, Duda? Está se sentindo bem? — Ele se inclinou e está me olhando no mesmo nível de altura, a expressão preocupada.— Acha que fiz mal, você sonhava com a festa especificamente?

Eu sonhava em estar com você... Sonho em estar com você. Para sempre...

— Miguel... Isso é simplesmente... Ah, meu Deus! É perfeito demais!

Ele solta os ombros e respira, aliviado.

— Não está com calor? — Ele faz uma careta para minhas roupas volumosas. Eu não respondo e, ainda entorpecida, começo a abrir o casaco, muito devagar. Ele perde a paciência e puxa as duas mangas, ajudando-me a tirar o primeiro casaco, depois o segundo. Vai jogando os montes de pano na cama, junto de suas roupas. A boina e a peruca loura, ele lança diretamente no cesto de lixo, feliz ao acertar o alvo sem esbarrar nas bordas. Depois me puxa pela mão. — Vem ver de perto. Faltam oito minutos.

Estou diante da parede de vidro, sem conseguir desviar os olhos da Times Square, uma imagem encantada de uma cidade encantada. A bola de confetes está tão perto! Tenho a impressão de que, se esticasse o braço, poderia tocá-la!

— Champanhe? — Só mesmo a voz de Miguel para me fazer virar a cabeça imediatamente. Ele abriu o frigobar e já está despejando o líquido borbulhante em duas taças de cristal, sem se importar com minha resposta. — Precisamos comemorar!

— Miguel? — Mordo o lábio e viro o resto do corpo, encostando-me na parede de vidro.— Eu não estou bebendo. Fiz uma intenção, lembra? — Penso em Vitor Hugo, em sua obsessão por minha pessoa e na promessa que fiz à Nossa Senhora Desatadora dos Nós: dois meses sem álcool.

— Ainda? — Ele parece frustrado. — Quando isso vai terminar?

Boa pergunta. Faz quanto tempo, hein? Fico riscando os dias no calendário mental.

— Ah, Duda... Abre uma exceção, vai? Só essa noite... Por mim... Por *nós*... — Ele bate a porta do frigobar com uma perna e vem andando na minha direção, devagar, segurando as duas taças. — Pense nessa noite como um sonho. Um universo paralelo. As coisas que deixamos lá embaixo, no mundo real, não devem nos impedir nem representar obstáculos.

— Na verdade, elas representam...

— Certo. — Ele se dá por vencido. — Eu disse que seria paciente.

— ...mas faltam poucos minutos.

— Como assim? — Ele ergue as sobrancelhas.

— A promessa termina hoje — esclareço. — Posso beber amanhã.

— Que sorte a minha. — Ele me entrega uma das taças.

— Mas só depois da virada do ano...

— Na verdade — ele diz com um meio sorriso dolorosamente sedutor. — Se você estava no Brasil quando fez a intenção e se estamos atrasados no fuso horário... Isso significa que a promessa terminou há exatamente... — Ele tomba a cabeça para olhar o relógio ao lado da cama. — Duas horas e 55 minutos. Beba sem culpa, Duda. O Brasil já saudou o novo ano.

Sensacional!

Ergo a taça sem hesitar e tento me concentrar no que ele diz e não em seus lábios dizendo:

— Um brinde à melhor história que contaremos aos nossos netos.

Nossos netos? Ai, meu Deus, ele disse *nossos netos*? Em que sentido ele disse isso?

— À maior loucura de nossas vidas! — Encosto minha taça na dele.

O champanhe desce queimando minha garganta, esquentando-me toda.

Miguel passa o braço em meus ombros, trazendo-me mais para perto, e minhas mãos se agarram à sua blusa branca. Ficamos assim, abraçados, acompanhando a Times Square se transformar em um sol gigante, uma supernova, quando a contagem regressiva se encerra e a bola cai graciosamente, espalhando uma chuva colorida de confetes pelo ar. O espaço lá embaixo, antes apertado, parece ter se duplicado com a magia do instante. Milhões de pessoas se saúdam, extasiadas.

É de repente que meu coração se desprende do peito e despenca em queda livre com os dedos de Miguel se fechando firmes em meu queixo. Ele me força a virar a cabeça, a olhar para ele. Engulo em seco e quando percebo, já estou totalmente perdida nas esmeraldas brilhantes, hipnotizada, embriagada.

— Acho que podemos — sua cabeça aponta para a taça de champanhe em sua mão. — Fazer uma pausa *nisto*.

Ele deixa minha taça na mesinha, junto da dele.

Um segundo depois, as esmeraldas estão de volta, vivas, intensas em meus olhos, como se pudessem atravessar meu corpo, como se me despissem a alma. É como me sinto... Completamente nua e sem segredos. Inteiramente entregue à expressão séria de seu rosto, seu cheiro inebriante, seu jeito misterioso que me seduz, chamando-me para o perigo.

Mas eu gosto do perigo. Gosto de brincar com fogo... Quando inflama em desejo.

E, antes que eu me dê conta, ele já pegou meu rosto e está acariciando minha pele entorpecida, a ponta dos polegares traçando caminhos em minhas bochechas, indo e voltando.

— Feliz Ano-Novo, Duda. — Ele aprofunda ainda mais o olhar no meu, quase misturando nossas íris. — Eu preciso dizer...

Então diz... Diz...

— ...obrigado por essa noite. Obrigado por sua coragem. Obrigado por tudo.

É quando fecho os olhos.

E ele beija minha testa.

January, 1st

Texto traduzido do inglês

ENGANA BOBO

Sósia de Robert Pattinson causa tumulto em Réveillon

NOVA YORK — A tradicional festa de Ano-Novo da Times Square registrou, ontem, mais um episódio em seu histórico de casos incomuns quando um jovem casal (ela, cabelos louros na altura dos ombros; ele, sósia do badalado ator londrino Robert Pattinson) alvoroçou uma das entradas principais da área restrita e a região próxima ao hotel Marriott Marquis.

O casal chegou à Sexta Avenida (Theater District) por volta das 11 horas da noite, em um táxi comum, cuja placa a polícia mantém em sigilo. Quando abordado pelos policiais responsáveis pela verificação dos documentos oficiais que dão acesso ao megaevento, o sósia de Robert Pattinson saiu do táxi, deixando centenas de pessoas eufóricas. Na tentativa de evitar um tumulto de proporções incontroláveis (uma das grades de segurança já tinha sido tombada pela multidão), a polícia liberou o casal e o táxi seguiu pelas pistas cercadas até o Marriott Marquis, onde os dois tiveram acesso a um quarto com vista privilegiada para a Times Square.

Segundo a gerente do hotel, Lindsay Sanchez, o casal desapareceu no meio da madrugada, deixando para trás uma mochila, que, de acordo com Lindsay, tinha dinheiro suficiente para pagar duas semanas de hospedagem nas dependências de luxo.

"Não conseguimos chegar a uma conclusão definitiva", disse Lindsay. "Mas suspeitamos que o casal tenha deixado o prédio separadamente, e é muito provável que estivessem disfarçados. Foi por isso que passaram despercebidos pelas câmeras de segurança do hotel."

Lindsay também disse ter se enganado sobre o rapaz. "Ele não agiu de má-fé. Eu poderia jurar que ele era Robert Pattinson, apesar de ele ter sido enfático ao repetir que era apenas sósia do ator. Ele apenas queria comprar dois convites para *One Night in Heaven*. Só me dei conta de que havia algo incoerente na história quando liguei a tevê pela manhã e o *E! News* informava que Robert Pattinson, o verdadeiro, teria virado o ano em um resort, localizado em uma ilha ao sul da Inglaterra. Mas quando cheguei ao quarto do casal, tudo que encontrei foi a mochila e o serviço de jantar remexido."

Agentes antiterrorismo foram enviados para inspecionar o hotel, mas, logo no início da tarde, deixaram o local sem encontrar objetos suspeitos. A polícia também interrogou outras sete testemunhas: o taxista, os dois policiais que autorizaram a entrada do casal na área restrita, dois seguranças do hotel e duas jovens que participavam do evento. Todas as sete afirmaram ter ouvido o rapaz dizer, mais de uma vez, que não era Robert Pattinson (tendo ele, inclusive, se recusado a dar autógrafos), embora nenhuma delas tenha se recordado se, em algum instante, ele deixou escapar seu nome verdadeiro.

"Ouvi alguém gritar Rob", disse Rebecca Trent, que se diz fanática pela saga *Crepúsculo*. "Mas não tenho certeza de onde veio o som."

Rebecca ainda mostrou ao *New York Post* as fotos que conseguiu do casal. "Para mim, ele era Robert Pattinson, *sim*. E sou muito sortuda por tê-lo visto de tão perto."

Sem prejuízos financeiros ou provas contra o casal, o hotel retirou a queixa e a polícia arquivou o caso.

**Veja as fotos do casal na próxima página.*

241

		EDUARDA CARRARO	
		Caixa de entrada, Eduarda Carraro	
X	Vitor Hugo	Por que você não atende o celular?	29 jan
X	Vitor Hugo	Pô! Atende esse celular!	29 jan
X	Vitor Hugo	Duda, não faz assim comigo...	29 jan
X	Vitor Hugo	Por que você não atende o celular?	29 jan
X	Vitor Hugo	Por que você não atende o celular?	29 jan
X	Vitor Hugo	Eu sei o que você anda fazendo por aí	28 jan
X	Vitor Hugo	Por que não quer falar comigo?	28 jan
X	Vitor Hugo	Duda!!!!!!!!!!!!!	28 jan
X	Vitor Hugo	Não dormi pensando em você!	27 jan
X	Vitor Hugo	Responde meus e-mails, pô!	27 jan
X	Vitor Hugo	Por que você não atende o celular?	26 jan
X	Vitor Hugo	Por que você não atende o celular?	26 jan

> Tem certeza que deseja excluir permanentemente 16 itens **NÃO LIDOS?**
> **SIM**   **NÃO**

Últimos Tweets da @crepuscolica

Faço vintão amanhã! Infelizmente não sou vampira, e envelheço! Achei meu primeiro fio de cabelo branco... Merda.
09:08 AM Jan 29th via web

No iPod agora: "Venha me beijar, meu doce vampiro..." (eu quero o sósia!). Ah, claro! Para variar, estou chorando! Droga de vida!
23:07 PM Nov 27th via web

Vi *Lua Nova* ontem pela quarta vez! Meu amigo espanhol me levou ao cinema.
21:34 PM Jan 23th via web

Triste...
22:10 PM Jan 20th via web

Ando tão triste...
08:15 AM Jan 19th via web

Triste pra cacete! E sem sono...
04:34 AM Jan 18th via web

Ah! Que beleza! Fui reprovada na prova de nível do Inglês! Droga de vida!
14:01 PM Jan 15th via UberTwitter

Orkut da Crepuscólica — Recados

Comunidade Ofertas Sanguinolentas Imperdíveis – 10 jan

Entre na comunidade *OSI* e confira os itens promocionais de início de ano!

Dente de vampiro, capa vermelha, medalhão dos Cullen, anel de noivado de Bella Swan, camisa "Team Edward", batom "I ♥ Forks", porta-retrato preto de bolinhas vermelhas, baralho com naipes das quatro capas da saga (maçã, flor, laço e rainha do xadrez), tênis All Star estilizado.

E atenção!

No dia 02 de fevereiro, estaremos leiloando uma lasca de unha do dedo mindinho de Robert Pattinson (com legitimidade comprovada).

dezoito

A VOLTA DO QUE NÃO FOI

Minha vida anda mesmo uma droga. Um merda sem tamanho.
O motivo?

Não vejo Miguel desde a noite em que pegamos carona na cauda do cometa, a noite em que ele me beijou a testa.

Ele desapareceu. Escafedeu-se sem dar notícias.

De modo que, há quase um mês, venho apenas procurando um buraco fundo onde eu possa me enterrar de ponta-cabeça e ficar lá, esperando, até que as partículas de terra se infiltrem em meu cérebro, arranhem minha memória, desmanchem todas as lembranças.

Porque não quero lembrar. Não quero sentir essa saudade agoniada sempre que fecho os olhos, derrotada por minhas fraquezas, e fico revivendo as imagens daquela noite, as sensações. O calor do corpo dele. O cheiro. O modo como seu rosto deslumbrante se aproximou do meu nas duas vezes. Que segredos seu rosto escondia? Os lindos lábios me beijando... bem, a testa.

Não dá para acreditar! Ele me beijou a testa! O que obviamente significa que era melhor nem ter me beijado! Era para ser um gesto fraternal? Porque não gostei. Nem um pouco.

Tudo bem. Alguém pode até pensar que é um exagero da minha parte, levando em conta que estou em Nova York, a capital do agito e coisa e tal. Mas a verdade é que ando tão deprimida! Não sei até quando vou conseguir suportar tudo isso sem pirar de vez.

Ei, Duda: *"O entusiasmo é o alimento da alma"*. É o vigésimo primeiro ditado do *e*-book que comprei ontem, *"Os essenciais 1001 ditados para pessoas deprimidas"*. Você está em Nova York! O que, de certa forma, significa que, mesmo que procure muito, é praticamente impossível encontrar um buraco fundo no asfalto, na calçada ou em qualquer outro lugar.

Não. De verdade. Que tipo de pessoa Miguel é? Será que não se importa? Será que não vê como me deixou aqui, semidesamparada, pensando nele dia e noite com todo amor que tenho para dar e que ele aparentemente despreza, pois deve estar muito ocupado amassando uma loura peituda contra um muro de tijolinhos por aí?

Recentemente descobri que odeio louras. Quer dizer, não odeio rigorosamente todas as espécies de louras. Sabe como é, minha irmã é loura e...

Para tudo!

Susana é loura! Ah, meu Deus, como nunca atentei para essa calamidade antes?

Não posso mais permitir que Susana cruze o caminho de Miguel. Ou, quem sabe, um balde de Wellaton 28 Preto Azulado derramado acidentalmente nas madeixas longas dela baste.

Está vendo? Minha vida anda mesmo um horror.

Quer saber mais? Neste instante, em vez de estar aproveitando uma ensolarada manhã ~~que era para ser bela~~ de sábado em Manhattan, estou empoleirada no sofá da sala, com o laptop aberto sobre as pernas cruzadas, ouvindo o zum-zum-zum longínquo da televisão ligada na FOX, enquanto mando diretamente para a lixeira outros dezesseis e-mails não lidos de Vitor Hugo.

Sim. É isso mesmo que você está pensando. Vitor Hugo voltou a me perseguir depois daquele gole de champanhe, já que, ao que me parece, Nossa Senhora Desatadora dos Nós desconsidera diferenças de fusos horários em se tratando de promessas. E, quando penso em Vitor Hugo, em seus cabelos longos emplastrados, em suas espinhas vulcânicas que se estendem das têmporas ao queixo comprido e, principalmente, em sua fixação por minha pessoa, sinto vontade de vomitar.

É por isso que, nessas horas, contrariando tudo o que acabei de dizer, sempre acabo desviando os pensamentos na direção do problema mais agradável: Miguel, apesar de tudo. Ah, Deus! Como eu me detesto...

Depois da noite de Ano-Novo, fiquei *sozinha* em Nova York por dois dias enquanto minhas amigas se divertiam em Chicago sem se importarem com minha existência, à exceção de Lisa, que me telefonou nas vinte vezes em que tive de convencê-la a ficar por lá.

E Miguel sabia disso, assim como eu sabia que ele estava no apartamento ao lado, porque seu Volvo prata continuou estacionado na mesma vaga por dois dias, antes de desaparecer completamente. Também porque, no segundo dia, pressionei a boca de um copo de vidro contra a parede da minha sala (a mesma parede da sala dele), e tentei ouvir. Consegui captar uns chiados estranhos. Concluí serem de bacons fritando, já que me recusei a acreditar na primeira hipótese: 500ml de silicone estourando.

Mas tanto faz. O negócio é que Miguel sabia que eu estava sozinha e, mesmo assim, não me procurou.

O lamentável é que, mesmo depois do sumiço do Volvo, fiquei mais de uma semana perambulando pelo prédio em horários estratégicos, descendo e subindo as escadas (o que, por um lado, foi bom para queimar calorias), na esperança de encontrá-lo casualmente. Cheguei a ensaiar as palavras: *"Olá, Miguel! Que milagre você por aqui! Não gostaria de entrar e tomar uma xícara de café?"*. Mas descartei-as rapidamente por achá-las meio Dona Florinda do *Chaves*.

Então elaborei algo mais complexo: *"Oi! Conheço você de algum lugar? Ah, sim. Você é meu vizinho, não é? Puxa! Como é mesmo seu nome?"*. Tudo pronunciado no tom da mais pura surpresa.

Mas, como já disse, não tive chance de usar nada disso, porque Miguel nunca mais voltou, um fato bastante intrigante quando se leva em consideração que janeiro já está terminando e as aulas dele na Columbia começaram há quinze dias. Eu até entrei no site da universidade, desejando me deparar com possíveis causas de adiamento das aulas, como o suicídio público do reitor ou algo do tipo, o que diminuiria a estranheza desse desaparecimento súbito, mas não encontrei absolutamente nada que me alegrasse.

Um ruído na fechadura da porta interrompe meus pensamentos. Viro a cabeça e, meio segundo depois, Lisa entra na sala, puxando um carrinho abarrotado de compras de mercado.

— Oi — diz ela com a voz cansada e a cara mais vermelha que o cachecol que começa a desenrolar do pescoço. Lisa está vestindo um maravilhoso suéter de lã de carneiro. Um suéter que, quando se observa melhor, dá para ver que é meu. Ela nem me pediu emprestado! Mas, devido às circunstâncias, resolvo não reclamar.

Em vez disso, desligo a televisão, fecho o laptop e pulo do sofá, pronta para socorrê-la.

— Minha nossa, Lisa, para que tudo isso? — pergunto, espantada com o carrinho lotado.— Comprou o mercado inteiro? Estamos esperando uma nevasca para os próximos dias, não a Terceira Guerra Mundial.

Ela apenas dá de ombros.

Juntas (e com muito sacrifício, devo dizer), arrastamos o carrinho até a cozinha. Fico me perguntando como foi que Lisa conseguiu puxá-lo sozinha do mercado até aqui e depois ainda subir quatro lances de escada. Fez exercício aeróbico para mais de um mês, claro. Basta notar que o frio lá fora nunca esteve tão cruel e o casaco dela está dobrado em cima de uma sacola de frutas frescas. Meu Deus! Lisa conseguiu comprar bananas de aparência tropical e maçãs brilhantes de tão vermelhas e... *Guaraná Antártica*! Uhuu!

— Por que não me telefonou, Lisa? Eu teria descido à portaria para ajudar você? — Na verdade, eu poderia ter acordado mais cedo e ido ao mercado com ela, mas prefiro não mencionar essa parte.

— Está tudo certo. Miguel me ajudou nas escadas.

Então paro. Uma mão no coração, a outra na banana.

— M-m-m-miguel? — gaguejo, piscando sem parar. — Está dizendo que Miguel Defilippo ajudou você? *Hoje*? *Agora*?

— Por que o espanto? — Ela me olha por sobre o ombro enquanto lava as mãos na torneira de água quente. — Miguel é nosso vizinho e você sabe como ele gosta de ser gentil.

Rá! Essa é boa! Nosso vizinho... Nosso vizinho que praticamente nem mora neste edifício. E que é tão gentil quanto misterioso. E estranho também. E apaixonante e lindo de morrer! Tenho vontade de cuspir todas essas eloquentes observações, dar um soco certeiro no ar e declamar *"E agora, José"* em russo perfeito.

Mas, em vez disso, apenas puxo uma banana da sacola e começo a descascá-la causalmente, como se não me importasse nem um pouco com o súbito reaparecimento do sujeito supracitado. O que, de fato, poderia ser uma grande verdade se desconsiderássemos o pequeno detalhe que é... bom, eu muito me importo.

— Miguel estava recolhendo as cartas de sua caixa de correio quando passei por ele, arrastando o carrinho — explica Lisa, como se eu estivesse muito interessada em saber. E realmente estou. — Então se ofereceu para me ajudar. Um cavalheiro, como sempre.

— Eram muitas? — Mordo a banana.

— O quê?

— Eram muitas cartas? — Encostada na bancada com as pernas cruzadas, tento parecer tão indiferente quanto Miss Marple, utilizando meu raciocínio lógico e afiado, meu precioso dom de nascença. Enquanto Lisa pensa, examino as rodas desgastadas do carrinho com ares detetivescos. Hum. Marcas de tinta, não é? Isso só pode significar uma coisa... Espere. Tinta fresca? Ah, não! Vai sujar a cozinha toda!

— Não vi direito. — Lisa começa a transportar as sacolas do carrinho para o chão, remexendo nos mantimentos. — Mas deviam ser muitas porque Miguel as estava enfiando numa pasta de couro. E, bom, a pasta era mesmo grossa.

Bingo! Como eu suspeitava, Miguel não vem ao prédio há semanas.

Quando percebo, já corri para a janela.

Mas que estranho... o Volvo prata não está na rua. Fico olhando o dia iluminado e me sentindo péssima, de novo. Faço força para engolir a banana, que de repente nem está tão tropical assim.

Ah... A vida é tão triste!

Miguel esteve na porta de meu apartamento e nem quis saber de dizer um *"Oi, Duda!"*. Talvez ele não tenha entrado aqui justamente por minha causa. Quer dizer, é óbvio que o motivo sou eu. Ele deixou claro: *"Tento fugir de complicações, Duda"*. Também disse: *"Será que você não percebe que vê-la fazer qualquer coisa torna tudo ainda mais difícil para mim?"*

Claro, Lisa tem razão. Miguel é mesmo todo gentil (quando quer) o que significa que, em condições normais, teria levado o carrinho até nossa cozinha. Talvez até guardado as compras nos armários.

Mas ele não estava em condições normais, certo? Porque eu estava aqui.

A pirralha morena de peitos de limão estava aqui.

Por isso ele simplesmente deu meia-volta da porta e partiu.

Amanhã é meu aniversário, faço 20 anos e ele sabe disso! Ou deveria saber! Tudo bem. Não tenho a menor ideia se ele se lembra disso. Afinal de contas, comentei apenas uma única vez e não sei se, assim como eu, ele costuma prestar atenção em nossas conversas, memorizá-las.

Droga! Bem que vovó Carraro avisou: *"mãos quentes, coração frio, amor vadio"*. E isso não tem absolutamente nada a ver com o caso.

— Duda? — Lisa me chama. — Está tudo bem?

— Er... — Arrasto-me de volta à cozinha, os ombros caídos. — É só que... É só que...— Minha voz parece travada.

No entanto, quando ergo a cabeça e encontro o rosto reconfortante de Lisa, não me aguento. A máscara de confiança se rompe e as lágrimas começam a jorrar de meus olhos, escorrendo pelo pescoço, gotejando na ponta de minha meia de dedinhos da Hello Kit. A banana despenca de meus dedos moles.

— Duda! — Lisa larga o saquinho de caramelos e joga os braços em volta de mim. Fico ali, totalmente flácida, fungando no cabelo dela, sorvendo o Carolina Herrera 212 Sexy (uma verdadeira pechincha na liquidação pós-natal da Sephora) do cangote dela. — O que está acontecendo? Ah, prima... Estou tão preocupada... Você anda tão tristinha, Duda. Mas ao mesmo tempo, tão distante, tão ligada à La Cosa que eu estava mesmo me sentindo sem espaço para me aproximar. Você está com saudades do Rio? Não está gostando de Nova York? Quer mudar de escola?

— Não quero falar sobre o assunto, Lisa. — Afasto-me e puxo um chumaço de papel toalha da parede. Enxugo as lágrimas e assoo o nariz. — De verdade.

— Então, de fato, existe um assunto. Por que não quer falar sobre ele?

— Porque dói.

— Ah, Duda... — Ela me olha, complacente. — Nunca houve segredos entre nós. Por que não se abre comigo? Estamos sozinhas em casa... Você vai se sentir muito melhor, tenho certeza.

Largo-me à bancada, pensativa. Lisa se acomoda diante de mim e pega minhas mãos.

— É La Cosa, não é? — pergunta ela. — Você está gostando dele, não está?

— Quem me dera. — Bufo pesadamente. — Seria tão mais simples. Tão mais correto... Pablo é um fofo adorável e até tentou me beijar, só que...

— Ah! — Ela leva a mão à boca. — Ele tentou beijar você?

Faço que sim com a cabeça.

— Eu não disse? Ah, meu Deus, eu sempre acerto! — Ela comemora. — Estava na cara!

— Ah, que ótimo, Lisa, obrigada. — Cruzo os braços, indignada. — Eu estava mesmo precisando de uma conversa entre amigas. Alguém para aplaudir meu fracasso.

— Desculpe. — Ela se encolhe no banco. — Só... me empolguei um pouquinho.

— Para seu governo, eu não quis beijá-lo, e ele nunca mais tentou.

— E você está arrependida de tê-lo rejeitado, apesar de não estar apaixonada, é isso? — Ela tenta encontrar coerência.

— Não. — Balanço a cabeça. — Para mim é até um alívio o fato de ele ter desistido. Pablo tem sido um amor. Um amigo maravilhoso. Não posso, nem *quero* magoá-lo. De jeito nenhum.

— Pois é... Ele vem aqui em casa depois da aula todos os dias e estuda com você. Traz filmes para assistirem juntos, para treinarem o idioma... Pablo é uma gracinha mesmo.

— Também vem me ajudando com o vocabulário — assinalo. — Todos os dias memorizamos vinte palavras novas. Meu inglês melhorou um bocado.

— Eu notei.

— Mas tudo isso é só porque ele percebeu que eu andava meio diferente, sabe... Desde o dia em que eu disse a ele que o motivo de tanta tristeza era que ele tinha avançado para o nível intermediário e eu não, ele vem se empenhando ao máximo para me fazer feliz. O que não é certo, Lisa. Porque eu menti. Eu não estou triste por causa da reprovação no teste de nível. Não exatamente. Não sei como Pablo ainda não percebeu, já que ele me conhece melhor do que eu. Ele anda cada dia mais atencioso, fazendo com que eu me sinta cada dia mais miserável. — *Quer saber mais, Lisa? Pablo comprou e leu os quatro livros da saga você-sabe-qual (em espanhol, claro) só para que eu tivesse com quem conversar sobre o assunto...* Ah, sim. Venho revelando alguns de meus segredos mais íntimos para ele. Aos poucos.

— Não diga isso, Duda. Ele faz todas essas coisas porque gosta de você.

— É por isso que eu deveria me afastar ou, pelo menos, ser sincera em relação aos meus sentimentos.

— Mas ele perguntou?

— Não. Mesmo assim, não é justo. Eu deveria fazer alguma coisa. Só que não consigo. Não agora... Pois quando estou com Pablo, penso um pouco menos em... — Hesito.

— Em que, Duda? — Lisa me lança um olhar encorajador. — Ou, em *quem*?

— Miguel Defilippo. — Pronto, falei. — Estou apaixonada por Miguel, Lisa.

Por um tempo, ela não diz nada. Apenas me olha, meio abobada. Então:

— Mas vocês mal se conhecem...

— Eu sei! Ah, meu Deus, eu sei! — De repente, estou agitada. — É exatamente o que fico me perguntando. Por que toda garota tem sempre uma tendência a se apaixonar pelo garoto errado? — Agora que comecei, vou desembuchar tudinho. Menos a parte sobre o cofre digital. E sobre o presente de Natal de Pablo, os livros escondidos no fundo falso de meu guarda-roupa. Também acho melhor excluir as questões do Tarado do Upper East e do retorno do inferno denominado Vitor Hugo, a volta do que não foi. Ah, eu sou mesmo uma lástima, sou sim! — Miguel e eu nem moramos no mesmo país! E ele é tão estranho, Lisa... Às vezes acho que ele se interessa por mim, sabe. Não por *mim*, por meu *eu mulher*. Mas por algo relacionado à minha vida, algo que ainda não consegui entender. Ele é tão inconstante! Tivemos uma quase pequena levíssima discussão por causa disso.

— Discussão? Já rolou discussão?

— Só porque ele me disse umas coisas bem desagradáveis. Disse que eu complicava a vida dele, enfim.

— Que estranho...

— Também achei. E da mesma forma que ele parece interessado, logo some sem se importar. Você sabe, Miguel e eu vivemos juntos toda aquela aventura de Ano-Novo, e ele nem me telefonou para comentar sobre a notícia do *Post*. Eu tentei discar, mas o celular dele só caía na caixa postal, então desisti. Não tive coragem de bater na porta dele quando ele ainda estava por perto. Se ele quisesse falar comigo, teria vindo até mim, não teria, Lisa? Porque ele é homem, ora bolas! É assim que as coisas funcionam, pelo amor de Deus!...

Enquanto eu falava, as lágrimas voltaram a cair. Assoo o nariz mais uma vez e fico em silêncio, esperando que Lisa, olhando-me com a expressão mais inescrutável do mundo, apareça com uma solução milagrosa, ou diga que Miguel acabou de confessar que só foi gentil com essa coisa do carrinho de compras porque, na verdade, está apaixonado por mim e queria me impressionar. Talvez ele tenha explicado a ela que só está fugindo de mim por pensar que não estou nutrindo o mesmo sentimento.

Só que Lisa continua me olhando sem dizer nada. Meu Deus, que coisa mais angustiante!

De repente, para minha surpresa e total desapontamento, Lisa também irrompe em lágrimas e agora está dizendo que entende perfeitamente como eu me sinto, porque está loucamente apaixonada por Fred e que *sim*, cabe aos homens começar qualquer investida. Mas que Fred é do tempo do onça e, provavelmente, usa ceroulas (a parte das ceroulas fui eu quem disse), já que, até agora, ele apenas pegou na mão dela e isso porque ela deixou a mão no meio do caminho.

— Fred é um idiota! — digo com prazer. — Um moleza, desalmado e sem coração! Ele não merece você, Lisa, não merece seu amor. Aquele Agarradinho das ceroulas perfumadas...

— Agarradinho?

— É como costumo me referir a ele quando falo comigo mesma, em pensamento.

Ela dá outras três fungadas e joga mais um pedaço de papel toalha no alto da montanha que se avolumou na bancada, diante de nós. Depois beberica o espumante francês que abrimos (a garrafa está quase no fim).

— Miguel também não merece um mísero (*glumpt!*) pingo do seu sentimento, Dudaaa. Mesmo, você sabe, (*glumpt!*) ele sendo todo aquele arraso absurdo hollywoodiano de lindo e, quase sempre, um doce perfeito e gostoso de tão gentil. (*Glumpt!*)

— Ah, Lisaaa! Essas palavras não estão me ajudando nadinha... *And I will love you, baibeee...* — entoo Bon Jovi, abraçada à garrafa de espumante vazia. — Fiz até uma lista para me ajudar a esquecê-lo. *"Os 100 defeitos realmente defeituosos de M. D."*.

— Rá! — Lisa cospe um gole de espumante nos papéis toalha.

— Mas que defeitos realmente importam, diz aí? Se ele tem a cara de Robert Pattinson... Lindo demais...

— Lindo (*glumpt!*) demais.

— Chega, Lisaaa! Você não tem o direito de dizer que ele é lindo. Só eu... — Bato no peito. — Só euzinha...

— Já parei! — Lisa ergue as mãos como quem se rende. — Mas não chame Fred de Agarradinho, por favor.

— Claro, claro — concordo, fazendo uma figa embaixo da mesa. — Mas, voltando a Migueeel. O problema é que só enxergo o lado bom dele.

— Eu também! Agora você disse (*glumpt!*) tudo, Duda! Só enxergo as qualidades de Freeed! — Ah, pelo amor de Deus, que qualidades são essas? — Quando fecho os olhos — e ela está fechando os olhos de verdade —, posso ver os cachos dourados dele, os olhos azuis... Eu poderia nadar de braçada em toda aquela piscina azul... (*glumpt!*) E a voz? Não! E a *voz*? Ele canta tão bem! Arrasou outro dia com *The way you look tonight*, do grande Frank. Depois pegou minha *mãe*, quer dizer, minha mão.

— Lisa? Posso confessar uma coisa? Posso confessar? — Olho para o rosto dela, um rosto meio embaçado. — É sobre o Tarado...

— Grande Tarado.

— Ele nunca existiu.

— Rá! — Ela bate uma palma curta. — Margô jura que viu o Tarado dia desses!

— Ah, tudo bem — falo baixinho, cobrindo parte da boca. — Existe um Sósia do Tarado do Upper East andando por aí.

— Éééé? — Os olhos dela se arregalam.

— Sim, sim. — Balanço a cabeça. — E por falar em grandes verdades... Vitor Hugo está me perseguindo, Lisa. De novo.

— Não acredito!

— Nem eu. Ele me manda e-mails que não leio. E me telefona umas trinta vezes por dia. Mas não atendo. O que é estranho, porque, duas semanas antes de eu deixar o Brasil, mudei o número do meu celular. Não é possível que Dani me traiu! Eu disse a ele para não dar meu número novo para ninguém! Como será que Vitor Hugo descobriu?

— Sei lá! — Lisa dá de ombros. — Dani nem conhece o Vitor Hugo, acho.

— Ah, Lisa... Por acaso você sabe a senha do cofre?
— Que cofre?
— Do cooofre... — *Cale a boca, Duda! Cale essa boca gigante!*
— Que cofre, Duda?
— Do... do... do cofre do Banco Central.
— Rá-rá-rá-rá! — Lisa bate as mãos nas pernas freneticamente. — Você é demais, Duda! É por isso que eu amo você.
— Também amo você. — Suspiro. — Mas amo muito mais aquele imbecil do Miguel.

Durante um tempo, ficamos gargalhando, chorando e lamentando a vida. Depois Lisa prepara um café bem forte (com gosto de Cherry Coke) e, antes de nos dar conta, já devoramos três saquinhos de caramelos, uma caixa inteira de Kit Kat e cinco *muffins* de baunilha com morangos. Agora estamos revoltadas de arrependimento, pois, embora estejamos um pouco mais sóbrias, ambas nos sentimos gordas e medonhas.

— Já sei, Duda! Já sei! — Lisa rodopia pela cozinha. Ah, meu Deus, ela acaba de abrir uma garrafa de vinho e está bebendo do gargalo! — Vamos à Quinta Avenida! Vamos comprar horroooores! O que são dois caras estúpidos para impedirem nossa felicidade? Amanhã é seu aniversário, Duda! — Ela me entrega a garrafa. Mesmo não querendo, dou três goladas generosas. — Temos de comemorar! Não vamos poder sair de casa tão cedo por causa da tempestade de neve que está para cair... Vou comprar aquele fabuloso casaco de couro *vintage* da Abercrombie. Estou namorando aquele casaco há um tempão. *(Glumpt!)*

— Adoro a Abercrombie! Adoooro todos aqueles deuses estupendos recebendo a gente na porta. E a loja tem cheiro de balada — digo, eufórica. — Mas... bom, preciso fazer duas coisinhas antes disso.

— Certo. Mas que coisinhas são essas?

Pego o celular, procuro "V.Inferno.Hugo" na agenda e aperto discar. Ele atende ao primeiro toque e vou logo gritando:

— Como você descobriu o novo número do meu celular, hein? Ah, tanto faz! Só quero dizer que detesto você! Isso mesmo! Detesto tudo o que diz respeito a você! Vê se me esquece! Pare de me perseguir! — Tenho um súbito pensamento sensacional. Olho para Lisa, que está passando mal de tanto rir. Rá! Toma essa, Vitor Hugo! — E se encontrar Robertinho Cavalcante, mais conhecido como o Gostosão Confirmadíssimo Por Mim da Geografia, mande um grande abraço meu para ele. Bem apertado. Daqueles que só eu sei dar.

— Que merda é essa, Duda? — É o que ele pergunta. Mas encerro a ligação sem responder e já me vejo discando o número de Miguel.

É claro que cai na caixa postal. Só que, desta vez, deixo uma mensagem:

— Olá, Miguel. Que milagre você por aqui! Não gostaria de entrar e tomar uma xícara de espumante, ops, de café? Miguel... Você sabe a senha dos cofres daqui de casa? Do meu cofre digital? Você sabe?

Quando Lisa, confusa, franze a testa para mim, desligo o celular. Puxa! Arrasei.

Calço as botas e pego o casaco.

— Vamos nessa — digo alegremente, passando a bolsa no ombro.

Ah, sim. De vez em quando, nada como um bom pilequinho para lavar a alma.

SE BEBER, NÃO FALE AO CELULAR

Na manhã seguinte, acordo com a certeza de que minha cabeça está sendo lentamente achatada por um daqueles Esmaga Cabeças de tortura medieval. Abro os olhos, feridos à meia luz, e demoro a acreditar que o mundo parou de girar. Porque ele estava girando. O teto, o quarto, a vida estava girando e girando loucamente na última vez em que os vi.

Quero tanto um copo d'água!

Mas, quando sento na cama, sinto-me meio grogue para ir até a cozinha.

Minha boca está amarga e com gosto de cabo de guarda-chuva. É sério. Já fiz o teste do gosto. Acho, inclusive, que foi ontem, pouco antes de dormir. Foi assim: enfiei o guarda-chuva amarelo na boca e, em seguida, disse algo como *"Só fiz isso, Lisa, para saber com que gosto minha boca vai acordar amanhã de manhã"*. Depois desmontei no colchão e não vi mais nada. É por isso que o guarda-chuva amarelo está caído ao pé da cama.

Detesto ressaca.

Estou para afirmar que nunca mais (veja bem, não estou pedindo nada em troca, não estou fazendo nenhum tipo de promessa desta vez), *nunca mais* volto a colocar álcool na boca.

Porque não vale a pena. Principalmente quando a lucidez do dia seguinte vem acompanhada de lembranças de véspera bastante confusas. Parece que minha mente está encoberta por uma névoa cinzenta. Não me lembro de tudo que andei fazendo, apesar de me lembrar da lastimável experiência com o guarda-chuva.

É isso. Nunca mais vou beber. Nem caipirosca geladinha de limão.

Mas evidentemente andei comprando algumas coisas. Do contrário, de onde teriam surgido todas essas sacolas coloridas espalhadas pelo quarto?

Espere. O que é aquilo em cima da mesinha do toucador? Por acaso é uma sacola da Diesel ou estou delirando?

Não. Não acredito. Como pude gastar 200 dólares (no mínimo) em *outra* calça jeans da Diesel? Pelo amor de Deus, eu já tinha uma calça jeans da Diesel! Quem precisa de duas? Quer dizer, a gente só gasta horrores numa calça jeans da Diesel para mostrar que *tem* uma calça jeans da Diesel e não porque elas são realmente mais bonitas. Quer dizer, elas são mais bonitas, mas se tivessem outro nome na etiqueta não seriam tão bonitas assim. E a minha calça já fazia muito bem esse papel. Só tenho um par de pernas! Pernas essas, que no momento, estão mais flácidas que "bonecão de posto de gasolina".

Saí com Lisa, lembro-me de supetão. Fomos à Quinta Avenida, acho. E, claro, compramos descontroladamente. (Ai, meu Deus, como fui comprar outra calça jeans da Diesel?) Depois voltamos para casa e, ao que parece, fizemos uma espécie de desfile de moda. Isso mesmo. Experimentamos as roupas que compramos. E bebemos mais um pouco.

Ou então o que explicaria as duas garrafas de vinho vazias sobre a mesinha de cabeceira? E por que, diabos, eu teria vestido um cardigã rosa *shock* para dormir, um cardigã que não pertencia ao meu guarda-roupa, e calçado mocassins de franjinha verde-limão? Sinto espasmos pelo corpo só de olhar os mocassins de franjinha verde-limão. Não sou adepta às fluorescências. Péssima compra! Até para uma bêbada. E por que, na cama ao lado, Lisa estaria dormindo toda maquiada (toda *mal* maquiada e borrada), agarrada a duas bolsas Chanel (lindas por sinal) e o corpo enrolado num casaco de couro *vintage* da Abercrombie ainda com etiqueta? E de onde teriam surgido as dezenas de fotos impressas em papel A4 coladas nas paredes do quarto? Algumas fotos estão tremidas, mas não dá para negar. Lisa e eu posamos nas mais diferentes caretas, para não dizer posições.

Fico me perguntando, com raiva, onde estavam a irmã da bêbada e a amiga da irmã da bêbada (ou a prima da bêbada e a amiga da prima da bêbada) numa hora dessas. Por que Susana e Margô não impediram esse desastre? Será que, ainda por cima, ficaram se divertindo à nossa custa?

E por que estou com a impressão de que andei dando uns telefonemas?

Onde está meu celular?

Levanto-me da cama, assustada ao ter uma ligeira suspeita, e encontro o celular no meio de um monte de tecidos sofisticados, *pashminas*, percebo. Ignorando as 23 chamadas não atendidas de Vitor Hugo, o sujeito que vem me obrigando a deixar o celular em modo silencioso, vou direto ao registro de chamadas realizadas e...

Ai. Meu. Deus.

É provável que eu esteja morrendo.

Telefonei para Miguel.

Como é que eu pude fazer uma merda monumental extraordinária astronômica dessas? O que eu disse a ele? Não estou lembrando.

Ai, meu Deus, não. Eu não posso ter dito a ele qualquer coisa do tipo: *"Miguel, eu amo você. Fique comigo para sempre"*. Ou pior: *"Miguel, eu odeio você. Suma da minha vida para sempre"*.

Não. Acredito. Que. Telefonei. Para. Ele.

O. Que. Será. Que. Eu. Disse. A. Ele?

E também telefonei para Vitor Hugo, percebo de repente. Mas tudo bem. Porque, no máximo, esculachei Vitor Hugo. Se fiz isso, foi bem merecido. Posso ficar tranquila, pois, nem com mil litros de cachaça na cabeça eu nunca, *jamais* teria dito *"Amo você, Vitor Hugo"*.

Quer dizer, acho que não.

Como eu me detesto...

Levo um susto e quase caio para trás quando o celular começa a vibrar em minhas mãos. De olhos fechados, fico segurando a batata quente, sem saber o que fazer, até que decido escondê-la de volta no monte de *pashminas* sofisticadas.

Não vou atender.

E se for Miguel? Deve ser ele dizendo que está tudo acabado entre nós. Espere. O que existe entre nós, afinal? Nada, certo? Então ele vai dizer que está acabando com tudo o que um dia possa vir a existir entre nós. E que muito me odeia. Odeia morenas de peitos de limão. Morenas bêbadas que telefonam para garotos e dizem... exatamente o que eu disse a ele. (O QUE EU DISSE A ELE? AH!!!!!!!!)

Quando me lembro do identificador de chamadas, procuro o celular no meio do monte de *pashminas* e, com as mãos trêmulas, ergo-o na altura dos olhos. Na telinha reluzente, pisca: "Mamãe Cel China".

Solto os ombros, aliviada, e já estou quase atendendo quando um alarme dispara em minha mente.

O extrato do VISA.

Mamãe viu o extrato do VISA pelo *internet banking* e descobriu a gastança de ontem e agora está me telefonando para avisar que botou um chinês de dois metros e treze num avião da FlyChina e que ele está vindo a Nova York especialmente para me matar, estrangulada, já que ela está muito ocupada com uma matéria para o Globo Repórter ("O estranho hábito chinês de comer grilos e besouros") e, por isso, não pode vir até aqui e me estrangular ela mesma.

Não vou atender, decido de súbito. Não vou atender minha mãe. Posso lidar com essa decisão tranquilamente. Não vou atender minha própria mãe.

Não vou atender minha própria mãe, que não me liga há um tempão (três dias). E que anda trabalhando tanto, coitadinha, é uma hora da madrugada em Pequim e mamãe está me ligando.

Mas estou totalmente consciente e segura dessa decisão.

Quer dizer, pensando rapidamente, tenho um milhão e meio de fortes motivos para não atender minha própria mãe:

1. Não quero morrer estrangulada pelas mãos nodosas do Sósia Chinês do Gigante do Pé de Feijão de dois metros e treze de altura.
2. Não posso dizer "alô" e acordar minha adorável prima Lisa, cujos roncos estão arranhando meus ouvidos como cuícas desafinadas. (Lisa ronca! Rá! Ela *também* ronca!) E não posso atender minha mãe lá na sala porque não quero correr o risco de me deparar com Susana, que, se ainda não sabe da bebedeira, deve estar ansiosa para descobrir qualquer vacilo meu. Não posso aparecer descabelada, fedendo à cachaça e calçando mocassins de franjinha verde-limão. O que ela iria pensar? Tudo bem. Eu poderia descalçar os mocassins. Aliás, por que ainda não lancei os mocassins pela janela?
3. Não sei.

Certo. O celular parou de vibrar. Minha mãe desistiu de mim. O destino quis assim e não é culpa minha se...

Ah, meu Deus! Está vibrando outra vez.

Certo. Vou atender. E se for uma emergência chinesa? Se, na verdade, for minha mãe quem está sendo estrangulada pelas mãos nodosas do Sósia Chinês do Gigante do Pé de Feijão? Mas então me ocorre que, de qualquer modo, não posso dizer "alô" e acordar Lisa. Porque se ela acordar meio embriagada vai ficar gritando enquanto falo com mamãe. E vai ferrar minha vida.

É por isso que, mais uma vez, fico de joelhos e, com a cabeça enfiada dentro do guarda-roupa, sussurro para o celular:

— Alô.

— *Parabéns pra você / Nesta data querida / Muitas felicidades / Muitos anos de vida!* — Eles estão cantando. Mamãe, papai e uma outra voz que não conheço. — Feliz aniversário, Duda!

Estou fazendo 20 anos! Como pude esquecer?

Onde está toda a maturidade que pensei que teria quando chegasse aos 20? *Onde*? Dentro de uma garrafa de espumante francês?

— Oi, pessoal — digo, baixinho, controlando meticulosamente o ar que atravessa um buraquinho entre meus lábios prensados. Ah, que bobeira! Eles não vão sentir o bafo de cachaça lá da China, vão? — Obrigada.

— Somos só nós duas agora, filha — diz mamãe.— Desliguei o viva-voz.

— Mãe, quem está aí com você? Além do papai?

— É Chong Ling, filha. O novo editor-chefe.

— Quantos metros ele tem?

— Como assim quantos metros ele tem?

— De altura, mãe. Quantos metros ele tem de altura?

— Espere — diz mamãe para mim. Para alguém, ela grita: — Cho? Duda quer saber quantos metros você tem de altura.

— Mãe... Seja mais discreta, por favor.

— Dois metros e treze, filha — diz ela para mim. Para Cho, ela grita: — Ei, Cho! você é alto mesmo, hein?

É ele. O Sósia do Gigante do Pé de Feijão de dois metros e treze de altura. O novo editor-chefe. Chong Ling.

Minha nossa! Por que existem tantos sósias na minha vida?

Acontece que um ser humano de dois metros e treze não é nada natural. Talvez Chong Ling tenha se submetido a uma daquelas cirurgias que prometem aumentar a altura em dez centímetros. Tenho uma súbita visão de um chinês abatido, deitado numa maca, tendo as pernas quebradas em vários pedaços e estendidas com pinos para que os ossos se calcifiquem na nova posição. Ah, que coisa horrorosa!

— Ele fala português? — pergunto.

— Fluentemente. Morou em São Paulo por quinze anos. Mas o importante, filha, é que, há exatamente vinte anos, uma enfermeira corcunda de cabelos encaracolados me dizia: *"É uma menina linda como um botão de rosa, Malu! De olhos castanhos, cabelos escuros e pele tão clarinha quanto a cútis de um vampiro"*.

— A enfermeira corcunda comparou minha pele à cútis de um vampiro?

— É claro que não, filha! A enfermeira corcunda disse assim: *"É enrugada como um joelho, Malu! Uma menina de olhos acinzentados e que, se Deus quiser, ficará mais bonitinha um dia"*.

Não aguento e dou risada.

Como pude pensar em não atender à minha própria mãe? Minha doce mãe, amiga e engraçada, companheira e compreensiva. Como pude ter *medo* dela?

Ela continua:

— Depois você foi crescendo e quem diria que aquela criança cheia de dobras como um boneco da Michelin, aquela criança que tocava violão como Baden Powell do avesso, se transformaria numa jovem linda, responsável e econômica. Aí está você, filha, um exemplo para a juventude de hoje. Digo isso todos os dias aqui na redação. Falo tão bem de você! Ei, Cho? Estou sempre elogiando a Duda, não estou?

— Er... Mãe... Não é bem assim, né? Sou uma jovem normal, eu erro também. De vez em quando.

— Ah, não! Você é uma joia rara — insiste ela. — Tenho tanto orgulho de ser sua mãe! E olhe só como estou ficando velha. Puxa! Minha caçulinha está com 20 anos! Ei, Cho, temos suportes para bengalas aqui na redação?

— Mãe...

— Espere um segundo, filha. Seu pai vai falar com você.

— Eduarda, meu lírio esplendoroso do campo — papai está dizendo com seu timbre formal e a voz grossa de sempre. — Meus parabéns, querida. Aproveito o ensejo para plagiar as belas palavras do nosso poeta capitão do mato: *existiria verdade, verdade que ninguém vê, se todos fossem, no mundo, iguais a você.*

— Obrigada, pai. — A verdade é que se todos fossem iguais a mim, a verdade nunca seria uma grande verdade. E o mundo seria uma gigantesca bolota preta de enormes mentiras. E federia à cachaça.

— Como tem passado sua irmã Susana?

— Susana está bem.

— Estão necessitando de reforço na verba, querida?

Sim, pai. Que tal um caminhão de dinheiro? Sabe, pai, não tenho a mínima ideia de quanto gastei ontem. Uma pequena fortuna talvez.

— Não, pai. — Coço a garganta. — A verba está sob controle.

— Querida, a partir do próximo telefonema, conversaremos apenas em inglês. Você e eu. Sem dúvida é uma excelente maneira de treinar os ouvidos e eu gostaria de lhe dar minha humilde contribuição. Entretanto, depois de meses se dedicando única e exclusivamente aos estudos, com aulas intensivas de reforço, isso certamente não será uma inconveniência para você. Estou curioso para ouvi-la e posso presumir que você não esteja longe da fluência impecável. Mas como hoje é seu aniversário, o papai lhe dará uma colher de chá.

— Quanta generosidade, pai...

Ele ri. Eu também. Mas não pelo mesmo motivo, claro.

— Querida, e a nevasca? Estou acompanhando em tempo real por aqui.

Nevasca? Ah, meu Deus! A tempestade de neve que estava para cair! A essa altura, Manhattan sucumbiu e eu nem percebi!

Corro até a janela, afasto as cortinas e...

...quase deixo o celular escorregar.

Não dá para enxergar muita coisa. O ar está branco e maciço. É neve que não acaba mais!

Volto depressa para dentro do guarda-roupa e sussurro para o celular:

— Está mesmo um horror, pai. Nevou... bom, a noite toda, acho. Conforme a previsão.

— E deve continuar nevando, querida. O prefeito está pedindo que ninguém saia de casa. A cidade está caótica. Aeroportos fechados. Pontes interditadas. Algumas linhas de metrô paradas. As aulas foram suspensas. Mais de cinco toneladas de sal serão espalhadas nas ruas nos próximos dias. Não saia de casa, Lírio Esplendoroso do Campo. Há pessoas morrendo.

Pessoas morrendo? Por causa de um gelinho de nada?

— Não vou sair.

— Promete para o papai?

— Prometo.

— Ótimo, querida. Fácil pensar que você planejava comemorar a chegada de seus 20 anos com todos os amigos estrangeiros que evidentemente você tem, não é mesmo? O interessante de uma experiência no exterior, querida, é a oportunidade de se socializar com as mais diferentes expressões de cultura. Conheceu algum chinês? Holandês, coreano, russo, tailandês, ucraniano, turco, francês, alemão, português, colombiano ou japonês, querida?

Deve ser a milésima vez que estou ouvindo isso. Só que agora, por causa da ressaca, a verdade parece retumbar em minha cabeça como um bumbo abafado.

Só. Bumbo. Conheci. Bumbo. Um. Bumbo. Espanhol. Bumbo.

— Espanhol não serve, pai?

— Claro que serve, querida. Olhe, vou passar de volta para a mamãe. Você sabe, ela está demasiado entusiasmada aqui ao lado. — O que, em claro e bom português, significa que ela está berrando ao lado dele; posso ouvir os gritinhos histéricos. — Mande um forte abraço do papai à Susana. Acalme-se, Malu! Ela não vai desligar. Não precisa arrancar o *telefo...*

— Duda! — exclama minha mãe. — O que você tem a dizer sobre Miguel Defilippo?

— O-o-o-o quê? — gaguejo.

Como minha mãe pode saber que existe um Miguel Defilippo na minha vida? Ela mora na China! NA CHINA! ONDE MAO PERDEU AS BOTAS!

— Miguel Defilippo, filha. Seu vizinho de 24 anos de idade.

Ah, meu Deus! Isso está indo de mal a pior.

— Ele estuda na Universidade de Columbia, não é? — insiste ela. E agora? E AGORA?

— Hum. Acho que sim, mãe — respondo, pigarreando. — Não tenho certeza.

— Miguel está concluindo o curso, não está? E, pelo que estou sabendo, está amparando vocês quatro por aí. É verdade, filha? Ele socorreu você? Por que não me contou que desmaiou e torceu o pé, Duda?

— ... — É tudo o que (não) digo.

Certo. Não há motivo para pânico. É uma simples questão de mudar rapidamente de assunto. Não posso enveredar por essa conversa. Ou minha mãe vai acabar pensando que só vim para Nova York para gandaiar, gastar e me apaixonar por um sujeito estranho, lindo, perfumado e com a cara de Robert Pattinson. O que é uma verdade. Mas ela não precisa saber.

Isso só pode ser coisa de Susana. Foi ela, com toda certeza. Por que ela fez isso? Por que foi logo fofocar nos ouvidos da mamãe? Vou matar essa Loura! Detesto todas as espécies de louras a partir de agora. Sem exceção.

Mas espere. Susana não sabe que Miguel estuda na Columbia. Ou sabe? Ah, meu Deus! Será que ela sabe muito mais do que eu penso que sabe? Será que, na verdade, Susana e Miguel estão tendo um caso? Será que os dois fugiram juntos para Las Vegas? Eu não vi Susana ontem, o dia inteiro. Será por isso que ela telefonou para mamãe e contou sobre Miguel Defilippo, seu futuro marido?

— Duda?

— Mãe! Adivinhe onde estive ontem?

Na Quinta Avenida torrando todo seu dinheiro. A propósito, mãe, eu estava bêbada.

— Onde, filha?

— No... No...

— No?

— No Guggenheim!

— Meu museu favorito! — Ela se empolga. — Chico! Duda está dizendo que foi ao Guggenheim ontem! Lembra, querido? Nossa quinta lua de mel. Estivemos no Guggenheim logo depois de... hã... deixa para lá. — Para mim, ela diz: — De que obra você mais gostou, filha?

— Mais gostei?

E agora? E AGORA?

O negócio é que eu meio que não fui ao Guggenheim. Não ainda. E não estou me lembrando de nenhum quadro do acervo.

— Mãe, a ligação está péssima... Chhh... — Improviso uns chiados esfregando o celular nas roupas e depois no colar de pedras brasileiras pendurado no cabide sobre minha cabeça. — Espere. Vou mudar de posição para ver se melhora.

Vou até a escrivaninha, abro o laptop e digito no *Google*: Guggenheim.

Muito bem. 5.080.000 resultados.

Clico direto no link da Wikipédia. Ah, como eu amo a tecnologia!

Desconecto os cabos do laptop e dou um jeitinho de enfiá-lo dentro do guarda-roupa junto comigo. Preciso ler. Não estou em condições cerebrais que possibilitem qualquer tipo de memorização rápida.

— Gostei especialmente da arquitetura do museu — digo, confiante. — Um inacabado palácio do século XVIII que nunca foi construído além do térreo.

— Palácio do século XVIII? Mas essa não é a arquitetura do Guggenheim de Veneza?

Guggenheim de Veneza?

Ah, merda.

Acabo de descobrir ao rolar a página que há cinco Guggenheim espalhados pelo mundo. Fala sério! *Cinco*? Meu Deus, que exagero!

Pigarreio.

— Na verdade, mãe, eu disse que *gostaria* de conhecer o palácio do século XVIII em Veneza, já que o museu de Nova York é tão... diferente. — Respiro fundo e acelero: — É impressionante a utilização de formas geométricas puras, ou melhor, que têm origem nas formas puras, como o cilindro, o tronco de cone, o tronco de prisma e o polígono de três lados, e orgânicas. — *Orgânicas*? Que merda é essa? — Tais elementos, mãe, estão presentes em todos os lugares do edifício. Desde o desenho do piso até os detalhes de luminárias. Em tudo, foram usadas formas puras. Principalmente o círculo e o triângulo que fazem com que toda visão individual reporte diretamente a formas geométricas. Bom, é isso.

— Duda... — Ela faz uma breve pausa. — A mamãe está chocada! Como essa viagem tem feito bem a você, filha! Chico, escute só isso! Estamos no viva-voz agora, Duda. Repita tudo para o seu pai ouvir.

— Eu disse que acho impressionante a utilização de formas geométricas... — Repito tudo.

No final, os dois me aplaudem.

Mas então alguém, que suspeito ser Chong Ling, está dizendo:

— Ela está lendo na Wikipédia. Estou terminando de editar uma reportagem que compara as arquiteturas de museus chineses às do resto do mundo. E o Guggenheim está na lista. Estou com a Wikipédia aberto na tela do meu computador neste exato momento.

Odeio Chong! Odeio Chong do Pé de Feijão! Tomara que os pinos de extensão da perna dele se soltem e ele volte a medir um metro e sessenta e dois!

E, além do mais, ele está *copiando* a Wikipédia! Ele é jornalista, meu Deus do céu! Não pode fazer uma coisa dessas! De jeito nenhum!

Odeio todos os jornalistas. Menos papai, mamãe, Susana (preciso refletir melhor sobre isso), Miguel e eu, futuramente. E William Bonner cada dia mais gato.

— Duda não está lendo, Cho. — Mamãe me defende. — Você está lendo, filha?

O problema de mentir para sua mãe é que... bom, dói no âmago de seu ser.

— Eu... Mãe... É só que, sabe como é, gosto de pesquisar sobre os museus antes de visitá-los. E pesquisei tanto sobre o Guggenheim, inclusive na Wikipédia, que alguns detalhes ficaram enraizados na minha memória.

— Ouviu isso, Cho? Duda não está lendo.

— Vou engolir essa — diz Chong do Pé de Feijão. — Mas só porque hoje é o aniversário de 20 anos dela.

O problema de mentir para sua mãe *e* se ter 20 anos é que... bom, *quando é que você vai criar vergonha na cara e amadurecer?*

— Mãe, preciso desligar agora. — *É que tenho de acordar minha prima bêbada, desfazer os efeitos do furacão que passou pelo meu quarto, fazer um levantamento do rombo financeiro e depois simplesmente chorar. Ou, talvez, me atirar da janela.* — É que acabei de acordar e tem uma fila gigantesca diante de mim, querendo me parabenizar. Três pessoas, na verdade.

— Amo você, filha.

— Ama mesmo?

— Claro que amo!

— Independentemente de tudo?

— Meu amor por você é incondicional.

— O meu também, mãe, não se esqueça disso. Então tchau.

— Ah! Espere, Duda!

— Estou ouvindo.

— Se por acaso Miguel Defilippo aparecer por aí hoje, diga a ele que eu...

Tu. Tu. Tu. Tu.

Não acredito no que acabei de fazer. Não acredito que desliguei o celular na cara da minha mãe.

Certo. De qualquer modo, sempre podemos inventar uma boa desculpa, não é? Principalmente se estamos sob uma cidade branca. Uma cidade de neve.

Posso dizer que fui atingida por uma enorme avalanche.

Ótimo. Vou dizer exatamente isso. Vou dizer que uma avalanche passou por mim, levando o celular embora. E vou desconversar se mamãe vier com o assunto "Miguel Defilippo" de novo.

Um assunto, agora reflito, que é a coisa mais estranha do mundo.

EU AMO A MINHA IRMÃ

— *Surpresa!* — gritam Susana e Margô, lançando quatro braços firmes em volta de mim, apertando-me. O que é bom, já que, depois de cambalear do quarto até a cozinha enlouquecida por um copo d'água e me deparar com a bancada repleta de guloseimas de café da manhã (no meio de tudo, há uma cestinha forrada com paninho xadrez, lotada de pães de queijo), meu corpo amoleceu completamente e ainda continua mole, meu estômago desvairadamente faminto. — Parabéns, Duda! Feliz aniversário de 20 anos! — Elas continuam gritando, para a tristeza de meus ouvidos supersensíveis por causa da ressaca.

— Obrigada, meninas — agradeço e me acomodo à bancada quando elas, enfim, me soltam e resolvem parar de berrar. Encho um copo com água e bebo tudo numa golada só.

Susana está vestindo um conjunto de moletom azul-marinho por baixo do avental sujo de farinha, o que significa que, apesar dos cabelos, que continuam louros, agora presos num coque bagunçado, ela não fugiu para Las Vegas nem se casou com Miguel, como cheguei a suspeitar (ou, pelo menos, não está usando aliança de brilhantes da Tiffany em nenhum dedo).

Ela faz um gesto para a mesa farta e explica, orgulhosa:

— Nosso presente para você.

— Não precisavam se incomodar — digo e enfio um pão de queijo quentinho na boca. Hum, que delícia.

— Ontem, Margô e eu passamos o dia inteiro atrás de mercadinhos de iguarias brasileiras.

— Foi uma dificuldade encontrar ingredientes para pão de queijo, broa de fubá e pamonha, sabia? — reclama Margô, que está usando um vestido indiano folgado sob um casaquinho de tricô amarelo. Nos pés, pantufas do Garfield. Margô comprou pantufas novas. *Puft!* E eu achando mocassins de franjinha verde-limão ridículos... — Principalmente porque sua irmã, a experiente *chef* de cozinha, tinha preferência por certas marcas. *"Não. Essa farinha encaroça fácil". "Esse não é o fubá que vovó Carraro usava quando eu engatinhava em volta de seus pés."* Tenha dó! Você me deve a sola das minhas botas!

Susana faz uma careta para Margô e diz:

— Mas conseguimos! Também compramos os ingredientes para o bolo da noite. Eu mesma vou fazer. Bolo de brigadeiro. E comprei vinte velinhas e também balões. Vi que Lisa abasteceu a geladeira com Guaraná Antártica e tudo mais. O que é ótimo. Ah! E convidei Fred e Alex, os únicos amigos que podem chegar até aqui sem serem engolidos por uma bola de neve. É uma sorte terem substituído Alex por outro médico plantonista, que mora nas proximidades do hospital.

Ah, tá. Como se conhecêssemos muita gente nesta cidade... Eu seria capaz de expulsar Brad Marley do meu aniversário, depois que ele engraçou sua mão boba e peluda para cima de Margô. E Pablo mora no Brooklyn, o que, com essa nevasca, é praticamente como se morasse em Netuno, um lugar remoto e inacessível.

— Os nova-iorquinos estão ilhados em suas casas — continua Susana. — A chuva de neve não deu trégua. Puxa! Ontem foi um sábado tão lindo de sol! Quem diria...

— As previsões do tempo neste país nunca falham — observa Margô. — Duda, desculpe por ontem. Quando chegamos em casa, tarde da noite, a catástrofe da bebedeira já tinha ocorrido. Encontramos vocês duas roncando, cercadas de sacolas e mais sacolas. O cheiro de álcool pairava forte no ar. Você deveria saber que o alcoolismo acomete cerca de 10 a 12% da população mundial e que...

— Eu não sou alcoólatra! — grito, ofendida.

— Nem eu! — responde uma voz rouca atrás de mim. Viro o rosto por sobre o ombro e vejo que Lisa acaba de se juntar à reuniãozinha das loucas. Sua cara está amarrotada. Os cabelos desgrenhados e cheios de tufos. Os olhos tão miúdos e empapuçados que mais parecem dois risquinhos escondidos no bolo de pele fofa. — Parabéns, prima! — Ela vem arrastando as meias na minha direção e me abraça, cochichando em meu ouvido: — E que Miguel Defilippo se declare a você.

— Se ele me telefonar hoje, já vou ficar bastante satisfeita — cochicho de volta.

— Você tem certeza de que contou a ele sobre seu aniversário?

— Tenho. — Continuo cochichando. — Mas isso foi há um mês e duvido muito que ele tenha prestado atenção.

— Bom, ele tem até meia-noite para provar qualquer coisa. É possível que telefone. — Ela tenta me animar. Depois se afasta e se dirige à Susana: — Você preparou tudo isso sozinha? Desde quando sabe fazer pão de queijo?

— Margô me ajudou — responde Susana antes que Margô abra a boca para reclamar. — Pegamos as receitas no site Tudo Gostoso.

Lisa larga o corpo no banco, enfia a mão no bolso da frente do moletom aflanelado (ela já se livrou do casaco de couro da Abercrombie) e me entrega o celular, cheia de expectativa.

— Estava vibrando lá no quarto — diz ela.

Meu coração se agita no peito, a esperança crescendo dentro de mim. Será Miguel querendo me felicitar e dizer que ainda me acha uma garota legal, mesmo depois das prováveis asneiras que eu disse a ele? (O QUE FOI QUE EU DISSE A ELE?)

Mas quando olho a telinha reluzente do celular, a esperança se transforma em tristeza. Lá está: "V.Inferno.Hugo".

Neste instante, o celular começa a vibrar outra vez, e eu o largo na bancada, longe de mim, antes de bufar pesadamente.

— Não vai atender? — Lisa quer saber. — É La Cosa?

Bem lembrado. Pablo ainda não me telefonou. O que, no mínimo, é esquisito, considerando que ele é meu amigo, todo fofo, atencioso e coisa e tal. Já é meio-dia. Pablo não iria esquecer, iria? É meu aniversário de 20 anos! Ele vai telefonar! Ele *tem* de telefonar! Porque se Pablo não lembrar, o que me faz ter esperanças de que Miguel vai lembrar?

— Eu atenderia Pablo, Lisa.

— Quem você não atenderia então?

— Adivinha.

— Vitor Hugo?

— Oh, parabéns! Acertou.

— Vitor Hugo voltou a perseguir você? — Susana parece assustada.

— Infelizmente sim. — Suspiro, chateada. — Fica me telefonando dia e noite, lotando a caixa de entrada do meu e-mail. Os assuntos mais variados e polidos: *"Pô, Duda! Por que não me atende?"* ou *"Pô, Duda. Estou com saudades!"* ou ainda *"Sonhei com você. Pô, Duda!"* Sem contar que, todos os dias, quando vou à caixa de correio... — Ir à caixa de correio diariamente se tornou minha obrigação depois da nova divisão de tarefas domésticas, que (quase) ninguém respeita — ... encontro uma carta do sujeito. Passo rapidamente os olhos pelo remetente *"Vitor..."* e já vou logo rasgando e jogando no lixo, antes de ter vontade de vomitar. Se vocês não sabem, o inferno tem nome.

— Ele sabe nosso endereço? — pergunta Margô e beberica o café.

— Não deveria. Já quebrei a cabeça tentando entender — respondo. — Quer dizer, acho que Dani não me trairia desse jeito, trairia? Ele não contaria. E Vitor Hugo não conhece Augusto. E não contei a Robertinho.

— Eu já disse a você que Dani é doidinho, mas é superconfiável e honesto — afirma Lisa, enfiando um biscoitinho amanteigado na boca.

Margô lança um olhar recriminador quando Lisa começa a falar de boca cheia: — Quando ele me pediu cola na primeira prova de História do Design I e nós dois acabamos tomando um baita zero e fomos expulsos da sala ao som dos gritos ensurdecedores da galera, ele insistiu em assumir a culpa, foi falar com a diretora, tentou a todo custo livrar minha barra. Até chorou, coitadinho. O que não alterou minha nota, claro, mas me fez ganhar um grande amigo. Além do mais, acho que Dani nem conhece Vitor Hugo direito. Ninguém conhece muito bem aquele lá, para falar a verdade.

— Você tem de fazer algo definitivo, Duda. Tomar uma providência severa — aconselha Susana, reabastecendo minha xícara com café preto. Que coisa mais bacana da parte dela... Todo esse cuidado... E esse café da manhã (quase almoço) especial... Como pude ter pensamentos tão perversos sobre minha própria irmã? Como pude temer que ela fugiria para Las Vegas com o homem por quem sou apaixonada? Ela não faria isso comigo. — Esse garoto passou dos limites. É caso de polícia até. Você deveria conversar com mamãe sobre isso.

Lisa dá uma risadinha venenosa e diz:

— Duda começou a agir por conta própria. Ontem, depois do espumante francês e do vinho, de toda coragem que eles nos proporcionaram, ela ligou para Vitor Hugo.

Sinto uma pontada na boca do estômago.

Ah, meu Deus! Lisa deve saber! Ela *tem* de saber!

O QUE EU DISSE A MIGUEL?

— O que eu disse a Vitor Hugo? — pergunto. Preciso começar de alguma maneira.

— Você disse: *"Vê se me esquece! Pare de me perseguir!"* Disse também que o detesta. Ou melhor, que detesta tudo o que diz respeito a ele.

Margô balança a cabeça e condena:

— Dizer que detesta uma pessoa é algo muito feio de se fazer, Duda. Sinceramente...

— Dá um tempo! — resmungo, irritada. — É porque ele não persegue você! — Para Lisa, pergunto: — Eu só disse isso? Mais nada?

— A melhor parte foi: *"Se você encontrar Robertinho Cavalcante, mande um abraço meu para ele. Um abraço bem apertado. Daqueles que só eu sei dar".*

— Não acredito! — Tenho certeza de que meus olhos estão arregalados. Sinto um contentamento enorme tomar conta de mim. — Rá! Mandei bem demais! Vitor Hugo deve ter ficado bolado!

— O que você ganha com isso? — Margô quer saber.

— Margô... — balbucio. — Juro por Deus...

— De qualquer modo, Duda — diz Lisa —, mesmo ele não tendo ido à Night Lounge na memorável noite em que você deu uns amassos em Roberto Cavalcante, o Gostosão da Geografia, Vitor Hugo já devia saber do caso. Tudo bem que ele estuda Engenharia Elétrica e é bitolado em números e coisa e tal. Além de ser um dos garotos mais antissociais da PUC, o que provavelmente o desqualifica como bom ouvinte de fofocas. Quer dizer, as notícias não devem chegar a ele tão rapidamente. Mas já tem dois meses! Além do mais, ele também é bitolado em você, Duda. Você não deve ter contado nenhuma novidade.

— Engenheiros não são bitolados — Margô defende a própria classe. — O problema de Vitor Hugo é que ele faz questão de se isolar do mundo, de ser antipático. Não tem nada a ver com o curso que escolheu.

— O problema de Vitor Hugo — Lisa se vira para Margô — é carência reprimida. Ninguém dá atenção a ele. Não que ele mereça, claro.

— É verdade. Sabe, tenho dúvidas se ele já beijou uma garota — reflete Margô. — Eu não me surpreenderia se ele fosse gay.

— Foi quando Duda fez esse papel que o garoto caiu de amores — conclui Lisa.

— *Você beijou Vitor Hugo, Duda?* — Susana está horrorizada.

— É claro que não! — Salto no banco.

— Não, Su. — Lisa ri. — O que eu disse é que acho que a perseguição começou quando Duda *deu atenção* a Vitor Hugo, coisa que ninguém nunca fez. Naquele dia em que...

— Não me lembre desse dia! — exclamo. — Vamos mudar de assunto.

— Eu não sei o que aconteceu nesse dia — diz Susana.

— Vamos mudar de assunto, por favor — suplico. — Hoje é meu aniversário.

— Não sei... — Margô fica pensativa. — Parece que Vitor Hugo sente prazer em ser um sujeito diferente. Viver num mundo paralelo. Acho pouco provável que ele soubesse sobre a sortuda escolhida por Roberto Cavalcante, o Gostosão da Geografia. Sabe como é, antes de Duda contar.

— Mas eu não contei — digo. — Tecnicamente.

— Com certeza ele entendeu o recado — diz Margô. — Ele é todo esquisitão, mas não é burro, não. Tem o melhor rendimento acadêmico de todas as engenharias. Depois de mim, claro.

Susana suspira e cruza os braços:

— RCGG... — Ela estala a língua e balança a cabeça. — Aquele lá nem deve lembrar que você existe, Duda. Não perca seu tempo.

Tudo bem. *No stress*. Não vou dizer a ela que Robertinho me mandou mais de vinte e-mails durante duas semanas, dizendo que estava com saudade de mim, que sentia meu cheiro e não via a hora de eu voltar para o Brasil. Também não vou dizer que fui eu quem o cortou, quem disse para ele desencanar, que tinha sido ótimo ficar com ele na Night, mas que era só isso.

Não vou dizer a ela. O que eu ganharia bancando a sincera agora? Certo. Eu ganharia dois segundos de prazer olhando a cara pasma dela. Mas Susana está sendo tão boazinha para mim hoje. Essa broa está tão maravilhosa! Talvez eu conte amanhã.

— Espere, Duda — diz Lisa, o indicador no queixo. — Acho que você telefonou para mais alguém...

Sinto minha garganta se fechar num nó apertado, o pedaço de broa engastalhado no meio do esôfago.

— Não, não — corrige ela imediatamente. — Estou delirando.

Ah, não! Lisa era minha única esperança... E ela não está fingindo nem nada. Ela teria piscado o olho para mim nesse caso.

— Ai, gente — choraminga ela, enterrando o rosto entre as mãos. — E agora? Quero dizer, como vou pagar a conta dos cartões de crédito? Papai vai ficar uma fera comigo.

— Nem me fale. — Imito Lisa, enterrando a cabeça entre as mãos também. — Como vou explicar toda essa gastança à mamãe? Ainda mais depois das palavras tão puras que ela acabou de me dizer, sobre como sou uma jovem especial e tudo mais. E papai, coitadinho, declamou Vinícius para mim. *"Existiria verdade. Verdade que ninguém vê. Se todos fossem, no mundo, iguais a você."* Este é o pior aniversário de todos os tempos! A vida é uma droga! Sinto-me tão mal! Tão fracassada... Susana, papai mandou lembranças.

— Obrigada. — Susana se apoia nos cotovelos e nos encara. — Mas, afinal, qual foi o motivo da bebedeira?

Lisa e eu nos entreolhamos, confidentes. Certo. Não vamos contar. Então suspiro e minto:

— Meu aniversário. Antecipamos a comemoração.

— Eu comprei duas bolsas Chanel! — lembra Lisa. — Como pude fazer uma coisa dessas? E estou me lembrando de ter passado a conta gigantesca em vários cartões e de ter alugado a moça da loja com toda a história que estudei na faculdade sobre Coco Chanel. Coitadinha da moça. Como se ela não soubesse que a imortal estilista francesa chamava-se Gabrielle e morreu em 1970.

— 1971 — corrige Margô.

— Como? — Lisa olha para ela de esguelha.

— Coco Chanel morreu em 1971 — repete Margô. Lisa revira os olhos.

— E eu? — digo, apavorada. — Gastei 320 dólares em outra calça jeans da Diesel! Como eu me detesto...

— Mas a calça é maravilhosa — diz Susana, dando um tapinha complacente no meu ombro. — Foi a primeira coisa que notei quando entrei no quarto ontem, depois das fotos espalhadas pelas paredes, uma mais engraçada que a outra.

Margô está balançando a cabeça daquele jeito irritante:

— O consumismo é uma das grandes pragas da sociedade contemporânea por impactar no meio ambiente de forma preocupante. Poluição de recursos não renováveis, desaparecimento de espécies animais... Vocês sabiam que, para se confeccionar uma bolsa de couro de crocodilo, por exemplo, são necessários dezoito animais? As bolsas Chanel são de couro de jacaré-de-papo-amarelo?

— Se você ainda não entendeu, Margô — estou dizendo. — Lisa e eu torramos o suado dinheirinho de nossos pais! Acha mesmo que nos importamos com a *cor* do papo do jacaré?

Susana está morrendo de rir.

— Qual é a graça? — pergunto, ofendida.

— Ah, Duda! Na verdade, Margô e eu combinamos de não contar nada a vocês durante uns dias. Para que tivessem a chance de aprender com os próprios erros, mas...

— Nãããããooo! — grita Margô. — Nós combinamos, Susana!

— Mas Margô... Duda está fazendo 20 anos! — argumenta Susana.
— Um marco na vida dela! Não posso simplesmente deixá-la sofrer por uma coisa tão...

— Ela precisa aprender. — Margô fica de pé. — As duas precisam refletir sobre os males irreversíveis que causaram ao meio ambiente por conta de um consumismo podre, desenfreado pelo uso de drogas. Porque álcool é droga. E, no caso das duas, menores de 21 neste país, o álcool é uma droga i-lí-ci-ta! Elas infringiram a lei e deveriam dar graças a Deus que não as estamos denunciando à NYPD ou ao Greenpeace! O futuro da humanidade depende de nós! O mundo está se extinguindo a cada segundo! As florestas, os animais, os mares, a atmosfera! Tudo isso depende de mim, de você e de você e de você!
— Ela vai apontando o dedo fura-bolos para cada uma de nós. Termina com uma reverência: — Al Gore, *I love you*.

Não consigo me mexer.

Susana já se levantou e agora está batendo palmas:

— Meus parabéns, Deusa da Simplicidade! Acabou o showzinho do bom exemplo? Porque olhe só para você! Olhe só essas lindas pantufas em seus pés! Diga-me Deusa da Simplicidade, por que comprou um par de pantufas do Garfield? Pelo que eu me lembro, você já tinha um! E esse medonho vestido indiano também é novo. E o casaquinho...

— O casaquinho é de fibras ecológicas. Eu mesma tricotei. Olhe aqui os calos nos meus dedos! E quanto às pantufas... — Margô está ficando vermelha.— É que esqueci as minhas no Rio e você sabe muito bem como sinto frio nos pés.

— Ah, que beleza. — Susana ri macabramente, as narinas se estufando. — Essa é mesmo muito boa. Sabe o que eu acho, colega? Acho que antes de sair por aí acusando as pessoas de consumistas, você deveria olhar para o próprio umbigo. Ou, pelo menos, se tratar do DDA. Ou usar uma meia em cima da outra. Ou deixar os dedos necrosarem até virarem adubo natural para nossas florestas.

— Ah, é? — Margô anda pela cozinha e para diante de Susana. — E você? Sua loura oxigenada! Você não deveria sair por aí brincando com o coração dos homens. Alex está caidinho por você.

— E quem disse que eu não gosto dele?

— Você gosta dele?

— Er... — Susana coça a cabeça. — Não tanto quanto gostava no início quando ele olhou no fundo dos meus olhos, por entre os galhos da árvore de Natal, e me fez acreditar que eu tinha encontrado minha alma gêmea. Depois vi que não era bem assim. Uma garota tem o direito de se enganar. De qualquer modo, isso não é da sua conta.

— Você está se aproveitando do rapaz! — guincha Margô. — Como foi mesmo que você disse? Ah, lembrei. Você disse que era mesmo um alívio estar num país estrangeiro e poder se divertir com um brinquedinho vigoroso e saudável inteiramente à sua disposição.

— Cale a boca, Margô! Há garotas ingênuas no recinto.

— Garotas ingênuas? De 19 e 20 anos? — pergunta Margô, sarcástica. — Será que essas duas ainda pensam que desembarcaram na Terra do bico da cegonha?

— As minhas questões amorosas não estão na berlinda.

— Questões amorosas? Questões *sexuais* você quer dizer, não é? Porque é só nisso que você pensa, *Sex Machine*! E quando está com ele, nem dá bola para a amiga aqui. E, às vezes, ainda sou obrigada a me fingir de boba, cobrir os ouvidos. Como lá em Chicago. Ou você pensa que o barulho não me incomodou no quarto ao lado? Eu me sentia tão carente naqueles dias...

— Não interessa! — rebate Susana. — O que importa é que Duda é minha irmã e está fazendo 20 anos. Não vou deixar que a coitadinha sofra no dia do aniversário. Tendo eu combinado com você ou não. Estando eu me aproveitando sexualmente de Alex ou não. Como se ele não gostasse de ser usado.

Há um silêncio horrível, como se alguém tivesse cortado a luz no clímax de um filme de Shyamalan.

De repente Lisa se levanta e exige:

— Uma das duas nos diga agora que, diabos, está acontecendo nesta cozinha.

Levanto-me também, cheia de coragem, querendo derramar umas belas palavras de efeito, mas fico tonta com a rapidez do movimento e desmonto de volta no banco. Detesto a moleza que acompanha a ressaca! Detesto! Que ódio! Por que fui beber tanto? Nunca mais vou beber! Nunca mais!

O que eu disse a ele? Será que ele vai me telefonar?

— Você não vai dizer... — Margô mantém os olhos vidrados em Susana, o lábio superior tremendo.

— Ah! Mas agora é que eu digo mesmo.

— Diz o quê? — grito, por fim. — Desembucha logo, pelo amor de Deus!

Então Susana limpa a garganta e pergunta calmamente, como se fosse rezar o pai-nosso:

— Vocês duas não conhecem os direitos do consumidor do país onde estão vivendo não?

Leva três segundos até o *clique* em minha cabeça.

— Lisa! — Ponho a mão na boca. — É mesmo! *É mesmo!*

— É mesmo *o quê?* — Lisa está aflita.

— Ah, meu Deus! Estamos em Nova York! O que significa que podemos devolver tudo o que compramos. Não tiramos as etiquetas.

As lojas devolvem o dinheiro, estornam as saídas dos cartões de crédito. Nem precisamos explicar nada. Nadinha! Arrependimento da compra puro e simples. Como pude esquecer? Eu amo o Tio Sam! — digo, feliz da vida, e corro para envolver Susana em um abraço forte. — Amo você também, irmãzinha mais linda do mundo. Alguma vez eu disse que o louro cai muito bem em seus cabelos?

FESTA NO APÊ, PROIBIDO BUNDALELÊ

São oito horas da noite em meu novo Swatch dourado, a única aquisição de ontem que resolvi não devolver.

Tudo bem. Não exatamente a única. Também vou ficar com o cardigã rosa *shock* (não tenho nada parecido no meu guarda-roupa). E não vou devolver os mocassins de franjinha verde-limão: Margô vai ficar com eles.

De pé, diante do espelho de moldura envelhecida em meu quarto, analiso meu reflexo, o vestido de lã cor de areia e as botas caramelo que calcei para combinar, tentando imaginar uma milagrosa maquiagem capaz de levantar minha péssima aparência pós-ressaca, disfarçar as marcas do choro reprimido e revelar meu bom humor, escondido em algum canto dessa cara desbotada. Lá fora, a neve não para de cair.

Miguel não telefonou. Pablo também não.

Tenho certeza disso porque levei o celular comigo o dia inteiro. Quando fui tomar banho, depois de terminar a arrumação no quarto, deixei o celular sobre a pia do banheiro e acabei sujando a telinha de espuma nas três vezes em que ela piscou, fazendo-me pular para fora do boxe desesperadamente. Mas só passei raiva com "V.Inferno. Hugo" (foram duas chamadas rejeitadas e uma mensagem que apaguei sem ler).

Mais tarde, tentei ocupar a mente com a lista de exercícios do livro de inglês, apesar de a LSA ter confirmado, em seu site, o cancelamento das aulas da próxima semana; a previsão do tempo é de que a nevasca continue por mais alguns dias. Passei mais de uma hora agarrada na questão de número dois (*complete the sentences with the correct verb form*), pois eu estava absorta, interrompendo o exercício de dois em dois minutos a fim de espiar meu celular.

Acabei desistindo do exercício e, deixando o celular à vista, abri o laptop e enfiei os fones nos ouvidos (rock pesado). Preenchi mais de dez inscrições para o *Late Show*. Em seguida, li os tabloides sobre Robert Pattinson e até deixei escapar uma tímida risada quando soube que ele vai ser papai: meu Deus, quanta mentira! Por fim, acessei o *Post* com a ajuda (ainda indispensável) do Google Tradutor.

Lion Boods estampava a manchete em letras garrafais, para variar. Realmente não sei como esse sujeito e suas mil e uma amantes ainda têm tanto destaque na mídia! Quer dizer, não é por nada não, mas a notícia "Engana Bobo", sobre a aventura do Sósia de Robert Pattinson no Réveillon da Times Square, era muito mais interessante e, mesmo assim, não foi impressa com a metade do corpo dessa fonte aqui:

DEPOIS DE ESCÂNDALO COM AMANTES, "LEÃO DO TÊNIS DE MESA" ANUNCIA SEPARAÇÃO

Vez ou outra, meus olhos vagavam para a telinha do celular. Mas foi somente por volta das seis da tarde que ela piscou novamente. Fui para a cozinha, recostei-me na geladeira e fiquei conversando com Dani, do outro lado do mundo, enquanto observava Susana, compenetrada, misturar os ingredientes do bolo num vasilhame apoiado em sua barriga. Metade de sua língua pendia da boca e os olhos iam e voltavam para a receita impressa em Book Antiqua, a fonte "mais gracinha", segundo ela. Margô, a seu lado, picava uma barra de chocolate. As duas amigas ficaram sem se falar por incríveis três horas. Depois se abraçaram e trocaram desculpas.

Dani estava bastante empolgado em ser o mais novo membro da equipe de organizadores da calourada da PUC. A festa acontece daqui a um mês, quando o novo período da faculdade começa. Dani gastou mais de quinze minutos tentando me convencer a dar um "rápido pulinho" ao Rio de Janeiro só para participar do evento.

— É minha estreia na organização, Dudinha — insistiu ele com a voz estridente e chorosa de sempre. — Sabe quem vai estar lá? O Arraso Arrasador Estonteante Roberto Cavalcante, o Gostosão Oh My God da Geografia! Nem acredito em como você é tão sortuda, Dudinha! Espere. Estou hiperventilando aqui... *Afff*... Preciso respirar num saco de papel...

— Menos, Dani...

— Deixe de ser pão-duro, compre uma passagem e venha. Fale com a Lilica.

— Prometo que vou pensar — eu disse, por fim, para me livrar.

— Mande um beijo meu para ele! — gritou Lisa. Sentada no sofá, ela passava esmalte nas unhas dos pés enquanto acompanhava as notícias da nevasca pela CNN.

— Ainda morro de saudades de vocês duas — disse Dani, jururu. — Como vou passar um período inteiro na faculdade sem minhas duas gatas? O Rio de Janeiro não está mais lindo... Não sem vocês aqui... Diga à Lilica que estou devolvendo o beijo. Mas na bochecha, por favor. Sinto coceira só de pensar na boca de uma mulher.

Perdida em lembranças, perdida na ausência amarga de Miguel e Pablo, bufo de raiva ao riscar o lápis para fora da linha inferior do olho esquerdo.

— Droga! — resmungo para o espelho, atiro o lápis no tapete de crochê e cruzo os braços. — Droga! Borrei!

— Duda... — Lisa para de pentear os cabelos e passa o braço em meu ombro, a escova pendendo da outra mão.

Por um tempo, ficamos muito quietas, encarando nossos reflexos emoldurados.

— Talvez Pablo tenha perdido o celular e não esteja encontrando um orelhão acessível — diz ela, por fim, encarando-me pelo espelho. — Vai ver ele é uma criatura tão desligada quanto Margô, que já perdeu mais de dez celulares nas profundezas da privada. — Ela tenta arrancar um sorriso de meu rosto. Mas o sorriso não sai.

— Ele poderia ter deixado uma mensagem no Orkut — reclamo. — No Facebook. Ter me mandado um e-mail, um sinal de fumaça. Poderia ter me chamado no Skype, que deixei ligado o dia todo! Não dá para acreditar que até Pablo esqueceu. Ele passou a semana toda fazendo piadinhas sobre meu envelhecimento precoce, querendo arrancar o fio de cabelo branco da minha cabeça enquanto eu fugia desesperadamente de seus dedos gigantes dizendo dar azar.

— Você tem um fio de cabelo branco? — pergunta Lisa, virando o rosto de repente, como se perguntasse: *"Você tem alguma doença mortal?"*.

— Tenho, Lisa. Um único fio que descobri dia desses.

— Deixe-me ver.

— Não. — Afasto-me e sento na cadeira da escrivaninha. Lisa tenta disfarçar, mas não consegue tirar os olhos de minha cabeça. — Sei que venho agindo errado. Mas não esperava que Pablo fosse me ignorar de repente, sem explicação.

— Ele não está ignorando você, sua boba — diz Lisa, soltando a escova na escrivaninha e agarrando meus ombros, seus olhos continuam em busca do fio branco em minha cabeça. — E se ele realmente esqueceu, essas coisas acontecem, Duda. Lembra quando esquecemos o aniversário de 85 anos da vovó Carraro e ela nos mandou aquela telemensagem medonha esculachando as três netas ingratas? Falando nisso, ela telefonou para você?

— Não. — Fico de pé, fugindo dos olhos incansáveis de Lisa. — Mas deixou mais de quarenta recados em meu Orkut com aqueles ursinhos bailarinos dizendo *"Mais uma velinha? Tá ficando coroa, hein!"*. Alguém tem de dizer a ela que é preciso conferir se o recado realmente *não* foi enviado antes de sair enviando outros mil só por garantia.

Lisa ri. Eu faço beicinho e choramingo:

— Ah, Lisa... A verdade é que estou ainda mais triste por causa daquele metido à dublê de Robert Pattinson. Talvez, se Miguel tivesse telefonado, eu nem estaria me importando com Pablo. Provavelmente estaria dando pulos de alegria agora, o que é uma injustiça tremenda.

Ela afaga meu cabelo propositalmente, separando e investigando os fios nos dedos. Esquivo a cabeça.

— É porque você está apaixonada por ele. Não se torture tanto, prima... Miguel não deve ter prestado atenção... Foi só uma vez que você comentou sobre seu aniversário, Duda. Só uma... Talvez ele nem tenha ouvido.

— Ouvir, ele ouviu, porque ainda disse que compraria um presente para mim. Mas prestar atenção... — Suspiro. — E mamãe veio com uma conversa tão estranha hoje... Por acaso você comentou qualquer coisa sobre Miguel?

— Com tia Malu?

— É.

— Eu não. Por quê?

— Ela ficou me perguntando umas coisas.

— O quê, exatamente?

— Não lembro muito bem porque entrei em pânico. Mas foi tão esquisito, Lisa. Como mamãe pode saber que existe um Miguel Defilippo na minha vida?

— Não sei. De qualquer forma, você desconversou, não é? Porque, sabe como é, ela pode ficar pensando...

— É claro que desconversei. E vou desconversar se ela tocar no assunto de novo.

Lisa fica pensativa.

— Sabe, tia Malu é a fiadora do nosso contrato de aluguel. Talvez, sei lá, Augusto tenha telefonado para ela e...

— É isso! Só pode ser isso! — digo num jorro de alívio. — Quer dizer, no contrato consta o telefone dela! Espere, acho que não consta não. Mas, de qualquer modo, só pode ser isso.

— Agora vamos — Lisa me sacode pelos ombros. — Vou ajudá-la com a maquiagem. Sente-se aqui. — Ela puxa a cadeira e eu me sento, jogando a cabeça para trás.

Não demora muito e ouvimos a agitação lá na sala. Lisa solta um mais que animado *"Ah, são eles!"*, puxa-me pelo braço, fazendo-me correr pelo corredor para receber Alex e Fred, pontualíssimos, como ela fez questão de observar. Só tive tempo de pegar meu telefone.

Alex sorri com os lábios incrivelmente carnudos (é impossível não notar) e me estende um embrulho prateado:

— Parabéns, Pequena Carraro — diz ele com seu tom normal de voz (o tom "não médico", apesar de sonolento) e me abraça com os braços fortes. Depois vai em direção à cozinha, onde Susana está distribuindo copos em uma bandeja. Ele esquiva a cabeça de um balão amarelo *"Happy Birthday"* que pende de um barbante colado na parede com fita adesiva e, em seguida, inclina-se para beijar minha irmã, entusiasmado demais.

Como Susana pode não sentir nada de mais especial por ele? Quer dizer, ele é um fofo, mesmo com esse casaco do Knicks! Eu poderia facilmente cair de quatro se um cara me pegasse e me beijasse desse jeito... Tudo bem, não um cara qualquer, já que, infelizmente, ele tem nome e sobrenome.

Alex toma fôlego e continua:

— Pensei em presenteá-la com algo mais útil, Duda. Uma caixa de curativos de emergência, ou um conjunto de talas de imobilização. Você sabe, ganhamos amostras grátis no hospital. Acho que você faria bom proveito delas. — Ele ri. — Mas acabei mudando de ideia. Qualquer problema, reclame com Susana que me deu a dica.

Até que um Band-Aid não seria uma má ideia. No meio da tarde, descobri que ralei a panturrilha. Não sei direito como aconteceu, mas provavelmente me estabaquei durante a algazarra alcoólica no quarto ontem.

Solto um suspiro pesado depois de rasgar o papel prateado.

— Obrigada, Alex — tento mostrar animação. — Acertou em cheio. Bon Jovi ao vivo no Madison Square. Ainda não tenho este.

É inevitável a fisgada amarga da lembrança acertando meu peito como uma faca de ponta afiada. Miguel e eu no Volvo prata, presos no Lincoln Tunnel, assistindo a este mesmo DVD. Mais uma vez, tenho vontade de perguntar a Alex sobre o amigo desaparecido. Mas seguro as palavras na boca e balanço a cabeça, ciente de que seria inútil. Sei exatamente o que Alex iria dizer. Iria dizer que não vê Miguel há algum tempo e que nada sabe a respeito de seu paradeiro.

O que faço, então, é erguer os olhos e encarar o Agarradinho, parado na soleira da porta. Tento parecer feliz com sua presença.

— Juízo. — É o que ele diz, abraçando-me com um braço só e muito rapidamente.

Ele me entrega uma sacola rosa minúscula da Victoria's Secret. Tenho vontade de esganá-lo quando descubro o brilho labial (13 ml) com gliter, certamente comprado por 1 dólar na liquidação semianual da loja. Sei disso porque foi o preço que paguei por cada um dos dezesseis brilhos labiais exatamente iguais a este que comprei na semana passada. O Agarradinho fez de propósito. Ele quer me irritar, mas não vou me render.

— Obrigada, Fred. Juízo para você também.

— Oi, Lisa — diz ele, esbarrando o peito em meu ombro ao passar por mim, e abraça minha prima com os dois braços, a maneira correta de se abraçar uma pessoa. — Você está linda.

As bochechas de Lisa se colorem de vermelho. Mesmo com o Agarradinho se inclinando para a frente, Lisa precisa ficar na ponta do pé para limpar uns flocos de neve dos cabelos louros dele, dizendo:

— Você fica muito bem de preto, Fred. — Ela se afasta um pouco. — Ei, o que trouxe nessa pasta?

Nem tinha reparado, mas Fred está segurando uma pasta e vestindo um suéter preto. Ele até que é bonitinho. Mas você sabe, seria melhor se não tivesse essa cara de anjinho do brejo, essa cara que conheço de algum lugar.

— Bom. — Fred pigarreia e olha de relance para mim. — Trouxe cartas do *Imagem & Ação*. Pensei que, se a festa estivesse meio desanimada, poderíamos jogar, fazendo mímicas, pois não sou muito bom de desenho.

— Que boa ideia, Fred. — Lisa balança as pestanas. — Eu adoro esse jogo de adivinhação.

— O clima está mesmo pedindo — diz ele, soltando a pasta sobre a mesinha de centro. — Essa neve lá fora, um bom jogo de equipe, um vinhozinho...

— Vinho não! — guincha Lisa. — Quer dizer, comprei Guaraná Antártica, não está louco de vontade de beber?

— Prefiro um bom vinho. — Ele se refestela no sofá, abrindo os braços atrás dos encostos de cabeça e apoiando o pé direito na perna esquerda. — Posso pegar um vinho da adega particular de Alex.

Mas é mesmo muito abusado!

— Não precisa, Fred. Temos vinho aqui. É só que... Bom, eu não vou beber — diz Lisa para ele. Para mim, sussurra: — Talvez por um ano.

— Sente-se aqui comigo — diz ele, dando um tapinha no lugar vago ao seu lado.

— Claro. — Ela se derrete e acata a sugestão.

Faço uma careta para os dois. Na cozinha, Susana e Alex estão... bem, estão no mesmo embalo entusiasmado. Com um bufar irritado, deixo os presentes ao lado da pasta do Agarradinho (aproveitando para dar uma olhadela na telinha do celular), e vou para perto de Margô, que está ajeitando um balão teimoso *"You're special"* na parede em cima da janela.

— Não parou de nevar um segundo — digo.

— Talvez seja boa sorte — responde Margô com um meio sorriso.

Fico olhando a rua sombria lá embaixo, as montanhas rosadas de neve em toda parte.

Boa sorte... Se São Pedro tivesse alguma consideração por minha pessoa, teria adiado essa nevasca idiota para depois do meu aniversário e, pelo menos, Pablo estaria aqui comigo. Ele não teria motivo para se esquecer de meu aniversário se tivesse sido convidado para a festinha.

— Posso abrir o DVD, Duda? — pergunta Susana, mas, quando me viro, ela já rasgou o plástico transparente e está enfiando o disco no compartimento do aparelho sob a tevê. — Aniversário sem música não tem a menor graça.

Ah, que ótimo. Agora *sim* minha felicidade está completa. Encho um copo com Guaraná Antártica, peço educadamente ao Agarradinho para recolher seu braço do encosto, afundo-me no sofá e fico olhando Bon Jovi cantar *Always*.

É óbvio que ele sabe de cor todas as cartas.
Estou falando desse Agarradinho sorridente e ladrão.
Porque, em meu dicionário, quem rouba nada mais é do que ladrão. E, tendo ele memorizado previamente todas as cartas do *Imagem & Ação* (é óbvio que ele fez isso), está me roubando a oportunidade de vencer o jogo. Ladrão. É isso o que ele é!

Minha equipe está perdendo de lavada nesse jogo de mímicas idiota que estou tendo o desprazer de jogar. Não sei como pude ficar quieta, como pude concordar com isso. Onde estava com a cabeça? Tudo bem. São onze e meia da noite, o dia está quase virando e meu aniversário perto do fim. Mesmo assim, sou eu quem deveria estar ditando as regras desta festa! É a festa do meu aniversário de 20 anos, afinal de contas!

E, honestamente, a festa nem estava tão desanimada como todo mundo argumentou. Só um pouco... tranquila. Em homenagem a mim, uma aniversariante tranquila e calma. Então por que, diabos, concordei em jogar esse jogo de mímicas idiota? Estava na cara que eu iria me irritar. Quer dizer, sou um pouco competitiva, sabe como é.

A verdade é que odeio perder. Ainda mais para uma equipe formada por Fred, Lisa e Margô. Porque essa última é muito voada. E a outra não faz nada além de se entupir de Guaraná Antártica, pular e gritar histericamente. Lisa não sabe fazer mímica nenhuma. Ela é muito ruim. E o Agarradinho rouba.

Minha equipe é realmente muito boa. Susana sempre foi excelente com essas coisas corporais. Essas coisas de mímica e imitação, quero dizer. Tipo, quando criança, ela apontava a própria garganta e mamãe logo trazia Nescau quente. Ela chacoalhava os braços dos lados do corpo e mamãe colocava o CD do Gugu, *A dança do passarinho*. Ela rebolava com o bambolê e, pelo amor de Deus, era a própria Carla Perez, só que mais magra e os cabelos, menos revoltos (naquela época ainda não se destruía cabelos com formol). E Alex é médico. Se ele não souber usar as mãos, como pode pegar um bisturi e operar os doentes? Certa vez, ele citou as sete maravilhas do mundo (as antigas e as novas) em resposta a um desafio lançado por Fred. Quem sabe citar as catorze maravilhas do mundo também sabe fazer mímica.

Mas incrivelmente estamos perdendo de 31 a dois. Quer dizer, incrivelmente coisa nenhuma, já que temos um ladrão entre nós.

Nós seis estamos sentados no tapete da sala, formando um círculo em volta da mesinha de centro, em cima da qual há uma pilha de cartas do *Imagem & Ação*, uma ampulheta azul, copos de refrigerante, taças de vinho e guloseimas.

Susana põe-se de pé e tira uma carta do alto da pilha. Em seguida, começa a andar pela sala dando adeus.

Fico de joelhos e, sacudindo as duas mãos freneticamente, disparo sem respirar:

— Famoso. Atriz. Ator. Robert Pattinson. Miss Brasil. Vera Fisher. Obama. Bill Clinton. Bill Gates. Político. Corrupção. Alegre. Bobo alegre. Esperto alegre. Lion Boods. Amante. Vampiro. Aniversário. Vinte anos. Celular. Amigo. Espanhol. Sósia. Misterioso. Esquecimento. Cofre digital.

— *Ace...* — murmura Alex ao meu lado. Mas não consegue completar a palavra porque...

— Tempo esgotado! — decreta o Agarradinho, erguendo a ampulheta diante dos olhos dos jogadores.

Susana solta os ombros e reclama com a voz enfadada:

— "Acenar". A palavra era "Acenar". Era uma mímica da categoria "Ação", Eduarda Maria. Um verbo.

— Eu ia dizer "Acenar"... — resmunga Alex.

Encolho-me e fico rangendo os dentes, amaldiçoando-me por minha burrice. Como eu me detesto...

— Minha vez. — Lisa fica de pé num pulo e tira uma carta enquanto Susana, de braços cruzados e cara emburrada, volta a seu lugar, ao lado de Alex. — É "Mix", ou seja, encaixa-se em qualquer uma das cinco categorias que são: "Pessoa, lugar ou animal", "Objeto", "Ação", "Difícil" e "Lazer". Posso começar?

— Espere. — Viro a ampulheta de cabeça para baixo. — Valendo!

Lisa começa a fazer um movimento estranho, varrendo o tampo da mesinha com a ponta dos dedos, como se separasse os grãos bons de feijão. Ah, Deus! O que ela está fazendo? Lisa é muito ruim.

— Ábaco Russo — diz o Agarradinho na primeira tentativa, sem pestanejar.

— Ah! — Lisa bate palma. — Acertou! Ábaco Russo! É isso aí! — Depois pula em cima dele.

Merda de jogo imbecil.

— Sua vez, Pequena Carraro — diz Alex, empurrando-me para cima.

Emburrada, pego todas as cartas e dou uma boa embaralhada de um minuto. Talvez o Agarradinho tenha memorizado apenas as quarenta primeiras. Enquanto rezo secretamente, rogando socorro a todos os santos do firmamento, puxo uma carta. Abro a boca para ler a categoria em voz alta quando de repente...

...há um *toc, toc* na porta atrás de mim.

— Ah! — grito. Meu coração dá um salto tão espantoso que meu corpo inteiro pula junto e uma chuva de cartas cai de minhas mãos, espalhando-se por todos os cantos.

— Cuidado! — avisa o Agarradinho. — Não pise nas cartas.

— Ah, meu Deus, quem será? — Levo a mão ao peito, tentando me acalmar. Depois arrasto minhas pernas moles e paro diante da porta. Giro a maçaneta e meu corpo congela no lugar.

Pablo aparece na minha frente, os braços para trás. Está vestindo uma capa amarela impermeável, que lhe cobre o corpo todo, das galochas pretas à cabeça escondida sob o capuz (também amarelo), como um daqueles agentes de trânsito organizando um cruzamento cujo semáforo queimou devido à tempestade. Somente o círculo do rosto moreno está de fora.

— *Feliz cumpleãnos*. — Ele sorri, exibindo duas carreiras de dentes brancos e perfeitamente alinhados. — Parabéns, Duda. E seu presente... hum... sobreviveu.

Detrás do corpanzil amarelo, surgem suas mãos enormes erguendo um buquê de rosas vermelhas, envolto por um plástico de proteção, a superfície fina salpicada de flocos de neve em processo de fusão cristalina.

— Você podia simplesmente ter telefonado, Pablo... Você...

— Eu não perderia seu aniversário por nada neste mundo. Nem por uma nevasca idiota dessas. Precisava parabenizá-la pessoalmente. Desculpe o atraso. Hum, pelo visto, tá rolando uma festinha animada por aí. — Ele olha por sobre meus ombros.

— Como você chegou até aqui? A cidade está caótica.

— Demorei três horas.

— *Três horas?* — Arregalo os olhos.

— O trem 2, que peguei na estação do Brooklyn, ficou parado no meio do caminho por quase uma hora. A parte chata é que eu estava sozinho no vagão. E... bom, acabou a luz. — Ele sorri por cima do buquê. Parece orgulhoso com sua história Highlander. — Pensei que não fosse chegar antes da meia-noite e quis telefonar, mas não havia sinal lá embaixo. Depois que o trem finalmente saiu do lugar, ainda andando devagar, desci na Fulton, na esperança de pegar a linha verde. Demorei a descobrir que os trens da linha verde não iam passar por um longo período. Não tive escolha senão entrar em outro trem 2 da linha vermelha e seguir até a estação da Rua Noventa e Seis.

— Mas essa estação fica no outro lado de Manhattan, Pablo. No lado oeste.

— Cruzei o Central Park andando.

— *Você o quê?* — Pisco os olhos para ele, tentando absorver suas palavras. — Veio andando? Debaixo dessa tempestade de neve?

— Não exatamente andando... — Com a cabeça, ele aponta as galochas nos pés. — Vim *furando* os montes de neve de lá até aqui. Quatro quilômetros, para ser mais preciso. Foi divertido ter o Central Park só para mim.

Meu corpo ainda está enrijecido e de repente minha cabeça parece pesar uma tonelada, saturando-se com um misto estranho de gratidão, choque, culpa e sei lá mais o quê.

— Quem abriu o portão do prédio para você?

Sua expressão se fecha imediatamente. Ele pensa por um momento. Mas que dificuldade pode haver nessa pergunta? Quer dizer, Pablo não tem a chave. Ou seja, alguém, que não está neste apartamento, abriu o portão para ele. Não tem outro jeito.

— Senhora Smith. A velha surda abriu o portão. — Ele balança as rosas diante de mim, o sorriso voltando ao rosto. — Não vai pegar seu presente? É simples, mas é de coração.

— Ah, Pablo... É tão lindo! — Pego o buquê, o cheiro de rosas inundando meu nariz, as pétalas roçando levemente em meu queixo. — Nem sei o que dizer.

— Então apenas me convide para entrar e...

A mão direita dele vem se aproximando de minha cabeça.

— E...? — instigo.

— E deixe-me arrancar este fio de cabelo branco.

— *Aaaaiii!*

Últimos Tweets da @crepuscolica

Desculpem, amigos, mas ando tão sem inspiração. A vida real é tão mais complicada...
11:08 AM Fev 15th via web

Orkut da Crepuscólica — Recados

Bia Cullen – 10 fev

Oi, Crepuscólica.

Não abandone sua comunidade **"Homem depois de Edward Cullen? Esqueça!"**
Gostaria que você soubesse que seus comentários na comunidade me ajudaram muito na época em que eu estava tentando esquecer um garoto aí. Só que agora arrumei outro namorado. E ele é louro. Isso mesmo. Eu, Bia Cullen, estou namorando um garoto louro. De qualquer maneira, Crepuscólica, outras garotas precisam de você!
Obrigada por tudo,

Robeijos

NOTÍCIAS DA PÁTRIA AMADA

Por volta das duas da madrugada da festa de meu aniversário, o que parecia absolutamente impossível acabou acontecendo: a nevasca piorou.

Depois de eu ter acusado Pablo de cabeça dura e irresponsável, de repetir milhões de vezes que ele não nos atrapalharia de maneira nenhuma, pois tínhamos comida suficiente para um batalhão, de dizer que, naquela situação, o Brooklyn era tão longe quanto a Espanha e, por fim, de ter apelado à minha melhor tremedeira labial justificada pela preocupação infinita com a segurança dele (utilizando as enfáticas palavras de papai, *"pessoas estão morrendo"*), consegui convencê-lo a ocupar a sala de meu apartamento por uma noite.

E ele lá permaneceu por cinco dias.

— Fique com isso, Pablo. Dá para quebrar o galho. — Foi o que Margô disse, ainda naquela madrugada, ao lhe entregar quatro camisetas I ♥ NY que ela comprara de presente para Augusto e pelas quais Pablo insistia em pagar. — Pode guardar a carteira e fique tranquilo, não vai desfalcar meu estoque. Tenho outras quinze camisetas iguais a essas, uma de cada cor. Mal posso esperar para ver a alegria nos olhos de Augusto quando ele desembrulhar minhas lembrancinhas. — Ela deu meia-volta e retornou ao quarto suspirando, deixando para trás o sorriso amarelo de Pablo e minha cabeça sacudindo incrédula.

Na manhã seguinte, o Agarradinho empilhou cinco caixas pequenas e com lacres de fábrica sobre a bancada da cozinha, abrindo a mão na direção de Pablo.

— Cem dólares por cinco cuecas de seda pura. É uma verdadeira pechincha, considerando sua condição atual de desabrigado e a necessidade urgente da mercadoria. Quer dizer, não sei se espanhóis tomam banho diariamente. Mas devem conhecer a Lei da Oferta e Procura — disse isso e agarrou a nota graúda que Pablo, sem contrariar, soltou na palma de sua mão. Depois guardou-a no bolso e foi cheirar as panelas fumegantes de Lisa. — Hum. Esse *capeletti* está com uma cara ótima.

— Fique para o almoço, Fred. — Lisa sorriu para ele, e eu fiz uma careta pelas costas dos dois.

Meu humor nunca esteve tão péssimo e, naquela manhã, Pablo sugeriu que tirássemos uns dias de folga dos estudos enquanto as aulas na LSA estivessem suspensas, o que achei muito bom, embora soubesse que em nada melhoraria meu estado de espírito. Porque a verdade é que cada dia sem ver Miguel, cada dia em que olho pela janela e o Volvo prata não está lá, é como a espera agonizante para a forca. Como se as garras do mal arrancassem violentamente as folhas de meu calendário, deixando, no lugar delas, mensagens de horror: *"Seu tempo está acabando!"*, a esperança de rever o sujeito por quem me apaixonei perdidamente se esvaindo de meu coração pouco a pouco.

Ainda não sei... O QUE EU DISSE A ELE? QUAL FOI A MENSAGEM RIDÍCULA QUE DEIXEI NO CELULAR DELE?

Eu não disse a verdade a Pablo, claro, e acabei colocando a culpa de meu stress no cofre digital. Sim, contei a ele sobre o cofre. Certa manhã, enquanto Lisa e Susana atravessavam corajosamente a rua nevada em direção ao apartamento de Alex, e Margô dormia no quarto ao lado, Pablo e eu escancaramos as portas do guarda-roupa e sentamos no chão, diante do cofre.

— Tornou-se uma questão de honra para mim — disse ele depois de quase uma hora inteiramente perdida para mais de trezentas combinações sem resultado. — Vou dar um jeito de descobrir essa senha ou arrebentar eu mesmo essa caixa de ferro.

Ele socou o cofre com toda força, várias vezes, e eu sorri timidamente com o efeito ridículo que aquilo tinha e disse que seria melhor se ele deixasse para quebrar a mão mais tarde, depois do episódio de *Family Guy* na Fox, ao que ele respondeu ser uma excelente ideia.

As aulas não tardaram a recomeçar. A nevasca passou, deixando a imundície para trás, uma grossa e nojenta camada de lama preta cobrindo ruas e calçadas por uns dias. E Pablo e eu tratamos de retomar nossa rotina árdua de estudo.

Todas as tardes, depois da aula, Pablo me acompanha até em casa e fica por lá, ajudando-me com minhas listas de exercícios; não sei como ainda sobra tempo para as dele. Ele começa a arguição das vinte palavras e seus respectivos significados que prometi decorar de um dia para o outro, e me encoraja a memorizar mais vinte (esse método é realmente uma maravilha para engordar o vocabulário). Mesmo quando ele vai embora, mais à noitinha, continuo com a cara enfiada nos livros, revisando a matéria, o que, de certa forma, ajuda-me a não pensar tanto em Miguel e deixa papai bastante feliz; na última vez em que conversamos em inglês pelo telefone, ele disse que eu estava evoluindo muito rápido. Só tiro folga nos fins de semana, nos dias em que Pablo me arrasta para programas turísticos.

Estivemos no *Top of the Rock* e no pé da Estátua da Liberdade (quase congelei ao vento ártico). Andamos de charrete pelo Central Park (não foi uma experiência emocionante, apesar de Pablo ter insistido na ideia de que é praticamente uma obrigação andar naquilo pelo menos uma vez na vida; não sei se concordo). Visitamos o Guggenheim (finalmente pude avançar nesse assunto com mamãe nas duas vezes em que ela voltou a mencionar o nome de Miguel ao telefone; foram apenas duas e, depois disso, ela nunca mais disse nada sobre ele, o que achei ainda mais esquisito) e retornamos ao MoMA. No Valentine's Day, Pablo alugou um Audi Q7 e me levou para jantar, dizendo que o fato de não sermos namorados era totalmente desimportante, que estávamos celebrando todas as formas de amor, e ainda me presenteou com dois convites para o musical *Cats*, na Broadway, com a condição inviolável de que eu utilizasse um dos dois para convidá-lo; o que fiz imediatamente.

É manhã de sábado. Uma manhã surpreendentemente quente para os padrões de março. O céu de um azul muito limpo.

— Duda? — chama Pablo, virando um sachê de adoçante em seu copo de leite desnatado sem olhar o que faz. Está olhando para mim, do outro lado da pequena mesa que nos separa, na Dean & Deluca. — Desistiu de compartilhar o último capítulo do livro comigo? Eu estava gostando de relembrar.

— Desculpe. — Suspiro. — Eu não estava lendo mentalmente, eu juro. Só fiquei meio absorta, perdida em pensamentos.

— Então continue, por favor. — Ele prova o leite, ainda me fitando firmemente. — Mas lembre-se de ler devagar para que eu possa acompanhar seu português.

Meus olhos deixam os dele e pairam novamente nas últimas folhas do *Eclipse*, o terceiro livro da saga *Crepúsculo*, aberto em minhas mãos. Hesitando uns instantes, pigarreio e leio em voz alta, esforçando-me para não chorar às palavras finais de Bella Swan:

— *"Ele, mais uma vez, colocou minha aliança no dedo anular da mão esquerda. Onde ficaria, acredito que pelo resto da eternidade"*.

Fecho o livro, desvio os olhos lacrimosos para meu copo de chocolate quente, e começo a picotar ociosamente um guardanapo, na esperança de que Pablo tenha se tornado alheio às minhas emoções de uma hora para outra.

Mas eu deveria saber... Em pouco tempo, posso sentir seus olhos mirando meu rosto com a segurança inabalável de sempre.

— Ainda tem vergonha de chorar na minha frente? — Ele quer saber. — *No puedo crer.*

— Não — murmuro, meio com raiva. Por que será que ele nunca falha? — É só que é a quarta vez que termino de ler este livro e sempre me emociono nas mesmas partes. Tenho vergonha de ser tão idiota.

Ele repousa a mão gigante sobre a minha, obrigando-me a encará-lo.

— Você não é idiota, Duda! Quantas vezes vou ter de repetir para que acredite? — Ele sorri. — O livro é mesmo muito bom. Cheio de apelos sentimentalistas. E eu gosto do jeito que você se emociona com compromissos eternos, por exemplo.

— Não precisa mentir. — Devolvo o sorriso. — Eu sei que você prefere as batalhas vampirescas às declarações melosas de amor, às frases entumescidas de clichês. Também sei da sua leve aversão por Edward Cullen.

— Ele é um frouxo! — Pablo sacode a cabeça e se diverte com minha cara subitamente endurecida. — Eu, no lugar dele, teria descido a mão naquele lobo. Onde já se viu assistir passivamente à namorada ser cortejada por outro? Tenha dó. E não venha me dizer que "ele é de uma época diferente". Isso não me convence. Estou com os lobos de temperamento explosivo.

Fico em silêncio, pensando sobre isso, enquanto Pablo massageia as costas de minha mão com tanta delicadeza quanto seus dedos pesados permitem.

— Ei, não fique triste — diz ele depois de um tempo. — Se for para fazê-la feliz, posso até aceitar que Edward Cullen ficou mais valente na tradução para o português. Talvez a versão que eu li, a versão espanhola, tenha deturpado a personalidade do vampiro vegetariano.

Não aguento e dou risada.

— Seja sincero, Pablo, não vai me matar. Você detesta esses livros. Só os leu para me agradar.

— Acha mesmo que está com essa bola toda, senhorita Carraro? — Ele franze as sobrancelhas grossas.

— Sinceramente eu...

Mas a frase fica perdida no segundo em que meu celular começa a vibrar: "V.Inferno.Hugo".

— Droga — reclamo, livrando-me da mão de Pablo para rejeitar a ligação.

— É aquele imbecil de novo?

Faço que sim com a cabeça.

— Quer que eu atenda da próxima vez ou prefere que eu vá até o Rio e resolva isso à minha maneira? — Ele fecha uma mão na palma da outra.

— Você me assusta desse jeito. Anda com umas ideias tão agressivas ultimamente, sabia?

— Ainda não viu nada. Qualquer dia, faço como o fantasma da ópera e começo a aterrorizar todo mundo.

— Está se inspirando no fantasma Erik agora, é?

— Tenho pensado muito sobre isso.

Ele sorri. Mas logo fecha a cara para o celular vibrando outra vez.

— Passe para cá, Duda — diz ele com a voz autoritária.

— Posso muito bem resolver meus problemas sozinha.

Mas ele não dá ouvidos e arranca o celular de minha mão. Cruzo os braços e solto a irritação com uma expiração demorada. Ele finge que não vê.

— Alô — diz ele, arriscando o português cheio de sotaque. Depois franze a testa. — Quem? Hã... Só um instante. — Ele cobre parte do celular com a mão e sussurra para mim: — Conhece um tal de Dani Dei?

Ao ouvir isso, pulo um quilômetro acima da cadeira.

— Dani Dei? Dani Dei está me telefonando do celular de Vitor Hugo?

— Acho que sim.

— Passe o celular para cá agora mesmo.

Pablo me obedece, levantando as mãos na defensiva. Eu o ignoro e comprimo o celular contra a orelha.

— Dani? — pergunto com urgência.

— Dudinha! *Oh my God*! Era seu espanhol lindo de morrer, não era? Foi ele quem atendeu, não foi? — grita Dani do outro lado do mundo, para meu completo desespero. Será que Pablo ouviu? Engulo em seco e dou uma olhadinha na direção dele. Ele continua me encarando muito sério.

— Não precisa gritar, Dani — informo a ele. — Consigo ouvir perfeitamente.

— *Afff...* Quase enfartei com essa voz grossa dizendo "alô". — Ele faz uma péssima imitação da voz de Pablo. — O que não seria um grande problema. Enfartar, quero dizer. Levando em conta que já estou no hospital. Deixe-me falar com ele mais um "pouquititozinho"?

— *No hospital?* Ah, meu Deus, Dani, você está bem? O que aconteceu?

— Estou ótimo. Um pouco sem fôlego no momento. Passe para ele, Dudinha... Só um pouquinho... — Posso até imaginar o chilique, os pés magrinhos sapateando no chão.

— Primeiro me diga o que você está fazendo num hospital. E com o celular de Vitor Hugo ainda por cima.

— É uma longa história, gata. Para começar, a bateria do meu celular pediu arrego.

— Conta logo, Dani.

— Você esteve ocupada com seu espanhol ontem à noite ou o quê? Tentei telefonar várias vezes e...

— Dani Rick Expedito Martin Dei — enfureço, pronunciando seu nome completo. Não o de registro, obviamente, porque Dani não atende por ele desde os 15 anos de idade. — Não me faça perder a paciência!

— Ai, Dudinha, tenha calma. É Vitor Hugo quem paga a conta.

— Estou perfeitamente calma. — Aperto os lábios. — Só estou muito... ocupada. Portanto, ou você desembucha logo ou eu desligo.

— Você anda tão impaciente comigo — resmunga ele, lamuriento. — O que foi que eu fiz?

— Certo, Dani. — Mostro a língua para o celular e respiro pesado. — Me desculpe. Agora, por favor, eu gostaria muito de saber o que está acontecendo por aí, se não for um grande incômodo à sua doce pessoa. Eu me preocupo com você.

— Claro! — diz ele com doçura. — Bom, achei mesmo que você ia gostar de ficar por dentro das notícias da calourada de ontem. Foi por isso que telefonei. Puxa! A festa esteve agitadíssima, cheia de glamour. Modéstia à parte, arrasei na decoração, Dudinha. Você precisava ver, espalhei luzes e cores e fumaça e...

— Ótimo, Dani. Você é perfeito. Vá direto ao ponto.

— Mas a grande atração da noite teve nome. Vitor Hugo.

— Vitor Hugo? — repito, sem entender. — Desde quando Vitor Hugo é atração principal de alguma coisa?

— Desde que se mete com Roberto Cavalcante, o Gostosão da Geografia.

— O quê? — minha voz sobe três oitavas.

— É isso mesmo que acabou de ouvir. Primeiro Vitor Hugo ergueu o dedo na cara de RCGG, disse que ia mostrar ao Gostosão quem era o verdadeiro oposto supremo de quem.

— Espere. Ele disse o *oposto supremo*? Tem certeza?

— Está duvidando de meus dois ouvidinhos espertos, gata?

— Não — murmuro. — É só que foi Lisa quem começou com essa história de dizer que Vitor Hugo é o oposto supremo de RCGG. Estou me perguntando como é que *ele* sabe disso.

— Não sei. Mas essa Lilica é mesmo tão espirituosa! — Dani estala a língua. — É por isso que eu *mooorro* de inveja e...

— O que aconteceu depois? — pergunto, olhando para Pablo, que ainda me encara.

— Ah, sim. — Ele pigarreia. — Vitor Hugo levantou as mãos para bater em RCGG, que o segurou pelos pulsos, girando o coitadinho no próprio eixo como se ele fosse uma massinha de modelar. Vitor implorou piedade. Sabe, eu queria mesmo era que ele tivesse *"pedido pinico"*, como mamãe me mandava pedir nas vezes em que me enchia de "coceguinhas". Mas não pediu. Pois bem. RCGG o soltou e limpou as mãos, como se tivesse remexido no lixo. Foi aí que Vitor se enfureceu de verdade e tentou partir para cima do Gostosão novamente.

— Minha nossa! Vitor Hugo não pode ter sido tão burro assim.

— E RCGG quebrou o nariz do pobre com um soco certeiro no meio da cara. A boate inteira pareceu se sacudir.

— Tá brincando...

— A parte chata da história é que a equipe de organização me enviou a essa missão especial, e acabei perdendo o fim da festa. Estou com Vitor no hospital até agora.

Fico em silêncio por um tempo, tentando absorver tudo isso. Então pergunto:

— Ele está consciente?

— Consciente ele está. Mas está com a cara toda deformada, roxa e inchada, coitadinho. O nariz engessado.

— Ah, Dani... — choramingo. — Sinto-me tão culpada. Você não sabe, mas fui eu quem disse a ele sobre Robertinho e...

— Pare com isso, Dudinha — diz Dani com firmeza. — Você não pode se sentir culpada pela burrice dos outros. Ninguém mandou Vitor brincar de metido a fortão! E agora ele está aqui, parece um bonequinho remendado. Ele está tão carente! Fica me agradecendo sem parar. Por ter vindo ao hospital com ele, quero dizer. Diz que nunca conheceu ninguém tão prestativo. É tão tocante!

— Cuidado, Dani! Foi exatamente assim que... hã, deixa pra lá.

— Achei que você ficaria feliz com a notícia.

— Francamente! — digo, horrorizada. — Por que eu ficaria feliz com uma desgraça dessas?

— Ué... Não é você mesma quem vive expressando sua vontade de quebrar a cara do infeliz?

— Mas vontades não são atos.

— Agiram por você em grande estilo. RCGG quebrou o nariz do Vitor por amor a você. Sua mal agradecida.

— Cale a boca, Dani.

— Cruzes, Dudinha.

— Desculpe — murmuro. — Olhe, vou ter de desligar agora.

— Então tchau, Gata Fofucha! Dê uma beijoca em seu espanhol por mim.

Desligo o celular e encaro Pablo.

— Não vai precisar sujar suas mãos com Vitor Hugo — digo. — Já fizeram o serviço. Infelizmente.

Pablo mantém-se perfeitamente atento enquanto conto tudo o que acabei de ouvir.

— Afinal de contas — Pablo está questionando. — Por que Vitor Hugo persegue você? Qual é a história desse cara? Teve um início, suponho.

— Teve. Mas não gosto de lembrar.

— Tão grave assim?

— Pouco emocionante — suspiro. — Não é dos melhores casos.

— Agora fiquei curioso — insiste ele. — Conte, por favor.

— Não.

— Está com medo? — Ele me provoca.

Bufo longamente.

— Certo, Pablo. Você venceu. Mas depois não fique me culpando por ter tomado seu tempo, tá legal?

— Deixe que eu tiro minhas próprias conclusões.

— Bom, eu estava na minha Pajero TR4 vermelha, parada em um semáforo da Vieira Souto, escutando Bon Jovi, quando percebi uma agitação estranha no carro da frente. Aconteceu de repente. Um garoto foi lançado para fora do carro, que cantou pneu e desapareceu de vista antes de o semáforo esverdear. Eu tinha acabado de testemunhar um assalto. O garoto ficou abalado, andando de um lado ao outro, meio desesperado. Então estacionei o carro de qualquer maneira, subindo no calçadão, e fui oferecer ajuda, minhas mãos tão trêmulas quanto as dele. Reconheci o estudante da PUC, embora não soubesse seu nome.

— Era Vitor Hugo.

— O próprio. Em carne, osso, espinhas e cabelo. Ele parecia surpreso com a atenção que lhe dediquei. Entrou na Pajero e seguimos juntos à delegacia, onde abriram um boletim de ocorrência. Mais tarde, eu estacionava a Pajero diante do prédio dele, em Copacabana, já cansada de ouvir seus pedidos de agradecimento, suas histórias malucas. Honestamente, ele me contou coisas tão íntimas, tão bizarras, que não tenho coragem de repeti-las a você, Pablo.

— Pule essa parte.

— Era como se ele nunca tivesse conversado com uma pessoa em toda a vida, como se não tivesse amigos. Mas logo percebi que eu estava equivocada. Ele me contou que mora sozinho, mas que tem um primo na cidade, para quem ligou naquela tarde, do meu celular, pedindo que levasse as cópias das chaves do apartamento. Os assaltantes lhe roubaram tudo. E Vitor Hugo parecia até bem à vontade falando com o primo, sabe. Não que isso diminuísse a carência que notei em seus olhos, em seu jeito de ser. Ficamos um tempinho dentro do carro, esperando. Ele pediu o número do meu celular. Eu, idiota, acabei anotando num papelzinho. Depois fiquei observando Vitor Hugo sair do carro e ir ao encontro do primo que vinha andando pela calçada e... Espere.

— O que foi?

— Meu Deus! — murmuro, em estado de choque. — Não pode ser...

— O que não pode ser?

Pego o celular e disco "V.Inferno.Hugo".

— Dudinha! — diz Dani do outro lado da linha. — Eu já estava mesmo com saudades.

— Dani, você está sozinho com Vitor Hugo? Quer dizer, não tem *ninguém* da família dele aí no hospital?

— Não. Coitadinho. Ele me disse que os pais moram no interior e que o primo... Sabe, agora estou lembrando... O primo dele está morando em Nova York. Que coincidência!

Sinto o sangue fugir do rosto, minhas mãos formigando.

— Qual é o sobrenome de Vitor Hugo, Dani? Com que nome ele deu entrada no hospital?

— Ih... Não lembro.

— Por favor, Dani. Faça um esforço. É muito importante.

— Espere. Acho que era...

Então Dani me diz, e o celular despenca de minha mão. Fito o vazio por um momento infinito. Sei que Pablo está me sacudindo pelos ombros. Mas sua voz em meus ouvidos parece girar e girar, os sons muito distantes.

— Duda?

Com um suspiro de força, tento não desmaiar. De repente começo a falar comigo mesma:

— Como pude ser tão idiota? Como não percebi?

— Duda?

— Estava o tempo todo na minha cara! Estive com ele! Eu estava lá quando ele entregou as chaves ao Vitor Hugo! Meu Deus!... Tive tantas chances e desperdicei todas elas. Porque eu rasgo as cartas sem ler o nome completo do infeliz, sem prestar atenção. Leio "Vit" e vou logo jogando tudo fora. E no e-mail dele não consta o sobrenome. Sou tão estúpida!

— O que você está dizendo? — insiste Pablo.

— É claro! Como ele podia saber cada passo meu em Nova York? Ah, meu Deus! Ele é muito, *muito* pior do que eu pensava! É um louco, um doente. Um maníaco perigoso! Mandou um espião atrás de mim! Um espião! Para me vigiar! O que ele vai fazer agora? Me matar?

— Duda, não me torture desse jeito... O que está acontecendo?

Agora que noto, Pablo girou minha cadeira e está agachado diante de mim, as duas mãos em meus joelhos.

— O primo de Vitor Hugo, Pablo... — murmuro. — Preciso voltar para casa, por favor, fique lá comigo. Ele vai me matar!

Pablo endireita o corpo e me abraça.

— Fique calma, Duda. Não vou deixar que ninguém faça mal a você. — Ele afaga meu cabelo. — Mas, afinal, quem é o primo de Vitor Hugo?

Então me afasto e o encaro.

— O primo de Vitor Hugo é Frederico Barreto. O Agarradinho.

— Pode dizer por que paramos? — Pablo estaciona ao meu lado quando, no corredor de entrada do prédio marronzinho, enfio o braço na caixa de correio. — Pensei que estivesse com pressa.

— Estou — digo. — Mas preciso de uma prova concreta ou ainda corro o risco de passar por mentirosa.

— Isso não aconteceria.

— Pague para ver — desafio. — Elas têm verdadeira adoração por esse Agarradinho cínico e homicida.

Puxo a mão da caixa de correio e, junto dela, duas cartas.

Estremeço ao ler o primeiro envelope, sentindo-me mais idiota do que nunca. Como pude deixar passar? Sempre soube que conhecia aquele rostinho sorridente de algum lugar. Esteve tão óbvio esse tempo todo...

Para: Eduarda Maria Carraro
De: Vitor Hugo Barreto

— A prova está aqui. — Exibo a carta, as mãos ainda trêmulas. — É uma sorte eu ter me esquecido de verificar a caixa de correio ontem.
— Posso ver?
Pablo pega a carta enquanto meus olhos focalizam o segundo envelope de aparência comercial.

To: Emma Brandon
From: New Life For Your Life

— Que estranho... — murmuro.
— O que foi?
— Este outro envelope não está endereçado a nenhuma de nós quatro. Emma Brandon... Nunca ouvi falar.
— Talvez o carteiro tenha errado de endereço — sugere Pablo, deitando a cabeça para examinar o papel em minhas mãos.
— Olhe! — Aponto para as linhas abaixo do nome. — O endereço está correto. É o meu endereço. — Fico olhando o papel. — Ah, tanto faz! Que importância tem isso agora?
— De qualquer modo, enganos acontecem. Mas não deve ser nada de mais. Parece uma mala direta ou algo do *ti*... — Sua voz vai definhando até o silêncio total.
Desvio os olhos da carta para seu rosto moreno subitamente tenso. Em um movimento que parece involuntário, ele avança e se posiciona de costas para mim, os braços arqueados para trás, envolvendo-me de maneira protetora, como se eu corresse perigo. Termino de girar o

corpo, fico na ponta dos pés e espio por sobre seus ombros largos, tentando compreender a direção de seus olhos de repente duros e frios, esperando ver Fred com uma pistola calibre 45 apontada para mim.

Só que, em vez da pistola, é meu coração que dispara, minhas mãos se agarram firmemente às costas de Pablo, os dedos se fechando no tecido de seu casaco. Estou amassando a carta (endereçada à tal de Emma, não a mim), mas não me importo, mal consigo pensar.

Miguel vem descendo as escadas em nossa direção.

— Bom dia, *Duda*. — É o que ele diz, enfatizando meu nome e olhando fixamente para Pablo, que continua sério, os músculos da face retesados, como se ele estivesse pronto para avançar, para brigar com o garoto por quem tenho sofrido tanto. O que é estranho. Pablo não sabe disso. Ou sabe?

— Oi — sibilo entre os dentes para não gaguejar.

Miguel passa por nós em absoluto silêncio, ainda lançando um último olhar intenso a Pablo antes de seguir para o portão já aberto quando, para meu choque final, ele gira o corpo e me encara de longe, meio hesitante. O feixe de sol que entra num ângulo oblíquo da tarde ilumina seus cabelos claros, seus olhos verdes tão brilhantes quanto duas esmeraldas imensas. Eu tinha esquecido como ele era tão maravilhosamente lindo.

— Duda, sobre o recado que deixou em meu celular...

Ai. Meu. Deus.

Sinto meu corpo amolecer um pouco mais, as imagens se embaçando diante de meus olhos de vidro.

— Sim... — extraio um sussurro inaudível de minha garganta sufocada de pânico.

— Minha resposta é *não*... para todas as perguntas. — Ele faz uma breve pausa. — Mas só porque odeio café. — E esconde o rosto sob o capuz, desaparecendo para a rua.

Fico olhando o vazio deixado por ele na esperança de que ele reapareça.

Mas ele não volta.

E a resposta dele é simplesmente *não*.

Tudo bem. A verdade é que eu nem mesmo sabia que tinha feito uma pergunta. Mais de uma, por sinal, já que a resposta é *não* "para todas as perguntas".

Ah, meu Deus! Não faço a menor ideia de que perguntas são essas. Mas isso não interessa. Interessa? A resposta dele é *não*, o que certamente não pode significar boa coisa. Porque é um *não*, pelo amor de Deus. E *nãos* são sempre piores que *sins*. E ele odeia café. Como posso ter me apaixonado por um sujeito que odeia café? Café é bom demais! Se eu não soubesse como Miguel adora Schweppes Citrus Light, eu até poderia concluir que ele não entende nada de bebidas.

Então me ocorre que não vi o Volvo prata na rua. Será que Miguel está a pé? Ou será que o caso Vitor Hugo/Agarradinho cegou-me temporariamente, impossibilitando-me de enxergar aquilo que meus olhos vasculham automaticamente todas as vezes em que chego em casa? Será que o Volvo está lá fora e eu não vi?

Começo a abanar meu rosto com a carta (endereçada à tal de Emma, não a mim).

— Você está bem? — Pablo me olha, preocupado.

É claro que eu não estou bem. Não estou nem um pouco bem. Miguel reapareceu depois de tanto tempo, disse apenas *"bom dia"* como se eu fosse uma estranha qualquer e ainda aumentou as caraminholas em minha cabeça. Tudo isso em menos de dois minutos.

O que eu perguntei a ele?

E por que a resposta dele é não?

E o Agarradinho quer me matar! Deve estar me esperando lá em cima com o facão na mão. Ou com a pistola calibre 45. Como eu poderia estar bem?

— Estou bem, Pablo — digo, a voz embargada.

— Você está... pálida. — Ele acaricia meu cabelo. — Quer lidar com o Fred mais tarde?

— Não. — Engulo em seco. — Preciso desmascarar esse Agarradinho. E tem de ser agora.

Aprumo o corpo e marcho em frente, afastando-me de Pablo que, no segundo seguinte, chama-me de volta:

— Ei, Duda?

Viro o rosto e vejo sua mão enorme sacudindo o livro *Eclipse*. Foi Pablo quem voltou correndo à Dean & Deluca quando percebi que tinha deixado o livro sobre a mesa, a prova cabal de meu descontrole.

Volto para perto dele.

— Tenho de guardar esse livro ou vou arrumar outro problema — digo.

— Foi o que pensei.

Dobro a carta (endereçada à tal de Emma, não a mim) e a enfio no meio das folhas do livro *Eclipse*, que guardo na bolsa atravessada em meu corpo.

— E a carta de Vitor Hugo? — pergunto.

— Está aqui. — Ele balança o envelope.

— Ótimo.

Sinto a mão de Pablo apertar a minha enquanto andamos juntos em direção às escadas.

O BLÁ, BLÁ, BLÁ DO AGARRADINHO

— Primo de Vitor Hugo! — Aponto o dedo para ele assim que entro em casa e me livro da mão de Pablo há pouco entrelaçada à minha.

Fred está sentado preguiçosamente no sofá. Ao lado dele, os olhos de Lisa deixam a revista aberta em sua frente e deslizam para cima até pararem em mim. Susana e Margô vêm da cozinha e se juntam à audiência dos "pratos limpos".

Ótimo. O fã-clube do malandro está todo reunido. É agora que vou botar para quebrar!

— Seu Agarradinho das ceroulas perfumadas! — desabafo as palavras entaladas em minha garganta. — Queria acabar comigo, não é? Queria me matar e desovar o corpo no Central Park a mando do priminho, não é? Só que eu descobri todo o plano e agora quem vai morrer é você!

— Calma, Duda. — Pablo, atrás de mim, envolve-me pela cintura e me segura com braços firmes quando, em uma atitude desesperada, ameaço partir para cima de Fred, erguendo o enorme abajur de ferro envelhecido (em formato de cisne) que tirei do chão no intuito de golpear a cabeça dele (de Fred, não de Pablo), e atrás do qual resolvi me esconder, pois acabo de lembrar que, muito provavelmente, ele tem uma pistola calibre 45 na mão (Fred, não Pablo). Uma pistola dessas é mil vezes mais mortal que um monte de ferro velho.

Ah, Deus! As balas vão atravessar o cisne na maior facilidade e me furar a barriga!

E esses ferros são pesados pra cacete!

— O que você pensa que está fazendo, Duda? — Lisa quer saber. — Ficou maluca?

Sim, fiquei maluca. Estou à beira da morte, ameaçando o assassino.

Tombo a cabeça de lado, tremendo atrás do abajur, e vejo que Lisa já ficou de pé, os braços cruzados; de sua mão direita, pende a revista que, agora noto, é uma *Marie Claire* novinha em folha (não seria uma má ideia consultar meu horóscopo). Susana e Margô estão paralisadas no canto esquerdo, como dois enfeites de pedra polida compondo a decoração da sala, como se nem estivessem ali. Fred, no plano de fundo, está sorrindo. É mesmo um anjinho do mal! Como odeio esse Agarradinho! Odeio! Odeio!

— Fred é uma farsa, Lisa — informo a ela. — Sinto muito.

— Como assim?

— Ele é primo do Vitor Hugo.

Lisa vira-se para Fred, as sobrancelhas unidas:

— Você é primo do Vitor Hugo?

Ao que, para minha surpresa, ele responde com um movimento afirmativo de cabeça, um movimento lento, como uma cobra venenosa esperando para dar o bote. Juro que pensei que ele fosse negar. De qualquer modo...

— Olhe aqui o sobrenome dele! — Jogo a carta de Vitor Hugo nas costas de Lisa, meio que lutando para equilibrar o enorme abajur de cisne com uma só mão por infinitos dois segundos. — Eu sempre soube que conhecia esse rosto de algum lugar.

Lisa pega o envelope e vai para o canto da sala.

Ah, Deus! Este abajur foi mesmo uma péssima ideia! Fica mais pesado a cada instante e não posso simplesmente devolvê-lo ao chão ou vou destruir qualquer chance de as balas da pistola calibre 45 ricochetearem nos ferros e voltarem como bumerangue para arrebentar a cabeça de Fred (de preferência a de baixo). Ou vou pagar o maior mico do mundo. É tarde demais para me acovardar.

— O que você quer de mim? — pergunto a ele.

Fred ainda está sorrindo quando se levanta calmamente e dá um passo na minha direção. Ergo o abajur mais uns centímetros, gastando a última dose da força que consigo extrair de meus bíceps grotescamente trêmulos, minha garganta se alargando. Pablo solta minha cintura e se coloca entre mim e Fred.

Há um instante pavoroso de silêncio, uma bolha de tensão.

Ah, meu Deus! Isso não está nem um pouco bom.

Certo. Mudei de ideia. Ainda há tempo de se acovardar.

Pablo!, fico mandando mensagens telepáticas para ele. *Tire esse abajur das minhas mãos!*

Já não sinto os braços, nem posso pensar em curvar o corpo para a frente e colocar o cisne no chão. Minha coluna está quase fazendo *crec!* Já estou vendo o derradeiro instante em que meus dedos vão se abrir numa reação involuntária e esse monte de ferro velho vai despencar diretamente em cima dos meus pés.

— Eu não desovaria seu corpo no Central Park — diz Fred, pensativo. — Acho que teria outras ideias nesse caso. Talvez preferisse lançá-la da ponte do Brooklyn ou nos trilhos do metrô. — Ele sorri como se gostasse do pensamento. — Mas fique tranquila, Duda. Não vim para Nova York para me sujar com a polícia. A propósito, não sou uma farsa como você disse. Nunca menti a meu respeito.

— Mas omitiu, o que, para mim, dá no mesmo — digo.

— Meu sobrenome sempre esteve rodando por aí para quem quisesse ver.

— Não acha que o normal seria você ter dito que era primo de Vitor Hugo quando nos conhecemos no aeroporto? Por que não disse a verdade até alguns minutos atrás?

— Porque ninguém me perguntou. — Ele sorri presunçoso. — Além do mais, depois de tudo o que ouvi sair da boca de vocês sobre Vitor, percebi que essa revelação só dificultaria as coisas para mim. Resolvi me manter em sigilo até quando me fosse possível. Dava para sacar que você tinha a impressão de me conhecer de algum lugar, só não conseguia associar meu rosto ao rosto do cara que foi levar as chaves para Vitor em Copacabana. Então deixei rolar. Eu estava envolvido demais para cogitar a hipótese de me afastar. — Seus olhos vagam rapidamente para Lisa. — Sou inocente.

— Ah, qual é? — digo, incrédula. — Também vai dizer agora que tudo isso não passa de uma infeliz coincidência? Que o fato de você estar aqui em Nova York, na minha casa, para ser mais exata, é obra do acaso?

— Não. Não é uma coincidência. — Ele se aproxima um pouco mais. Pablo se movimenta.

Pablo! O abajur! Pelo amor de Deus, me salve! Pablo!

Sinto as veias de meu pescoço se estufando, o fogo se alastrando sob a pele de meu rosto. De repente, minha testa, meus braços, meu peito, começam a dar sinais de que vão explodir a qualquer instante. Não consigo respirar.

Fecho os olhos, impossibilitada de balbuciar um pedido de socorro.

— Se não é uma coincidência, o que você quer de Duda? — ouço Pablo perguntar.

Ah, Deus! O abajur vai cair nos meus pés... Ele está caindo... Meus braços se envergando...

Pablo! Olhe para mim!

Meus dedos da mão estão se abrindo... Meus dedinhos...

— Largue logo essa coisa, Duda — diz Fred. — Sua cara está roxa! Ou vai morrer sem ouvir a explicação que tanto quer.

É quando abro os olhos, e vejo que Pablo já se virou para mim. Uma rápida centelha de horror atravessa sua expressão antes de ele tirar o abajur de minhas mãos com uma facilidade tremenda e colocá-lo de volta no chão.

— Tudo bem? — pergunta ele.

— Melhor agora.

Pablo passa o braço em meus ombros e me equilibra de novo.

— Pode começar a explicação, Fred — diz Pablo. — Estamos ouvindo.

Fred dá uma olhada em volta da sala, parando alguns segundos no rosto de Lisa. Depois pigarreia e diz, mirando meus olhos:

— Vitor me contou que você estava de partida para Nova York. Disse também que vocês tinham começado a namorar e que, portanto, você o estava abandonando.

— Mas que patifaria! — Ameaço partir para cima dele e, de novo, Pablo me detém.

— Coisa que não acreditei, é claro — completa Fred com um sorrisinho zombeteiro. — Não só porque Vitor é um sujeito cheio de situações mal resolvidas, um sujeito que nunca tinha beijado uma mulher, mas... — Ele faz uma pausa ao ser interrompido por uma risadinha que começa discreta e vai se avolumando num monte de roncos, no fundo da sala. Margô pede desculpas. — Mas também porque eu duvidava que, ainda assim, ele pudesse ter tamanho mau gosto.

— Ah, faça-me o favor — enfureço, levantando os braços. — Para seu governo, como não beijei Vitor Hugo, ele continua sendo Boca Virgem. Talvez você também seja, seu Agarradinho das canelas finas! Nunca vi um sujeito tão lerdo! O máximo que conseguiu até agora foi pegar a mão de uma garota! E olhar para dentro da blusa dela quando ela se engasgou!

— Duda! — Lisa me repreende.

— Calma, Duda — pede Pablo, apertando meu ombro. Para Fred, ele diz: — E você... é melhor pegar leve, cara.

— Deixando os pormenores de lado — prossegue Fred num tom muito sério. — O fato é que eu já estava querendo passar uns tempos no exterior, estudar inglês, conhecer outra cultura, enfim... Mas faltava grana. Essa vida de psicanalista recém-formado, sabe como é...

Sabe como é? Eu não sei como é! De jeito nenhum. Eu nem mesmo sabia que ele é psicanalista.

— Foi quando Vitor fez a proposta — diz ele.

— Proposta? — pergunto.

— Ele se ofereceu para pagar todas as despesas da viagem desde que eu me comprometesse a vir para Nova York e desse um jeito de me aproximar de vocês. De você, Duda, na verdade. Não sei se você sabe, mas os pais de Vitor são fazendeiros no interior fluminense, embora ele não goste de ostentar.

— Eu não sabia. Mas você é mesmo um cara de pau! — grito para ele. — Como pode se aproveitar da carência do primo? Quer dizer que Vitor está bancando você? Se você sabe que ele tem problemas, por que não o ajuda, em vez de incentivá-lo? E por que está revelando tudo isso agora?

— Não gosto de mentiras — responde Fred. — E não prometi a Vitor que manteria minha origem em segredo. Disse a ele que, se alguém me perguntasse, contaria a verdade.

— E ele concordou?

— Ele não teve escolha. Foi uma troca justa. Vitor estava desesperado com a partida da namoradinha e só podia contar comigo. Talvez ele mesmo tivesse vindo atrás de você, Duda, se ele não morresse de medo de avião.

No canto da sala, Margô está passando mal de rir. Cinco cabeças se viram para ela, que pigarreia depois de guinchar um som estranho, lutando para conter as lágrimas que escorrem de seus olhos delineados com lápis azul.

— Desculpe — diz ela mais uma vez, prensando os lábios. — Só estou pensando o que a Engenharia acharia disso... Medo de avião... Rá!

— Você não vai contar — avisa Fred, apontando o dedo. — E a Engenharia que se dane.

— Não sou tão fofoqueira quanto você — rebate Margô, visivelmente furiosa com a ofensa aos engenheiros. — Mas diga a Vitor para ser bonzinho. Para parar de infernizar a vida da Duda, ou não me responsabilizo por meus atos. Ele bem que merecia levar uma surra.

É quando comunico:

— Robertinho quebrou o nariz de Vitor Hugo na festa da calourada, ontem à noite.

— O *quê?* — Fred vira-se para mim.

— RCGG fez isso? — espanta-se Susana. — Tipo, de graça?

— Bom, isso não é da minha conta — minto. — Mas fiquem tranquilos. Vitor Hugo está passando bem. Só está um pouco deformado e coisa e tal.

— Quem é esse sujeito? — Fred quer saber. — Robertinho. Quem é ele?

— É o cara mais gostoso da PUC — suspira Margô.

— Estou falando sério, Fred. — digo, antes que Margô me delate e me ferre de vez. — Não precisa se preocupar. Dani Dei é nosso amigo e está cuidando de tudo por lá. Está com Vitor Hugo no hospital. Fique tranquilo. E não adianta telefonar, pois, bom, Vitor não está conseguindo falar.

— Santo Deus! — diz Fred, a expressão de puro choque. — Por que será que estou tendo um pensamento de que tem dedo seu nessa história, Duda?

Não respondo.

Ele continua:

— Talvez porque só eu sei como não tem sido fácil aguentar você. Sinto muito, mas minhas prévias opiniões sobre sua pessoa só vieram a se confirmar depois de todo esse tempo de convivência. Meu santo não bateu com o seu.

— A recíproca é verdadeira — provoco.

— A verdade é que eu não teria suportado viver ao lado de uma pessoa tão... — ele procura a palavra — ... egoísta, se não fosse por Lisa. — E, dizendo isso, vira-se para ela.

Lisa está paralisada, olhando para ele sem nada entender.

E eu estou impressionada com o fato de Fred ser tão bom em mudar o rumo de uma conversa.

Ele continua:

— Antes de eu embarcar, Vitor me mostrou fotos de todas vocês, para que eu não tivesse dúvida quando descesse em Miami. Ele fez questão de arranjar horários coincidentes de voos, enfim... — Seus olhos continuam em Lisa. — Gostei do seu rosto no instante em que vi sua foto, Lisa. E fiquei realmente surpreso com o modo como me desesperei quando você engasgou com aquele *donut*. Eu devia ter ficado feliz, pois era um bom pretexto para eu me aproximar. Mas, na hora, não consegui pensar nisso. Só pensava: essa garota não pode morrer engasgada. O problema é que sou meio desajeitado com essas coisas, sabe como é, sou meio tímido.

— Fred... — murmura Lisa, os olhos brilhando.

— Lisa? — tento chamá-la de volta para a Terra. — Não se deixe levar! Ele é maluco, Lisa! É igual ao primo! Não entende nada de sentimentos verdadeiros.

Então Fred se vira para mim realmente enfurecido:

— Sentimentos verdadeiros? Quem é você para dizer qualquer coisa sobre sentimentos verdadeiros? Você é insegura, Duda. Infantil. Prefere fingir que não vê os problemas a encará-los de frente. É especialista em adiar soluções. Sempre inventando e mentindo, sempre escapando pelas beiradas. Você é sentimentalmente desequilibrada, brinca com as emoções das pessoas que chama de amigas. Devia se tratar. Posso indicar alguns colegas quando voltarmos para o Brasil. Eu não trataria você nem que me pagasse em dólar.

— Não fale assim dela ou arrebento a sua cara, seu psicanalista de uma figa! — ameaça Pablo, soltando meu ombro e fechando as mãos em punho dos lados do corpo.

— Calma, Pablo — murmuro para ele.

— Pablo — diz Fred sem temer. — Você é um sujeito bacana. Se quer um conselho profissional, caia fora enquanto é tempo. Ela está usando você, cara. Você é apenas uma válvula de escape, um estepe humano.

— Não se meta nisso — ameaça Pablo, as narinas infladas. — Duda é a pessoa mais divertida que conheci na vida. A garota mais sensível, mais encantadora. Tem uma mente incrível, totalmente fora dos padrões triviais. Ela comete erros? Às vezes é impulsiva, mete os pés pelas mãos e é sentimentalmente confusa? É claro que sim! Sabe por quê? Porque é jovem! Todos somos jovens aqui e vivemos tropeçando em nossos erros, arrastando conflitos pela vida. — Pablo se vira para mim, os olhos negros quentes e emocionados. — Eu gosto da Duda exatamente do jeito que ela é.

— Esse é o problema — ouço Fred dizer. Mas não o vejo porque ainda estou fitando Pablo que sustenta meu olhar. — Duda não gosta de você.

— Cale a boca, Fred! — digo. — É claro que gosto de Pablo! Ele é meu *melhor amigo*...

O rosto de Pablo se contorce levemente às minhas palavras.

— Qual é, Duda? — Fred gargalha. — Você pede sinceridade para mim, mas não é capaz de dizer suas próprias verdades? Por que não assume logo? Se Miguel Defilippo estivesse gostando de você, duvido muito que seu amiguinho espanhol estaria recebendo alguma atenção.

Estou em total e completo choque, ainda olhando Pablo sem conseguir compreender a série de mudanças em sua expressão.

— Não quer assumir? — continua Fred. — Tudo bem. Está carimbado na sua cara. Em sua evidente tristeza quando ele desaparece ou na súbita alegria quando lhe oferece uma carona até Chicago. Em suas patéticas tentativas de cruzar com ele ao acaso pelos corredores do prédio. Em sua nítida preferência em ficar debruçada na janela, esperando qualquer sinal dele enquanto a vida passa e você não percebe. Naquela sua lista ridícula dos 100 defeitos realmente sei lá o quê, que você vive imprimindo e depois rasgando e jogando no lixo.

— Você mexeu nas minhas coisas? — Viro-me para ele.

— O lixo não faz parte das *suas* coisas. — Fred sorri triunfante. — Está louca por ele, não está? Só porque ele se parece com Robert Pattinson. Você é a pessoa mais fútil que conheci na vida.

— Você está desviando o foco dessa conversa — digo.

— Isso a deixa nervosa? — provoca Fred.

Então não consigo mais me controlar. Minha mente parece agir sozinha, minha boca cuspindo as palavras:

— Eu não gosto de Miguel *apenas* porque ele se parece com Robert Pattinson. — Solto os ombros, derrotada. — Tudo bem. Não sei exatamente por que gosto dele. Mas isso realmente importa? Se meu coração parece dançar um samba doido quando ele me diz "bom dia"? Se meus olhos não conseguem deixar de procurar o carro dele na rua? Se ele tem o toque mais maravilhoso que minha pele já sentiu? Se todas as noites agradeço por ter esquecido o passaporte no casaco de Pablo? Se tudo o que eu mais queria na vida era que ele estivesse aqui, se declarando para mim? — Faço uma breve pausa, meus olhos embebidos em lágrimas. — Realmente importa? Se não posso mudar absolutamente nada? Eu juro, se eu pudesse... Teria sido diferente.

Encaro Pablo e posso ver a dor em seus olhos quando ele faz menção de dizer alguma coisa que se perde em seus lábios espanhóis.

De repente quero apenas morrer.

Porque sou uma idiota sem tamanho! Porque caí na conversa mole desse Agarradinho quando o que ele mais queria era exatamente me derrubar. Ele estava guiando a conversa para isso. Queria desviar o foco da culpa todo para mim. Queria terminar levantando a bandeira branca da sinceridade enquanto eu... Eu lhe fazia o favor de aniquilar minha própria pessoa.

Como eu me detesto...

— Não conte a Alex, por favor. — É tudo o que consigo pedir com a voz embargada.

— Não vou contar — garante ele. — Já estou satisfeito. Apesar de tudo, Duda, quero o seu bem, quero que você amadureça. Já foi um bom começo.

— Vocês dois... — É Lisa quem interrompe o silêncio que se seguiu por dois minutos. Viro-me para ela e vejo seus olhos revezarem entre mim e Fred. — Vocês dois vão ter de encontrar um jeito de conviverem pacificamente. Porque...

Então, para meu completo horror, Lisa joga a *Marie Claire* e a carta de Vitor Hugo para o alto, pula em cima de Fred e lhe tasca um beijo na boca. Ele corresponde, agarrando minha prima com entusiasmo.

Percebo que, apesar de ter ralhado comigo, Fred não vai me matar, afinal de contas (ele nem carrega uma pistola calibre 45). Percebo que vou ter de arrumar um jeito, aparentemente impossível, de suportá-lo, se não quiser perder a amizade de Lisa. E, por fim, quando viro para o lado, percebo que Pablo não está mais ali.

Saio correndo, descendo as escadas aos tropeços, mas não o encontro em lugar nenhum. Ele partiu, deixando apenas um rastro de Azzaro Pour Homme até o portão do prédio marronzinho.

Neste fim de tarde, deitada em minha cama, tentando me ater à lista de *phrasal verbs* do livro de inglês aberto em minhas pernas flexionadas, fico pensando em Pablo.

Faz quinze dias que não o vejo.

Ele não telefonou. Tampouco apareceu na LSA.

Na única vez em que telefonei (ou melhor, na única vez em que ele resolveu atender), ele disse que estava gripado e precisava de um tempo para se recuperar. Eu lhe disse que faria uma visita. Na verdade, queria ver se ele estava sendo sincero. Eu ainda tinha esperanças de ir até lá e encontrá-lo cheio de lenços à sua volta por causa de uma constipação corriqueira a ter a certeza de que ele estava me evitando. Apesar de tudo, o Agarradinho Psicanalista acertou em destacar algumas questões miseráveis de minha personalidade conturbada, e o egoísmo, infelizmente, é uma delas. Estive pensando sobre isso e cheguei à conclusão de que, talvez, o autoconhecimento seja um bom começo para a maturidade.

Pablo me cortou no ato. Recusou-se a me dar seu endereço no Brooklyn, fazendo com que eu me sentisse a mais idiota das criaturas. Como posso, até hoje, não saber onde meu amigo mora? Ele se justificou dizendo que o vírus era contagioso e que não queria ser responsabilizado se a gripe me pegasse. Especialmente numa época em que "os estudos devem ser priorizados, já que o teste de mudança de nível está se aproximando" (palavras dele).

É claro que ele mentiu. Ele está me evitando e nem precisei insistir na visita para ter certeza disso. Bastou conhecê-lo como eu conheço, prestar atenção em sua respiração nem um pouco congestionada, em sua voz regular, apesar de séria e angustiada quando disse "tchau" e desligou.

Entendi o recado e nunca mais telefonei.

Por mais que esteja beirando o insuportável conviver com mais essa ausência, só me resta esperar. Sei que, no caso de Pablo pelo menos, é apenas uma questão de mais uns dias. Ele não pode fugir de mim para sempre. Tem de aparecer na escola em algum momento ou corre o risco de perder o visto de estudante por infrequência, a regra também vale para cidadãos europeus. Isso só não aconteceria se ele tivesse mudado de escola. Sinto um tremor ao pensamento, mesmo sabendo que não é uma verdade, já que o nome dele continua na lista de alunos pregada no mural da LSA.

— Duda? — Lisa enfia a cara sorridente na porta. — Não tenho hora para voltar.

— Tudo bem. Tome as precauções necessárias.

— Obrigada, mamãe. Mas não precisa se preocupar com isso. Não tem a menor chance. — Ela suspira. — Fred nunca avançou o sinal.

— Nunca? — pergunto, tentando mostrar interesse. — Quer dizer, todos os homens avançam o sinal. Cabe a nós, mulheres, vetar ou não.

— Ele é meio tímido. Mas, por enquanto, acho melhor assim. Estamos no início, você sabe.

— Divirta-se.

Ela sorri mais uma vez antes de desaparecer.

Como eu poderia agir diferente? Fred e Lisa não se desgrudam e, apesar de tudo, tenho de admitir que minha prima nunca esteve tão feliz. Tenho me esforçado tanto...

Tudo bem. A verdade é que não troquei uma palavra com Fred desde a fatídica audiência dos "pratos limpos" que acabou lavando minhas próprias sujeiras. Será que ele pensou que um bilhetinho com pedidos de desculpas, pregado num *muffin* de chocolate, resolveria nosso problema de incompatibilidade de santos? Porque não resolveu e não vai resolver. Nem que a vaca tussa.

O máximo que consegui até agora, depois de Lisa ter implorado, dizendo que eu já tenho 20 anos e que é ridículo continuar agindo como uma criança birrenta, foi parar de chamá-lo de Agarradinho. Na frente dos outros, é claro. Porque continuo pensando da mesma maneira. Nas vezes em que o vejo (o que, para meu pavor, tem acontecido com uma frequência ainda maior) e lembro que ele me fez assumir na frente de Pablo minha louca paixão por Miguel, tenho vontade de esganá-lo. Minha mente parece berrar: Agarradinho das ceroulas perfumadas! É isso o que ele é!

Tento me concentrar no livro de inglês, faço alguns exercícios e memorizo vinte palavras novas. Mais tarde, preparo um sanduíche de atum que engulo com refrigerante. Margô não quis me acompanhar, e Susana saiu, dizendo que ia jantar com Alex num restaurante japonês. Será que Susana ainda pensa que me engana? Quer dizer, eu vi muito bem, da minha janela... Ela apareceu na sala de Alex cinco minutos depois. E eles nem se deram ao trabalho de fechar a cortina quando começaram a se beijar desesperadamente. Eu é que tive de fechar a minha e ficar mentalizando firmemente para que os vizinhos também tivessem bom senso.

Margô está deitada no sofá da sala, olhando vagamente a televisão ligada no *National Geographic*.

— Boa noite — digo a ela.

— Já vai dormir?

— Estou cansada...

Estou no corredor quando ela me chama de volta.

— Ei, Duda! Mais dois dólares para o meu porquinho — lembra ela, contente.

É que todas as manhãs, Margô tem insistido em apostar que Vitor Hugo não vai me telefonar. Ela pensa que salvou minha vida ameaçando espalhar os traumas do garoto para toda a Engenharia se ele não largasse do meu pé. Mas é claro que Fred não pressionou o primo com isso. E Vitor Hugo não desistiria tão fácil assim.

Mas o fato é que perdi todas as apostas. O "Inferno" parece estar tirando umas férias de mim, a única boa notícia dos últimos dias.

Talvez seja mesmo complicado mandar e-mails, escrever cartas ou telefonar estando de repouso numa cama, com a cara toda arrebentada. Dani tem visitado Vitor Hugo regularmente. É ele quem me mantém informada.

— Pago com prazer — digo à Margô.

— Durma bem.

Dormir bem... Suspiro.

Escovo os dentes, visto minha camisola de bichinhos coloridos e dou uma espiada pela janela, como de costume, procurando algum sinal do Volvo prata. Alex e Susana, para meu alívio, fecharam as cortinas. Deito na cama, cubro-me até o pescoço e fecho os olhos, desejando não chorar.

Acontece que é impossível não sentir os olhos molhados quando começo a pensar que Miguel não se importa comigo. E que Pablo está me evitando.

Quando finalmente consigo cair no sono, sou sugada para o mundo dos sonhos. Mas até no mundo dos sonhos, minha sentença parece estar lá, latejando em minha cabeça em contagem regressiva, esperando para pular em cima de mim.

Vejo meu reflexo pálido em um espelho antigo. Não sou mais a Duda. Sou Christine de *O Fantasma da Ópera*. De repente a imagem se altera e eu me vejo no meio do palco de um teatro imenso. Um teatro vazio. Estou cantando para as paredes, minha voz voltando em ecos, quando lá no fundo, surgem duas figuras.

Miguel, na pele de Raoul, está sorrindo para mim de um jeito injustamente perturbador, quase como se zombasse de meus sentimentos, de minha voz subitamente desafinada. Pablo, ao lado dele, tem o rosto parcialmente encoberto pela máscara do fantasma Erik. Mas a expressão visível é triste e desiludida.

Paro de cantar e desço as escadas, correndo na direção deles, querendo alcançá-los. Mas ao contrário da reação que se esperaria dos personagens da história gótica, Miguel e Pablo fogem de mim. Quando chego à última fileira, é tarde demais. Eles se foram, desapareceram, deixando um papel comprido flutuando no espaço, um bilhete de avião. Meus olhos correm as linhas do papel e me lembram que, daqui a pouco mais de um mês, estarei voltando para o Brasil.

O que vai ser de mim quando eu entrar no avião e acompanhar Nova York pela janela distanciando-se de minha vida, como uma miragem inalcançável, uma lembrança de um passado impossível de ser apagado?

Então meu sonho, um presságio óbvio da saudade intolerável, uma saudade com a qual não faço a menor ideia de como irei conviver, transforma-se no mais pavoroso pesadelo agourento.

Quando acordo no meio da madrugada, estou chorando, arfando descontroladamente.

Não consigo mais dormir.

LSA ENGLISH SCHOOL

English Level Test

This test is divided into 3 sections:

1. A grammar test (75 questions)
2. A listening test (30 questions)
3. A writing test

WRITING TEST

Write a 250-word essay about Lion Boods. Do you think that he overcome the scandal? In your opinion, what's the next step for him?
Try to be as specific as possible.
Use at least 4 gerunds and 4 infinitives.

Lisa,

Não vou esperá-la para o almoço.
Você nem vai acreditar nas três coisas maravilhosas que me aconteceram!
Hoje é mesmo meu dia de sorte!

Primeiramente, o teste de nível estava muito fácil. Tive de escrever uma redação sobre o escândalo Lion Boods, acredita? Foi moleza. Escrevi que traição não está com nada e que, mesmo ele tendo ido à mídia pedir desculpas, isso não muda sua imagem de cafajeste para mim. Eu não vou assistir a seu badalado retorno aos esportes, não vou assistir à partida de Tênis de Mesa com data marcada para daqui a vinte dias. Não interessa se o mundo está esperando por isso. Não quero nem saber! Disse também que, no lugar da ex-esposa dele, eu daria uma boa raquetada em cada uma das mil e uma amantes do sujeito, deixando ele por último! E que não pensaria mesmo em reconciliação! Não interessa se ele se diz arrependido e que tenha prometido ficar longe de escândalos sexuais! (Tom Williams adorou a parte da raquetada!)

O resultado acabou de sair e adivinhe???
Pulei direto para o nível avançado!
Ah! Ah!
A partir de amanhã, nós duas seremos colegas de sala!
Papai vai ficar tão feliz...

E o melhor de tudo: Pablo apareceu para fazer o teste (eu nem sabia que os alunos do intermediário faziam as provas na mesma sala dos básicos)! Ele chegou atrasado, mas chegou e também passou para o nível avançado! Nem acredito!

Tudo bem. Ele está um pouco estranho comigo, sabe. Mas eu o convidei para almoçar e *ele aceitou*. Ele está na secretaria enquanto escrevo isso. Vou ficar aqui de "butuca" pra ele não fugir.

Beijocas,
Duda.

P.S.: Puxa! Foi difícil convencer Helena Deriglazov (da sua sala) a levar este bilhete a você, viu?! Ela também está no refeitório (matando aula, é claro). Acabei de dizer a ela que você vai pagar 5 dólares assim que ela lhe entregar este bilhete (e é por isso que ela está bem aqui do meu lado esperando). Se o *seu celular está desligado*, a culpa não é minha! *Você que pague o prejuízo!* Pelo amor de Deus, Lisa, você anda com a cabeça no mundo da lua.

INESPERADO NUMBER FOUR

— Pablo! — chamo ao vê-lo disparar porta afora, passando por mim como se eu fosse um objeto invisível ou algo do tipo. Como se eu não estivesse ali, parada em frente à secretaria da LSA, justamente esperando por ele. — Ei! O que deu em você?

Mas ele não responde. Ergue o braço ligeiramente e segue em frente sem olhar para trás, determinado, fingindo não me ouvir. Isso foi um *tchau*?

Preciso de alguns segundos para sair do transe, esforçando-me na tentativa ridícula de seguir seus passos apressados.

— Pablo, volte aqui!

É claro que ele anda mesmo muito rápido com todo aquele par de pernas atléticas e, quando percebo, está bem distante, deixando uns vislumbres de si mesmo ao seguir serpenteando pelos corredores azuis em direção ao elevador, depois acelerando em linha reta, correndo. Para minha sorte, no entanto, as portas de aço se fecham antes que ele possa alcançá-las.

— Droga! — resmunga ele, socando os botões do elevador, chutando a parede, enraivecido, como se tivesse acabado de perder o último trem. — Droga! Droga!

Parece tão agressivo que espanta para longe um grupo de japonesas cochichando baixinho. Parece tão diferente que meu corpo desacelera o movimento e minha mente tenta rejeitar a imagem, recusando-se a acreditar que aquele lá seja ele, meu porto seguro... Pablo.

— O que aconteceu? — pergunto, ainda hesitante, repousando a mão em seu ombro quando, finalmente, estou ao lado dele.

Ele tenta esconder a cabeça entre os braços estendidos apoiados um de cada lado da porta do elevador. O corpo encurvado parece mais magro. Fico me perguntando quando foi que ele perdeu o interesse pela musculação. Ou será que esteve mesmo gripado? De repente me sinto péssima. Eu devia ter insistido mais. Devia ter batido em cada uma das portas do Brooklyn procurando por ele.

De perfil, seus olhos negros perfuram o chão. E apenas o chão.

— Está fugindo de mim?

— Entenda como quiser. — É a resposta ácida que atravessa seus dentes trincados.

Com a surpresa disso, minha mão no ombro dele amolece, meu braço despenca frouxamente, roçando de leve no dele. Afasto-me de ré em silêncio, confusa demais para dizer qualquer coisa. Fico olhando para seu rosto, buscando entender nas feições morenas o motivo de tanta hostilidade.

Como se no fundo eu não soubesse.

Tento organizar as ideias, forçá-las a fazer algum sentido. Certo. Ele tem um milhão de motivos para estar zangado comigo, não tem? Eu até entenderia, se não fosse...

Será que eu imaginei Pablo falando comigo dez minutos atrás, aceitando meu convite para almoçar?

Tudo bem. Ele não estava completamente normal. Sabe como é, o normal de antes. Chegou à sala do teste sem olhar para mim, sentou-se o mais longe possível e entregou a prova ao professor antes que eu tivesse terminado a segunda das três partes. De qualquer modo, ele parou e falou comigo quando cruzei com ele na entrada da secretaria (ele chegando; eu saindo) e eu o convidei para almoçar (e ele aceitou, tenho certeza!). Quer dizer, ele assentiu com a cabeça quando contei que ambos tínhamos subido de nível (ainda não contei que pulei direto para o avançado; estou guardando a surpresa para depois). Ele disse que precisava "conferir o resultado". Concordei sem discutir e fui esperar por ele no refeitório. Só que ele estava demorando muito e resolvi voltar.

Então por que será que de repente tudo ficou tão estranho? O que pode ter acontecido em dez minutos, dentro daquela secretaria, capaz de reverter o cenário promissor para o meu dia?

— Desistiu de almoçar comigo? — Sinto um calor estranho. Afrouxo o cachecol. — Subimos de nível, você e eu... Pensei que seria legal, depois de tanto esforço, se a gente...

— Você pulou direto para o nível avançado — diz ele para o chão. Não é uma pergunta. De fato, ele conferiu o resultado no mural da secretaria, estragando a surpresa que eu tinha em mente.

— Ah, Pablo! Não é maravilhoso? — Avanço um passo cheio de cautela. — Devo tanto a você... Quem diria! Eu, Eduarda Carraro, estou no nível avançado do curso de inglês! E vamos estudar na mesma sala de novo, você e eu. Vamos nos sentar juntos e nos ver toda hora e...

— É exatamente esse o problema — admite ele com um bufar. — Vamos nos ver toda hora. O destino não está contribuindo. Antes eu não tivesse me esforçado tanto na prova.

Então é isso. Que ele andava me evitando, eu já sabia. Mas, pelo visto, continua.

Sinto uma pontada na boca do estômago. Parece que levei um soco. Abraço meu corpo e franzo o cenho para as costas dele.

— Não entendo como isso pode ser assim tão ruim...

Pela primeira vez no dia, Pablo vira-se para mim e sorri. Mas não é um sorriso de alegria, um sorriso a que estou acostumada. Esse sorriso me espanta. É especialmente sarcástico, duradouro em toda sua esquisitice.

Ele balança a cabeça e diz com segurança:

— Fred estava certo, no fim das contas. Você não entende mesmo nada. Ou finge não entender. Ainda não cheguei a uma conclusão definitiva sobre o assunto. E, para falar a verdade, também não tenho certeza de qual das duas alternativas é a mais desprezível.

Há um silêncio denso.

— Senti sua falta — confesso.

Percebo o rosto dele endurecer, os olhos negros sumindo atrás das pálpebras apertadas.

— Ah, entendi — diz friamente. — *Ele* ainda não voltou.

— Ele?

— Não seja ridícula, Duda.

— Por que está agindo assim? — insisto, subindo a voz. — Por que não podemos simplesmente sentar e conversar como duas pessoas civilizadas? Como dois amigos que se respeitam apesar das diferenças? Que tentam resolver seus conflitos juntos, unidos, como duas pessoas adultas?

— Porque você está longe de ser uma pessoa adulta.

Minha cabeça começa a girar e agora estou tremendo.

— Pensei ter ouvido da sua boca, Pablo, que os jovens vivem escorregando em seus erros. Pensei que entendesse isso. Que fosse me dar ao menos uma chance de tentar corrigir o que quer que eu tenha feito a você. Porque com certeza não foi minha intenção magoá-lo. Pensei que gostasse de mim exatamente do jeito que sou. Desculpe. Eu me enganei.

Ele bufa.

— Também estive pensando sobre isso. E também me enganei. — Ele faz uma pausa, olhando para o lado. — E gostaria de poder voltar no tempo, de nunca ter me sentado ao seu lado naquela primeira aula.

Fico olhando para ele por alguns segundos, incrédula, meus pés cravados no chão. Depois, quando consigo me mexer, dou-lhe as costas, enfurecida, e saio andando em direção à escadaria de caracol, batendo a porta corta-fogo atrás de mim com tanta força que ela atravessa o silêncio num estrondo medonho.

Não dá para acreditar! Não consigo acreditar no que acabei de ouvir! Apesar de tudo, eu não sou um monstro!

Desço as escadas aos tropeços, desejando desaparecer, sentindo uma quentura se espalhar por meu corpo cheio de roupas, todas elas de repente apertadas. Perco o fôlego no meio do caminho e sou obrigada a sentar nos degraus por dois minutos. Tento me recompor com exercícios de respiração.

Ah, Deus! Detesto escadas em caracol! Detesto!

Quando abro a porta no térreo, estou totalmente tonta, a vista tão embaçada que talvez justifique a miragem de Pablo parado em minha frente. Então seus braços mais magros, mas ainda enormes, envolvem-me num aperto resignado antes que eu tenha tempo de imaginar um jeito de impedi-los.

— Não é à toa que essas escadas estão sempre desertas — sussurra ele em meu ouvido com uma voz que não se parece nada com a última voz dele.

— O que... O que você está fazendo aqui? — pergunto dois minutos depois, que é quando consigo produzir algum som.

— Elevadores tendem a ser mais rápidos. — Ele afaga meu cabelo com a mão pesada. — Desculpe, Duda. Fui um grosso, um imbecil. Não quis ofendê-la, acredite em mim. Você não tem culpa de nada. O problema aqui sou eu.

Um intempestivo *déjà vu* cruza meus pensamentos num clarão. Já ouvi essas palavras muito antes. De repente sou transportada para a sala de Miguel, na noite de Ano-Novo. As mesmas palavras saíram de sua boca em uma situação de desentendimento totalmente diferente, claro. Mas mesmo assim... *O problema aqui sou eu*. A lembrança misturada à realidade parece arder em dobro.

— O problema, Pablo — ouço-me dizer, afastando o corpo —, é que você decidiu errado. Sentou-se ao meu lado naquela primeira aula. Talvez fosse mais feliz se nunca tivesse me conhecido.

— Apesar de tudo, Duda, foi a melhor decisão da minha vida — diz ele, os olhos nos meus. — Acredite, o problema é comigo. Não estou sabendo lidar muito bem com... Eu não queria... Ah, Duda! Só

Deus sabe como tenho refletido sobre minha vida, como meu coração se recusa a aceitar aquilo que a razão grita com obviedade, que parece ser a única saída para mim. — Ele estende o braço para pegar meu pulso e solta um suspiro de arrependimento. — Esqueça tudo o que acabei de dizer. Apenas me perdoe, por favor. Também senti saudades.

De repente seus olhos tristes ficam tão imensamente vazios que tenho dúvidas se ele ainda é capaz de me ver através deles. E me parece impossível suportar seu sofrimento, que se adiciona ao meu com uma facilidade inesperada. Juntas, as dores se somam, talvez por guardarem tantas semelhanças, embora em direções opostas. Também me parece impossível insistir na teimosia como uma criança birrenta. Preciso mesmo começar a crescer.

— Está tudo bem — garanto a ele. — Fique tranquilo.
— Mesmo?
— Se pelo menos eu conseguisse fingir raiva...
— Você é mesmo uma idiota.
— Não mais do que você.

Ele sorri, eu fecho os olhos.

Então preciso dizer uma coisa... Apesar de toda a angústia que sua resposta possa me causar, preciso dizer... Por ele, por mim. Preciso desafogar-me um pouco dessa onda de culpa, do egoísmo que me assola.

— Pablo. — Olho para ele. — Pode me prometer uma coisa?

Ele franze a testa em dúvida.

— Pode ou não? — insisto.
— Posso...?
— Sobre sua vida... Faça o que for melhor para você, não se preocupe comigo. Não deixe de tomar a melhor decisão. Porque eu vou entender. Eu juro. Independentemente do quanto me faça sofrer no início... Eu vou ficar bem.
— Não precisamos discutir isso agora. — Ele segura meu queixo. — Acho que temos outras prioridades. Comemorar alguma coisa, afinal de contas.
— Certo — digo, aliviada. E é como se minha cabeça de repente pesasse duzentos quilos a menos, trazendo-me de volta aos problemas

menos importantes. — Só, por favor, vamos sair daqui. Quando foi que esse lugar ficou tão quente?

— Quando você desobedeceu à regra número um.

— Que é...?

— Aos propensos à labirintite: evitar escadas em caracol.

— Bom saber. — Examino o rosto do Pablo que conheço, o Pablo verdadeiro. E fico satisfeita. Pelo menos por enquanto. — Vamos? Preciso sair para o frio da rua ou vou morrer sufocada de calor.

Ele sorri meio sem jeito antes de passar o braço em meus ombros, conduzindo-me até a calçada.

— E aí? Aonde vamos? — pergunto, empolgada, mesmo tendo de me encolher quando o vento frio de início de abril me atinge num golpe, infiltrando-se nas fibras de minha jaqueta jeans, resfriando meu corpo de imediato. Eu deveria saber que a sensação sufocante de calor não duraria muito... De qualquer modo, já passei por friagens piores nesta cidade.

— Não quero opinar — diz Pablo, um degrau mais alto do que eu. Ele está de pé, de costas para a entrada da LSA, de frente para a rua e para mim. Do lado de dentro das portas de vidro, a movimentação de estudantes é intensa. — O que foi aquilo, hein? — Ele brinca com meu cabelo. — Pular direto para o nível avançado? É um feito digno de honra. O mínimo que posso fazer é deixá-la escolher o restaurante. Estou até pensando em sair da dieta hoje.

— Não acredito! — exclamo, surpresa. — Quer dizer, você precisa mesmo sair da dieta, Pablo. Precisa se alimentar direito. — Meus olhos correm o corpo dele de cima a baixo. — Emagreceu um bocado.

— Eu não estava brincando sobre a gripe.

— Não?

Ele sorri.

— É óbvio que estava, Duda. Só quis testar você. Realmente não acreditou em mim. Preciso inventar uma desculpa melhor da próxima vez.

— Próxima vez... — murmuro. — Não vamos falar sobre isso, certo?

— Certo. — Ele bate continência e pula do degrau, fazendo-me recuar um passo, o que não adianta, pois seu corpo vem para cima do meu, seus braços procurando equilíbrio em meus ombros (ou me equilibrando, mais provável).

— Obrigada — digo. — Assim está melhor. Pelo menos não fico parecendo um toco do lado da palmeira.

Ele se diverte, sacudindo a cabeça.

— Você tem cada uma...

Dou um soco no ombro dele.

— Ai! — Ele finge uma careta de dor. — Essa doeu!

— Aonde vamos? — desconverso. — Meu estômago está berrando.

— É sério. Você merece muito decidir — garante ele, olhando em volta. Parece avaliar o corre-corre intenso de uma segunda-feira em Manhattan.

— Sabe — digo, pensativa, olhando vagamente o fecho prateado do moletom dele. — Já que hoje você não tem restrições, me parece inteligente aproveitar a oportunidade em um restaurante italiano. Isto é, se você não voltar atrás, se realmente estiver disposto a abandonar as saladas e me acompanhar em uma suculenta pasta regada aos quatro queijos, ou à bolonhesa. Ah, como adoro! Depois, quem sabe, se me permitir mais uma pequena extravagância, uma sobremesa transbordando em glicose parece uma boa ideia. Já sei! Vamos ao Junior's! Ah, Deus! O que é aquele *cheesecake* de morango? Minha boca já começou a salivar. — Faço uma breve pausa. — Topa?

Mas ele está quieto. Então ergo os olhos.

Pablo está olhando fixamente para um ponto além de mim, a expressão novamente endurecida, infeliz. Fico me perguntando se ele ouviu alguma palavra do que acabei de tagarelar.

— Ei, você — seguro-o pelos braços. — O que foi agora? Em que está pensando?

Ele permanece em silêncio.

— Ah, tudo bem, Pablo. Seja lá o que for, podemos deixar para depois, por favor?

— Duda — balbucia ele, os olhos ainda distantes. — Se tem alguém aqui que não vai querer deixar para depois... Não sou eu.

— Do que está falando?

Com a cabeça, ele indica um lugar atrás de mim e eu me viro, meus olhos seguindo em linha reta.

Do outro lado da rua, encostado em um Mini-Cooper vermelho, está Miguel, de pernas e braços cruzados, os cabelos escondidos sob um capuz. Ele tira os óculos de sol e sorri para mim, acenando discretamente.

Meu corpo se derrete como sorvete da Kibon. Amoleço tão grosseiramente que, um segundo depois, posso sentir os dedos de Pablo firmando-me pelos braços enquanto tento, à beira do desespero, encontrar meus pensamentos perdidos.

Mas meus pensamentos se foram. Junto deles também minha voz, meu nome, minha capacidade de tentar ignorar aquela imagem estupidamente deslumbrante do outro lado da rua, uma escultura impecável banhada de sol.

Depois de um tempo, percebo as mãos de Pablo me soltarem. Também percebo, pela visão periférica, quando ele começa a caminhar, indo embora provavelmente.

Vamos, Duda! Faça alguma coisa, sua idiota insensível!

Então minhas pernas se balançam nos calcanhares. E depois, num rompante, meu corpo está girando para o lado e avançando pela rua agitada. Estou gritando por Pablo, que se afasta de costas para mim. É claro que trombo com uma mulher, e ela solta um xingamento em inglês. Mas, para minha sorte, o copo de café Starbucks na mão da mulher balança, mas não cai.

— Pablo! — Estico o braço para alcançar sua mochila *"Barcelona mes que un club"*. — Espere!

É quando ele para abruptamente, sacode a cabeça e se vira para mim com um bufar irritado.

— Ele quer conversar com você, Duda. Vai deixá-lo esperando?

— Como você pode saber o que ele quer comigo?

Seus lábios se apertam numa linha estreita, depois se abrem sem vontade alguma. Fitando o ar com tristeza, ele diz:

— Ah, tanto faz! Sei muito bem o que *você* quer.

— E o nosso almoço?

— Isso realmente importa agora?

Eu sei a resposta. Mas fico em silêncio, mirando o chão num misto constrangedor de insegurança e covardia.

— Tudo bem — diz ele. — Não precisa dizer nada, Duda.

— A gente se encontra... depois? — Ergo os olhos e mordo o lábio com o pedido miserável.

— Provavelmente não.

Com essa resposta seca e direta, ele me dá as costas e volta a andar, os braços balançando.

Fico ali, entorpecida, observando o espaço entre nós se alargar a cada segundo, quando, para minha surpresa, Pablo para novamente no meio das pessoas, que passam aceleradas ao lado dele como paredes de indiferença, meros figurantes de uma cena sem perspectivas felizes. Após o que me parecem minutos de indecisão, ele gira o corpo e vem encurtar a distância entre nós, ainda temeroso, ainda fitando o vazio.

— Escute. — O vento parece suavizar a dor em sua voz. Mas a expressão não é suave. Demoro um pouco a entender que é como se ele estivesse travando uma batalha mental, como se estivesse reprimindo a si mesmo pelo que vai dizer em seguida, que é: — Se depois de tudo você ainda precisar de mim, mais tarde... Não hesite em telefonar. Estarei esperando. Apenas mais uma vez. — A brisa agora é leve e balança seus cabelos pretos crescidos nas últimas semanas. — E, por favor, Duda, não se desespere. Sempre existe uma solução. Mesmo que seja uma mera questão de tempo.

Rápido como um sopro, incompreensível como a própria dor, Pablo desaparece dobrando a esquina.

O que exatamente foi isso? Não entendi absolutamente nada do que ele disse. Por que, diabos, ele disse tudo isso? *Se depois de tudo você precisar de mim... Estarei esperando apenas mais uma vez...*

Ainda confusa e sem mais o que fazer, dou meia-volta em direção à escola e atravesso a rua, evitando o rosto de Miguel, temendo perder o fio do pensamento outra vez. Toda concentração, no entanto, quase desce pelo ralo quando ele já está do outro lado da calçada, cheiroso como sempre, abrindo a porta do carona para mim. Sei que está me fitando, mas, heroicamente, resisto.

— Oi — diz ele num sussurro. — Vamos dar uma volta?

Fecho os olhos, um suspiro para organizar as ideias. Depois respiro fundo e me preparo para encará-lo, surpresa por ter perdido a fome, por não mais sentir frio.

Quando minhas pálpebras se abrem devagar à luz do sol, o verde injusto dos olhos dele inunda meus sentidos, prendendo-me como ímãs imensos, esplendorosamente reluzentes, um oceano inteiro de perdição. Balanço a cabeça, detestando-me por tudo. Ainda assim, depois de engolir em seco e, secretamente, cruzar os dedos às minhas costas em uma figa da sorte, sou capaz de perguntar:

— Por que eu deveria fazer isso? Entrar no carro com você, quero dizer.

— Se não quiser, tudo bem. — Ele fecha a porta. — Eu só queria conversar com você. Nós dois sabemos como venho adiando isso. Mas posso voltar outra hora.

Golpe baixo!

Pisco freneticamente os cílios na luz.

Voltar outra hora? Como assim outra hora? Quando? Quando eu não estiver mais aqui? Quando estiver do outro lado do mundo, chorando por ele num quarto escuro de um prédio em Ipanema?

— Não — ouço-me dizer mais desesperada do que gostaria. — Tudo bem, então. Vamos conversar. Mas... eu não tenho coisa alguma a dizer.

— Não se preocupe. — E completa com a voz embargada — Eu tenho muitas.

Dura feito uma tora de madeira, entro no carro, demorando um pouco a me acomodar. De repente ele já está ao meu lado, girando a chave e pisando fundo no acelerador.

vinte e cinco

QUADRILHA

Depois de quinze minutos do mais absoluto silêncio entre mim e Miguel, pigarreio bem alto e aproveito para sair do meu comovente estado de animal empalhado, mexendo-me no assento. É quando descubro que meu pé direito está totalmente dormente dentro do All Star de couro branco. Merda.

Fico chutando a lateral do carro enquanto ouço minha voz esguichar, mais aguda que o necessário:

— Volvo prata!

Ótimo, sua imbecil. Excelente. Por que você disse isso?

Miguel franze a testa e, antes que ele possa notar como estou nervosa (ou como sou idiota, ou as duas coisas juntas), repito a pergunta com mais coerência:

— Onde está o Volvo prata?

Ele não responde de imediato. Apenas se ajeita em seu lugar, tenso. Por favor, meu Deus, por favor. Que ele não esteja tendo problemas com um pé anestesiado como eu. Ele é o motorista!

Os raios de sol destacam suas feições perfeitas, o queixo quadrado, o nariz em linha reta, a barba por fazer na pele alva, os olhos ambivalentes preocupados, mas, ao mesmo tempo, tão envolventes, tão sedutores que me obrigam a desviar o foco, constrangida. Fico me perguntando por que ele não facilita um pouco as coisas e deixa os óculos de sol no lugar onde deveriam estar, que obviamente não é o alto da cabeça loura.

— Resolvi ouvir você. — É o que ele responde.

De rabo de olho, noto um sorrisinho tímido atravessar seus lábios. Seus lábios. Seus... hum... lábios.

Que mistura boa não daria esses lábios nos meus agora, nossas línguas confundidas numa só...? E o que dizer desse corpo impecável vindo pressionar o meu no tapete felpudo do apartamento dele...?

Feche a boca, Duda!, lembro a mim mesma a um segundo de babar. *E chute a lateral do carro! Chute a lateral! Ah, Deus! Parece que enfiei o pé num formigueiro.*

— Resolveu me ouvir... Sobre? — pergunto.

— O Volvo prata realmente chamava muita atenção. E não preciso de mais motivos para dificultar minha vida. Por isso, troquei de carro.

— Ah.

Solto um suspiro de entendimento.

Isso explica alguma coisa, afinal. Explica, por exemplo, porque o Volvo não estava na minha rua no dia em que Miguel demonstrou todo seu cavalheirismo ajudando Lisa a subir com as compras da semana.

Talvez, ocorre-me num estalo, ele esteja conferindo sua caixa de correio com mais frequência do que eu suspeitava. Quer dizer, não vejo o Volvo prata há séculos, mas Miguel agora tem um Mini-Cooper vermelho.

— Então você resolveu baixar a guarda e ler os livros? — Tento manter o tom casual enquanto, disfarçadamente, chuto a lateral do carro, o formigamento subindo pela perna, queimando a panturrilha. — Ou apenas confiou no que eu disse? Sobre Edward Cullen ter um Volvo exatamente igual àquele?

— Apenas confiei em você — afirma ele. — Não vou ler esses livros. Nunca.

Fico observando minhas unhas à francesinha, o esmalte meio descascado, depois escondo os dedos embaixo das coxas, entalhando um sorriso amarelo na cara. Ergo os olhos para a rua e tento imaginar para onde ele está me levando, não faço a menor ideia e não sei se devo perguntar.

— Duda? — diz ele. — Ainda sobre o cofre... Não fique preocupada. É como eu disse, não sei a senha e não vou mexer nas suas coisas.

— Hã? — Viro o rosto para ele. — D-d-d-do que você está falando?

— Você me pareceu bastante insegura no recado que deixou em meu celular.

Então foi isso? Ah, meu Deus, perguntei a ele sobre a senha do cofre digital? Puxa! Sempre pensei que a Eduarda bêbada fosse um pouquinho mais criativa.

Ah! Ah!

Como eu me detesto...

Mas espere. Onde se encaixa o café nessa história toda? Por que Miguel olhou para mim e disse com a voz misteriosa: *"A resposta é não para todas as perguntas, mas só porque detesto café"*?

— Não sei a senha — garante ele mais uma vez quando não digo nada. — Na verdade, sempre oriento os inquilinos de fim de contrato a deixarem as portas dos cofres abertas, para que os futuros moradores possam gravar novas senhas. Você provavelmente encontrou o cofre aberto, não encontrou?

— Sim. Claro. — E fui logo dando um jeitinho de apertar o botão *close* sem ter gravado senha nenhuma.

— Mais uma prova de que só você conhece a senha. Não se preocupe.

— Eu não estava preocupada com isso — corrijo. — Não estava desconfiando de você.

— Há outra coisa errada?

— Não! — disparo num sobressalto. — Não, não. De jeito nenhum. Tudo na mais perfeita ordem com o cofre digital. Meus pertences estão todos muito bem... *trancadinhos* lá dentro.

— Ótimo.

De que adianta dizer a verdade se Miguel não sabe a senha?

Merda. Ele não sabe a senha. Agora ferrou de vez.

Certo, Eduarda. Deixe de bobagem. São apenas quatro livros trancafiados naquele cofre. L-I-V-R-O-S. Um amontoado de folhas. Os livros da sua vida, é bem verdade. Mas você ganhou outros idênticos àqueles, pelo amor de Deus!

Respiro fundo para me recompor.

Segue-se, então, um silêncio medonho. É perceptível, quase tangível, a névoa de tensão pesando a atmosfera. É claro que não estamos aqui para dialogar alegremente sobre minhas peripécias infames com um cofre digital. É claro que não. É claro que não estamos.

Forço a mente, mas não tenho nem um *insight* perspicaz. Também não ajuda em nada a sensação que me vem agora de que não estamos indo a lugar nenhum. Parece que Miguel está dando voltas em torno do mesmo ponto, nas proximidades do Central Park, sem destino definido.

Ah, Deus! Isso não está cheirando à boa coisa. Chega mesmo a feder.

— A razão de eu ter aparecido na LSA hoje, Duda — diz ele, a voz tão baixa que preciso me concentrar atentamente para ouvir — é que quero conversar com você, esclarecer algumas questões das quais venho fugindo desde que nos conhecemos, desde que você desmaiou em cima de mim. — Ele ensaia um sorriso à lembrança. — Eu juro que tentei. Várias vezes. Quis fazer isso antes. Mas não consegui.

Sinto um calafrio cruzar a espinha e estremeço com a sensação de que milhões de minúsculas pedras de gelo estão se derretendo nas paredes do meu estômago, todas ao mesmo tempo. De repente minha garganta se aperta num bolo sufocante, minha nuca começa a suar.

— Antes de mais nada — continua ele. — Eu gostaria muito que você pelo menos se esforçasse para não me julgar tão mal por eu não ter sido totalmente sincero antes. Acredite, Duda, não tem sido fácil para mim. — Ele me olha e eu me contorço levemente. — Além do mais, eu nunca imaginei que as coisas entre nós fossem chegar a esse nível de complexidade tão rapidamente. Jamais pensei que eu fosse me sentir quase obrigado a revelar isso a você.

Complexidade? Quando foi que as coisas entre nós ficaram complexas? Quando ele beijou minha testa na noite de Ano-Novo? Quando não atendeu aos meus telefonemas? Ou quando esqueceu meu aniversário?

Minha cabeça começa a girar e meu reflexo no retrovisor é quase transparente.

— E, principalmente, eu não queria que você ficasse sabendo a verdade pela boca de... terceiros.

Observo os dedos dele apertarem o volante, como se quisessem arrancar alguns pedaços. Ele está nervoso, dá para ver. Sua expressão é apreensiva, eu poderia até dizer sofrida, cheia de uma tristeza aparentemente ilógica. Mas então as linhas de seu rosto se transformam em figuras ilegíveis e já não sei de nada.

Desvio os olhos para a rua iluminada, para as árvores primaveris, o asfalto chamuscando ao sol, as pessoas apressadas nas calçadas. A vida seguindo seu curso. Meu Deus! Essas pessoas não fazem ideia... Ali estou eu (amedrontada, enregelada e com um pé moribundo), ao lado do garoto por quem estou loucamente (e irracionalmente, posso garantir) apaixonada, prestes a ouvir algo contra o qual meu sexto sentido está berrando "problema". O sangue pulsa forte em meus ouvidos.

— O negócio, Duda... — Ele pronuncia meu nome com cuidado e, em seguida, atira a bomba: — É que vou me casar. E minha noiva está grávida.

Ah, meu Deus! Ah, meu Deusinho Glorioso do Céu de Anil!
Miguel está noivo. Noivo!
E vai ser pai.
Não interessa se ele jurou de pé junto que só vai se unir a essa Jararaca Americana (o apelido carinhoso que dei a ela) por causa do filho e não por amor a ela.

349

Não interessa se ele me pareceu sincero e totalmente infeliz com a própria vida. Se Augusto ainda não sabe de nada.

Não interessa se eles estavam separados (se foi *ele* quem terminou o namoro) antes de a Jararaca Americana aparecer grávida dele.

Não interessa *mesmo* se ele consegue se lembrar de duas ou três vezes em que eles não usaram camisinha (além de tudo, ele é um irresponsável; o que dizer das doenças sexualmente transmissíveis?)

Não interessa se a Jararaca Americana está tendo uma gravidez de risco e, por isso, passa o dia inteiro hibernando, ou melhor, "jararacando" em cima de uma cama na casa dos pais dela em... adivinhe só... CHICAGO!

Não interessa se a Jararaca Americana está usando isso (a gravidez de risco) para chantageá-lo em troca de alguma coisa que não esperei para ouvir o que é.

Nada do que ele disse interessa, sabe por quê?

Porque ele vai ser pai de qualquer jeito! E vai se casar (depois que o bebê nascer e a Jararaca Americana puder se levantar de seu leito "jararacal")! E vai vestir um fraque preto Empório Armani! E vai ficar estonteantemente lindo ao entrar na igreja! E vai enfiar a aliança de brilhantes da Tiffany (a *minha* aliança) no dedo da Jararaca Americana ao som da *Ave-Maria* de Gonoud! E vai dar uma festa de arromba no Plaza! Não que ele tenha dito exatamente todas essas palavras, mas, sabe como é, sei que são todas verdadeiras!

Miguel Defilippo e Jararaca Americana convidam para a cerimônia religiosa de seu enlace matrimonial...

Ah, não! Mil vezes não!

Por tudo isso quero apenas morrer.

Estou andando cegamente pelo Central Park há mais de três horas, chorando horrores e comendo amendoim. E jogando os restos aos pombos.

Isso mesmo, eu fugi!

Abri a porta do carro em movimento. Miguel foi obrigado a frear bruscamente no meio do trânsito intenso, e eu peguei minha mochila lilás da Kipling e saí correndo dali, arrastando meu pé moribundo pela calçada. Ele começou a gritar com a cabeça encapuzada para fora da janela, chamando-me de volta, dizendo que ainda não tinha terminado a conversa. (O que mais ele podia querer comigo? Me convidar para ser dama de honra? Ah, muito obrigada, mas não vai rolar!). Eu o deixei falando sozinho em meio às buzinas impacientes atrás do Mini-Cooper vermelho dele! (Agora estou lembrando... Ah, meu Deus! Tenho vergonha de dizer onde mandei Miguel enfiar o Mini-Cooper dele. Será que eu disse isso mesmo, ou apenas *pensei* em dizer? Se eu disse, por que foi que fiz isso? Que horror! Por que não consigo guardar essa boca ~~cheia de merda~~ somente para mim?) E ele não teve opção senão acelerar e sumir no trânsito. E eu me camuflei no meio das árvores do Central Park e ele nunca mais me achou. Também não sei se procurou. Não posso voltar para casa, e se ele estiver lá esperando por mim?

Tudo bem. Ele não vai estar lá esperando por mim. Tenho certeza. A última coisa que eu disse a ele, antes de bater a porta do carro, foi para ele desaparecer da minha vida, evaporar, escafeder. Disse que nunca mais queria olhar na cara dele. Ah, meu Deus, quanta mentira! E que coisa mais grosseira de se dizer a uma pessoa. Uma pessoa que vai ser pai. Um homem de respeito, quase casado. Praticamente um senhor de idade. Estou muito, *muito* arrependida.

Primeiro porque ele não me devia explicação alguma sobre a própria vida; ainda não entendi direito por que se abriu comigo. Ele não tem culpa de nada, a não ser pelo lamentável fato de não ter usado camisinha (meu Deus, como uma pessoa bem-informada pode não usar camisinha?)

Segundo, porque agora ele tem certeza de que eu sou uma louca apaixonada, não que eu tenha confessado, é claro. E vai sair contando para todo mundo, numa roda de amigos, numa mesa de bar. Todo mundo vai rir de mim, e ele vai propor um brinde à estúpida criança chamada Eduarda Maria Carraro (se é que ele sabe meu nome do meio). Ou vai usar a história como cantiga de ninar o filhinho dele: *"Nana, neném, que a Duda vem pegar"* ou até *"O Cravo se abriu pra Duda/ Do lado do Central Park/ O Cravo saiu contente/ E a Duda teve um ataque"*.

Só digo uma coisa: é o meu fim.

Encontrei o fundo do poço.

E eu realmente achando que este era meu dia de sorte...

Agora, para piorar, os pombos estão arrulhando insatisfeitos à minha volta porque o amendoim acabou. E eu estou fugindo deles, correndo desembestada pelo sul do Central Park. E eles estão voando atrás de mim. Ah, não! Pombos transmitem doenças! Eu não quero morrer! Eu disse que queria, mas não é verdade!

Graças a Deus! Eles sossegaram. Os pombos sossegaram quando uma menininha começou a lançar amendoins do outro lado do lago. Os pombos se foram.

Largo-me num banco qualquer e enterro o rosto entre as mãos, tentando educadamente ignorar o senhor de cabeça branca sentado ao meu lado com o jornal do metrô aberto diante de si (manchete: *"Lion Boods se diz arrependido de escândalo sexual"*). Ele está querendo puxar papo sobre o caso do esportista mais badalado dos Estados Unidos. Sorrio amarelo quando ele diz que é um absurdo o que a mídia vem fazendo com Lion Boods. Que nada do que estão dizendo é verdade. Que o famoso jogador de tênis de mesa não traiu a mulher com mil e uma amantes coisa nenhuma e *blá, blá, blá*. Será que esse senhor é cego? O que diz a manchete do jornal? A mídia não está inventando nada. Lion Boods confessou: é viciado em sexo! Será que pelo menos Lion Boods usa camisinha?

Respiro fundo, tentando me acalmar. Não posso entrar em pânico. Não posso começar a brigar com esse velho míope por causa de Lion Boods e as mil e uma amantes. Não posso me desesperar. Porque sempre existe uma solução. Nem que seja uma questão de tempo. Foi o que Pablo disse quando...

Espere.

Levanto do banco. O senhor de cabeça branca começa a tagarelar nos ouvidos do casal que ocupou meu lugar e me afasto para longe. Com as mãos trêmulas, disco o número dele.

Ele prometeu.

Apenas mais uma vez... Estarei esperando...

Agora, pensando nessas palavras, é como se ele soubesse de tudo, como se soubesse exatamente o que Miguel tinha a me dizer. Pablo sabia. Tenho certeza. Mas... *como*?

Ele atende ao primeiro toque.

— Alô — sussurro numa vozinha insignificante.

— Onde você está? — Ele ouve atentamente as coordenadas. — Estou indo para aí.

Desligo o celular, debruço-me no parapeito de ferro que ladeia a pista de gelo e fico olhando as flores coloridas dos jardins de primavera, as pessoas patinando felizes.

Felicidade. Uma palavra tão distante.

— Duda!

Viro-me na direção da voz e, sem pensar duas vezes, já estou correndo pelo parque de flores e me jogando sobre ele, ficando na ponta dos pés para enlaçar seu pescoço com os braços suplicantes, quase flutuando quando ele me firma pelas costas, depois deslizando por seu corpo imenso. De volta ao chão, solto os ombros e me encolho à medida que uma dor incômoda começa a se irradiar entre minhas sobrancelhas, uma coceira nos olhos estranhamente secos.

— Desculpe — murmuro, envergonhada, e escondo o rosto no peito dele, seus braços me envolvendo. — Eu não devia ter telefonado, Pablo. Sou tão covarde... Tão...

— Não diga isso.

— Mas estava tão desesperada. Me perdoe, por favor. Eu não sabia o que fazer, não sabia aonde ir, eu...

— Chhh. — Ele encaixa o queixo no alto de minha cabeça. — Estou aqui por minha vontade. Eu disse que viria.

E que seria apenas mais uma vez... A frase surda martela em meus ouvidos.

— Calma, Duda. — Ele acaricia meu cabelo. — Vai ficar tudo *bien. Tudo bien.* — insiste ele, mas, pela nota amarga e espanhola em sua voz, já não sei se fala apenas para *me* convencer.

Eu queria acreditar nele, queria poder enxergar qualquer pequena perspectiva de um futuro feliz, nem que fosse uma miragem muito, *muito* distante daqui. Queria pelo menos caminhar na direção desse futuro, nem que fosse lentamente, cada passo tão pesado quanto um bloco maciço de chumbo. Eu *quero* caminhar. Mas caminhar para onde?

— Mas parece tão impossível... — murmuro.

— Tem de haver um jeito — diz ele e, mais uma vez, é um consolo mútuo. — Tem de haver.

Como tem de haver um jeito? Como *pode* haver? O que, nesse mundo, pode me fazer acreditar que as coisas um dia ficarão realmente bem? Se Miguel, o garoto por quem me apaixonei vai se casar, vai ser pai... Se Pablo, o amigo que jamais sonhei em ter, disse que estaria de volta apenas mais uma vez... Se nenhum dos dois mora no Brasil... Se estou indo embora desta cidade em tão poucas semanas... Se sou tão egoísta que nem mesmo sei como posso viver...

Estou tão arrasada, estilhaçada em mil pedaços. Deve ser mesmo por isso que não consigo chorar. As lágrimas secaram diante da verdade. Tudo se foi.

Abraçados, rodeados pelos jardins do Central Park, ficamos em silêncio por um tempo, remoendo juntos nossa desventura. Atrás de minhas pálpebras semicerradas e dos arranha-céus colossais, o sol está tingindo a paisagem de um laranja empalidecido.

Um crepúsculo de tristeza.

Há vozes de crianças ao fundo, uma brisa leve balançando meus cabelos de vez em quando. Uma desesperança infinita se agigantando de um jeito impossível, um gosto amargo na boca. Um cheiro de mato misturado a Azzaro, uma sensação de impotência frente à vida. Uma fadiga pesada, um tremor involuntário, uma culpa horrível dilatando a cabeça.

Há um pouco de tudo. E muito de nada.

Porque, no final, não resta mesmo nada, absolutamente nada, quando se descobre a inutilidade de um sentimento. Quando o que se sonhou um dia se transforma no que nos corrói, uma espécie de veneno se espalhando pela pele, infiltrando-se nos músculos, sugando da mente as imagens tão nítidas do que podia ter sido, mas que foi interrompido antes que tivesse a chance de acontecer.

— Então você sabia — sussurro por fim.

Ele expira longamente em meu cabelo, depois se afasta para me olhar nos olhos e assente com a cabeça.

— Mas *como*? — pergunto, fitando inexpressivamente seu rosto, seu olhar negro carregado de lembranças ocultas.

— Acho que não vai ajudar em nada — diz ele, afastando o cabelo de meu rosto. — Faz alguma diferença saber?

Penso por um instante.

— Não vejo como pode piorar.

Ele engole em seco e baixa os olhos para nossas mãos entrelaçadas, apertando um pouco os dedos nos meus. O sol ilumina seu rosto num ângulo estranho, meio que amarelando a pele morena.

— Na noite do seu aniversário, Duda — ele começa pausadamente. — Não foi a senhora Smith quem abriu o portão para mim. Na verdade, estava destrancado. Miguel não me viu quando passei. Ele estava de costas, mais ao fundo no hall de entrada. Eu o tinha visto apenas uma vez, na noite em que você torceu o pé, mesmo assim, era impossível não reconhecer.

Então ele estava lá. No dia do meu aniversário, Miguel estava no prédio.

Balanço a cabeça enquanto Pablo examina meu rosto cuidadosamente, como se procurasse um sinal de descontrole, qualquer motivo para recuar. Endireito o corpo e finjo tranquilidade antes que ele desista de me dizer a verdade, ou o que resta dela.

— Continue, por favor.

Ele me olha cautelosamente. Depois recomeça:

— Miguel falava ao celular, sacudia o braço, estava brigando com alguém, dizendo que era impossível pôr o carro na estrada debaixo de uma nevasca daquelas. — Ele faz uma pausa. — Eu apenas baixei a cabeça e segui em silêncio na direção das escadas, sem dar a ele qualquer chance de me ver. Eu subia os primeiros degraus quando *ouvi*...

Ele fecha os olhos, lutando consigo mesmo, e, por um momento, penso que desistiu.

— Você ouviu...? — insisto com ansiedade.

— Ouvi seu nome. Miguel disse seu nome ao telefone.

— Ele disse Eduarda, meu nome?

— Disse Eduarda Carraro.

— Mas...

— Mas foi mesmo muito estranho e foi por isso que estacionei nas escadas e fiquei prestando atenção, concentrando-me no que ele dizia. Seu nome apareceu na conversa mais uma vez. Miguel disse em inglês algo como: *"Eu vou me casar com você, vamos ter um filho e já consegui o que você queria. Chega! Não vou me meter com Eduarda Carraro novamente"*.

Estou tão chocada que nem sei o que dizer.

— Foi então que voltei, desci a escada — continua Pablo. — Pus a mão no ombro dele e, quando ele se virou, quando me viu ali parado, ficou tão assustado que deixou o celular cair no chão. Ainda dava para ouvir a voz da garota berrando do outro lado da linha. Foi muito estranho, sabe. Fiquei surpreso por ele ter se lembrado de mim. Quer dizer, eu vestia capa amarela e galochas.

A voz de Miguel salta em minha cabeça: *"Por acaso... Pablo, o nome dele, não é?"* Ele nunca se esqueceu.

— Antes que eu tivesse tempo de perguntar qualquer coisa — continua ele. — Miguel começou a dizer que o assunto não era da minha conta. Mas ele foi idiota de pensar que eu ia desistir tão fácil. Ainda mais depois da angústia que percebi nos olhos dele. Eu tinha escutado boa parte da conversa e lancei a isca no ar. Joguei as informações ao vento. Ele acabou confessando que vai se casar porque a namorada está grávida. — Pablo sacode a cabeça. — Mas, na verdade, eu pouco me importava com essa parte. Queria era saber por que ele não ia se meter com você de novo e o que ele quis na primeira vez em que se meteu.

— E então? — pergunto, quase sem voz.

— E então ele acabou aparecendo com uma história de que a namorada estava enciumada por causa da noite de Ano-Novo.

— Eu passei o Ano-Novo com ele no Marriott Marquis da Times Square — solto de repente, como quem confessa um crime. À exceção de Lisa, todos eles pensam que virei o ano no apartamento de Miguel comendo Pringles e vendo a bola de confetes pela tevê.

— Eu sei — diz Pablo sem se impressionar. — Miguel me contou. Deve ter achado que a improbabilidade de um evento desses justificaria o ciúme da namorada e, por consequência, a menção do seu nome, Duda. Mas para mim não justificou.

— Você não acredita que ela possa ter ficado chateada? Miguel planejou passar a virada do ano com ela, tenho certeza. — Lembro-me dos estranhos telefonemas que Miguel recebeu naquela noite, quando eu não era capaz de entender seu inglês, e do próprio fato de ele estar indo para Chicago.

— Não sei... Mas havia alguma coisa na voz dele. No modo como disse Eduarda Carraro. Além do mais, seu aniversário foi um mês depois do Réveillon, Duda. A menos que a garota sofra de algum tipo de distúrbio psicológico, não teria surgido com um assunto tão antigo.

Pablo franze as sobrancelhas, avaliando a possibilidade. Eu também fico quieta, mas não tenho dúvidas: no lugar da Jararaca Americana, eu morreria de ciúme.

— Mas, para meu azar — ele completa. — Não consegui pensar em nada inteligente para contra-argumentar. Percebi que ele não ia mesmo colaborar e resolvi deixar para lá. Não podia usar força física. Não podia correr o risco de estragar o buquê de rosas que eu carregava na outra mão. — Ele sorri levemente e eu vejo a imagem se formando em suas feições. Tento insistentemente rejeitar aquilo. Pablo, com sua mão maior que pá de lixo, esmurrando o rosto perfeito de Miguel. Miguel revidando. Os dois no hospital. — Por fim, ele me pediu para que eu não contasse nada a você. Disse que contaria ele mesmo.

— E você não contou — lembro a ele, meio chateada. — Que motivos teria para ser fiel a ele e não a mim?

— Eu não queria deixá-la impressionada com minhas suposições, com o fato de ele ter dito seu nome de uma maneira estranha, numa hora estranha. Miguel podia estar falando a verdade sobre o ciúme da namorada, apesar de tudo.

— E eu acredito que estava — confesso. — A lógica não caminha ao lado de pessoas ciumentas.

— Pode ser. — Seus olhos se perdem no vazio. — Mas, de qualquer forma, eu não dei muita importância para a outra parte da história. Não imaginei que você pudesse ter qualquer interesse no fato de ele estar noivo e achei desnecessário dizer. — Ele procura meus olhos novamente. — Ah, Duda... Eu, que sempre fui tão intuitivo, deixei escapar o que estava óbvio. Não percebi que você estava apaixonada por ele. Até que você assumiu o sentimento e pude enxergar tudo com uma nitidez terrível.

— E mesmo assim você não me contou — insisto pateticamente.

Ele suspira.

— Não vê, Duda? Tudo o que eu menos queria era ver essa tristeza em seus olhos. Como agora. Não queria fazê-la sofrer, mesmo que eu não fosse o verdadeiro culpado. É insuportável para mim de qualquer jeito.

Sem resistir, toco seu rosto com as costas da mão, e ele fecha os olhos, expirando devagar.

— Eu queria tanto que as coisas fossem diferentes...

— Eu também. Queria muito. — Ele abre os olhos e afasta minha mão, empurrando gentilmente meu braço pelo pulso. — Mas infelizmente elas não são. E é por isso que...

— Eu já sei. — Baixo os olhos. — Apenas mais uma vez. Mais *esta* vez.

— Foi há muito tempo — diz ele. — Mas a frase ainda fica rodando na minha cabeça. Como se tivesse sido feita para mim. Que ironia...

Olho para ele, confusa.

— Duda, por que você se solidariza tanto com o fantasma Erik? Você lembra qual foi sua resposta quando perguntei da primeira vez, quando estávamos na sala de aula...?

Sinto uma pontada de compreensão quando tudo se encaixa. É claro que me lembro e poderia repetir palavra por palavra, mas é Pablo quem conclui o pensamento:

— Você disse: *"Em se tratando de amor não existe prêmio de consolação"*.

A frase ficar reverberando no ar por um tempo.

— E é por isso que estou deixando a LSA — diz ele. — Por isso que você não vai mais me ver. Porque eu não posso ficar ao seu lado. Não quero sua amizade como prêmio de consolação.

— Mas a vida não se resume à história de um livro, Pablo.

— Seria bom se fosse assim, não seria? Felizes ou trágicos, mas finais, de qualquer modo. Uma conclusão pontual, inquebrável. Seria melhor do que viver na maré, à mercê das ondas, da direção do vento e das tantas e incontáveis variáveis que teimam em tornar tudo tão irritantemente imprevisível na vida real.

Estou tão paralisada, tão impotente diante da veracidade dessas palavras, que é de repente que me lembro de respirar. Então fico tonta, meio mole. Pablo me segura pela cintura.

— Vem, Duda. — Sua voz é um sussurro distante. Ele agora está passando o braço pelos meus ombros, arrastando-me para a frente. Meus pés se movem por comandos automáticos. — Vou levá-la para casa.

Não sei dizer quanto tempo depois dobramos a rua do prédio marronzinho, ainda velando um silêncio profundo, interrompido apenas pelas buzinas dos carros, o zum-zum-zum das pessoas, qualquer distração sem importância do mundo de fora. As luzes dos postes já estão acesas e o vento da noite, ainda mais gelado, corta minha pele quando atravessamos a rua movimentada. Ainda estou agarrada ao corpo de Pablo, que me sustenta de lado. Olho em volta. O Mini-Cooper não está ali.

Pablo me ajuda a subir a escadinha da frente. Estou no último degrau quando começo a me soltar de seu braço:

— Estou bem — afirmo, conferindo discretamente a firmeza de minhas pernas. — De verdade. Pode me deixar aqui se quiser.

Pablo sorri, sem jeito.

— Tudo *bien*. Talvez seja melhor. — Ele pega meu rosto com as duas mãos. — Só mais uma coisa. Sobre o cofre digital...

Minha expressão se franze de incredulidade. Será que ouvi direito? Ainda existe alguém pensando nesse estúpido cofre?

— Sobre o cofre digital — Pablo me ignora quando levanto o dedo para interrompê-lo. — Descobri a empresa que o fabricou, pelo desenho da logomarca, enfim. Mandei um e-mail explicando a situação. Se eles me responderem, se me enviarem uma senha mestra, eu a encaminho a você, está bem?

Meus lábios se rendem por fim, repuxando-se num sorriso tímido.

— E... — Ele me olha firmemente. — Se, por acaso, você tiver partido até lá, se estiver no Brasil, não se preocupe. Eu venho aqui, arrombo a porta do apartamento e recupero os livros para você. Ainda tenho alguns meses nesta cidade.

Solto os ombros, sacudindo a cabeça.

— Pablo Rodríguez. Você não tem jeito mesmo.

— Eu disse que era uma questão de honra.

Há um instante de silêncio. O vento sopra os cabelos dele.

— Adoro você — murmuro para não gaguejar e fecho os olhos.

— Não preciso dizer como me sinto.

Então seus lábios repousam em minha bochecha e, depois de um tempo, só me resta o vazio. Quando abro os olhos, Pablo se foi. Para sempre.

Eu, que há apenas algumas horas acreditava ter encontrado o fundo do poço, acabo de descobrir como ainda estava longe.

ESTE DOCUMENTO É DE PROPRIEDADE ÚNICA E EXCLUSIVA DA CREPUSCÓLICA

Se você é um ladrão, achou este papel na rua, ou está apenas fazendo gracinha, ponha a mão na consciência e entre logo em contato: crepuscolica123@gmail.com

ESTARÁ SALVANDO UMA VIDA!!!!!

EXERCÍCIO NÚMERO 01:

OS 100 DEFEITOS REALMENTE DEFEITUOSOS DE M. D.

1) ~~Ele tem os pés tortos;~~
2) ~~Ele é tão... tão... tão O QUÊ???????~~
3) ~~Ele é muito misterioso;~~
4) ~~Ele desaparece sem dar notícias;~~
5) ~~Estou obcecada por ele;~~
6) ~~Estou obcecada por ele;~~
7) ~~Estou obcecada por ele;~~
8) ~~Estou obcecada por ele;~~
9) ~~Estou obcecada por ele;~~
10) ~~Estou obcecada por ele;~~
11) Ele está noivo e vai ser pai;
12) Ele está noivo e vai ser pai;
13) Ele está noivo e vai ser pai;
14) Ele está noivo e vai ser pai;
15) Ele está noivo e vai ser pai.
(...)

vinte e seis

ADEUS, TIO SAM: FOI RUIM ENQUANTO DUROU

— Duda? Pode me ajudar com esta mala, por favor? Não consigo fechá-la de jeito nenhum! — Lisa solta os braços frouxamente e faz cara feia para a gigantesca mala amarela, como se ela tivesse algum defeito de fabricação. Até parece.

Pela sexta vez em dois dias, estou sentada em uma mala. Agora estou quicando de bunda em cima dela, enquanto Lisa se contorce para puxar o zíper de metal até o fim.

— É impressionante, sabia? — Ela limpa a testa e põe as mãos na cintura. — Como é que tudo isso cabia nesses armários?

Meus olhos, acompanhando a direção dos dela, percorrem nosso quarto num semicírculo lento e sepulcral. As portas do guarda-roupa estão abertas, bem como as gavetas da escrivaninha e as do criado-mudo. O que não seria um cenário tão triste se, à exceção das seis malas devidamente fechadas e enfileiradas no canto, tudo ali não estivesse tão profundamente vazio, tão sem nada nosso.

Solto um suspiro melancólico e sento na cama, lutando para dispersar as lágrimas que de repente umedeceram meus olhos. Depois de tantos dias reprimindo o choro, eu deveria ter me acostumado. Nem acredito em como me sinto tão idiota e ainda mais infeliz também por isso.

— Bom, compramos um bocado — observo, tentando me concentrar em minha bagagem de mão, a mochila lilás da Kipling.

Aproveitando que Lisa me deu as costas e com movimentos sorrateiros, ajeito os quatro livros da saga *você-sabe-qual* (presente de Pablo) no compartimento maior da mochila, liberando um espaço para meu travesseirinho inflável, que encaixo no meio deles. Que coisa mais estranha... Faz tanto tempo que não folheio estas páginas, ou acesso o Twitter como Crepuscólica. De uma maneira inconsciente, acho, venho evitando finais felizes.

— Se descobrir uma maneira de vir a Nova York sem querer comprar a cidade inteira, por favor, me avise — pede Lisa, penteando os cabelos diante do espelho do toucador. — Preciso me controlar da próxima vez.

Sorrio timidamente, fechando a mochila.

— Acho que não haverá próxima vez — desabafo. — Pelo menos, não para mim.

Ela larga a escova e me lança um olhar consolador, examinando meu rosto com cautela. Depois se senta ao meu lado, pegando minhas mãos. Desvio os olhos para o tapete de crochê, enxergando a mesma figura de um gato de bigodes no emaranhado de barbantes desconexos. Vou sentir falta desse gato.

— Ah, Duda... — começa Lisa numa voz deliberadamente controlada. — Não diga isso. É claro que voltaremos aqui. É claro que valeu a pena.

Será? Pergunto a mim mesma pela milésima vez. Será que valeu?

Lisa bufa e, impaciente com meu silêncio, expõe seus argumentos:

— Você terminou o curso de inglês com um aproveitamento louvável, Duda. Conheceu outra cultura. Fez amigos incríveis. Conheceu Pablo. — Ela faz uma pausa, hesitante. — E ainda se apaixonou.

Reviro os olhos. A menos que eu esteja mesmo cega, não há como enxergar nenhuma vantagem nisso.

— Sabe o que eu acho? — Ela repousa a mão em meu ombro tranquilizadoramente. — Não interessa se essa história não terminou exatamente do jeito que você sonhou. Se Miguel vai se *cas*... Enfim.

Reviro os olhos de novo, mostrando uma indiferença mais evidente. Estou prestes a reivindicar meus direitos (afinal, Lisa prometeu nunca mais mencionar essa palavra de cinco letras, muito menos a outra de três, sendo "p" a primeira delas, em nossas conversas), quando ela recomeça a ladainha, ponderando com mais convicção:

— Porque, apesar de tudo, Duda, a história aconteceu. Está aí. Faz parte de quem você é, de quem se tornou. Uma garota diferente. Mais madura. E isso conta para muita coisa.

Certo. Decidi. Não quero mais pensar sobre isso.

Então vou para a janela, levanto o vidro e debruço-me sobre o parapeito. Os raios de sol de meio-dia iluminam a lataria dos carros. As árvores verdes se sacodem ao vento que também balança meus cabelos, uma brisa fresca de primavera. De repente, Lisa está ao meu lado.

Ficamos um tempo em silêncio, fitando inexpressivamente a rua da janela provavelmente pela última vez.

— É tão estranho, não é? — digo, por fim, sem desgrudar os olhos de uma segunda-feira comum. — Estamos indo embora e tudo vai continuar como antes por aqui. Algumas coisas, exatamente do mesmo jeito. — Meus lábios se repuxam quando meus olhos garimpam um cachorro minúsculo, que mais parece um rato de coleira, deixando um excremento marrom ao lado de uma montanha de sacos de lixo. Viro-me para Lisa. Ela está sorrindo numa mistura bizarra de nostalgia e diversão. — Estamos deixando o lugar que há tanto tempo chamamos de lar. Cedendo os espaços que consideramos tão nossos a pessoas que nem conhecemos.

— Eu fui muito feliz aqui. — Lisa funga e sai de perto de mim. — Vou sentir saudade da rotina, do pessoal da LSA. Eles foram tão legais ontem à noite... Até Helena Deriglasov veio me dizer como gostou de me conhecer. Susana ganhou origamis da Lee Gigi. Margô chorou ao se despedir de Brad Marley, depois de ele encerrar o show com *No woman no cry*. — Ela suspira. — Mas sabe... Estou louca de vontade de ir à praia, vestir shorts e chinelos, tomar mate gelado e água de coco, curtir minhas baladas, admirar o Cristo Redentor no caminho do shopping, falar minha língua na padaria da esquina, entende? Rever minha galera, beijar as pessoas na bochecha, abraçar apertado.

— Hum. Sobre a festa de ontem, Lisa... — Encosto-me na parede e cruzo os braços. — Mais uma vez, desculpe. Eu sei que você se empenhou, chamou todo o pessoal, mas eu realmente não estava no clima. Preferi terminar de arrumar minhas coisas e curtir sozinha minha fossa de véspera de viagem, tomando Schweppes e comendo chocolate.

A verdade é que as despedidas com as quais eu me importava aconteceram há algum tempo.

— Tudo bem, eu perdoo você — diz Lisa com a voz nasalada enquanto aplica *gloss*. — Mas Dani está organizando uma reuniãozinha para nos receber. E dele, minha querida... — Ela comprime os lábios, depois aperta minha bochecha. — Você não escapa!

— Dani? — Franzo a testa. — Ué. Pensei que ele estivesse muito ocupado fugindo das investidas de Vitor Hugo.

— Pois essa história é mesmo muito maluca. — Lisa anda pelo quarto. — Vitor Hugo assumir que é gay assim de repente. E agora perseguir Dani, jurando amor eterno ainda mais loucamente do que quando perseguia você... — Ela para. — Não, você não vai acreditar! Vitor Hugo mandou um carro de som à rua de Dani! Um carro de som! Daqueles com balões coloridos e mensagens constrangedoras.

— Não brinca? — Arregalo os olhos, balançando a cabeça. — Mas eu disse a ele... Disse a Dani para tomar cuidado! Para não exagerar na atenção! Quer dizer, não é possível que Vitor Hugo realmente precisasse de babá durante aqueles dias por causa de um nariz quebrado. Mas Dani não quis me ouvir. Deu nisso.

— Fred me disse que o primo nunca esteve mais animado com a vida.

— E o que ele pensa disso? — pergunto. — Sobre Vitor Hugo ser gay? Porque, sei lá, Fred é tão conservador para certas coisas...

Lisa bufa longamente e atulha a parafernália em sua mochila de qualquer maneira, sem disfarçar a frustração na voz:

— Só digo uma coisa. Qualquer hora, pode esperar, eu vou explodir! *Bum!* Zé Fini querida Lisa! — Ela aponta o indicador para mim como se eu tivesse alguma culpa de seu namorado ter engastalhado na fase dos beijinhos despretensiosos. — Será que ele tem uma amante?

Não aguento e solto uma gargalhada imensa, daquelas de estirar os lábios por cima dos dentes. Meus músculos estranham o movimento cada dia mais raro.

— É claro que não, Lisa! Você tem cada uma...

— Enfim. — Ela dá de ombros. — Respondendo à sua pergunta, Fred não tem preconceito, não. Apesar de quê, sabe como é, ele está um pouco preocupado com a situação como um todo. É que ele considera Dani um péssimo partido, acredita? Gratuitamente, claro, porque ainda nem conhece o nosso amigo.

— Esse *Agarradi...*

— Caramba, Duda! — Lisa levanta as mãos. — Já superamos esse apelido!

— Certo. Não está mais aqui quem falou.

Mas que ele é um Agarradinho das canelas cabeludas, ah, isso ele é!

— Tudo pronto? — Susana surge na porta. — Alex já estacionou a van, e Fred está subindo para nos ajudar com as bagagens.

Todas as malas já ocupam o porta-malas imenso. Estou sentada na van, ao lado de Susana, minha testa colada na janela. Através do portão aberto do prédio, observo Lisa jogar as cópias das chaves do apartamento na caixa de correio do... do... vizinho *você-sabe-quem*.

É quando me lembro "de minha necessidade urgente de ir ao banheiro". Puxa! Quase me esqueço do *plano*.

Salto do carro depressa.

— Agora vai ter de usar a chave de Augusto, Duda. A única que restou.

— Onde ela está?

Lisa aponta na direção de Margô, acomodada no banco de trás, concentradíssima em suas palavras cruzadas.

367

— Margô faz questão de devolver a ele.

Sozinha no apartamento, entro no quarto e tiro um pedaço de papel dobrado do bolso da calça jeans. Releio o bilhete, traduzindo-o mentalmente do inglês para o português, surpresa ao constatar como as palavras aqui escritas perderam um bons pontos em meu medidor de importância. De qualquer modo, é minha cartada final e aí está ela:

> *Querido novo inquilino,*
>
> *Sim, eu fui avisada. E não deixei a porta deste cofre aberta apenas porque não sei a senha. Houve um infeliz incidente sobre o qual não vejo necessidade de detalhar nestas breves linhas.*
>
> *Se por acaso você conseguir abri-lo, entre em contato comigo pelo e-mail duda.m.carraro@gmail.com. Depositarei a quantia necessária para as despesas de encomendas expressas (e mais uma generosa gorjeta, se for o caso). O que está preso aqui dentro é de grande estima para mim.*
>
> *Obrigada,*
> *Eduarda Carraro*

Deixo o papel sobre o cofre digital.

Ainda dou uma última olhada pela sala, suspirando tristonha antes de girar a chave na fechadura.

A verdade é que odeio aeroportos. Por quê?

Porque estou empurrando um carrinho enorme com três malas e uma mochila pelo apinhado saguão do Terminal 4 do Aeroporto Internacional John F. Kennedy. Avancei dez metros e já me sinto exausta. Com um movimento malabarista, livro-me da jaqueta jeans, sem parar de andar.

— Acho que estamos na direção errada. — Lisa sacode as mãos livres, apontando o outro lado do saguão. Sorte a dela poder fazer isso. Sacudir as mãos, quero dizer. É que Fred conseguiu enfiar os entulhos dele, que provavelmente se resumem a cinquenta cuecas de seda pura, numa única mala de tamanho médio. As outras três de tamanho enorme que se vê no carrinho que ele está empurrando são de Lisa.

— Não estamos, não — responde Susana como quem sabe das coisas. E deve saber mesmo, visto que, assim como Lisa, Susana caminha tranquilamente e, por isso, não está esgotando sua massa encefálica na simples manutenção do pensamento, como eu. Alex, empurrando o carrinho dela, tem a expressão tão penosa que, quem vê de fora, poderia até pensar que é ele quem está embarcando para a guerra, não fossem as estampas florais nas malas de Susana denunciando a verdade.

Ah... Queria tanto um namorado solidário! Queria tanto um *namorado*, apenas! Queria tanto que o meu namorado fosse o... *Reprima o pensamento. Reprima o pensamento.*

Estou quase chorando, a nuca molhada de suor, quando viro a cabeça e vejo Margô empurrando um carrinho mais atulhado que o meu; só as pantufas do Garfield ocupam uma mochila inteira. Passo os olhos por suas feições franzidas de esforço. Depois suspiro, reconfortada. Ela também não tem namorado.

— É aqui, pessoal — garante Susana, indicando a fila do *check-in*.

Ah, não! A fila do *check-in* está dando quatro voltas imensas de um milhão de brasileiros!

Estaciono o carrinho atrás de Lisa, no fim da fila, e olho em volta, bufando desanimada.

Uma quarentona está tumultuando o balcão, reclamando, embora eu não consiga ouvir sobre o quê, pois, no meio da fila, uma criança chora no colo da mãe (só espero que não venham se sentar perto de mim no avião).

O mais impressionante de tudo é que, quando me comparo a essas pessoas, sinto-me incrivelmente econômica! Olhe aquela caixa ali no chão, do lado da Gordinha Suéter de Onça (a bolsa Louis Vuitton no ombro dela provavelmente foi encontrada em uma daquelas cavernas ocultas e ilegais da Chinatown): é uma televisão de 42 polegadas! E aquela outra caixa, um micro-ondas! Ah, pelo amor de Deus! As Casas Bahia dividem tudo em dez vezes sem juros.

— Tive uma ideia! — Margô quica no chão, as pernas contorcidas. — Por que não nos revezamos na fila? Eu estou com fome. E preciso muito ir ao banheiro.

— Esqueci o celular na van, amor. — Alex aperta Susana contra seu corpo. — Você me acompanha até o estacionamento? — Depois beija o cabelo dela com segundas intenções. Ela revira os olhos discretamente. Ah... Estou tão triste por eles... Por *ele*, na verdade.

— Vão logo, então — diz Lisa. — Fico aqui com Fred e Duda. Mas não demorem muito. Também estou com fome.

Fico acompanhando os três se distanciarem de nós enquanto tento ignorar as vozes de Lisa e Fred, que engataram uma conversa chata sobre a eficiência dos aeroportos americanos e brasileiros. Quando os três somem de vista, debruço-me no carrinho, deitando a cabeça sobre as malas, desejando apenas que o tempo passe bem depressa. Fecho os olhos para relaxar.

É de repente que sinto unhas me cutucando o ombro. Abro os olhos, assustada, completamente desorientada por um segundo.

— O que aconteceu? Onde estou? Uma bomba? Temos que correr? Para onde? — disparo sem pensar. No segundo seguinte, porém, quando as coisas começam a ganhar sentido (e quando vejo Fred dando adeus, longe de mim, a alguns metros), murmuro numa vozinha: — Ou... acordei e preciso avançar na fila?

Lisa não responde. Apenas revira os olhos e me ajuda a empurrar o carrinho para perto de Fred. Depois me encara, as sobrancelhas unidas.

— Por acaso você se inscreveu no *Late Show*, Duda?

— *Eu*? Não. De jeito nenhum. Quer dizer, acho que não. Hum, deixe-me pensar... Teria eu me inscrito no *Late Show*? — Ponho o indicador no queixo.

Olho para Lisa de esguelha. Ela bufa, sacudindo a cabeça.

Merda. Acho que não colou. E agora? O que vou dizer a ela? *"Brincadeirinha, Lisa, eu me inscrevi, sim, hahaha"*?

Espere. Como foi que ela descobriu?

Será que...? Não, não, não. Foi só um pensamento que me ocorreu de repente.

Ah, Deus! Será?

É que eu meio que, sabe como é, coloquei o número do celular de Lisa como referência nas primeiras das mil e quinhentas inscrições que fiz ao todo (minha meta de duas mil foi para o saco, já que, nas últimas semanas, evitei qualquer atividade que me fizesse lembrar *você-sabe-quem*). O negócio é que fiquei com receio de que alguém do programa me telefonasse e eu não conseguisse me comunicar, devido a meu inglês ex-mobral, e, por isso, perdesse o direito ao ingresso. Será?

— Porque uma tal de Debra C. acabou de me ligar — diz Lisa. — Você ganhou um ingresso para o show de hoje. Até que seria um programa bem bacana. É uma pena.

Puxa! Jamais imaginei que isso pudesse acontecer!

Quer dizer, eu meio que perdi as esperanças depois daquela resposta enviesada da tal de Debra C. Até hoje não engoli aquele e-mail. Ela não precisava ter se sentido tão ofendida. Eu só perguntei, educadamente, se ela podia dar um "jeitinho" de fazer uma pequena marquinha em minhas inscrições. Só isso. Não pedi para sentar no sofá do David Letterman nem nada parecido. Ela não precisava ter frisado com tanta veemência que os americanos desconhecem a palavra "jeitinho", como se os brasileiros fossem todos uns trapaceiros.

— Ainda mais que Lion Boods será entrevistado durante o programa — diz Lisa.

— Oh, que vantagem — respondo, sarcástica. Lion Boods vai dizer o quê? Que está muito feliz de retornar aos esportes? Que é para todo mundo esquecer o escândalo em que esteve envolvido porque isso não vai acontecer novamente, já que ele está totalmente curado de sua obsessão por sexo, muito bem obrigado?

— E Robert Pattinson também.

É quando meu estômago despenca em queda livre.

— O-o-o-o quê? O quê? O...
Ah, meu Deus! Ah, meu Deus!
Ah. Meu. Deeeus!!!

Minha cabeça está girando, as imagens diante de mim perdendo o foco em espirais coloridas. De repente tudo o que consigo assimilar, além do carrinho deslizando para a frente quando meus peitos despencam sobre ele, é Fred me segurando e me erguendo pelos braços (ah, não!). Depois de um tempo, abro os olhos. Lisa está me abanando com uma revista *Marie Claire*. Formou-se um pequeno grupo em volta de mim. Vejo que a Gordinha Suéter de Onça largou a bolsa Louis Vuitton no meu carrinho e está pegando meu pulso, checando meus batimentos. Uma funcionária da companhia aérea me estende um copo d'água.

— Sente-se aqui, querida. — Ela traz uma cadeira e me coloca nela.

Mas não quero saber de cadeira nenhuma. Fico de pé, sentindo-me cheia de energia e, ignorando todos eles, seguro Lisa pelos ombros:

— Lisa... Pelo amor de Deus, Lisa. O que você está dizendo? — Sacudo o corpo dela. — Não minta para mim! Não brinque comigo! Eu... Eu ganhei um ingresso para o *Late Show*? Para assistir ao vivo à entrevista de... de... Rob... Robert Pattinson? — Lado a lado, as palavras parecem uma piada. Principalmente nesse som estranho que atravessa o bolo formado em minha garganta.

— Sim. Para hoje à noite. É uma pena mesmo e...

— E eu vou! — grito, largando Lisa.

— Você *o quê*?

— Eu vou, Lisa! Vou ao show!

— Ficou maluca, Duda? — pergunta ela para mim. Para a funcionária da companhia aérea, ela pede: — Ponha açúcar nessa água, por favor. — Ela volta a me encarar: — Nós estamos na fila de um *check-in*, você percebeu? Estamos voltando para o Brasil! Em poucas horas, estaremos num avião, cortando o céu de Nova York!

— Lisa, você não faz ideia de como eu sonhei com isso, de quanto isso significa para mim. É a chance da minha vida! A chance de eu fazer valer a pena. Também quero poder dizer quanto fui feliz nesta cidade, nem que tenha sido só por uma noite! Preciso ver o Robert

Pattinson ao vivo, Lisa! O verdadeiro! Ah! — De repente estou sorrindo e berrando com a impossibilidade de um evento desses. — Ah!

— Mas Duda...

— Mas Lisa! — Bato o pé no chão. — Eu enfio algumas roupas na mochila, só o básico, o necessário, e você despacha minhas malas. Vai ficar tudo bem. Remarco meu voo para depois de amanhã. Pego a chave do apartamento com Margô. Augusto não vai se importar se eu dormir mais duas noites lá, vai? Entro num táxi agora mesmo e, no caminho, passo no estúdio do programa na Broadway para pegar meu ingresso. E, ah, meu Deus! Como pude pensar em tudo isso assim tão rápido?

— É o neocórtex descarregando a reação racional — explica a Médica Gordinha Suéter de Onça.

— E pago pelo peso excedente das bagagens, Lisa.

Ainda estou tremendo dos pés à cabeça quando Margô, Susana e Alex se juntam ao grupo. Minha cara não deve estar nada normal pelo modo como Margô arregala os olhos ao me ver e Susana vem segurar minha mão. A pele dela está tão quente! Ou será a minha que está tão fria?

— O que aconteceu? — Alex quer saber, assustado.

No momento seguinte, estou de joelhos no chão do aeroporto JFK, abrindo minhas malas, enfiando as coisas na mochila da Kipling. E Lisa está emocionada, aos soluços, contando a história aos recém-chegados e aos curiosos que se avolumaram. E depois ela se senta no chão, ao meu lado, e me ajuda a escolher a roupa perfeita para o *Late Show*. E Susana está ao celular, avisando mamãe. E Margô está procurando a chave do apartamento em suas 234 mochilas, porque ela não lembra exatamente em qual dos 235 bolsos a colocou. E Fred está sacudindo a cabeça há mais de cinco minutos, reprovando tudo isso. E Alex está insistindo em me dar uma carona enquanto estou explicando que não posso esperar, que preciso ir agora, pois está ficando tarde.

Meu coração fica batendo forte quando abraço meus amigos com entusiasmo. A Médica Gordinha Suéter de Onça lança os braços gorduchos ao meu redor e me deseja boa sorte. Um grupo de quatro garotas está suplicando para que eu arranque um chumaço de cabelo de Robert

Pattinson se conseguir chegar perto dele. De repente estou correndo em direção à saída do aeroporto com os dedos agarrados às alças da mochila em minhas costas. A mochila está um pouco pesada por causa dos livros que trouxe na esperança de conseguir um autógrafo. Quando entro no táxi, não me aguento de emoção. Estou rindo e chorando ao mesmo tempo. Tudo parece tão diferente! Cheio de cor e sentido! E o pensamento inacreditável fica martelando em minha cabeça durante todo o caminho até Manhattan: vou ver Robert Pattinson!

O táxi encosta junto ao meio-fio e, no minuto seguinte, estou correndo na direção do prédio marronzinho, o ingresso do show na mão. Estou tão feliz, tão distraída, que quase passo sem ver.

Quase.

Porque eu vejo.

E paro na mesma hora.

Meu corpo fica rígido. Minha mente dando voltas em montanha-russa.

Ah, meu Deus! E agora?

Será que devo voltar? Será que devo subir? Será que devo ficar aqui? Será que devo gritar? Será que devo lançar o ingresso aos sete ventos? Será que devo procurar um hotel? Será que estou sonhando?

O Mini-Cooper vermelho está parado bem ali.

vinte e sete

INESPERADO NUMBER FIVE

Certo. Isso é o cúmulo do ridículo.

Estou escondida atrás de uma árvore, do outro lado da rua, espiando o prédio marronzinho há mais de trinta minutos. Durante todo esse tempo, ninguém atravessou a portaria. A mochila em minhas costas está pesando, o *Late Show* se aproximando, Robert Pattinson calçando as meias, e eu ainda não decidi o que fazer.

Fecho os olhos e solto um suspiro encorajador.

Bom, é isso. Vou procurar um hotel.

Com as pernas desequilibradas, deixo meu esconderijo de cabeça baixa, cobrindo o rosto com a mão. Ando um pouco e afasto os dedos ligeiramente, abrindo um buraquinho por onde lanço olhares furtivos em todas as direções, como uma foragida na mira do FBI. Estou dobrando a esquina quando um pensamento autocrítico salta em minha mente. Meus pés empacam no lugar.

Ah, qual é, Duda? Não seja covarde! Por que fugir assim? Você não assaltou um banco, assaltou? E o aluguel do apartamento custava o olho da cara, o que lhe garante mais uns diazinhos de bônus.

Tudo bem. Talvez o aluguel não seja exatamente o problema agora. Mas, de qualquer modo, qual é a pior coisa que pode acontecer se você atravessar aquela portaria? Você pode cruzar com Miguel ou sei lá o quê. Só isso. Não é um acerto de contas. Só um encontro casual. Oi, tudo bem, como vai. Nada além.

Tomada por uma confiança soberana, endireito o corpo soltando os braços, dou meia-volta, respiro fundo e começo a marchar em direção ao prédio marronzinho, treinando algumas falas mentalmente, só por garantia.

"*Oi, tudo bem, como vai? Sua futura esposa continua grávida?*" Não. Parece formal demais.

"*Surprise! I'm back, baby!*" Não, pelo amor de Deus, não!

Chega de falas. O negócio é subir as escadas na velocidade da luz, diminuir as probabilidades de um encontro. Simples e lógico como dois mais dois. Se ainda assim não funcionar, o que eu consideraria uma zebra tremenda, finjo que fiquei surda como a sra. Smith. Ótima ideia. *Hein?* Perfeito.

Mas eu deveria saber. Quando piso no último degrau do quarto andar, sinto-me totalmente sem fôlego. As imagens das portas lado a lado parecem uma mistura de cores borradas. Ah, que beleza! Agora fico aqui, idiotamente estacionada no corredor social do prédio. Um pimentão humano dando sopa para o azar. Minha nossa! Juro que vou procurar um otorrinolaringologista assim que chegar ao Brasil (e também correr pelo calçadão três vezes ao dia até restabelecer meu preparo físico, se é que um dia tive algum).

Espere. Estou ouvindo um som. De onde vem esse som? Por acaso é... *Bon Jovi?*

Estreito os olhos, focalizando. A porta do apartamento de Miguel está entreaberta, uma réstia de luz colorida vazando para o corredor social.

É de lá que vem o som.

Miguel está ali, a poucos metros de mim, atrás daquela porta. Escutando Bon Jovi. Ah, Deus! O que eu *ainda* estou fazendo aqui parada?

Bem depressinha, sigo para meu ex-apartamento, evitando qualquer mínima escorregada de olhos para a porta vizinha. Pego a chave no bolso da mochila e já estou com a mão na maçaneta quando a música é interrompida.

Um silêncio sombrio e apavorante toma conta do hall social.

Ah, minha Nossa Senhora!

Certo. Não gire a chave, não tire a mão da maçaneta, não respire, não provoque nenhum tipo de ruído. Ou Miguel vai ouvir. E vai vir aqui fora saber o que é. E vai se deparar com você. E aí *já era*.

Dez segundos depois, um espasmo de alívio. Um novo som nasceu baixinho e está crescendo e ficando mais forte e então...

Meu coração se revira no peito e eu salto no lugar.

É Lifehouse. *You and me*. A minha música. A *nossa* música.

Meus dedos se firmam na maçaneta enquanto meu cérebro fica nervoso sem saber o que pensar. Aliás, meu cérebro está tentando não pensar na excitação intrigante de um evento desses. É a nossa música, afinal de contas! E Miguel voltou a ocupar seu apartamento exatamente no dia em que eu, supostamente, teria ido embora. Ah, tudo bem, eu confesso. Estou pensando mesmo que é só uma espiadela, que mal pode haver?

Com o corpo pinicando de curiosidade, dou um passo amplo para o lado sem mover o tronco, como um robô de comandos automáticos. Paro um segundo e giro a cabeça, avaliando o perigo. Barra limpa. Avanço mais três passos e estou diante da porta entreaberta de Miguel, levantando o braço no feixe de luz colorida. Devagar, aproximo a palma da mão da madeira, encolho o pescoço e me preparo para uma ligeira leve empurradinha quando uma dúvida me faz hesitar.

Estaria eu pronta para me deparar com um ritual de magia negra ao som de Lifehouse? Ah, que idiotice. É claro que não é isso. Magia negra? *Puft!*

Mas e se Miguel estiver pelado, cercado de velas perfumadas? Pior, se estiver se enroscando ~~sem camisinha~~ à Jararaca Americana ao som de Lifehouse? Ah, também não é isso! A Jararaca Americana está em Chicago, em seu leito "jararacal", impossibilitada de qualquer bizarrice do gênero.

Então provavelmente ele estará sentado em posição de ioga, *padmasana*, os olhos concentrados na porta. Ao som de Lifehouse. Vou dizer o quê? *"Oi, tudo bem, como vai?"*

Empurro a porta devagar, esgueirando-me para enfiar a cabeça para dentro. E é bem neste instante que minha garganta se aperta reprimindo um grito de choque.

Nem as mais loucas suposições me levariam a *isso*.

Miguel está de costas para a porta, deitado no sofá de couro preto com o braço esquerdo atrás da cabeça e um controle remoto pendendo de sua mão direita. Ele não me vê. Sobre a mesinha de centro, encontram-se, esparramadas, as cópias das chaves que Lisa deixou na caixa de correio hoje cedo. Eu poderia sentir uma tristeza indigesta pela confirmação do óbvio, ou seja, ele realmente pensa que fui embora hoje e só por isso está de volta. Poderia até doer fisicamente. Mas estou surpresa demais para perceber em mim qualquer outra reação.

Estou surpresa demais com sua expressão; a expressão mais inescrutável do mundo enquanto sua boca sussurra, acompanhando a letra da música (*"what day is it / and in what month / this clock never seemed so alive..."*). Miguel tem os olhos fixos na imagem colorida que o Data Show lança na tela diante de si. A imagem... As imagens...

São as fotos que sua Nikon capturou quando estivemos presos naquele túnel, na véspera do Ano-Novo. Eu dormindo, eu com a cara amarrotada, eu encurvando os cílios, eu sorrindo, eu com os dentes... ai, meu Deus!... sujos de chocolate, eu com a mão no caminho da lente.

Eu. Apenas.

Durante um tempo, não consigo me mexer. Parece que alguém amarrou meu corpo e me trancou numa cúpula de incredulidade, as imagens de mim mesma ressurgindo na tela numa sequência ininterrupta.

Depois a reação me vem num estouro involuntário. Abro a porta totalmente e fico parada na soleira, os braços estendidos ao lado do corpo, os ombros tensos como mola. Fico desejando que Miguel se vire e me veja. Quero perguntar o que significa essa brincadeira de fotos, e chego a abrir a boca. Mas, em vez disso, recuo para o corredor social velozmente, puxo a porta e me escondo atrás dela quando um celular começa a chamar de algum canto da sala. Meu coração assume um ritmo nem um pouco saudável enquanto entreouço.

Miguel começa a falar em inglês perfeito, a voz exaltada:

— A bolsa estourou? Fique tranquila, senhora Brandon, estou indo para aí. Não, não... Isso mesmo. La Guardia, o primeiro voo disponível. Sobre o quê? Foi o que o médico disse... Agora corra! — Há um curto instante de silêncio. Depois Miguel parece comemorar sozinho, rindo e falando alto, em português: — Meu filho está nascendo! *Meu filho!*

O mais depressa possível, entro em meu ex-apartamento, tranco a porta e me encosto nela, ofegando. Demoro uns cinco minutos para reagir.

Largo a mochila no quarto, tiro as roupas e tomo uma chuveirada quente, tentando em vão organizar as ideias.

Fotos minhas... Mas *por quê?* O que isso significa? Ainda posso ouvir sua voz na mente. Ainda posso ver seu rosto imaculado, o modo impenetrável como seus olhos miravam as imagens na tela, como seus lábios lindos se moviam ao som da música. Posso imaginar sua alegria repentina ofuscando tudo, extinguindo qualquer coisa que estivesse em seus pensamentos. *"Meu filho está nascendo!"* Não há competição em nível algum. *"Meu filho está nascendo!"* É só o efeito do inevitável. Estou correndo em círculos. Voltando ao início. Em relação a mim, nada mudou.

Talvez seja mesmo por isso que, à medida que eu me ajeito num vestido de mangas compridas e faço uma maquiagem esfumaçando as pálpebras de preto, todos esses questionamentos vão sendo varridos para um canto do meu cérebro, um a um. A empolgação volta a borbulhar em meu peito. Olho o relógio, enfio o *Eclipse* (meu livro preferido) numa bolsa cinza de alças prateadas. Quando, às três da tarde, entro no táxi em direção ao *Late Show*, estou sorrindo de orelha a orelha.

No foods, no drinks, no pictures. É o que diz o ingresso.

E é por isso que desliguei meu celular (que tem uma estupenda câmera 8.0 megapixels, uma pena), e o enfiei na bolsa. Queria tanto fotografar esse momento!

Não dá para acreditar! Realmente não consigo acreditar!

Depois de...

...quase abrir a porta do táxi em movimento e me lançar correndo pela Broadway quando um engarrafamento ameaçou meus planos...

...de atravessar os duzentos metros de garotas ensandecidas ao redor do teatro Ed Sullivan...

...de ter sido escolhida (devido a meu rosto jovem e belo, *hahaha*) como "macaca de auditório" e, por isso, estar sentada na parte de baixo do teatro, bem perto dos entrevistados...

...de assistir à entediante entrevista de Lion Boods (ele é muito magro para um esportista e tem os olhos envoltos por bolsas arroxeadas; talvez esteja cansado de tanto fingir arrependimento em relação ao escândalo sexual em que se envolveu)...

...ali estou eu, literalmente quicando em meu lugar.

Porque é agora! O sonho da minha vida vai se realizar em alguns instantes! E quem sabe, com um pouco mais de sorte, eu ainda consiga chegar mais perto, descolar um autógrafo!

Com a enorme figura da ponte do Brooklyn na parede atrás de si, David está dizendo uma piadinha, e eu estou rindo espontaneamente! Agora ele está chamando no palco o astro da saga *Crepúsculo*! A banda começou a tocar! Os canhões de luzes estão girando e mirando um portal de tijolinhos cor de areia por onde o astro vai entrar! Meu coração está saindo pela boca! Acho que vou morrer! Ele vai entrar! *Ele está entrando...*

Ai, meu Deus do céu, é ele! *É ele!*

Robert está aqui.

to Dudududa,

kisses

vinte e oito

CLARIVIDÊNCIA

De pé, no movimentado saguão de entrada do teatro Ed Sullivan, estou com o livro aberto nas mãos trêmulas. Meus olhos, concentrados na página do autógrafo, procuram, sem sucesso, por explicações escondidas nas três palavras escritas por *ele*, significados ocultos. Não consigo chegar a uma conclusão definitiva. Não sei se sou mais sortuda ou idiota. Ou as duas coisas misturadas em doses exageradas, mas em proporções equilibradas entre si.

"Name?"

"Du-du-duda."

Do lado de fora do teatro, na calçada diante das portas douradas, há um espaço restrito, ladeado por grades de ferro, que forçam o recuo da multidão. É para lá que Robert se dirigiu, escoltado por dois guarda-costas. Ainda que eu conseguisse desviar os olhos do livro, não conseguiria vê-lo de onde estou. Mas não é difícil supor que esteja distribuindo autógrafos, acenando para as pessoas, a julgar pelo modo como elas gritam. Os sons, no entanto, parecem vir de muito longe.

Ficam zunindo em meus ouvidos incapazes de assimilar qualquer outra coisa.

"*Name?*"

"*Du-du-duda.*"

É só o que consigo ouvir na mente. As palavras se repetindo, indo e voltando.

"*Name?*"

"*Du-du-duda.*"

Tudo bem. Sei que o que vou dizer parece mesquinho. Totalmente ridículo. Que eu deveria mesmo era estar procurando uma maneira aparentemente inexistente de compensar a humanidade por esse presente dos deuses. Sei que ele é um ator de Hollywood pelo amor de Deus, além de lindo de morrer, supercharmoso, simpático, deliciosamente espirituoso; tudo o que eu já sabia, agora comprovado. Mas eu não sei direito o que aconteceu comigo. Sonhei tanto com esse momento e agora... agora que se tornou realidade, contrariando toda a razão, a sensação que tenho é de que partes inteiras de mim, partes que cultivei durante tanto tempo, regando dia e noite com gotas de fantasias douradas, foram-me arrancadas à força. Todas de uma só vez. De repente, sinto-me vazia por dentro.

Não que eu tenha alimentado esperanças de que Robert fosse me abraçar apertado e dizer *"Eduarda Carraro, muito obrigada por existir no meu mundo, I promise to love you forever"* (seus lábios a centímetros dos meus). Bem, talvez eu tenha alimentado, sim. Mas Deus do céu! Uma garota tem o direito de exagerar, não tem? É claro que tem. E, dada a minha imaginação suficientemente platônica para isso, eu exagerei. Um bocado até. De modo que agora, não consigo evitar...

Acontece que logo depois da entrevista dele, vim direto para cá. Para o saguão de entrada, quero dizer. Nem sei se podia ter abandonado o auditório daquela maneira, uma vez que a gravação do programa ainda não tinha terminado. Mas tanto faz. O fato é que eu precisava, eu *tinha* de tentar chegar mais perto dele!

E consegui!

Ele passou por mim! Ele esteve aqui! Pelo mais breve e sublime dos instantes, Robert (o verdadeiro, de carne e osso) esteve aqui comigo. Sorrindo de um jeito que deveria ser crime contra a vida. Lançando-me o azul esverdeado de seus olhos. Estendendo o braço a fim de pegar meu livro. Perguntando meu nome com aquele fofíssimo sotaque britânico de arrepiar os pelos da nuca.

E eu demorei um pouco a responder. Estava entorpecida demais, tonta demais... Tive de me apoiar na parede à minha direita para não me estabacar ali mesmo. Depois, quando abri a boca, a resposta saiu aos tropeços, daquele meu jeito enrolado, o coração explodindo no peito comprimia meus pulmões e não me deixava tomar fôlego para repetir meu nome com mais clareza. Talvez com um pouco mais de tempo eu tivesse conseguido. Mas ele não esperou. É óbvio que não. Ele não *podia* esperar. Simplesmente pegou a caneta e autografou meu livro rapidamente. Escreveu meu nome no papel com toda gentileza...

Meu nome. Errado.

Depois se foi. Como uma miragem no deserto, ele se foi. No instante em que a verdade se despiu aos meus olhos, resvalou sobre minha cabeça, encobriu meus sentidos... ele não estava mais aqui. A verdade que, de um modo tão injusto quanto incontrolável, se sobrepôs à empolgação do momento, eclipsando-a temporariamente. A verdade que me atingiu como um golpe de foice, um mar inteiro de transparência. Muito mais forte que qualquer outra coisa. Muito mais necessária, contudo, decepcionante.

Ele não me conhece.

O sujeito por quem passei noites e noites suspirando... Por quem me derreti em neve a cada palavrinha pronunciada na tela do cinema... A quem ofereci meu tempo, meu coração... Esse sujeito não me conhece. Sequer sabe meu nome.

Puxa vida! Eu sei tanto sobre ele! Tanto! Sei, por exemplo, que o casaco marrom que ele está usando (o mesmo que usou numa entrevista ao *Fantástico* em ocasião da estreia do *Lua Nova*) tem um imenso rasgo no punho direito. Sei que ele sonhava em ser pianista. Que seu nome do meio é Thomas (olhe que gracinha!). Que tem mania de pesquisar na internet. Que foi expulso da escola duas vezes. Que ama Coca-Cola e tênis sem cadarço.

Agora eu me pergunto? O que ele sabe de mim?

Ele não sabe absolutamente nada de mim. E obviamente não tem culpa disso. Fez seu papel muito bem, aliás. Tratou-me com simpatia e educação.

Minha nossa! Qual é o meu problema? Será que eu não podia simplesmente ser fã do sujeito e ponto final? Será que era tão difícil enxergar as coisas separadamente como agora? Por que, diabos, acabei misturando tudo, mergulhando de cabeça, corpo e alma numa história que sequer existe além do papel? E, se uma coisa é certa nesta vida, é que essa linda história de amor entre uma humana e um vampiro, essa história não é minha. Nunca foi, nunca será. Quer saber de mais uma coisa? Graças a Deus! Não consigo nem imaginar o que seria do mundo se uma criatura bizarra e mentalmente desequilibrada como eu fosse mordida por um vampiro e tivesse a chance de viver para sempre.

Com um suspiro profundo, aperto o livro contra o peito e fecho os olhos, esperando que a empolgação retome seu espaço dentro de mim, pouco a pouco. Depois de um tempo, sou inundada por um êxtase gostoso, uma sensação incrível de vitória (em todos os sentidos), uma epifania que faz meu corpo inteiro estremecer, que me obriga a reprimir um grito de desabafo.

Uau! Ele esteve aqui! Foi tudo verdade! Conheci o Robert! Valeu a pena! É claro que valeu! Óbvio que sim! Agora, ainda por cima, com a clarividência que sua presença me trouxe, a fantasia e a realidade passaram a coexistir dentro de mim de um jeito novo. Mais maduro. Mais saudável.

Estendo o livro à distância de um braço e fico admirando a capa vermelha e preta pela milionésima vez. Sabe, é impossível deixar de amar cada capítulo, cada linha dessa história. Só é mesmo uma pena que a minha história, a minha vida, continue de pernas para o ar.

Ah! Mas se ao menos eu tivesse uma chance... Uma única chance... Se ao menos houvesse um meio de mudar o meu final. Como uma heroína, eu não hesitaria. Nem que, para isso, eu tivesse de ir à Itália, roubar um Porshe amarelo, atropelar 253 pessoas e depois me lançar em disparada por uma praça apinhada; correr e correr sob o sol de meio-dia até meus pulmões berrarem por socorro. Ou enfrentar uma muralha de seres encobertos por mantos negros e esvoaçantes ao redor de seus calcanhares, seres dos olhos vermelhos, seres do mal. Ou...

— Ai! — exclamo ao ser atropelada por um homem de terno preto. Involuntariamente, minha mão corre para meu ombro dolorido. Deixo o livro cair no chão. Merda.

— *Sorry*. — O homem apressado pede desculpas sem olhar para trás. Faço uma careta pelas costas dele, depois choramingo em silêncio, apertando o ombro. Deus, como dói! Esse homem deslocou meu braço! Levou meus tendões todos embora!

Muito lentamente e depois de muita massagem, a dor vai cedendo. Por fim, sacudo a cabeça, irritada, e apoio-me nos tornozelos para pegar o livro do chão. É quando meus olhos focalizam algo que esteve invisível esse tempo todo. Algo que, com o impacto da queda, deslizou um pouco para fora do livro.

É a metade de um envelope de aparência comercial.

Ah, certo. Nada demais. É só aquela carta.

A carta que, na pressa de desmascarar o Agarradinho, acabei enfiando no meio das folhas do livro na intenção de lhe dar um fim posteriormente, coisa que, agora percebo, esqueci de fazer. A carta que foi depositada em minha caixa de correio por engano; não pelo endereço que, de algum modo, estava correto, mas pelo nome do destinatário. Estava endereçada a quem mesmo?

To: Emma Brandon
From: New Life For Your Life

Engraçado... Eu não conhecia nenhuma Emma Brandon na primeira vez em que me deparei com esse envelope. Nem passei a conhecer depois disso. Por que então, só agora, tenho a impressão de que esse nome não me é tão estranho?

Emma..., deixo a mente vagar. *Emma. Brandon.*

De repente uma suspeita salta em minha cabeça.
Não seja ridícula, Eduarda. Isso não seria possível.
Ou... ai, meu Deus!... Seria?

— Pequena Carraro! — atende ele ao segundo toque, sua voz espaçosa enchendo meu ouvido direito. — O que me confere o júbilo deste chamado?
Hã?
— Espere. — Ele me interrompe antes mesmo que eu tenha a chance de articular qualquer resposta e diz: — Não me diga que o boa pinta de Hollywood te chamou para o sofá e abocanhou teu pescoço?
— O quê...?
— Sinto muito. — Ele estala a língua. — Mas nem um médico gabaritado como eu pode dar um jeito nisso para você. Não existem drogas contra o veneno de um sanguessuga. — Ele ri, debochado, e eu reviro os olhos à sua tagarelice desenfreada, embora ele não esteja me vendo. Isso não pode estar certo. Foi a convivência com Susana, ou o término do namoro que provocou um dano irreversível no cérebro do pobre coitado? — Se bem que, do jeito que as coisas andam, com todo esse universo sanguinolento que nos cerca, não duvido que um japonês cabeção invente algo do tipo.
— Alex, escute... — Vou para um canto mais afastado da portaria do teatro, já que, ao que me parece, Robert subiu num palco improvisado lá fora e está tirando as roupas. É só o que explicaria o aumento da intensidade dos gritos.
— Sangue sintético os malucos já inventaram, sabia? — continua Alex. — Bom, dizem que é uma porcaria. Mas os Senhores Caninos Caipiras andam tomando essa coisa lá na Louisiana. Eca!
Ele fica quieto por dois segundos e eu aproveito:
— Minha nossa! — exclamo. — O que deu em você? Quer dizer, estou realmente falando com a mesma pessoa que ostentava uma baita cara de enterro poucas horas atrás? Ou, por acaso, disquei o número errado?

Ele solta um suspiro demorado.

— Qual é o problema em querer estar alegre?

— Problema nenhum. Desde que se consiga forçar a alegria quando não se tem um motivo natural para isso.

— Pois meu lema é: vida que segue, vida feliz — esclarece ele. — E estou mesmo muito feliz. Com um *motivo natural*, se quer saber. Cheguei a pensar que teria de me despedir de sua irmã. Mas, bom, não foi o que aconteceu.

— Como assim?

— Não aconteceu. Não nos despedimos. Definitivamente, quero dizer. E uma viagem de 11 horas não é mesmo nada para quem sente saudade.

Como é que é? Será possível que Susana não foi capaz de fazer a coisa certa que era, obviamente, botar um ponto final nesse relacionamento? Santo Deus!

— Bom — digo, de mansinho. — Só, por favor, avise antes de pousar no Brasil. Não apareça lá em casa de surpresa. — "*Ou vai correr o risco de flagrar sua namorada, ou sei lá o que ela é, se esfregando em outro homem*", acrescento em pensamento. — Vai me deixar falar agora?

— Claro, claro. *What's your problem?*

— Não é exatamente um problema. Só uma curiosidade.

— Manda.

— Qual é o nome da ex-namorada do Miguel? Ele me disse uma vez, mas não estou lembrando direito. — O que é uma verdade. Miguel realmente mencionou o nome verdadeiro da Jararaca Americana no fatídico dia em que apareceu na LSA dirigindo um Mini-Cooper vermelho e idiota, o mesmo dia em que eu fugi do carro (sem esperar para ouvir o resto da história que ele contava) e fiquei zanzando pelo Central Park desesperadamente. Só que, na hora, o nome da Jararaca me pareceu algo tão sem importância perto da imensidão de todo o resto, que vazou por um buraco qualquer em meu cérebro.

— Qual delas?

— Como?

— Qual das *exes*?

Tudo bem. Nada demais. Apenas o óbvio. É claro que Miguel teve mais de uma namorada na vida. Talvez duas. No máximo três. Com todo aquele jeito apaixonante, aquele rosto de anjo, como não? Uma revelação banal dessas não pode me causar aborrecimento, pode? Apesar disso, quando baixo os olhos, encontro meus dedos amassando o envelope. Respiro fundo, tentando me acalmar.

— Sem uma dica fica muito difícil — diz Alex.

— É a que está *grá*... — Paro no meio da frase. Alex não sabe que Miguel vai se casar, muito menos, que neste instante, enquanto conversamos ao telefone, a Jararaca Americana provavelmente está urrando as dores do parto na expectativa do choro inaugural de seu bebê. — Bom, a última ex.

— Hum. — Ele pensa por um momento. — Não estou bem certo. Miguel muda de namorada como muda de roupa.

Ah, céus! Isso está indo de mal a pior. Engulo em seco e, com uma voz de quem pouco se importa, pergunto, instigando:

— Seria Emma o nome dela?

— Emma... — Ele pensa mais um pouco. — Olhe, deve ter havido uma Emma sim. É um nome bastante comum nos Estados Unidos.

Ah, qual é? Existe um alfabeto inteiro de ex-namoradas "*miguelianas*", é isso?

— É Emma! — diz ele subitamente. — Tenho certeza. E o sobrenome é Brandon, acho. Natural de Chicago. Gostosa demais com toda aquela comissão de frente redonda e... Hã, desculpe.

Fico em silêncio, o sangue bombeando forte em meus ouvidos.

— Algum problema, Pequena Carraro? Não está brava comigo, está? É brincadeira o lance da comissão de frente. Não precisa tomar as dores da irmã. Nem contar para ela, claro.

— E New Life for Your Life? — Mudo de assunto.

— O que é que tem?

— Você sabe o que é isso? — pergunto com a voz firme. Mas, à medida que meus olhos vão percorrendo os detalhes do envelope esverdeado em minhas mãos, minhas suspeitas vão crescendo e arrui-

nando meu fraco autocontrole. De repente minha voz está histérica:
— Você tem que saber, Alex! É sua obrigação! Porque este envelope faz alusão à medicina. Tem o desenho de um microscópio, uma seringa... Que espécie de médico você é?

— Envelope? Que envelope?

— Alex — insisto, quase chorando. — Por favor, é muito importante...

— Você bateu a cabeça ou qualquer coisa assim? Venha para casa que eu dou uma olhada no ferimento. Talvez precise de um raio X no hospital desta vez.

— Eu não bati a cabeça! — guincho. — É melhor você colaborar, Alex. Ou... vou dizer à Susana que você deu em cima de mim.

— Ah, qual é, Duda? Conta outra. — Ele ironiza.

— Vou dizer que você ficava me espiando da sua janela, me mandando sorrisinhos sensuais. Às vezes, só de cueca. Você tem uma cueca do Knicks, vai negar? — arrisco. Ele deve ter uma cueca do Knicks, ele tem absolutamente tudo do Knicks. Como não teria uma cueca?

Ele bufa.

— Olhe, não estou cedendo por me sentir culpado, tá legal?

— Sinta-se como quiser. Apenas me responda. O que é New Life for Your Life?

É quando ele dispara:

— New Life for Your Life é um banco de sêmen. O maior da América.

Ouço um *crec*. Talvez meus ossos rachando ao meio. Automaticamente, levo a mão esquerda à base das costas e vou encurvando o corpo para a frente, devagar, experimentando a segurança de minha coluna. Quando percebo que ainda não ruí, volto a me aprumar e fico tentando manter a respiração ativa, tentando principalmente não desmaiar. Mas o mundo está turvo.

— Ei, Duda? Falando sério agora, estou preocupado. Você está se sentindo bem? Posso buscá-la onde estiver.

— Não — ouço-me sussurrar num fiozinho de voz. — Estou bem, obrigada. Tchau.

— *Tchau*? Mas já?

Desligo o celular e fecho os olhos, atordoada.

Um banco de sêmen.

A Jararaca Americana (Emma Brandon) recebeu uma carta de um banco de sêmen. Uma carta que, sabe Deus como, veio parar justamente na minha caixa de correio.

Um banco de sêmen.

Mas a Jararaca Americana (Emma Brandon) não é homem. Portanto, não é doadora de sêmen. De modo que só resta uma possibilidade.

Estou nervosa. Muito nervosa. Mordendo e arrancando pedaços da pele de meus lábios, balançando freneticamente o envelope há mais de cinco minutos, andando de um lado ao outro, travando minha batalha interior.

É um crime muito grave abrir a correspondência de outra pessoa? Quantos anos de cadeia? Júri popular? Prisão perpétua? Cadeira elétrica, talvez? Como se ainda houvesse alguma possibilidade de eu ignorar este envelope, jogá-lo na privada alegremente e dar descarga.

Sem mais delongas, abro o envelope. Puxo e desdobro um papel elegante, vincado e timbrado com o logotipo da NLYL em alto-relevo (o primeiro L é um espermatozoide estilizado).

Começo a ler.

É como se alguém estivesse pressionando uma pistola de raios contra minha barriga, tão completamente paralisada que fico, a não ser por meus olhos, varrendo as linhas do papel furiosamente, lendo e relendo sem parar. Minha mente fica traduzindo as palavras, querendo realmente, *realmente*, encontrar qualquer equívoco.

Mas não há equívoco nenhum. A prova está aqui, clara e terminante.

> Cara Senhorita Brandon,
>
> Em compromisso com a melhoria contínua de nossos serviços, vimos por meio desta solicitar-lhe o preenchimento da pesquisa de satisfação que se encontra em anexo. Siga as instruções no verso para o procedimento de reenvio. Como cliente ainda em gestação, sua opinião é muito importante para nós.
> Agradecemos a preferência. A equipe da NLYL sente-se honrada em fazer parte da realização de seu sonho através de um conceituado sistema de recrutamento, seleção e triagem de doadores de sêmen, o mais moderno e sigiloso do mercado.
> Felicidades para a senhorita e seu bebê.
>
> P. S.: Se estiver de acordo, não deixe de assinar a autorização para que possamos encaminhar uma cópia da pesquisa de satisfação à clínica de inseminação.

A Jararaca Americana procurou um banco de sêmen de doadores desconhecidos e se submeteu a uma inseminação artificial.

vinte e nove

JEITINHO

Andando desnorteada pelas dependências do teatro, sinto-me enojada. Descrente da humanidade e da vida. Parece que isso não está acontecendo de verdade. Parece uma brincadeira de mau gosto. Um caso bobo de uma novela idiota.

Minha cabeça está latejando pelo esforço mental que mantenho na tentativa de amarrar o laço do plano asqueroso da Jararaca Americana (mais jararaca do que nunca).

Provavelmente, ela escolheu um doador com características físicas semelhantes às de Miguel através do banco de dados da NLYL, que deve ser mesmo imenso, o maior da América. Depois, o sêmen do desconhecido foi introduzido artificialmente no útero dela, no dia da ovulação. E, o que era para ser um procedimento com baixas chances de sucesso, acabou se saindo simples e fácil, como geralmente acontece aos mal-intencionados.

Ela engravidou. E disse a Miguel que o filho era dele.

O motivo?

Bom, obviamente porque o ama de forma doentia (ou ama seu dinheiro, vai saber) e não queria perdê-lo. Afinal, como o próprio Miguel me contou, eles estavam *separados* quando ela descobriu a gravidez. Porque, Deus... Não importa se Miguel teve um milhão de namoradas de A a Z. Eu sei que ele é um sujeito responsável (apesar de não usar camisinha de vez em quando) e sensível o suficiente para não abandonar a garota grávida de um filho seu. Para apoiá-la incondicionalmente sem exigir um teste de DNA, coisa que nem deve ter passado por sua cabeça tão pura. Para se casar com essa garota. Construir uma família mesmo sem amar essa garota (bom, ele me disse que não ama a Jararaca Americana). Ah, ele é sensível, sim!

Por tudo isso, sei perfeitamente o que devo fazer.

Minhas pernas movem-se sem rumo pelos corredores extensos enquanto disco o número dele com uma determinação obcecada. Uma, duas, quinze... vinte vezes! Mas o número chamado encontra-se fora da área de serviço ou desligado.

Merda.

Encosto-me numa parede qualquer e largo os braços ao lado do corpo, sentindo minha cabeça ferver de aflição.

Não é justo! Miguel precisa ler essa carta! Precisa saber a verdade! E tem de ser hoje! Tem de ser agora! Ou vai comemorar o nascimento de um filho que não é seu. Vai se emocionar e ninar o bebê no colo. Dar-lhe o nome de sua família (Defilippo, um nome tão lindo)...

Sinto uma pontada no estômago ao pensar nisso e quase tenho vontade de vomitar. Mas, em vez disso, disco o número dele mais três vezes e, depois, dou um soco enfurecido no ar, amaldiçoando a tecnologia inútil. Eu quero mesmo é saber para que serve um celular com câmera fotográfica de 8.0 megapixel, lanterna e o diabo a quatro se não consigo *falar com ele?*

Vamos, Duda... Deve haver uma alternativa. Vasculhe os cantos desse seu cérebro oco!

Eu poderia ir até ele, penso de supetão... *se soubesse onde ele está.*

Boa pergunta. Onde ele está?

Eu o ouvi dizer que pegaria o primeiro voo disponível. Em qual aeroporto mesmo? Fecho os olhos na tentativa de organizar melhor as lembranças. Depois de um tempo, a resposta surge como mágica:

La Guardia.

Se Miguel não estiver preso dentro de um avião rumo a Chicago neste instante, então está em algum canto do aeroporto La Guardia, esperando pela chamada do voo.

Enfio o celular na bolsa e corro de volta à saída principal do teatro, mapeando mentalmente uma linha de ação. Não pode ser tão difícil quanto parece, pode? Quer dizer, é muito simples. Vou passar pelos seguranças, saltar as grades de ferro, atravessar a multidão escandalosa e subornar o taxista para que ele acelere aos sete ventos rumo ao La Guardia. Casos mais impossíveis já aconteceram. Quanto tempo até o La Guardia? Quinze, trinta, quarenta minutos? E depois mais um pouco de sorte. Oh, Deus Pai! Olhe por essa sua filha que tem sede de justiça.

Assim que ponho os pés na calçada, porém, o homem de terno preto me detém pelo braço e me obriga a dar meia-volta, arrastando-me para dentro do saguão. Está dizendo, de um modo não muito educado (*"what the fucky?"* não é educado, é?), que eu não posso ir embora agora, que tenho de esperar do lado de dentro, quietinha, até que Robert termine de distribuir autógrafos. Por causa dele (Robert), a saída ainda não foi liberada. Pelo amor de Deus, já está escuro lá fora!

Bufo, irritada, quando o homem me larga. Estico a saia do vestido e mudo a bolsa de ombro. O homem continua me olhando. Só não vou discutir com esse imbecil, pois, de certa forma, se ele não tivesse me atropelado com aquele empurrão quase assassino mais cedo, meu livro *Eclipse* não teria caído de minha mão e, muito provavelmente, eu só teria lido a carta reveladora quando estivesse no Brasil.

— *Sorry*. — É o que digo a ele.

Forço um sorriso amarelo para os curiosos que me encaram, perplexos com minha audácia, e volto a andar cegamente pelos corredores. Não consigo ficar parada quando tudo que minha mente faz é correr em busca de uma solução, além de xingar essa situação de tudo quanto é nome imundo.

Muito bem. Uma passagem secreta. É isso. Deve haver uma saída secreta em algum lugar deste teatro. Quer dizer, Lion Boods não está vagando por aqui ainda, está? Certamente é um sujeito compromissado e não pode ficar esperando, perdendo tempo, até que uma estrela de cinema termine de alegrar suas fãs para que ele possa, enfim, dar o fora do teatro! Por onde Lion Boods saiu então? Pelo meio da multidão é que não foi.

Desacelero quando percebo que, de algum modo, cheguei a um corredor silencioso e mal-iluminado. Nem sei se estou mais nas dependências do teatro. Talvez num prédio conjugado de acesso. Paro diante de uma plaquinha pendurada numa corrente prateada que impede o caminho, a inscrição RESTRICTED AREA (ou ÁREA RESTRITA) em letras vermelhas.

Meu coração se agita no peito.

A passagem secreta deve ser por aqui.

Uma perna de cada vez, salto a corrente e avanço sem pensar nas consequências.

Na penumbra (mais escura a cada segundo), estou andando de braços abertos, tateando as paredes laterais, arrastando a sola de meus sapatos pelo caminho. Talvez a passagem comece com uma porta invisível no piso. Um túnel secreto que leva a um alçapão. Desembocaria onde? Do outro lado da rua, talvez. Ou num estacionamento privativo.

É quando meus dedos da mão esquerda encontram algo frio e duro. Tão silenciosamente quanto meus órgãos vitais permitem, giro o puxador e empurro a porta devagar.

A escuridão se avoluma e cega meus olhos. Sem temer, dou um passo adiante e fecho a porta atrás de mim. Ponho-me a procurar o interruptor de luz, tateando ao redor desse túnel. Ah, que idiotice! Se isso aqui é mesmo uma passagem altamente secreta então foi feita para ser escura e, nesse caso, o que eu preciso é de uma lanterna.

Estou abrindo a bolsa a fim de pegar meu celular quando um gemido atravessa o silêncio mortal. Segue-se a voz de uma mulher:

— Lion... Oh, Lion!

Espere um segundo.

Ela disse *Lion*? Lion... ai, meu Deus... *Boods*?

Minha nossa!

Quer dizer, esse sujeito acabou de dar uma entrevista pedindo desculpas ao povo americano por aquilo que ele qualificou como "pequeno incidente", os escândalos sexuais em que esteve envolvido nos últimos meses. Eu estava lá, eu mesma presenciei. Lion Boods, inclusive, anunciou que reatou com sua esposa e que ambos estão felizes, de partida para a França, para uma nova lua de mel em seu castelo no Vale do Loire!

Agora, ao que parece, esse sujeito está aqui, nos bastidores do programa, esfregando-se sexualmente numa vadia qualquer.

Realmente é demais para mim.

— Oh, Lion...

E... ai, meu Deus!... eles vão *transar*? *Aqui*?

Preciso dar o fora imediatamente.

Mas, de algum modo, enquanto andava procurando o interruptor de luz, acabei me distanciando da porta. Não estou encontrando a maçaneta! Acho que ficou do outro lado.

Ah! Ah!

Como eu me detesto...

Mal ousando respirar, dou um passo para a frente e, ao fazer isso, meus olhos, se adaptando à escuridão, focalizam dois vultos no chão.

— *Don't... Oh, Lion! Don't do that! Not here, not now...* — diz a voz feminina. — "Não faça isso. Não aqui, não agora..."

Desesperada, encubro os ouvidos com as mãos. Mas é totalmente inútil, pois continuo ouvindo os gemidos. Agora, para meu horror, os vultos estão se mexendo no chão, deslocando-se para perto da porta, meio que bloqueando a única passagem que tenho para sair desse lugar.

Ah. Meu. Deus. Não permita que eles façam sexo na minha frente! Ou vou simplesmente morrer. Ou ficar traumatizada pelo resto da vida. E nunca, *nunca* vou conseguir, sabe como é, fazer sexo com alguém, mesmo que fazer sexo um dia seja uma coisa enormemente improvável na minha vida.

— *Why not?* — murmura ele. Mas como é cafajeste! Ele ainda quer saber o motivo pelo qual não pode fazer sexo com uma mulher nos bastidores de um programa de televisão? Uma mulher que não é a *sua* mulher! Ou será que é? Ah, tanto faz.

— *I have to go, Lion.* — Ela explica que não pode fazer sexo com ele porque tem de ir embora. Graças a Deus, um pouco de bom senso. — *It's my job. He's going to the airport and I have to prepare the car to take him there... Oh, Lion!* — "Este é o meu trabalho", diz ela. "Ele está indo para o aeroporto e tenho de preparar o carro para levá-lo até lá."

— *You have time. I know...* — murmura ele numa voz autoritária. Santo Deus! Quem esse sujeito pensa que é para dizer a uma mulher (que não sua mulher obviamente, já que a sua mulher não trabalha para o *Late Show*) que ela pode *sim* fazer sexo com ele agora? Será que pensa que é uma celebridade importante? Ah, meu Deus! Uma celebridade importante. É exatamente o que ele é.

— *No, I don't.* — "Não, eu não tenho tempo", ela insiste. Isso. Vá embora daqui! Por favor... — *He has to take the plane in thirty minutes. La Guardia Airport is not that far but...*

Espere. Ela disse *La Guardia*?

Meus joelhos estremecem.

Essa mulher vai preparar um carro que levará alguém até o aeroporto La Guardia? Alguém que vai pegar um avião em trinta minutos? "Ele tem de pegar o avião em trinta minutos. O aeroporto La Guardia não é tão longe, mas..."

Mas... *quem*? Quem, além de mim, precisa estar no La Guardia com tanta urgência?

Então me ocorre uma ideia brilhante. E é bem neste segundo que, para minha completa sorte, meus olhos encontram o interruptor de luz, um risco fluorescente no escuro. Estou tremendo dos pés à cabeça, o coração tocando um *funk*, quando tiro o celular da bolsa. Conto até cinco e acendo a luz, disparando *flashes* para todos os lados com minha câmera fotográfica 8.0 megapixel supermaravilhosa. Mudei de ideia: eu amo a tecnologia!

No instante em que tudo se ilumina e ganha cor, ali estão os dois. Na direção da porta, ao lado de uma pilha alta de papel higiênico. Estão seminus, enrolados um no outro de um jeito que me dá vontade de vomitar. Agora suas cabeças estão se virando para o meu lado. Seus olhos piscando, assustados com os *flashes* que continuo disparando no intuito de capturar as imagens comprometedoras dessa indecência medonha.

— *Smile!* — digo. "Sorriam", seus cretinos.

— *Stop*! — "Pare", grita a mulher, ficando de pé, o blazer azul-marinho desabotoado na frente. Ela ajeita a calcinha xadrez e vem cambaleando em minha direção, o braço encobrindo o rosto.

Tarde demais, queridinha!

Rápida como uma bala, enfio o celular na bolsa e me agarro à primeira arma que vejo, um rodo com cabo de madeira, empunhando-o em minha defesa.

— *Stop*! — Agora ela está quicando no lugar feito uma bola pereca. O crachá, ainda pendurado no pescoço, balança com o movimento, denunciando sua identidade.

Quando leio o nome, meu queixo cai uns trinta centímetros.

É Debra C.

A mulher do e-mail mal-educado. A mulher do "jeitinho". A que ligou para Lisa hoje cedo.

Só que não consigo ficar chocada. *Não exatamente com isso.* Por cima dos ombros magros de Debra, vejo Lion Boods levantando as calças Armani, apertando o cinto de couro e vindo em minha direção com a expressão realmente enfurecida. A expressão de um assassino.

Não tenho tempo de gritar.

Lanço-me em direção à porta, golpeando tudo o que vejo pela frente com o rodo de madeira enquanto Debra e Lion, atrás de mim, tentam me deter pela cintura. De repente, meu corpo está sendo arrastado para o lado contrário à porta. Minhas costas pressionadas contra uma estante abarrotada de materiais de limpeza. Lion me imobiliza o tronco com seu ombro pesado ao mesmo tempo em que suas mãos, já agarradas ao rodo de madeira, fazem força para tomá-lo de mim.

Enquanto isso, Debra fica tentando alcançar minha bolsa cinza que balança ao movimento que faço com as pernas, meio que me debatendo, protegendo meu celular, lutando bravamente.

Mas Lion é mais forte. Com um giro abrupto, ele me toma o rodo de madeira e o arremessa para longe, atingindo uma dúzia de garrafas de plástico, que explodem no ar, o líquido marrom se espalhando pelo chão de piso frio do almoxarifado. Por três segundos, os dois se viram para trás, distraídos pelo barulho estrondoso que reverbera no silêncio. É quando meus dedos desenroscam rapidamente a tampa de uma embalagem de desinfetante numa prateleira atrás de mim. Minha mão se fecha na alça de plástico de modo que, no instante em que eles voltam a me olhar (as faces contorcidas de fúria), meus braços tomam um impulso para trás e lançam o líquido perfumado diretamente na cara deles.

Ao som de palavrões, corro para pegar o rodo de madeira, depois disparo porta afora, o coração bombeando como máquina.

Estou forçando minhas pernas trêmulas a avançarem pelo corredor estreito e mal-iluminado. Viro a cabeça para olhar por sobre meus ombros no intuito de avaliar a que distância se encontra o casal a meu encalço; devem estar bem perto. Mas fico surpresa ao constatar que, estranhamente, eles não estão me seguindo, não estão correndo. Ao contrário, estão completamente parados na soleira iluminada da porta do almoxarifado, a alguns metros de mim.

Ao me verem, estendem quatro braços. Suas expressões ganham ares sombrios, meio que suplicantes.

Viro-me de frente para eles e começo a me afastar de ré, devagar, segurando o rodo na horizontal.

Será que eles desistiram de me matar? Ou de pegar meu celular? Por que estão parados?

É claro! Eles não podem correr atrás de mim. Não podem me seguir até um saguão lotado de expectadores vorazes. Ou vão cavar a própria cova, assumir a culpa. Provavelmente planejavam deixar o almoxarifado às escondidas depois dos amassos sexuais; separados e apresentáveis, sem ter um líquido verde e cheiroso escorrendo dos cabelos.

Abro um sorrisinho maligno e paro de andar, imaginando quantos dólares um tabloide pagaria pelas fotos em meu celular. Certamente uma pequena fortuna. Eu ficaria rica, talvez. Apareceria na tevê. Posso até imaginar as manchetes mundiais: *"Garota corajosa flagra Lion Boods fazendo sexo no almoxarifado de um teatro"*. Puxa! Eu seria entrevistada e tudo mais. Talvez homenageada pela Casa Branca. Receberia uma placa dourada com uma linda mensagem gravada nela. Ou um cargo de embaixadora da ONU. E Debra C. posaria para a *Playboy* e ganharia um bom dinheiro.

Mas não quero nada disso. Não quero ser reconhecida mundialmente. Não quero apertar a mão do presidente dos Estados Unidos. Não quero ficar rica vendendo foto nenhuma.

Pelo contrário, estou disposta a apagar todas essas imagens comprometedoras, quebrar meu celular se preciso for, em troca de um único favorzinho. Quero que Debra C. arrume um jeito de me enfiar no carro. Quero uma carona até o La Guardia. Com quem quer que seja.

Então encaro os dois, pigarreio e exponho minha condição.

Há um instante de silêncio enquanto eles se entreolham, incrédulos. Devem estar pensando em como posso ser tão idiota, em como posso pedir tão pouco em troca se tenho o mundo nas mãos.

A cabeça verde e gosmenta de Debra não demora a se virar para mim e assentir com uma pressa agoniada, como se eu pudesse ter tempo de pensar melhor e desistir da condição.

Mas sou uma garota de palavra.

E não costumo esquecer grosserias tão facilmente.

É por isso que empino o nariz, sorrio altiva e digo:

— "Jeitinho", hã?

Ao que me parece, os americanos são *sim* adeptos dele. Só precisam de um bom motivo para isso. Não é mesmo, *Debra C.*?

Finalmente cheguei a uma conclusão sobre minha pessoa. E desta vez é para valer.

Sou infinitamente mais sortuda que idiota.

Tudo bem. Não tenho certeza se todos os detalhes dos acontecimentos que contarei a seguir podem ser considerados verdades absolutas, e realmente acho que nunca vou ter.

Mas tanto faz. Porque, de uma forma ou de outra, essa é a história que levarei comigo. A história que contarei a meus amigos, filhos e netos. E ao próprio Miguel, assim que essa loucura der certo e eu tiver a chance de explicar sobre a carta da NLYL e como fiz para levá-la até ele; e isso vai acontecer muito em breve, se Deus quiser! Pensamento positivo. Reto e adiante.

Comecemos, então, pelos fatos.

Neste instante, encontro-me no porta-malas imenso de um Chevrolet Tahoe. Mais precisamente, estou encolhida sob um cobertor preto e malcheiroso; o cobertor a que Debra C. fez questão de se referir (umas duzentas vezes) durante seu discurso unilateral de esclarecimentos e condições do acordo. Como não tenho experiência em negociações, apaguei as fotos do celular cedo demais e, consequentemente, Debra encheu-se de poder. Certo, talvez eu seja só um pouquinho idiota.

Com a voz arrepiante de tão autoritária, Debra disse que eu não podia, em hipótese alguma, pensar em fazer *"qualquer gracinha"* (palavras dela). Disse também que, devido ao vidro traseiro do Tahoe ser transparente (sem insufilme), eu estava terminantemente proibida de sair de baixo do cobertor, pois, caso contrário, as pessoas, tanto as de dentro do carro como as de fora, iam acabar me vendo no porta-malas e ninguém, além da própria Debra, de Lion Boods e do motorista, sabe que estou aqui. Ela também pediu que eu me esforçasse para não fazer barulho, que evitasse respirar em excesso (ah, tá bom).

Em seguida, entregou-me um iPhone com GPS, a única exigência que fiz antes de apagar as fotos, porque deve ser realmente horrível ficar às cegas quando se está presa no porta-malas de um Tahoe, avançando pelas ruas de Nova York em direção ao La Guardia, o caminho que vale a libertação de uma vida.

De cabeça baixa como Debra mandou, caminhei a seu lado pelos corredores, sem me ater aos detalhes. Quando dei por mim, já estava me arrastando para o fundo do porta-malas do Tahoe vazio, abraçando as pernas. Debra me cobriu com o cobertor e bateu a porta sem dizer adeus. Depois disso, não demorou dez minutos, eu já podia ouvir o murmurinho dentro do carro e sentir a vibração do chão sob os ossos de meu traseiro. E vou dizer uma coisa, isso não é nada bom; essa coisa de vibração sob o traseiro da gente, quero dizer.

Mas é claro que não obedeci. Mesmo porque, como já disse, Debra não está no carro. Mandou que o motorista me vigiasse e abrisse o porta-malas quando fosse chegado o momento de eu me mandar do Tahoe. E o motorista está sentado no banco do motorista (*dã*!), mais bem acomodado do que eu (não que eu esteja reclamando; quem liga para o calor abafado, axilas molhadas e uma bunda entorpecida?); de onde, para meu completo contentamento, não consegue me ver.

Enfim... Eu não obedeci (sou Eduarda Carraro!). Assim que o Tahoe começou a se deslocar e eu me recuperei da pancada que levei na cabeça com o solavanco (fui obrigada a reprimir um urro de dor), fiquei realmente impressionada e muito curiosa com a gritaria que, de uma hora para outra, instalou-se do lado de fora. Levantei um pouco o cobertor e pude ver, pelo vidro traseiro e transparente, dezenas de garotas correndo atrás do carro.

Meu coração disparou e está disparado até agora, embora a gritaria tenha cessado há muito tempo. Porque só pode haver uma única explicação para isso. Mesmo que, vou repetir, é provável que eu morra sem ter certeza.

A explicação é: estou pegando carona com Robert Pattinson!
Ah! Ah!

Estou pegando carona até o La Guardia com o Gostosão de Hollywood! Com o homem mais bonito do mundo segundo a revista *Glamour*!

Agora estou olhando a telinha do GPS, observando a bolinha azul (que é o Tahoe) se deslocar pelo mapa. A bolinha está quase se sobrepondo ao marcador vermelho (o La Guardia), o que significa que estamos quase chegando. Robert Pattinson e eu. Chegando *juntos* ao La Guardia. Ah, meu Deus, quem diria? E tudo isso em menos de trinta minutos, conforme o prometido. Rá! Sensacional!

O Tahoe para de repente.

Meu pescoço, tenso, se contorce. Minha respiração fica ofegante, apesar de baixinha, enquanto escuto atentamente a movimentação do lado de fora. Portas se abrindo, vozes abafadas, coisas sendo removidas do carro, arrastadas pelo chão. Batidas de portas.

Então o silêncio.

Segundos depois, um barulho no porta-malas é o alerta. Alguém, que só pode ser o motorista, diz:

— *Come on.* — "Vem".

Jogo o cobertor para o lado e escorrego para fora do carro com a ajuda do motorista, que estende a mão e diz (essa é nova) que o último recado de Debra C. é que, se eu abrir a boca sobre como vim parar no La Guardia, ela vai dar um "jeitinho" de me achar, no fim do mundo, só para fechar suas mãos em meu pescoço. O que me faz pensar que, talvez, não seja uma boa ideia sair espalhando sobre essa aventura por aí. Sabe como é, pode despertar a inveja nas pessoas e inveja é um sentimento muito, *muito* ruim. Está decidido. Vou guardar o caso só para mim.

De pé, ao ar livre da noite escura e fresca, fico olhando o Tahoe vazio, imaginando que o motorista deve ter esperado até que a barra estivesse totalmente limpa, até que Robert Pattinson (nunca terei certeza) e sua patota estivessem bem longe antes de me libertar do porta-malas. E mais! É tão bizarro imaginar que existe uma chance de Robert Pattinson e seu sósia Miguel Defilippo estarem no mesmo aeroporto neste exato segundo... Ah, sim, minha vida daria um filme.

Com a expressão carrancuda, o motorista me toma o iPhone e assume seu lugar no Tahoe, batendo a porta. Depois acelera pelo caminho de volta.

Ah, Deus! *O que ainda estou fazendo aqui parada?*

Saio correndo pelo movimentado saguão do segundo aeroporto de meu dia (desta vez, sem um carrinho para empurrar), olhando em volta, procurando Miguel.

Nem sinal dele.

Então vejo uma enorme tela de LCD suspensa por cabos de ferro, indicando as saídas e chegadas dos voos. Paro diante dela e começo a ler, linha após linha.

Há um voo chegando de Chicago neste minuto (mas isso não interessa). Outro, decolou para lá uma hora atrás (isso é preocupante). E... ai, meu Deus!... há um voo programado para daqui a vinte minutos. Sendo que, o próximo, é só amanhã de manhã. Meu estômago congela. Vinte minutos!

Se Miguel não decolou uma hora atrás então deve estar esperando por seu voo dentro da área de embarque (faltam apenas vinte minutos!). E não tenho acesso à área de embarque...

...mas posso ter.

Estou debruçada no balcão da companhia aérea, desesperada. Preciso de uma passagem para Chicago. Preciso atravessar o portão para a área de embarque. Mas a mulher de coque no cabelo, apesar de sorridente, insiste em afirmar que o voo está lotado. Tento argumentar. Ofereço o dobro do valor do bilhete. Mas ela pede desculpas e tenta me vender um bilhete para amanhã de manhã.

Mas amanhã de manhã não serve! É tarde demais!

— *I'm sorry*. — "Sinto muito", é o que ela diz, encerrando a conversa.

Completamente arrasada, afasto-me do balcão e largo-me numa cadeira qualquer. Escondo a cabeça nos braços. Não quero ver ninguém. Não quero saber de nada. Só quero desaparecer daqui e não tenho forças para movimentar minhas pernas. Meus olhos estão ardendo e de repente não consigo suportar. As lágrimas começam a escorrer. Estou chorando. Soluçando.

Miguel partiu.

Todo esforço foi em vão.

Não sei em que rua de Chicago os pais da Jararaca Americana moram. Em que hospital está internada. Tudo o que sei é que o nome dela é Emma Brandon, e que ela se submeteu a uma inseminação artificial para enganar o homem por quem sou loucamente apaixonada (e não é porque ele tem a cara de Robert Pattinson; ele poderia ter qualquer cara, ah, meu Deus, poderia sim!). Não há nada que eu possa fazer a não ser esperar que ele atenda ao celular. Ou que volte para Nova York.

Mas ele não vai voltar a tempo. Depois de amanhã, estarei voando para o Brasil.

De qualquer modo, não sei se vou ter coragem de contar a verdade depois do nascimento do bebê. Depois que Miguel sentir a magia da paternidade. Seria tão cruel! Talvez ele nunca venha a saber. Talvez isso não faça diferença, afinal. Talvez ele possa ser feliz. Talvez...

Espere.

Eu não preciso necessariamente de uma passagem *para Chicago*. Para entrar na área de embarque, qualquer passagem serve! Ah, meu Deus! E talvez a funcionária da companhia aérea possa olhar nos computadores e me dizer se Miguel está lá dentro ou não. Se ele estiver, posso comprar uma passagem para o Alasca que vai dar certo.

Ajeito a bolsa no ombro. Estou secando as lágrimas nos braços, preparando-me para correr, quando, automaticamente, ergo a cabeça ao ouvir meu nome.

trinta

COMO DIZER
A VERDADE

— Duda? — Ele tira os óculos escuros e me olha com toda profundidade de suas esmeraldas brilhantes, como se eu fosse uma aparição espiritual ou coisa assim. Em seguida, abre um sorriso de surpresa. — Meu Deus!... O que você está fazendo *aqui*?

No primeiro instante, porém, fico tão completamente sem ação que não consigo abrir a boca para responder. Não consigo raciocinar. Nem piscar os olhos.

Parece que, de algum modo, enquanto estive chorando, eu morri e agora estou chegando ao Paraíso. O que mais explicaria o som das harpas dos anjos celestes ressoando em meus ouvidos, ou o próprio anjo parado diante de mim? Ou as pessoas se movendo em câmera lenta atrás dele? Ou o cheiro inebriante de... até hoje não sei que perfume ele usa.

Não consigo me mexer.

E não é só porque mal posso acreditar que, depois de tudo, foi ele quem acabou me achando aqui. Mas também porque, *Deus!*... Ele está tão lindo de jeans claro e casaco azul com capuz, carregando uma mala

Adidas atravessada no peito e ficando ainda mais charmoso quando eu imaginava que isso fosse humanamente impossível, que de repente tenho certeza de que a revista *Glamour* estava enganada.

Longe de mim desmerecer a revista, claro. Sei que eles fizeram pesquisas e tudo mais. Só que... *Eu* posso afirmar categoricamente (ah, como posso!): Miguel é o homem mais sexy do mundo e não Robert Pattinson. E de repente os dois já nem parecem cópias perfeitas um do outro. Sabe como é, apesar de toda perfeição que os envolve.

Logo depois, numa atitude tão impensada quanto espontânea, atiro-me sobre ele, fechando os braços em suas costas furiosamente, como se disso dependesse minha vida. Assim que percebo a situação embaraçosa em que meu impulso descontrolado nos meteu (muito embora Miguel não tenha se dado ao trabalho de me empurrar, ou evitado enterrar a cabeça em meu cabelo, cheirando meu xampu Victoria's Secret por um momento), solto os braços e me afasto a uma distância normal.

Quero apenas desaparecer. Minhas bochechas queimam em brasa.

Mas ele me segura pelo queixo quando desvio os olhos para baixo e me faz erguer a cabeça, procurando meu rosto. No instante em que vejo sua expressão, seus traços cheios de incompreensão e incerteza (e um toque de felicidade), lembro por que vim até aqui. Quando vejo, estou pegando sua mão e disparando:

— Nem acredito que ainda não entrou naquela sala de embarque! Nem acredito que me achou antes disso! Porque você precisa saber! A Jararaca Americana enganou todo mundo! — Estou atirando as palavras como um daqueles canhões das Olimpíadas do Faustão cujo único objetivo é derrubar as pessoas da "Ponte do Rio que Cai", impedi-las de continuar e vencer. O que, de repente percebo, é exatamente o que estou fazendo. Impedindo-o de continuar o curso de sua vida. Destruindo sua ilusão. — Seu filho está nascendo. Mas aquele lá não é seu filho! Não é...

— Ei, ei! — As pontas de seus dedos pousam em meus lábios, numa tentativa torturante (e eficiente) de me impedir de falar. Ele faz isso sem soltar a outra mão da minha, noto muito bem. — Não estou entendendo nada. Que tal começar *do começo?*

Ainda estou olhando para ele no instante em que a consciência me inunda. Olhe só o que acabei de fazer? De *falar?*

Acabo de mudar de ideia. A verdade é que sou tão idiota quanto uma ameba pode ser.

— O que você está fazendo aqui? — insiste ele.

— Eu... vim... falar com você.

— Não. — Ele balança a cabeça. — O que você está fazendo aqui *em Nova York?* Não era para estar num avião? Houve algum problema? Um atraso? Eu não sabia que o La Guardia está operando voos para o Brasil agora.

"Informamos aos passageiros do voo 1881 com destino à Chicago que a aeronave encontra-se em solo. Dentro de instantes, iniciaremos o procedimento de embarque."

— É desse começo que você quer começar? — pergunto, franzindo a testa. — Porque não vai dar! Eu precisaria no mínimo de uns quatro capítulos de livro para começar a contar e infelizmente não temos tempo agora.

— Mas...

— Mas contente-se em saber por enquanto que só vou embora para o Brasil depois de amanhã. E, por favor, Miguel, preste atenção no que tenho a dizer. É muito importante.

— Como você sabe que meu filho está nascendo? — Ele me ignora. Mas que sujeito teimoso! — Ou melhor, que *estaria nascendo*, se não tivesse sido um alarme falso?

— A-a-a-alarme falso?

— Tive que procurar um telefone público para saber mais detalhes, já que a bateria do meu celular resolveu arriar bem no instante em que eu falava com a senhora Brandon e...

— Então você não vai embarcar nesse voo?

— Não vou mais — diz ele. — Embora eu tenha feito o *check-in*. Tenho coisas importantes para tratar na Columbia essa semana, sobre a formatura, e não posso me ausentar sem um motivo realmente considerável. Até tentei reaver parte do dinheiro da passagem, só que, como a funcionária já estava me olhando daquele jeito "te conheço de algum lugar", acabei assumindo o prejuízo e estava indo embora quando vi você. Portanto — seu dedo brinca com a ponta do meu nariz. — É sua vez. Comece *do começo*.

Ele examina meu rosto quando não digo nada.

— E também quero saber por que estava chorando.

— Eu não estava chorando.

— Essas lágrimas brotaram do nada?

— Certo — admito, limpando o rosto. — Talvez eu estivesse chorando. Um pouco.

Ele sorri e me ajuda a secar minha bochecha.

— Vamos para casa, Duda. Você janta comigo e me explica tudo com calma.

— *Não*! — Minha voz sobe duas oitavas. Não posso me permitir. Não posso confundir as coisas. Sou apenas uma mensageira da justiça. Apenas isso. E a notícia que estou trazendo não muda as coisas. Entre mim e ele, quero dizer. — Já tenho um compromisso.

Ele parece decepcionado ao dizer:

— Pablo, claro.

— Não! — nego, meio abalada. O nome de Pablo dito de forma inesperada, ainda mais na voz de Miguel, é como um golpe de chicote em meu peito. — Vou explicar tudo aqui mesmo. Se você não se importar.

— Pode começar então.

— Hum. Acho bom você se sentar.

Sem largar minha mão (noto muito bem), ele se senta e me puxa junto. Acomodo-me meio de lado na cadeira, de frente para ele, e abro a boca.

Só que... ai, meu Deus!... Não sei por onde começar. Parecia fácil minutos atrás, quando o impulso do desespero estava no comando, atirando as palavras como tiros de canhão. Mas agora não é. Quer dizer, não posso começar do começo como ele quer, porque daí teria toda a história de Robert Pattinson, Lion Boods e Debra C. E valorizo muito meu pescocinho! Além do mais, estou nervosa demais, o coração disparado, porque, apesar do formigamento que se irradia de minha mão (ele está acariciando as costas dos meus dedos ou é impressão minha?) e dos pensamentos inadequados (algo sobre um certo tapete da casa dele, minhas costas pressionadas), que estou tentando mandar para longe da mente, isso aqui é uma conversa bastante profunda.

— Bom — procuro as palavras. — Eu estava no corredor social do prédio e não pude deixar de ouvir sobre seu filho, o La Guardia, enfim... A porta estava entreaberta.

— Você... *só ouviu*? — Ele perde a cor de repente. — Ou dava para *ver* a sala do apartamento?

— Não, não — minto. — Só ouvi. Por quê?

— Por nada.

— Hum, você falava bem alto. Desculpe.

— Tudo bem — diz ele, aliviado. — Ei, mas eu estava falando *em inglês* e você...

— Já faz tempo que passei para o nível avançado.

— Uau! — Ele sorri. — Parabéns, Duda.

— Obrigada. — Devolvo o sorriso, educada. — Mas não vamos perder o foco.

— Claro, claro. Continue, por favor.

— Mais tarde, acabei encontrando uma carta no meio das folhas de um livro. Na época em que a guardei ali, eu não fazia ideia de quem era a garota a quem a carta está endereçada. Assumi como um engano e enfiei o envelope no meio das folhas do livro a fim de me desfazer dele depois. Só que esqueci completamente que ela estava lá. Só hoje me dei conta de que sei quem é a garota, o destinatário da carta. — Avalio o rosto dele por um segundo. — Emma Brandon.

Ele se afasta num movimento rápido, como quem leva susto.

— Emma é minha... noiva. — A palavra "noiva" sai num fio de voz, como se proibida. Estremeço levemente e aperto a mão dele. Observo o susto em sua expressão se transformar em entendimento. É como a última peça de um quebra-cabeça (a peça que desconheço) se encaixando em seu lugar. — Você encontrou a carta em sua caixa de correio. — Não é uma pergunta. Mas deveria ser. Não deveria?

Não deveria?

Por acaso eu mencionei em algum momento que a carta estava em minha caixa de correio? Porque eu não mencionei. Como ele pode saber? Ah, tanto faz. Talvez seja apenas o óbvio, tratando-se de uma carta e coisa e tal.

— Fiz uma coisa terrível — assumo. — Depois que Alex confirmou quem era Emma Brandon e também o remetente, eu abri a carta e li. — Engulo em seco, sem saber como continuar.

— E...?

— Leia você mesmo. — Tiro a carta da bolsa e entrego a ele, sentindo meu corpo ser inundado por um oceano de água gelada.

"Convidamos os passageiros do voo 1881 com destino à Chicago a embarcarem pelo portão de número 2."

Estou olhando o rosto dele fixamente, buscando qualquer sinal de revolta. Talvez violência. Talvez ele se levante e comece a chutar cadeiras, empurrar pessoas. Ou talvez fique gritando "como eu me detesto" por ter caído numa armadilha.

Mas, depois de um tempo, sua expressão não se alterou. Continua o mesmo misto de curiosidade e incredulidade.

— Ela procurou um banco de sêmen de doadores desconhecidos e se submeteu a uma inseminação artificial — explico, baixinho, para o caso de ele não ter entendido. — Esse filho não é seu.

É quando ele ergue os olhos da carta e me encara, as sobrancelhas unidas:

— E você chegou a essa conclusão através de uma carta, apenas? Um pedaço de papel?

Pisco os olhos, confusa.

— Não foi apenas por causa de um pedaço de papel e sim pelo que está escrito nele — digo. — Está escrito aí. Não está?

— Está — responde ele, sem se abalar. — Mesmo assim. É muito pouco para afirmar algo dessa grandeza. Ainda é apenas um pedaço de papel.

— Você está querendo dizer...

— *Estou dizendo* que não acredito, Duda. — Ele bufa. — Emma tem lá seu jeito impulsivo, imaturo. Bom, tudo bem, ela é ciumenta, entra em crise de vez em quando, fica agressiva, realmente descontrolada. — Ele balança a cabeça. — Mas não seria capaz *disso*.

— Eu também demorei a acreditar — digo. — É uma monstruosidade! Mas, infelizmente, é a verdade.

— Não, não é verdade. — Ele larga minha mão e fica de pé. Põe-se a andar de um lado ao outro, diante de mim, coçando a testa. — Não *pode ser*...

— Eu... sinto muito.

— Eu não sei o que deu em você, Duda. — Agora ele está parado, olhando para mim e gesticulando amplamente enquanto fala. — Não entendo por que está aqui, qual seu interesse nisso. Pensei que estivesse aborrecida comigo, que não quisesse mais olhar na minha cara. — Ele me devolve as palavras (as palavras que eu realmente disse ao sair correndo do Mini-Cooper vermelho) e me faz estremecer à lembrança. Depois vira o rosto para o lado. — Também não sei por que esse banco de sêmen mandou uma pesquisa de satisfação a Emma. Mas foi um erro. Eu vou ser pai. É isso.

— Miguel...

— Fiquei chateado quando soube, é verdade. — Ele volta a andar, indo e voltando. — Não queria que fosse dessa maneira. Não queria que fosse *com ela*. Mas...

— Mas não foi. Ela enganou você.

— Não.

— Você sabe que ela é capaz disso — arrisco num impulso. Ah, meu Pai, o que estou fazendo? — Só não quer acreditar.

— Ela tem seus exageros, como me chantagear com esse filho... — Ele sacode a cabeça com mais obstinação. — Mas, não. Emma é apenas uma garota normal.

— Uma garota *normal*? — Minha testa se franze. — Uma garota normal não chantageia o pai do seu filho usando o próprio filho — digo com convicção, porque, Deus!... Agora, sim. Quando se organizam as palavras lado a lado... Nunca estive tão certa de que a Jararaca Americana é mesmo uma cobra peçonhenta. — Uma garota normal não fica insistindo que o pai do seu filho coloque o carro debaixo de uma tempestade de neve só para saciar sua saudade mesquinha. Uma garota normal pode até sentir ciúme, mas não fica usando isso contra o pai do seu filho, meses depois, para estimular a chantagem. — Faço uma pausa rápida para respirar. — Sabe de uma coisa? Eu já sei qual é a dela.

— E qual é a dela?

— Ela é capaz de tudo para não perder você — explico. — É doente de amor. — Prefiro não dizer *"é doente por seu dinheiro"*, já que não tenho certeza dessa parte.

— E eu ainda não sei qual é a sua.

— Como assim?

— Qual seu interesse nisso. Ao que parece, você andou pensando muito sobre o assunto.

Engulo em seco.

— É só juntar os fatos — tento explicar. — Além disso, há mesmo algo de atraente num caso complicado. Sempre tive uma certa veia detetivesca. Não tem nada a ver com você. Especificamente.

Ele não responde e eu aproveito a brecha para continuar.

— Ela sabia que um filho mexeria com você, Miguel. Que o faria mudar de ideia, ou, pelo menos, repensar sobre o fim do namoro. Você é um cara responsável. — *Apesar de não usar camisinha.* — E posso apostar como ela seduziu você quando já estavam separados, para que o calendário da gravidez fosse compatível com o que estava tramando.

— Tivemos algumas recaídas — admite ele. — Mas não vejo como isso pode ser da sua conta.

Se ele tivesse enfiado uma faca na minha barriga não teria doído tanto. Ele não tem a menor noção de tudo o que passei, de tudo o que recusei para chegar até aqui. Não sabe que quase fui assassinada pelo esportista mais famoso dos Estados Unidos. Que renunciei à riqueza e à fama, a todas as entrevistas em todas as mídias mundiais e ao aperto de mão do chefe de Estado, só para vir atrás dele.

Então olho para ele, sentindo-me mortalmente ferida. Quero dizer um monte de coisas. Devolver a agressão. Dizer, por exemplo, que estou torcendo para que a cobra peçonhenta o envenene de vez.

Só que, quando faço menção de ir embora, ele se larga na cadeira ao meu lado, estende as pernas e joga a cabeça para trás, esfregando o rosto com os punhos. Desarmando-me totalmente.

A ficha está caindo. Ele está sofrendo.

Ah, Deus! Ele está sofrendo de verdade!

Então a dor em meu estômago não é mais de decepção. É de compaixão. E muito, *muito* mais forte e cruel, beira o insuportável.

Ponho a mão em seu ombro, buscando seu rosto.

— Miguel...

Mas ele não me olha. Nem quando ergue a cabeça e começa a falar, mirando o vazio:

— Certa vez, quando Augusto e eu éramos pequenos, nossos pais sentaram-se conosco na areia da praia, perto da quebrada das ondas. Começamos a construir um castelo de areia. Só que minhas mãos eram pás tão pequenas, tão insignificantes... não cabia areia nenhuma ali. Quando o castelo ficou pronto, cheio de torres, janelas e portas... mamãe era bem detalhista... comecei a chorar. Fiquei chateado com minha contribuição ridícula, minha inutilidade. — Ele fecha os olhos, perdendo-se em lembranças. — Foi quando meu pai segurou minha mãozinha minúscula e a conduziu até a base do castelo. Ele me mandou tirar dali da base a mesma quantidade de areia com a qual eu havia contribuído na construção. Não demorou muito, eu nem havia tirado toda a areia, o castelo desabou. E quem começou a chorar foi Augusto.

Ele sorri timidamente, mas logo em seguida, está sério de novo, a dor se espalhando por seu rosto.

— Eu estava disposto a passar por cima de todo o amor que eu *não sinto* por ela. Concordei com suas vontades, as mais absurdas, quando ela ameaçou forçar um aborto, matar meu filho. Eu poderia ter vivido nove meses de farsa, aceitado qualquer coisa sabendo que, depois que nosso filho nascesse saudável, eu simplesmente desistiria do casamento. Poderia dar apoio financeiro e moral, pleitear a guarda, sem ter de assumir qualquer tipo de compromisso conjugal. Na pior das hipóteses, eu veria meu filho uma vez a cada quinze dias? — Ele deixa a pergunta no ar. — Mas não. Eu quis dar uma família a esse filho, um lar. Um castelo perfeito. Porque sei como é ruim, como dói, não ter mais um. — Ele vira o rosto para mim e não acredito! Tudo bem, ele não está chorando. Mas há lágrimas em seus olhos! — Eu tinha 13 anos quando perdi meus pais, Duda. Naquele acidente estúpido e idiota. Perdi os dois. E depois disso, meu castelo pessoal, que não era de areia, mas de pedra, desmoronou em pedaços. Ainda tenho Augusto para me ajudar. Só que, por mais que a gente se esforce na reconstrução do castelo, que tente encaixar as pedras de volta nesse movimento lento e contínuo que é o passar dos anos para quem perde alguém que ama, ele nunca mais será o mesmo. Não será inteiro de novo. Porque algumas pedras foram lapidadas para serem erguidas por mãos que não existem mais. Nunca conseguiremos levantá-las. O castelo estará sempre cheio de buracos. Buracos imensos... Eu já me acostumei a viver nesse castelo, viver sob os buracos. Mas, de vez em quando, é difícil lidar com a chuva.

Debaixo do véu de lágrimas, os olhos dele encontram os meus. Ele suspira e conclui:

— Agora me diga, Duda... Como eu podia tirar do meu filho, uma pessoinha tão indefesa, inocente, a chance de ter um castelo perfeito? Como eu podia simplesmente permitir que ele começasse sua história já vivendo num castelo cheio de buracos, fendas e remendos? Eu precisava pelo menos tentar. Mesmo sabendo que seria difícil.

"Atenção passageiros do voo 1881 com destino à Chicago, última chamada para o embarque pelo portão de número 2."

Fico em silêncio, olhando para ele. Não estou procurando as palavras porque não há. Na verdade, estou me perguntando se é possível que eu possa me sentir ainda mais apaixonada, mais fascinada com sua perfeição. De repente todos seus deslizes anteriores parecem detalhes insignificantes.

Agora sei.

Eu me apaixonei pelo modo preocupado como ele cuidou de mim quando torci o pé. Por sua gentileza em me convidar para jantar. Por seu carinho ao lembrar que eu também gostava de Schweppes Citrus Light. Por seu jeito fofo de deixar o número de seu telefone na tela do meu celular para que eu ficasse curiosa e apertasse o botão discar. Por sua consideração em não me deixar sozinha na noite de Ano-Novo. Agora, também por tudo isso que acabei de ouvir.

Depois de um tempo, ele limpa os olhos e relê a carta. Toco seu rosto sob o capuz, seu cabelo. Ele segura minha mão bem perto da boca, fecha os olhos e respira o cheiro de minha pele.

— Desculpe — diz, por fim, abrindo os olhos, mais calmo.

— Desculpe?

— Por tudo. Por antes. — Ele suspira. — Talvez você esteja certa. E talvez seja melhor que esteja. Eu só preciso...

Quando percebo, ele já ficou de pé e está apontando uma direção.

— Eu só preciso entrar naquele avião. — Ele encurva o corpo e beija minha testa. Depois se afasta e me encara, as mãos ainda me envolvendo o rosto. — Preciso confirmar tudo isso.

Então está correndo em direção à sala de embarque.

— Quando você volta? — grito.

Mas ele não responde. Nem sei se escutou.

São três horas da madrugada e ainda estou acordada.

Deitada na cama, olhando o teto escuro, sinto as marteladas de meu coração sob o peito, no ritmo da chuva que despenca do céu de Manhattan.

Não consigo relaxar.

Mas, também, convenhamos, depois de tudo o que aconteceu nas últimas 24 horas, como conseguiria? Eu não sou um burro de cargas, ora bolas! Tenho meus limites! Como se antes eu já não estivesse sobrecarregada de pesadelos e angústias... Realmente não sei como até agora não perdi a capacidade de pensar com clareza.

E vou dizer uma coisa: só mesmo Deus, com toda Sua onisciência, para saber o que me espera no dia de amanhã. Do jeito que as coisas vão, talvez eu receba um chamado e tenha de embarcar para a China e assumir a chefia do jornal enquanto Chong Ling se recupera de uma terrível infecção nos pinos de extensão em suas pernas, já que nem mamãe nem papai poderão assumir mais uma responsabilidade, ocupados como estarão com a cobertura jornalística da queda da grande muralha, destruída a golpes de foice durante um manifesto de trabalhadores rurais em prol de salários mais dignos.

Estou falando muito sério: tudo pode acontecer. Principalmente quando as perspectivas já não são favoráveis.

Como posso esperar um dia trivial e verdadeiramente alegre para amanhã (quer dizer hoje, pois já é madrugada) se:

1. Não tenho a menor ideia do que está acontecendo lá em Chicago e nem sei se vou ter, visto que Miguel até agora não se importou em me dar notícias. Como se eu não estivesse preocupada... De verdade. Estamos falando da Jararaca Americana! Uma cobra peçonhenta, apaixonada e doente.
2. Também não sei se ele vai voltar para Nova York antes de eu ir embora, depois de amanhã (quer dizer, amanhã, pois já é madrugada). E se voltar, quem garante que vai me procurar?
3. Meus livros estão trancados naquele cofre em cuja direção evito olhar (tenho vontade de socar a cabeça na parede). Não estou me importando exatamente com os livros. Se já não me importava muito na época em que deixei o bilhete em cima do cofre, agora é que não me importo mesmo. Para mim, recuperar os livros ou não, tanto faz. Só que, é como Pablo disse, tornou-se uma questão de honra. Como posso aceitar que um cofre digital, uma caixa inanimada de aço, leve a melhor sobre mim?
4. Estou sozinha nesta cidade que nunca dorme (que ironia!), já que o fato de Pablo estar lá no Brooklyn, sem saber que eu ainda estou em Nova York, não faz a menor diferença. Não

posso telefonar para ele. E Alex estará de plantão no hospital amanhã e depois de amanhã (quer dizer, hoje e amanhã, pois é madrugada). Honestamente, nunca pensei que fosse dizer uma coisa dessas, não combina comigo, mas realmente estou com medo de ficar aqui sozinha e... Ah! Ah! Um relâmpago clareia o quarto. Agora um trovão medonho sacode as paredes.

Por tudo isso é que tenho certeza: amanhã não serei ninguém. Estarei totalmente arrasada. E, se não conseguir dormir essa noite, estarei totalmente arrasada, com uma baita dor de cabeça e olheiras arroxeadas sob os olhos. Haja coração para viver essa minha vida!

1 carneirinho...
2 carneirinhos...
3 carneirinhos...
----
780 carneirinhos...
790 carneirinhos...

Sabe do que mais? Acabei de lembrar:

5.   Só tenho uma muda de roupa limpa.

Agora ferrou de vez.
791 carneirinhos...
792 carneirinhos...

Abro os olhos para a luz do sol que entra pela janela do quarto.
Tudo bem. Não exatamente a luz de um sol forte e brilhante, já que ainda está chovendo e o vidro da janela, embaçado. Mas, mesmo assim, é luz.
O que significa que consegui dormir!
Salto da cama e pego o celular.

Ai, meu Deus, uma mensagem.

Uma mensagem de Lisa, dizendo que todos chegaram bem. Está fazendo 30 graus no Rio de Janeiro. *30 graus!* Dá para acreditar? Lisa pede para que eu telefone assim que puder. Está curiosa para saber sobre Robert Pattinson.

Será que devo ligar para Miguel?

São dez horas da noite e meu coração não aguenta mais. Juro por Deus! Desta vez não é brincadeira, estou falando muito sério: acho que vou enfartar.

Minha testa está doendo graças ao vidro duro da janela em que está grudada há sabe-se lá quantas horas. Enquanto estou aqui, olhando vagamente a chuva (choveu o dia inteiro!), meu apartamento no Brasil está bombando com a festa de boas-vindas organizada por Dani. Sei disso porque Lisa telefonou para contar que Susana está partindo para cima de Roberto Cavalcante, o Gostosão da Geografia. Na hora eu fiquei tipo "como Dani teve a audácia de convidar Robertinho?". Tudo bem, eu não estou lá. Mas e se estivesse? Depois relaxei; tenho coisas mais urgentes com que me incomodar, como, por exemplo, o fato de eu não ter nenhuma notícia de Miguel. E vou embora amanhã e...

...ai, meu Deus, um táxi acaba de surgir em meu campo de visão. É o trigésimo quinto do dia. Será que Miguel está vindo nesse táxi que está se aproximando...? E desacelerando...? E parando em frente ao prédio?

A porta amarela do carro está se abrindo e...
...é apenas a sra. Smith. A velha surda.
Oh, céus! Preciso de um café bem forte.

trinta e um

INESPERADO NUMBER... PERDI A CONTA

Não sobrou um mísero pó de café nos armários.

Já procurei em todas as prateleiras. O café acabou *mesmo*.

Mas tanto faz. Porque tenho um plano.

Vou ligar para Miguel e desligar.

É isso aí. Vou descer até a rua, procurar um telefone público (para Miguel não saber que sou eu), ligar para o celular dele e, em seguida, desligar. Não me importo com a chuva molhando lá fora. Não me importo com a noite vazia. Preciso ouvir a voz dele, saber se ele está vivo. Depois, se ele estiver vivo e eu resistir ao impulso de falar com ele, de perguntar se ele está bem, desligo o telefone, passo no Starbucks e compro um café gigante e bem quente. E um pedaço de bolo de banana também.

Jogo minha jaqueta jeans sobre o ombro, pego as chaves e saio de casa. Por um instante, fico parada sob a pequena marquise que protege o portão verde, avaliando a chuva ao redor.

Muito bem. O telefone público mais próximo fica no segundo quarteirão à minha direita.

Estou segurando a jaqueta por cima da cabeça, improvisando um guarda-chuva. Posso ouvir meu All Star de couro branco chapinhando pelas poças, sentir o vento espalhando a chuva em volta de mim, encharcando minha calça jeans. Mal consigo olhar adiante. Mal consigo ter certeza de onde estou. Pensando bem, acho que o telefone era no terceiro quarteirão à esquerda.

— Ah, que idiota! — choramingo para mim mesma, amaldiçoando-me pela decisão infeliz.

— Também acho — diz uma voz atrás de mim, fazendo-me saltar no lugar. — Não está um pouco tarde para sair por aí sozinha na chuva?

Então reconheço a voz. Giro o corpo e perco a respiração.

Atrás da cortina de chuva brilhante à luz da rua, o sorriso de Miguel é meio torto, quase como se zombasse de mim. Mas é tão lindo! Tão perfeito... como cada detalhe de seu rosto envolto pelo capuz do casaco verde musgo (ele trocou de casaco e de calça, agora de jeans escuro).

— Vem — diz ele num tom mais alto para se sobrepor ao barulho da chuva forte e me oferece sua mão. Mesmo quando não respondo ao movimento e a manga de seu casaco fica à mercê das gotas ferozes ensopando o tecido, ele não recolhe o braço.

Meu polegar aponta vagamente a direção atrás de mim.

— Eu... estou indo tomar um café.

— Um *café*? — Ele franze a testa, desconfiado. — Hum... Desculpe, mas essa não colou.

— Ah! Olhe só que cabeça a minha! — Bato a palma da mão na testa. — Esqueci a carteira.

— Melhor assim. — Ele sorri mais uma vez e, quando vejo, já agarrou minha mão.

Corremos juntos, fugindo da chuva. Atravessamos a portaria do prédio marronzinho e eu aproveito para vestir a jaqueta. A superfície exterior do jeans está molhada, mas meu corpo treme de frio. Miguel joga o capuz de seu casaco para trás e sacode o cabelo. Passa o braço em meus ombros, esquentando-me junto do seu corpo (próximo demais) e começamos a subir as escadas, sem pressa.

— Você estava certa — diz ele depois de um tempo. — Quase totalmente.

— *Quase?* — Viro o pescoço para fitar seu rosto. — Onde foi que eu errei?

— Ela confessou que também tinha interesse em meu dinheiro.

— Ah, meu Deus, que horror! — Estamos no segundo andar quando paro, de frente para ele. — E você? Como está? Como se sente?

Ele hesita por um momento, refletindo sobre a pergunta.

— Estive pensando... naquela história do castelo.

— E...?

— É claro que eu tinha feito planos. Tinha imaginado como seria pegar meu filho no colo. Sentar com ele na beira da praia. — Ele suspira, passando a mão no cabelo. — Mas sei lá.

Ele fica quieto por um momento e eu espero.

— Não é como se mais um castelo em minha vida tivesse desmoronado — continua. — Na verdade, esse castelo nem começou a ser erguido. É como eu disse, foram planos. O castelo ficou no projeto. Sua construção foi adiada por tempo indeterminado. — Ele sorri. — Ontem fiquei arrasado. Mas hoje estou melhor. Um dia de cada vez. Acho que vou superar rápido. E também... Eu estava enganado sobre uma coisa. — Ele faz uma careta de nojo. — Jamais conseguiria suportar aquela mulher. Minha sanidade corria sérios riscos.

Ele volta a passar o braço ao redor de meu corpo e recomeçamos a subida.

— Eu nunca fui apaixonado por ela, se você quer saber, nem no início do namoro — diz ele. — Cheguei a pensar que conhecia o sentimento, que sabia o que era isso. Outro engano para minha coleção.

Mais rápido do que eu gostaria, chegamos ao quarto andar. Estamos no hall social, parados ao lado de nossas portas, um de frente para o outro.

— Na verdade — começa ele. E me olha tão profundamente que fico constrangida e, automaticamente, desvio os olhos para baixo, para o cadarço de seu tênis. — Eu não sabia o que é estar apaixonado até poucos meses atrás.

Engulo em seco.

— Bom — digo, sem levantar os olhos, sentindo o rosto queimar. — Fico realmente feliz que tudo tenha dado certo para você, de algum modo.

Ele não diz nada e eu enfio as mãos nos bolsos da jaqueta, suspirando. Não estou olhando, mas posso ouvir sua respiração vacilante, depois um riso baixo.

Estou concentrada na ponta de seu tênis quando um baque surdo me faz sobressaltar. Sua mala Adidas aterrissa no chão ao seu lado. Seus pés avançam na minha direção.

— Duda, como é que você não percebe?

Como é que você não percebe? Percebe o *quê*?

Ergo os olhos devagar, ainda abalada, trêmula com o susto.

Miguel está me encarando, a expressão indecifrável. Seus olhos de um verde líquido, injustamente perturbadores, encontram os meus, sustentando minha atenção. Ele está esperando que eu diga alguma coisa.

Mas eu não digo.

— É tão difícil perceber como me sinto? Estou cansado.

Ah, então é isso. É óbvio que ele está cansado. Está cansado de toda essa história de paternidade maluca. De ser enganado, chantageado por aquela Jararaca Americana Usurpadora. Eu também estaria cansada.

— É claro que você está cansado, Miguel — ouço-me dizer de forma afável. — Mas vai passar, você vai ver. Tome um banho quente, um chá relaxante. — *Ou volte lá e enfie a mão na cara dela.* — Eu compreendo e...

...perco a voz quando ele dá mais um passo adiante e pega meu pulso direito, puxando meu braço. Meu coração, já acelerado, assume uma cadência constrangedora. Fico desejando que ele não seja capaz de ouvir, ou sentir, minha pulsação frenética. No segundo seguinte, porém, não desejo coisa alguma. Aliás, desejo sim, pois tudo o que consigo assimilar, tudo o que consigo enxergar com meus olhos chocados, é seu rosto deslumbrante se inclinando para o meu.

— Não — afirma ele com uma convicção inabalável.

Abro a boca para perguntar *"não o quê?"*, mas as palavras se evaporam quando seus lábios tocam minha testa.

Seus lábios descem para minhas pálpebras semicerradas... Roçando levemente minha pele... Arrastando-se até a orelha... Ele vira a cabeça e o perfume de seu cabelo me atinge num golpe inebriante. Estou tonta, os pelos do corpo eriçados.

— Não. Você ainda não percebeu — sussurra no meu ouvido com a voz mais sexy que jamais sonhei em ouvir.

Não consigo abrir os olhos. Mas minha mão esquerda, a mão que ele não prende pelo pulso, deixa meu bolso em busca de socorro na parede ao lado, falhando quando sinto seus lábios descerem por meu rosto. Seus lábios estão na minha bochecha, na ponta do nariz, fazendo a curva em volta da boca, chegando ao queixo por um caminho lento e excruciante.

Então ele para.

E se afasta.

É claro que ele se afasta! Ele sempre se afasta!

Abro os olhos cheios de raiva, querendo realmente dizer umas palavras grosseiras, querendo ofendê-lo.

Mas encontro sua boca se entortando num sorriso lindo. Seus olhos brilham tão intensamente, dois holofotes verdes, que é como se iluminassem meu rosto. Como se a luz pudesse transpassar minha pele, minha mente, confundir meus sentidos, agitar as borboletas em meu estômago, levar a raiva toda embora.

Ele é lindo demais! *Lindo demais...*

— Estou cansado, Duda — ele solta meu pulso e seu braço se acomoda ao redor de minha cintura — do esforço que venho fazendo... cansado de resistir. Estou cansado de me controlar para não beijar você.

Antes que eu possa assimilar o que ele disse, antes mesmo que tenha tempo de achar uma brecha de incoerência em suas palavras (porque o que acabei de ouvir é um absurdo improvável), ele me puxa pela cintura. E sua boca está na minha e...

Sua boca está na minha!

Quando separo os lábios, sua boca vem intensa contra a minha. Meu corpo responde de imediato. Meus joelhos cedem para a frente, encontrando a perna dele. E posso sentir os lábios dele sorrindo sob os meus quando ele precisa me firmar pelas costas. Mas não me importo. Sorrio também e meus braços se fecham em seu pescoço, sua língua se afundando na minha, explorando minha boca, sedenta...

Ah, meu Deus! Não dá para acreditar! A língua de Miguel Defilippo está sedenta de mim! De mim!

Ah! Ah!

Como eu me amo!

Estou beijando Miguel Defilippo.

Então percebo que não só estou beijando Miguel Defilippo como as coisas entre nós estão realmente se complicando pelo modo rápido como seu corpo se moldou inteiramente ao meu. Sua mão direita, agarrada à minha calça jeans, começa a me puxar. Primeiro, delicadamente. Depois, com urgência, como se pudesse me trazer mais para perto, como se o espaço inexistente entre nós já não fosse suficiente.

E quando ele põe um pouco mais de força e puxa meu quadril, encaixando-o no dele, posso sentir a fúria do desejo em seu corpo transformado. E isso dispara uma corrente elétrica por meu corpo, um frenesi incandescente. De repente, o fogo subiu, se intensificou e se alastrou, incinerando qualquer resíduo de controle que pudesse haver no beijo. O calor está em cada pedaço de mim. E minha mão, presa ao seu cabelo, puxa seu rosto para o meu; uma necessidade vital. Ele reage imediatamente, apertando minhas costas, deslizando o braço para cima, segurando minha nuca, agitando-me por dentro. Estremeço num gemido rouco e ele também. E então...

Alguém limpa a garganta.

Nossos rostos assustados se desgrudam, virando-se na direção do som.

A sra. Smith, na porta de seu apartamento, está nos encarando com a expressão mais reprovadora do mundo, uma vassoura cabeluda na mão. De repente lembro que estamos no corredor social do prédio e fico morrendo de vergonha.

Miguel se abaixa para pegar a mala Adidas e os casacos aos nossos pés (quando foi que eles caíram?). Em seguida, ergue a mão livre para a sra. Smith, em sinal de desculpas. Para mim, com a voz ofegante, ele diz:

— Ela é surda, mas não é cega.

Depois não diz mais nada, pois estamos cambaleando para dentro de seu apartamento, sombreado à luz da rua. Sua mão me puxa pelo suéter enquanto seu pé bate a porta, que fecha com uma pancada forte. Ele se livra rapidamente da mala e dos casacos, gruda a boca na minha e me gira contra a porta, uma de suas mãos descendo abaixo de minha cintura, a outra tateando a parede.

Mas ele parece desistir do interruptor e começa a me conduzir pela penumbra. Estou me perguntando o que vai acontecer em seguida e respirando aos arquejos quando sinto o braço dele atrás de meu joelho. Num impulso violento, meus pés deixam o chão, minhas pernas balançam, livres no ar.

— Ah! — grito. Mas ele me cala com sua boca.

Sem desgrudar a boca da minha, ele me carrega para o sofá de couro preto, seu corpo pesado sobre o meu, encaixando-se entre as minhas pernas. Seu rosto desce e seus lábios começam a se mover de um lado a outro do meu pescoço, afagando minha orelha, inundando-a de ruídos enlouquecedores que se misturam ao barulho da chuva lá fora. Não tenho ideia de como aconteceu, mas ele se livrou de todas as suas blusas, de modo que minhas mãos estão passeando livremente por suas costas nuas, o cheiro de sua pele quente me entorpecendo.

De repente, ele me gira e me coloca sobre ele. E é quando percebo que o fecho de sua calça já está aberto (como foi que isso aconteceu?). E uma de suas mãos está descendo para a base de meu suéter, enfiando-se ali embaixo, levantando o tecido...

— Miguel...

— Hã? — Sua voz é estranha contra minha orelha, meio grave, rouca.

— Eu nunca... — murmuro timidamente. Porque preciso dizer. Porque é mesmo verdade. Porque estou morrendo de medo. Porque não sei como fazer isso. Porque há uma vozinha lá no fundo da minha cabeça dizendo que isso é muito, *muito* errado porque, sabe como é, esta é a primeira vez que a gente se beija, o que significa que... bom, pode parecer precipitado e leviano avançar.

Ele endireita o corpo, levantando-me com ele, estica o braço e acende o abajur, seu peito nu se iluminando diante de mim como uma escultura grega, a tatuagem *"those we love never die"* agora visível. Então sua boca está se abrindo num sorriso realmente, *realmente* injusto. E minha boca voltou a formigar de vontade. E de repente quero mais é que a vozinha em minha cabeça se dane.

Mas ele pega meu rosto entre as mãos com uma delicadeza tremenda, como se eu fosse de louça e pudesse quebrar sob seus dedos suaves. Como Edward Cullen faria. Ou talvez, como Bella Swan descreveria o gesto, através de suas percepções anuviadas de paixão. Agora compreendo muito bem.

Ele examina meu rosto com cuidado.

— Tão linda.

— Mas eu... eu... Mas eu não sou loura.

Ele ri de um jeito gostoso e beija meus lábios suavemente.

— Talvez eu não tenha deixado isso claro. — Seus dedos desenham o formato de meus lábios, indo e voltando. — Mas estou de quatro por você, Duda. Só penso em você. Só quero você. Há algum tempo. — Ele me olha, compreensivo. — Mas podemos ir com calma se você quiser. Por acaso sou muito paciente... E prefiro as morenas.

Ah, meu Deus! Também como Edward Cullen, Miguel prefere as morenas!

— E as duzentas mil morenas de A a Z?

— Como?

— Foi o que Alex disse. Qualquer coisa como: *Miguel muda de namorada como muda de roupa.*

Ele sacode a cabeça, divertindo-se.

— Acho que o modo como Alex qualifica os relacionamentos não deve servir de parâmetro. Ele pensa que está namorando Susana, por exemplo.

— *Isso* é verdade.

— Tive minha fase de curtição, não vou negar. Mas acabou há muito tempo. E namorar mesmo, só namorei a...

— Não diga o nome dela! — guincho, vedando sua boca com a mão. — Ou diga Jararaca Americana Usurpadora.

— Jararaca Americana Usurpadora? — Ele joga a cabeça para trás, rindo alto. — Está vendo? É por essas e outras que fiquei completamente louco por você. Você é extraordinária, Duda. Rara. Incomum.

— Você fugia de mim.

Ele fica sério imediatamente.

— Fui obrigado a fugir. — Seus dedos acompanham as feições de meu rosto. — Eu não podia complicar sua vida com minha vida complicada. Eu não tinha esse direito. Sei que fui rude ignorando você daquela maneira. Mas acredite, Duda, eu sofri com minhas boas intenções. Pensei que, me afastando, pudesse esquecer você. Porque aquilo não podia ser normal... Quer dizer, sempre acreditei em atração à primeira vista, mas... Ah, Duda! Nem sei descrever o que eu senti no instante em que vi você. Pensei tanto sobre isso que cheguei a uma conclusão.

— Conclusão?

— O jantar, a véspera de Ano-Novo, o tempo que passamos juntos... Foi tudo tão intenso. Foi o suficiente para eu me apaixonar.

Estou olhando para ele, totalmente chocada.

— Eu percebi que estava apaixonado por você, Duda, no momento em que a bola de confetes caiu e eu tive certeza de que aquele quarto de hotel era exatamente o lugar onde eu queria estar. Eu queria estar com você. Eu *quero* estar com você.

Ele faz uma pausa para ajeitar uma mecha de cabelo atrás de minha orelha.

— Eu deveria saber que a distância não ajudaria em nada. Mas, de que outro jeito podia tentar? Mudei-me para o Soho, enfim... Não adiantou. Eu não parava de pensar em você e tinha raiva da minha sensação de impotência diante da minha vida. Sentia uma saudade enorme. Tinha ciúme daquele espanhol seu amigo. Ficava louco só de pensar no que vocês estariam fazendo juntos. Se ele havia se declarado... Estava na cara dele.

— Pablo é meu amigo, apenas. Ou, costumava ser. — *"Não quero sua amizade como prêmio de consolação"*.

— A saudade foi crescendo e me sufocando. Não demorei a perceber que, em vez de diminuir, como pensei que aconteceria, como eu queria que tivesse acontecido naquele momento em que eu não tinha escolha, a paixão aumentou. Fiquei louco, tentando a todo custo reprimir o sentimento inútil. Sem conseguir, é claro.

— Pensei que você fosse paciente.

— Não para problemas aparentemente sem solução — esclarece ele. — Quando você saiu do carro, no Central Park, eu esperava que fosse o fim. Até forcei minha aspereza para parecer mais convincente, sentindo-me horrível por isso. Depois, quando apareceu no aeroporto ontem, cheguei a pensar que eu tinha morrido e que aquilo fosse a entrada do Paraíso. Até ouvi umas harpas no fundo... Para você ver como a saudade me enlouquecia.

Ele também ouviu as harpas dos anjos celestes!

E está apaixonado por mim!

De repente, tudo isso é tão perfeito que não encontro mais razão para hesitar. Mesmo que exista um avião me esperando amanhã, um futuro incerto. Mesmo que Miguel ainda me deva algumas explicações dessa história cheia de lacunas.

Mas nada disso importa no segundo em que pego o rosto dele entre as mãos, de um jeito meio arrebatado. Fico de joelhos no sofá e começo a distribuir beijos por todo seu rosto com uma urgência agoniada, como se ele pudesse desaparecer ao menor piscar de olhos. Ele me abraça apertado, afagando minhas costas, e eu enterro a cabeça em seu ombro, controlando as lágrimas da emoção.

— Duda, eu só preciso saber...

— Também estou apaixonada por você. Sou louca por você há um tempão.

— Sou mesmo um sujeito de sorte.

— Eu *quero* você.

Ele me afasta pelos ombros e me encara em silêncio.

Sou tomada pela intensidade de minhas palavras e o fogo volta a correr por meu corpo. Desconcertante, dilacerante, excitante...

— Quero você, Miguel — repito e nunca estive tão certa em toda a vida. — E quero *agora*. Imediatamente.

Ele sorri, satisfeito com minha decisão sincera, e tira uma camisinha da carteira (graças a Deus!). Suas mãos se enfiam novamente sob meu suéter, puxando o tecido para cima. Só que, desta vez, levanto os braços e me entrego. De repente o sofá ficou pequeno, então rolamos para o tapete.

Ah, sim. O tapete.

Miguel está pressionando minhas costas contra o tapete da sala.

E por um bom tempo não penso em mais nada.

Acordo na manhã seguinte sentindo-me plenamente realizada e satisfeita. Absolutamente feliz.

De olhos bem fechados, deixo minha mente vagar, relembrando cada imagem, cada toque, palavra e sensação. De novo e de novo.

Ele ofegou no meu cabelo. Também teve o grito... antes ou depois? Hum. Acho que foi *durante*... E quando ele rolou para o lado, eu fiquei lá, estirada no tapete da sala, toda mole, a cabeça flutuando enquanto cada célula do meu corpo parecia transbordar de tanto amor. Como eu, ele ficou em silêncio. Talvez olhando o teto, não sei dizer. Mais tarde, apoiou-se no cotovelo para me olhar.

— Nem preciso dizer que você não vai embora amanhã — disse ele, mandão. — Eu não vou deixar.

Virei um pouco o rosto e sorri.

— Sabe que pode ficar aqui até agosto, quando suas aulas começam — lembrou ele.

— Hum. Não tenho tanta certeza.

— Qual é o problema? — seus dedos passeavam por minha barriga, subindo e descendo. Era tão bom!

— Para começar, não tenho roupas.

Ele abriu um sorriso, feliz com minha resposta.

— Bom, eu particularmente acho isso ótimo. Posso mantê-la prisioneira aqui. Sem roupa, é claro.

— Você não faria isso.

— Pague para ver.

— Estou falando sério, Miguel. — Fingi irritação. — Não vou embora amanhã, mas não sei até quando posso ficar. Preciso pensar.

— Por quê?

— Tenho meus compromissos, ora bolas! Eles vêm crescendo muito ultimamente, sabia? — brinquei.

— Deve ser o peso dos 20 anos.

Olhei para ele, imaginando se sua mão, deslizando por minha pele, podia sentir a vibração de meu coração contra as costelas. Parecia um tambor. Depois, quando ele tocou suavemente o lado esquerdo do meu peito, aproximando o rosto, esperando para ouvir... tive certeza. E não senti constrangimento. Ao contrário, fiquei feliz por isso.

— Pensou que eu tivesse esquecido seu aniversário?

— Você não apareceu... Não ligou. E eu sei que estava em casa.

— Estava lutando com minha consciência. Não sabia se era prudente ou não bater na sua porta. Se era correto.

— Decidiu que não era.

— Mas comprei um presente.

No instante seguinte, ele estava de pé, puxando uma das gavetas da enorme estante preta da sala. Fazendo suspense, ele estendeu a mão para mim. Na palma, brilhava uma caixinha azul da Tiffany.

Não sei ao certo quanto tempo levou até eu conseguir puxar o laço prateado. Principalmente porque, enquanto meus dedos tremiam, eu pensava *"Deus, por favor, não deixe ser uma aliança de brilhante. Eu não estou preparada para o casamento. Pensei que estivesse. Mas não estou. Ainda nem me formei em Jornalismo. Não arranjei um emprego fabuloso na redação do New York Times. E não sei fazer arroz. Também não tenho certeza se quero um buquê tradicional de rosas colombianas vermelhas, já que as brancas estão super na moda; se quero passar a lua de mel em Santorini ou nas Ilhas Virgens".*

Lembro-me de ter ficado aliviada e, ao mesmo tempo, sem fôlego com o colar de ouro branco e o pingente, uma libélula cravejada de brilhantes, mais perfeitos que eu já vira.

— É lindo... — murmurei. — Obrigada.

Guardei o colar na caixinha e deixei-a sobre o sofá. Ele colou a testa na minha.

— Vai ficar até agosto? Até minha formatura?

— Acho que posso pensar com mais carinho sobre o assunto. Só tem um problema...

— Manda.

— Não tenho dinheiro para pagar o aluguel. Não quero aborrecer minha mãe.

— Hum. — Ele franziu o cenho, pensativo. — Já que eu realmente preciso alugar o apartamento e não quero ser o pivô de um desentendimento familiar, só há um jeito.

— Qual?

— Você fica aqui comigo, no meu apartamento.

— É uma boa solução.

Depois disso, carregou-me para o quarto.

Com uma boa espreguiçada, abro os olhos, feridos pela luz e começo a me mover silenciosamente sob o lençol. Estou faminta. Na verdade, poderia morrer por um *muffin* de chocolate e uma xícara de café. Preciso ir até a cozinha. Mas sou detida por um braço forte cercando meu corpo, arrastando-me pelo colchão. De repente, sua boca está em minha orelha.

— Está fugindo? — Ele me gira de lado, de frente para ele, e puxa minha perna para cima de seu quadril, uma posição sem dúvida muito desconcertante, levando em conta o fato de que nossas roupas estão na sala desde ontem.

— Só ia assaltar sua geladeira. Aliás... como você pode não gostar de café?

Ele dá de ombros.

— Como é que você pode gostar *tanto* de Schweppes Citrus Light?

— Isso não vale.

— Por que não?

— Porque você também gosta.

— Talvez eu tenha exagerado um pouco. Sabe como é, para impressionar.

— Não *acredi...* — Tento socar o ombro dele, mas ele me segura pelo pulso.

— Calminha aí. Preciso estar na Columbia daqui a pouco. E preciso estar *inteiro*, os dois ombros perfeitos.

— Olhe só quem está fugindo agora!

— Não estou fugindo. Eu realmente preciso ir. — Ele sorri quando faço beicinho. Depois tenta reverter a situação. — Prometo que vou com você até a Macy's mais tarde ou à Quinta Avenida, sei lá. Onde você preferir comprar suas compras.

— Macy's. Levando em conta o limite quase estourado de meu cartão de crédito. Pensando bem, talvez a Chinatown seja a melhor opção para mim.

— Você decide. Mas enquanto pensa, vai ficar aqui quietinha, esperando por mim.

— Tudo bem.

Ele beija minha testa, pula da cama e vai para o banheiro conjugado.

Abro o guarda-roupa, procuro nas gavetas e, sem opção, acabo me enfiando numa blusa de algodão branca enorme. Quando me vejo no espelho, parece mais um vestido. Na cozinha, abro a geladeira, analisando a situação. Estou virando o suco no copo quando o celular dele começa a tocar, lá no quarto.

— *Duda?* — Ele me chama, gritando do banheiro.

Corro pelo corredor e enfio a cabeça na porta deslizante que divide o banheiro do quarto.

— Oi.

Com a mão fechada em punho, ele desembaça uma nuvem transparente no Blindex e me olha, o cabelo cheio de espuma.

— Atende para mim, por favor. Deve ser a Gisele querendo carona.

— Gisele?

— Todos os dias é a mesma coisa.

— Ah.— Tento disfarçar o desgosto. — E o que devo dizer?

Que você nunca mais estará disponível para levá-la, já que começou a namorar a garota dos seus sonhos e não quer aborrecê-la depois de uma noite tão linda de amor...

— Passo na casa dela em meia hora.

Fecho a porta do banheiro e ando em direção à mesinha de cabeceira.

Gisele... Todos os dias é a mesma coisa...

Quando pego o celular, no entanto, o ciúme se transforma em surpresa, meus olhos saltam da cara. Desconecto o fio do carregador e corro para a sala.

Porque, piscando na telinha, não é *"Gisele"* quem chama...

É *"Malu Carraro"*. Minha mãe.

— Alô? — atendo, a voz cheia de medo.

— *Duda?*

— Oi, mãe.

— Ah! Disquei errado! — Ela ri. — Queria falar com Miguel Defilippo. Não sei onde ando com a cabeça...

— Não, mãe. Você ligou certo — digo. — É que Miguel está... hum... dirigindo e atendi para ele.

— Ele está levando você ao aeroporto, filha? Seu voo para o Brasil está quase na hora, não está?

— É. Está sim. — Ah, Deus! Preciso ligar para a companhia aérea e solicitar o reembolso do voo antes que seja tarde demais e eu morra com esse prejuízo.

— Miguel é um cavalheiro. Um garoto de ouro, não é?

— Bom, acho que sim.

— Duda, filha, antes de se despedir dele, não se esqueça de agradecê-lo por tudo que fez por você. E, por favor, diga a ele que eu também agradeço, mais uma vez.

— Tudo o que ele fez por mim?

— E também diga que Chong Ling marcou a entrevista para daqui a quinze dias.

— Entrevista?

— Ele terá de vir à China, filha. Mas as perspectivas são excelentes! Na verdade, posso quase afirmar que a vaga é dele. Chong ficou impressionado com o currículo. Miguel, além de tudo, é fotógrafo, você sabia? E dos bons.

— Ele terá de ir à China? — Posso sentir meu corpo pesando, desfalecendo pouco a pouco enquanto imponho um esforço tirano para mantê-lo desperto. Parece que engoli uma cartela de Dramin.

— Sim, filha. Sobre a vaga que consegui para ele aqui na redação do jornal. Você deu o número do meu telefone a ele, lembra? Agora só falta essa entrevista para arrematarmos o processo burocrático. E o salário é uma beleza também.

— Eu... vou dar o recado.

— Boa viagem, filha — diz ela, alegremente, sem saber que estou enxergando o mundo turvo. — Ah! Como foi o *Late Show*? David é mesmo espirituoso, não é? Embora seu pai prefira o Jô.

— É... Foi legal.

— Ligue para a mamãe assim que o avião pousar no Rio, está bem? Mais uma vez, boa viagem. A mamãe ama você.

Ela desliga.

Eu despenco no sofá, os olhos perdidos.

Então Miguel está de partida para a China? Vai trabalhar lá? E minha mãe, *de todas as pessoas do mundo*, foi quem conseguiu a vaga para ele?

É como se meu peito tivesse rachado ao meio. O que sinto é dor física. Violenta e impiedosa. Não posso acreditar, não *quero*... Deve haver um engano. Uma coincidência.

Só que não há coincidência alguma.

— Duda?

Ergo os olhos. Miguel, enrolado numa toalha preta, está ajoelhado diante de mim. Eu o encaro, cruzando os braços, tomada por uma força estranha, uma raiva, um sei lá o quê.

— Quando você ia me contar?

— O quê?

— Não se faça de idiota.

— O que aconteceu? — Ele ergue a mão, mas eu desvio o rosto.

— Quando você ia me contar que está indo morar na China? Ele não responde. Mas vejo seu corpo endurecer.

— Que me usou para conseguir um emprego? — continuo. — E que ia levar a Jararaca Americana Usurpadora e seu filho com você? Ia levá-los, não ia? A família unida feliz rindo da babaca que caiu nos encantos do conquistador bonitinho.

— Duda...

— Vai, negar, Miguel? — Levanto-me, furiosa. — Vai negar que todo aquele cuidado no dia em que torci o pé, quando você me convidou para jantar... tudo aquilo fazia parte de um plano? Que, na verdade, você tinha um interesse maior em minha pessoa, muito além de um simples flerte à primeira vista? Não foi à primeira vista, não é? Porque você sabia quem eu era! Sempre soube que eu era uma Carraro! E depois... ai, meu Deus!... Quando você escreveu o número de seu celular na telinha do meu, na verdade... *na verdade*, você estava vasculhando minha agenda em busca do número da minha mãe? Vai negar tudo isso? Vai provar que é covarde também?

— Não foi bem assim — murmura ele, estendendo o braço outra vez. Desvio o corpo com determinação. — Duda, por favor...

— É provável que eu tenha me apaixonado por um Miguel que não existe. Aquele lá era apenas um sujeito tentando me impressionar, me usar.

— Não, Duda! Me escute, caramba!

— E, pelo visto, você não pretendia me contar.

— Eu quis contar! Eu tentei! Aquele dia, no Central Park. — Ele aponta na direção da janela. — Eu ia contar tudo, mas você fugiu.

— Então agora a culpa é minha?

— Não invente. Eu não disse isso.

— Por que não contou ontem?

— Porque tínhamos coisas melhores para fazer. — Ele revira os olhos como quem tenta explicar o óbvio a uma criança. — De qualquer maneira, não é do jeito que você está pensando. Não foi assim que aconteceu. Eu não sou esse monstro.

— Pois é assim que eu me sinto. — Viro o rosto, decidida. — Usada. Enganada pelo monstro do filme. Você fingia o tempo todo. Atuava sem pena. Calculava cada ação.

— Não é verdade. — Ele bufa, passando a mão no cabelo. — Eu estava sendo chantageado e você sabe disso. Não entendia muito bem a fixação dela em sair deste país. É claro que agora tudo faz sentido. Ela devia achar que quanto mais longe daqui, mais segura sua mentira estaria. Eu também pensei que talvez fosse mesmo uma boa ideia começar uma nova vida num novo lugar. Quando Augusto disse que você e Susana eram filhas de Malu e Chico Carraro, eu liguei minhas antenas. Mas era eu o tempo todo. Eu não atuei.

— *Você ligou suas antenas?*

— Eu realmente quis me abrir desde o início, explicar a situação. Pensei que você pudesse se solidarizar com minha história e me dar o contato de sua mãe na China, conversar com ela, quem sabe me indicar. Mas não consegui, Duda. Sabe por quê?

Fecho a cara ainda mais. Ele continua:

— Porque toda vez que eu olhava para você, toda vez que abria a boca para pedir, eu perdia a coragem. Contar a verdade implicaria em dizer que eu estava noivo, que ia ser pai, e eu não conseguia. Só fui adiando e adiando. E a Jararaca Americana Usurpadora me pressionando, querendo uma resposta, uma decisão. Eu disse a ela que a gente podia ir para a China sem que eu tivesse um emprego. Eu não preciso de um emprego para viver. Mas ela achou que estava fazendo bem para mim insistindo para que eu tivesse uma distração. Achou que, se eu me sentisse realizado profissionalmente, o casamento tinha mais chances de dar certo. Até que...

— Até que você roubou o número da minha agenda e telefonou para minha mãe, bancando o super-herói! Dizendo que estava me ajudando a sobreviver nesta cidade, como se eu não conseguisse me virar sozinha, como se precisasse de um tutor, enquanto, na verdade, você mal vivia no apartamento ao lado do meu. Nem me encontrava aqui.

Ele se aproxima mais um pouco e consegue tocar meu rosto, o corpo perto demais...

— Olhe, isso não é nada perto de todo o resto, Duda. De tudo que sentimos um pelo outro. De tudo o que aconteceu ontem... que ainda vai acontecer. É só o começo, meu amor. — Seu rosto está se aproximando do meu. — Eu estava tão feliz! Você também...

— Não, Miguel. — Saio da frente dele. — Não dá. Eu não consigo.

— Você está...

— Só estou dizendo que não consigo *agora*. — Olho para ele, a expressão franca, aberta.

— Não acredita que só fiz tudo isso para salvar meu filho de um aborto forçado? Não acredita que estou apaixonado por você? Eu sou louco por você, Duda! — Ele abre os braços, como quem se rende. — Está na minha cara, no meu corpo.

— Não é isso... — Desvio os olhos de seu corpo, de seu peito nu. — Só não sei quem é o sujeito por quem me apaixonei. Preciso pensar, Miguel. Tentar entender quem você é.

Estou despindo-me da blusa branca e vestindo minhas roupas sujas. Ele assiste, imóvel. Ando em direção à porta, segurando o All Star pelos cadarços. De repente, ele está em meu caminho, bloqueando a porta.

— Duda, por favor. Me desculpe...

— Eu só preciso pensar. E, para pensar, tenho de ir para a minha casa.

— Por quê?

Solto os ombros, impaciente.

— Porque se não for assim, Miguel, vamos começar de um jeito errado, inseguro... E realmente não quero isso.

Por fim, ele desiste e assente com a cabeça.

— Tá legal. — Ele libera a porta, mantendo um braço em alerta. — Vou para a Columbia. Você, para casa. De noite a gente se vê, tudo bem?

— Ligue para minha mãe. — Passo por baixo de seu braço. — Ela quer falar com você.

Só quando entro em meu ex-apartamento e vou para o quarto, lutando contra as lágrimas furiosas, é que me lembro da caixinha azul da Tiffany no sofá de couro preto. Mas é claro que não vou voltar lá. Também pouco me importa. E Miguel não vai se preocupar em trazê-la para mim agora, uma vez que pensa que pode me devolvê-la mais tarde.

Só que, o que ele não sabe é que, quando eu disse "minha casa", eu me referia à *minha casa verdadeira*. Minha casa em Ipanema. No Rio de Janeiro.

No Brasil.

trinta e dois

CREPÚSCULO

— Duda? — A voz de Dani me chama para a Terra. — O filme terminou há cinco minutos, gata, e você continua olhando para a tela da tevê desligada. O que é que tá pegando?

Da poltrona onde estou enrodilhada, viro a cabeça na direção de Dani. Ele está deitado no sofá da sala de meu apartamento em Ipanema, equilibrando uma tigela de pipoca sobre a barriga exposta pelo top azul curtinho. Abaixo dele, Lisa está no chão, recostada no sofá. Suas pernas curtas, estendidas no tapete, uma sobre a outra, balançam num ritmo constante.

Quando não respondo, os dois se entreolham, erguendo as sobrancelhas. Em seguida, voltam a me olhar, sorrindo solidariamente.

— Desculpem. — Sacudo a cabeça. — Vocês estavam falando sobre o que mesmo?

Ajeito-me no sofá, tentando mostrar interesse porque sei que, na verdade, eles só estão preocupados comigo. O sentimento é sincero e não quero ofendê-los com meu aparente descaso. Dani e Lisa são as únicas pessoas para as quais contei a história verdadeira de meus últimos dias em Nova York. A história *completa*. E Debra C. que vá para o inferno.

Também sei que não posso responsabilizá-los por minhas decisões infelizes. Afinal, fui eu mesma quem sugeriu esse filme. Quem deixou o nome na enorme lista de espera da locadora (e isso porque só agora Dani me contou que o DVD oficial ainda não está à venda, nem sei como a locadora arrumou esse aqui... quer dizer, eu sei *sim*! E me oponho totalmente à pirataria pela internet; assumo aqui o compromisso de comprar o DVD oficial depois). Quem queria confrontar a realidade. Mostrar a si mesma que superou o problema. Já faz tanto tempo!

— Achou um sacrifício muito grande ver Robert Pattinson decapitando a vampira ruiva no terceiro filme da saga? — pergunta Lisa com a voz hesitante, experimentando o terreno.

Faço que não com a cabeça. Estou mentindo, é claro.

Mas qual verdade diria a eles? Que foi *sim* um sacrifício tremendo e que meus olhos estão pinicando o choro contido? Vou dizer, mais uma vez, que não fui ao cinema assistir a *Eclipse* meses atrás, justamente porque não conseguia (e agora sei que ainda não consigo) olhar a imagem de Robert Pattinson e não sofrer? Que o rosto de Robert Pattinson me faz lembrar outro rosto e faz sangrar a ferida em meu peito? A ferida que está aberta desde aquela manhã em que deixei Nova York, a última vez em que ouvi a voz de uma certa pessoa? Uma certa pessoa que se formou em Jornalismo e está morando na China? (Mamãe vive elogiando o excelente trabalho dele e nem sempre é fácil desconversar.) Uma certa pessoa que provavelmente encontrou sua alma gêmea chinesa e deu a ela o colar de libélula que era meu?

Não. Não vou dizer nenhuma dessas verdades (ou supostas verdades). Não quero embarcar nessa conversa sentimental outra vez. Não quero ficar triste nesta tarde de sábado tão linda de sol. Porque, uma coisa que aprendi nos últimos meses é que, independentemente do problema que eu tenha de enfrentar, eu não sou uma pessoa triste.

E venho lidando tão bem com tudo isso! Inclusive me dedicando à vida social da PUC neste semestre. Indo a todas as festas, fazendo novos amigos, recuperando os antigos.

Obviamente tenho meus momentos ruins, como agora, em que estou me detestando por não ter desistido do filme e ido à praia encontrar Margô, que bate ponto na praia de Ipanema todo sábado, no mesmo horário, para ver Augusto jogar futevôlei com os amigos. Eu estaria me sentindo bem melhor sob o sol quente, tomando um delicioso mate gelado, ou uma caipirosca de limão, e rindo das últimas peripécias de uma CDF incansável em sua luta na tentativa de conquistar o dono da Night Lounge, muito embora ele tenha sido enfático ao dizer, à sua maneira elegante, que não quer se envolver amorosamente com uma garota de quem preza a amizade verdadeira, não quer arriscar o que já está perfeito.

É uma pena que Margô não tenha conseguido fisgá-lo. Augusto Defilippo é um cara legal. Quer dizer, não sei se ele sabe sobre mim e seu irmão. Não sei se Miguel contou. Mas, se contou, Augusto nunca comentou nada, e sou grata a ele por sua discrição.

Lisa tira o DVD do compartimento de disco e o guarda na capa de plástico.

— Eu devolvo o DVD à locadora — dispõe-se ela. — Já entreguei o trabalho de Design de Padronagem e não vou à aula segunda-feira.

— Ah, meu Deusinho! O trabalho de Padronagem! — Dani fica de pé imediatamente, já calçando as havaianas que brilham no escuro, mas que estão apagadas no momento, devido à luz vespertina que entra pelas janelas abertas. — Tenho que entregar esse trabalho na segunda de manhã e nem comecei a fazer. Por que não me lembrou antes, Lilica? — Ele ergue uma unha pintada de preto na direção de Lisa de forma acusatória. — Você é muito ingrata!

— Ah, qual é, Dani Dei? — Lisa revira os olhos. — Eu não tenho culpa se você anda com a cabeça em outras coisas. Por falar nisso, seu namorado não ligou nem uma vez nas últimas duas horas. Uau! — Ela bate palma. — Parabéns para ele. É mesmo um recorde!

— Estou com saudades da voz do Vitinho... — Dani se derrete, enrolando uma mecha da longa franja no dedo, os olhos sonhadores. O momento encantado, no entanto, não dura trinta segundos. Dani volta a azucrinar minha prima. — Sabe qual é o seu dever para comigo, Lilica? Sabe qual é? Me ajudar a fazer esse trabalho. Hoje à noite.

— Sinto muito. — Lisa se joga no sofá. — Hoje à noite, Fred e eu... Bom, sabe como é, vamos tentar outra vez.

— Tentar outra vez? — Meus olhos pulsam de surpresa. — Vocês dois ainda não...? Mas eu pensei que na semana passada...? Não deu certo, Lisa? O jantar à luz de velas aromáticas... falhou? Como isso foi acontecer?

Lisa sacode as mãos ao lado da cabeça freneticamente, como se estivesse numa crise nervosa. Talvez esteja mesmo.

— As coisas entre nós não fluem naturalmente! — Ela se desespera, esfregando os olhos com os punhos. — Só para vocês terem uma ideia, essa é a décima quinta noite que Fred agenda em seu calendário do *Tropa de Elite 2*, para ver se conseguimos engatar nossa primeira vez. Ele. Agenda. As. Noites. No. Calendário. Do. Tropa de Elite 2. — Ela finge socar a cabeça nos joelhos a cada palavra pronunciada. — E, como se não bastasse suas marcações toscas ao lado da imagem do recém-promovido Coronel Nascimento (SCL-MDMC: "Sexo com Lisa – Missão dada é missão cumprida"; que, na minha opinião, deveria ser FSCL-NTRPP: "Fracasso no sexo com Lisa – Nada é tão ruim que não possa piorar"), Fred ainda me conta o que está preparando. Nunca faz surpresa! Hoje, por exemplo, vai espalhar pétalas vermelhas pelo quarto. — Ela solta os ombros. — E com tudo sempre arranjado desse jeito, tão previsível, chega na hora H e... não dá! Simplesmente não há clima, entenderam? Acabamos nos espremendo no pequeno sofá da casa dele e assistindo à novela, que, por sinal, é um horror, mas ele adora.

— Desculpe, Lisa — digo. — Mas honestamente não consigo entender. Tudo bem que essa coisa do Coronel Nascimento é meio desestimulante, apesar do charme maravilhoso do Wagner Moura. Mas mesmo assim... Como não há clima com jantar romântico e velas perfumadas? E ele ainda põe música de fundo... Qual foi o cantor da semana retrasada mesmo?

— Bituca — responde ela, revoltada. — Não que eu tenha alguma coisa contra Milton Nascimento porque eu realmente amo o Bituca e disse ao Fred que *Canção da América* me marcou muito e coisa e tal. Só que essa foi a música tema da minha formatura no Ensino Médio. — Ela bufa. — "Amigo é coisa para se guardar" não é a melhor coisa para se ouvir enquanto se tenta fazer sexo com seu namorado pela primeira vez!

Dou uma tossida, disfarçando um risinho. Dani, ao contrário, não se preocupa com disfarce e joga a cabeça para trás, gargalhando espalhafatosamente.

— Mas qual é o problema exatamente? — pergunto, pigarreando. — O Fred não... funciona?

— Não é isso. Ele até que é bem saudável. Dá para... hum... sentir. — Lisa solta os ombros. — A verdade é que Fred é um cara muito conservador. Cheio de teorias psicológicas sobre como a primeira vez é um passo importantíssimo na vida de um casal e que precisa ser impecavelmente perfeita ou pode vir a arruinar o relacionamento entre duas pessoas que se amam e *blá, blá, blá.* — Ela sacode a cabeça. — Mas vocês querem saber o que eu acho? De verdade, o que eu realmente acho é que ele é virgem e está se inspirando no vampiro brilhante. Vocês acabaram de ver o filme. — Ela gesticula para a televisão. — Fred vai fazer tudo igualzinho, vocês vão ver. Vai me pedir em casamento primeiro. Só não entendo como alguém que é fã do Coronel Nascimento pode gostar de novela e ouvir Bituca.

Dani empoleira-se no sofá e abraça Lisa, afagando as costas dela de maneira consoladora.

— Não fique triste, Lilica — diz ele. Mas, para mim, por sobre o ombro de Lisa, seus lábios se movimentam: *"Será que ele é gay?".* Ao que eu respondo silenciosamente: *"Se você não sabe, como é que eu vou saber?"* — Danizinho precisa ir embora agora para fazer seu trabalhinho sozinho. E a noite de rosas da minha gata vai ser um sucesso!

— Tomara, gente! — Lisa dá duas fungadas no ombro ossudo de Dani. — Tomara!

Dani beija a bochecha de Lisa. Depois vem beijar a minha. Deixa a porta da sala aberta ao passar por ela.

— *Me ligue amanhã para contar as boas novas, Lilica!* — grita ele do corredor social. — Oi, Margô e Susana. Tchau, Margô e Susana.

A velha máquina do elevador solta um urro de dor ao arrancar de volta para o térreo. Dois segundos depois, Susana surge na sala, abraçada a uma caixa vermelha, provavelmente mais um presente de Robertinho Cavalcante; Susana nega, mas eu sei que eles andam se encontrando. Logo atrás dela, está Margô com uma canga "salvem a arara-azul" amarrada na cintura; sua expressão, camuflada por dois riscos brancos em cada bochecha (do protetor solar em pasta), parece aborrecida.

— Ele não estava lá. — Margô larga num canto da sala a cadeira de praia (e seus fiapos de nylon pendurados) e tira o chapéu de palha mexicano, balançando o cabelo úmido. — Augusto não foi à praia hoje. Perguntei ao Carlão, seu parceiro no futevôlei, e ele disse que meu gatinho teve outro compromisso. Agora vê se pode? — Ela põe a mão na cintura. — Tudo bem que meu gatinho é um cara ocupado. Mas, puxa vida! Custava me avisar?

— Quem morreu, Lisa? — pergunta Susana, sem soltar a caixa vermelha. — Eu que levo bolo de... uma amiga aí... e você que vela o defunto?

— O negócio — Lisa está dizendo com um meio sorriso — é que o Agarradinho é o cara mais agarrado do planeta!

Há um silêncio profundo. Cinco segundos depois, caímos na gargalhada. Nós quatro. Gargalhando sem parar. Chorando de rir de nossas bizarrices.

O tempo passa. Mas nem tudo passa com ele.

Susana limpa as lágrimas e atravessa a sala, parando diante de mim.

— É para você, Duda — diz, estendendo-me a caixa vermelha. — Deixaram com o porteiro agora há pouco.

— Para mim? — Minha testa se franze.

— "Eduarda Maria Carraro, de volta a você o que lhe é de grande estima. Cobro gorjeta." — Susana lê o cartão que acompanha a caixa.

— Não conheço outra Eduarda Maria Carraro. Graças a Deus! — Ela larga a caixa vermelha em meus braços moles.

Por um momento, não faço outra coisa senão olhar a caixa, pasma, os pensamentos a mil por hora. Porque... ai, meu Deus!... De repente sei exatamente o que me é de grande estima. Sei exatamente o que está voltando para mim: os únicos objetos por cujo resgate ofereci gorjeta.

— Quem mandou? — Lisa pega o cartão. — O cartão foi feito no computador e não está assinado. E que mensagem mais estranha...

— Abre logo, Duda! — incentiva Margô, esticando o pescoço para olhar.

— Eu acho... — murmuro, abraçando a caixa firmemente e ficando de pé. — Que tenho que abrir isto sozinha.

No instante seguinte, estou correndo pelo apartamento. Entro em meu quarto e tranco a porta, ouvindo as três curiosas se lamentarem do lado de fora ("ah, Duda, deixe a gente ver!"), esmurrando a madeira e desistindo, por fim.

Empoleiro-me na cama e ponho a caixa diante de mim. Com o coração disparado, desamarro o laço devagar.

E aqui estão eles. De volta para mim, os quatro livros da *Saga Crepúsculo*, os livros que estiveram trancados naquele cofre digital por tanto tempo.

Quando consigo me mexer, tiro-os da caixa e começo a folhear as páginas lentamente. Estão perfeitos. Do jeitinho que eu me lembrava. Tudo exatamente igual. A não ser...

...um marcador de livro desponta do meio das folhas do *Lua Nova*. Um marcador que não existia antes. Abro rapidamente na página indicada, a página 366, e, ao fazer isso, entro em choque novamente.

Existe uma passagem do livro *Lua Nova* que nunca destaquei com caneta marca-texto; faltou-me coragem. São as frases mais perfeitas de Edward Cullen. As frases que sempre deixei intocadas por serem minhas favoritas. Só que, agora, estão circuladas de tinta vermelha. Alguém fez isso e ainda riscou o nome de Bella Swan e escreveu o meu logo acima.

> Duda
>
> "Antes de você, ~~Bella,~~ minha vida era uma noite sem lua. Muito escura, mas havia estrelas... Pontos de luz na escuridão. E depois você atravessou meu céu como um meteoro. De repente tudo estava em chamas, havia brilho, havia beleza. Quando você se foi, quando o meteoro caiu no horizonte, tudo ficou negro. Nada mudou, mas meus olhos ficaram cegos pela luz. Não pude mais ver as estrelas. E não havia mais razão para nada."

No canto da página, um recado em letras de forma: "A gorjeta? Espero por ela no crepúsculo. Posto 9, Ipanema".

Não conheço essa letra, mas parece deliberadamente disfarçada.

De qualquer modo, após reler as frases de Edward Cullen, só consigo pensar em duas pessoas que poderiam tê-las destacado. As duas aparentemente tão improváveis quanto os próprios livros de volta em minhas mãos.

Pablo disse que abrir o cofre tinha se tornado uma questão de honra para ele. Que se descobrisse a senha mestra, arrombaria a porta do meu ex-apartamento no prédio marronzinho e resgataria os livros. Mas será que Pablo teria o cuidado de escrever um cartão em português? Pior... Será que viria ao Brasil apenas para deixar os livros pessoalmente na minha portaria? Tudo bem que nunca mais falei com ele e não posso ter certeza, mas acho que já é tempo de ele ter voltado para Barcelona. E se ele não mora mais em Nova York, como foi que...?

Não. Não posso nem pensar na segunda pessoa. Não posso alimentar qualquer esperança. Porque seria doloroso demais perdê-la. Porque não há esperança, afinal. Miguel disse, mais de uma vez, que não sabia a senha do cofre. Disse também que jamais leria esses livros. Como então teria se deparado com essa passagem do *Lua Nova*? Além do mais, ele está em Pequim! Na China! Ou pelo menos estava na última vez em que mamãe mencionou algo sobre as incríveis imagens da Grande

Muralha que ele fotografou para uma reportagem especial sobre a herança da China imperial, na qual está trabalhando. E isso foi ontem à noite. Não daria tempo... E no cartão está escrito "Eduarda Maria Carraro" com todas as letras. Será que ele sabe meu nome do meio?

Ah. Meu. Deus.

Quanto mais penso, mais impossível me parece.

Quem...? Ou melhor, Pablo Rodríguez ou Miguel Defilippo?

Qual dos dois estará esperando por mim no crepúsculo de Ipanema?

Só há um jeito de descobrir.

De repente, estou me enfiando num shortinho jeans e numa folgada camiseta de algodão lilás de alças finas. Puxo o cabelo num rabo de cavalo, calço as havaianas prateadas e me olho rapidamente no espelho antes de respirar fundo e abrir a porta.

Quinze minutos depois, chego ao Posto 9. O sol já começou a se esconder ao lado do Morro Dois Irmãos, tingindo o céu de cor-de-rosa e laranja.

Atravesso a avenida, acelerando o passo quando o semáforo verde de pedestres começa a piscar. No calçadão de pedrinhas portuguesas, paro e olho em volta, sentindo a desesperança crescer dentro de mim. Com um fim de sábado tão perfeito na cidade maravilhosa, a Vieira Souto está mesmo lotada. Ah, Deus! Seria mais fácil achar o verdadeiro Wally no meio de um milhão de criaturas trajando vermelho e branco.

Bicicletas disputam espaço na ciclovia da orla. Atletas suados correm de um canto a outro da praia, imersos em seus iPods. Banhistas deixam a praia carregando barracas de sol. Amigos se esparramam sob os quiosques para beber água de coco e jogar conversa fora. Crianças se divertem na água borrifada pelo Cuca Fresca. Namorados dão as mãos. Turistas se encantam com a aquarela de cores do cartão-postal mais incrível do planeta.

Ipanema... Parece impossível que um dos dois possa estar aqui. Justamente aqui. No lugar que chamo de meu.

Tiro as havaianas e avanço pela praia dourada, sentindo-me enjoada de ansiedade. O vento que sacode as palmeiras também levanta a barra de minha blusa e, quando afasto os lábios, ele inunda minha boca, trazendo o gosto de sal e iodo. Abro a mão sobre a testa, fazendo sombra acima dos olhos a fim de vasculhar melhor a imensa extensão de areia que se abre à minha esquerda, depois à direita. Em seguida, olho para a frente, na direção do horizonte colorido, o crepúsculo de Ipanema.

Então o vejo.

Está sentado à beira-mar, de costas para mim. Vestindo uma bermuda listrada de branco e preto. Está sem camisa. Ele olha o movimento das ondas, que se dissolvem numa espuma branca e depois somem na superfície espelhada numa dança mágica. Os raios de sol que chispam na água brilhante (a água que parece queimar) são os mesmos que iluminam seus cabelos desgrenhados e crescidos. As mechas louras caem obliquamente sobre o rosto perfeito. Sua pele está bronzeada, um fato inesperado (desde quando ele está no Rio?).

Ele está tão diferente! Tão lindamente diferente! Talvez, por isso, não esteja chamando atenção para si. Quer dizer, é claro que está chamando atenção (duas garotas passam por ele cochichando e apontando; aquela outra acabou de olhar). Mas não pelo motivo que se esperaria. Não por sua semelhança física com um astro de Hollywood. Ou talvez seja apenas por ser tão difícil imaginar um astro de Hollywood sentado despojadamente nas areias da praia de Ipanema. Para mim, tanto faz.

Com o coração saltando pela boca, aproximo-me devagar. Só quando paro bem atrás dele é que percebo o castelo de areia erguido ao lado de sua mochila largada no chão. A alça da Nikon, saindo de um dos bolsos laterais, está suja de grão e cascalho.

— Oi — digo.

Então sua cabeça se movimenta na direção de minha voz esganiçada. Ele se vira para trás e, ao se deparar com meus pés descalços, seus olhos, de um verde tão líquido quanto o próprio mar, começam a subir por meu corpo lentamente, como se pudessem me perfurar em raio laser. Por fim, seus olhos estão fixos nos meus.

— Oi. — Sua voz é mais firme que a minha, mais segura, enquanto seu rosto se alarga num sorriso franco.

Levo um susto com a velocidade com que minhas pernas viraram sorvete. Aperto as havaianas em minha mão, trazendo-as para junto do corpo, como se o simples contato com algo sólido e real pudesse me manter equilibrada, de pé, embora meus joelhos estejam mais trêmulos a cada segundo. Eu tinha esquecido o efeito desse sorriso sobre mim: devastador em toda sua magnitude e beleza.

Ele parece antever minha queda iminente e dá um tapinha na areia diante de si. Sem opção, sento-me sobre os joelhos, diante dele e do mar atrás dele. Assim que largo as havaianas, sua mão agarra a minha, a ponta de seus dedos sentindo meus ossos com urgência.

— É verdade. — Ele parece impressionado. Inclina-se para sentir o aroma da minha pele.— Você existe, não foi um sonho. Tem o mesmo cheiro, a mesma textura... É de verdade e está aqui.

Meu coração vibra violentamente contra minhas costelas quando ele ergue o braço livre (expondo a tatuagem *"those we love never die"*) e toca meu rosto com os dedos leves, quase como o vento... Sua pele formigando na minha, esquentando ainda mais meu corpo numa onda de frenesi.

— Desculpe — diz ele depois de um tempo, recolhendo a mão. — Eu não queria...

— Você é que não parece real. — Eu o interrompo e examino cuidadosamente sua pele banhada de sol, seus traços perfeitos esculpidos por Adônis, como que para confirmar o que acabei de dizer, como se algum dia ele tivesse parecido real aos meus olhos... — O que está fazendo *aqui no Rio*?

Ele fita nossas mãos entrelaçadas por um momento. Depois ergue os olhos para além de mim, para o calçadão, e finalmente me olha de novo.

— Não entendeu o recado? — pergunta ele.

Mas eu não respondo, confusa demais com a intensidade de sua expressão.

— Tudo bem. — Ele suspira. — Vou repetir as frases de Edward Cullen para você. *Antes de você, Duda...*

— Não! — guincho, tomada de pânico quando entendo o que ele está prestes a fazer. Puxo minha mão da dele. Eu não suportaria ouvir as frases mais perfeitas de sua boca para, no segundo seguinte, ele dizer que suas férias acabaram (por que outro motivo estaria no Rio?) e que está voltando hoje mesmo para Pequim, onde mora. E que só se preocupou em me devolver os livros e a caixinha azul da Tiffany (que está no bolso de redinha de sua mochila) porque... porque... sei lá por quê. De qualquer modo, é exatamente isso o que ele vai dizer. E não quero chorar na frente dele. Não tenho o direito de chorar. Eu o deixei. Fiz o que tinha de fazer, claro, e não me arrependo. Precisava de tempo para tentar entender quem é esse garoto por quem me apaixonei. Mas eu o deixei. E essa escolha tem sua consequência. — Não faça isso. Por favor.

— Duda. — Ele suspira e pega minha mão de volta, segurando-a com firmeza no lado esquerdo de seu peito nu e quente. — Estive exercitando minha paciência durante todos esses meses. Até fiquei surpreso com a capacidade que eu não sabia que tinha. Só que minha paciência se esgotou e voltei para o Rio.

— Você...? Você... *voltou*? — Minha voz sobe uma oitava. Pisco os olhos várias vezes. — Mas minha mãe não disse nada... Aliás, disse sim, ontem à noite. Mas era como se você estivesse lá na redação, ao lado dela. Em Pequim, não no Rio. Como foi que...?

Ele sorri.

— Eu me abri com ela. Contei sobre nós.

— Você o quê? — falo, mas não fecho a boca.

— Contei à sua mãe sobre mim e você. E, bom, acho que ela gosta mesmo de mim, pois logo conversou com seu pai e eles arranjaram minha transferência para cá. Concordaram em guardar o segredo.

Fico olhando para ele, estupefata, mal podendo acreditar. Minha própria mãe! E também meu pai! Será que Miguel contou tipo, *tudo*? Ai, meu Deus, que vergonha! Eu, que era o lírio esplendoroso do campo do papai, agora devo ser o quê? Um cacto ressecado do deserto?

— Então você está de volta mesmo? Vai ter uma vida aqui? Trabalhar aqui? — *Como é que ele vai trabalhar aqui?* A Rede Globo vai querer colocá-lo na *Malhação*, não no jornal!

— Voltei há quinze dias — confirma ele. — E espero realmente que você tenha tido tempo de pensar sobre nós, Duda. Caso contrário, vou fazê-la pensar na marra. Vou encher o seu saco, todos os dias. Persegui-la na PUC. Invadir sua aula. Vou ficar de joelhos e me declarar na frente dos seus amigos. Vou grudar em você e lembrá-la a toda hora de que estou decidido a lutar até o final pelo que quero para mim. Pelo que preciso para ser feliz.

Estou completa e totalmente chocada. Ele vai morar no Rio! E vai me perseguir porque... ai, meu Deus!... ele não encontrou sua alma gêmea chinesa! Ele ainda gosta de mim! Ele ainda me quer!

De repente estou lutando para desentrelaçar meus dedos dos dele, o que é uma coisa realmente muito difícil de se fazer pelo modo como ele me agarra e luta contra isso. Inconformados, seus olhos acompanham meus movimentos. Primeiro, engatinho até o castelo que ele deixou inacabado. Depois encho as duas mãos com uma boa quantidade de areia e aumento o que já não era pequeno, pressionando com cuidado o monte que depositei no topo, fixando-o com algumas batidinhas leves. Fico de pé e limpo as mãos.

Seus olhos, confusos, erguem-se do castelo para mim.

— Bom — digo. — Se você ainda não entendeu o recado... Tudo bem. Vou repetir as frases de Edward Cullen para você. Elas também se encaixam perfeitamente na minha boca. *Antes de você, Miguel...*

E antes que eu consiga terminar, ele está de pé, puxando-me pela cintura, apertando os lábios nos meus, pressionando o corpo contra o meu, beijando-me com ansiedade, como se nunca fosse me soltar. E sou eu que tenho de me afastar porque preciso respirar, mesmo que seja um ar úmido e quente, mesmo que o peito dele esteja rugindo como uma onça, fazendo força contra meu coração, como se dependesse dele para viver.

— Ah, Duda... — murmura ele em minha boca e sua voz é quase um gemido. Meu corpo estremece de prazer. — Eu estava com tanta saudade...

Seu rosto afaga meu pescoço e eu deito a cabeça, oferecendo-me inteiramente, sentindo minha espinha enregelar com seus lábios roçando minha orelha, o sussurro alcançando o limite do incontrolável:

— Tanta saudade... *Tanta*...

— Eu também...

— E você conseguiu me perdoar pelo idiota que eu fui?

— Não.

Sua expressão é de frustração quando ele se afasta imediatamente e me encara, segurando-me pelos ombros.

— *Não*?

— Pelo idiota que você foi, eu até consegui perdoar. Mas pelo mentiroso... — Balanço o indicador e choramingo: — Você sabia a senha do cofre!

Ele respira fundo e abaixa meu indicador, prendendo meu braço ao lado de meu corpo, imobilizando-me.

— Não brinque assim comigo. — Ele está sério agora. E é tão sexy! — Eu não menti para você. É que às vezes você pode ser bem desatenta para uma garota tão esperta, sabia?

— Eu? — Olho para ele, revoltada. — Foi você quem disse que não sabia a senha!

— Mas a Jararaca Americana Usurpadora sabia.

— A Jararaca Americana Usurpadora sabia a senha do *meu cofre*? — devolvo a pergunta, mas ele não responde. Penso por um momento enquanto observo uma gaivota mergulhar na água e capturar um peixe. Quase posso ouvir o estalo em minha cabeça. — Então... a Jararaca Americana era a antiga moradora? Ela morou no meu apartamento? Era sua vizinha? E foi por isso que a carta do banco de sêmen foi parar na minha caixa de correio?

— Muito bem. A resposta é sim para todas as perguntas.

— Minha nossa! — Ponho a mão na boca quando ele solta meu braço. Fico sacudindo a cabeça, abobada com a descoberta ridícula de tão óbvia.

— Aluguei o apartamento uma semana depois de você me deixar. E qual foi minha surpresa quando o novo inquilino bateu na minha porta trazendo aquele bilhete assinado por você... Sua letra linda estava lá, suplicando por socorro. — Ele se diverte. Eu me encolho, desejando que o vento me sopre para longe. — Liguei para a Jararaca

Americana no mesmo minuto. Fiquei curioso para saber o que poderia ser de grande estima para você. Você ofereceu gorjeta!

Sentindo o rosto queimar (e não é por causa do sol), desvio os olhos para sua bermuda branca e preta. Como pude escrever um bilhete tão infantil? E como essas pernas podem ser tão altamente apetitosas?

— Espere um pouco. — De repente, minha cabeça se ergueu. — A Jararaca Americana revelou a senha assim tão facilmente? Depois de tudo o que aconteceu?

— Depois do bom dinheiro que depositei na conta dela... — diz ele vagamente, como se isso não passasse de uma atitude corriqueira.

— Você realmente pensa que pode comprar qualquer coisa com seu dinheiro, não é? — pergunto, exasperada; a brisa e o marulho zunindo em meus ouvidos.

— Não — discorda ele, e sua voz não parece ofendida. — Eu tinha depositado o dinheiro dois dias antes. Só não tinha dito que era eu. E não ia dizer.

— Mas por quê?

— Porque, apesar de tudo, Duda, a criança que estava para nascer alegrou uns meses sombrios da minha vida. Eu sofri por ela. Mas também fui feliz de certo modo. Achei que era minha obrigação. E desejo que ela fique bem.

Abro um sorriso resignado.

— Você realmente pensa que pode comprar qualquer garota com sua perfeição, não é?

Suas mãos se ajeitam ao redor de meu rosto.

— Mas eu não quero qualquer garota. — Ele inclina o corpo e me encara. — Eu quero a Crepuscólica.

Este é o momento em que meu estômago despenca para o pé. E fica lá.

— Eu amo você, Duda — diz ele. Seu rosto é ainda mais arrebatador, ofusca a paisagem de Ipanema, estraçalha meu coração, meus olhos, minha cabeça, meus joelhos, meus...

— Eu também amo você — murmuro, quase sem voz. — Amo você mais que tudo na vida.

— Isso é um alívio. — Seu polegar acompanha a linha de meu queixo. — Pensei que amasse mais o "sujeito lá".

— Então você leu os livros. E também minhas observações, meus comentários nos cantos de página. — Não é uma pergunta, apenas uma constatação. É claro que ele leu. De que outra forma poderia saber sobre minha identidade secreta? E havia somente uma única referência à Crepuscólica no meio de todas aquelas páginas. Ele realmente escarafunchou tudo aquilo.

— É uma boa história. Embora eu prefira seus comentários criativos. — Ele solta meu rosto e seus olhos vagam para a direita, na direção do Arpoador. Sua pele é de um dourado vivo na luz laranja. — Mas não quero decepcionar você. Nunca haverá uma disputa justa entre mim e Edward Cullen. Nem que eu tivesse a eternidade para aprender, não conseguiria ser tão perfeito.

— Mas eu também não sou perfeita. — Fico na ponta dos pés e fecho os braços em seu pescoço, procurando seu olhar.

— E devo confessar — ele está dizendo, uma bruma de preocupação encobrindo o rosto. — Sinto inveja dele.

— Isso é realmente ridículo. Você é muito melhor do que ele.

— Sou, é? — Ele se anima um pouco, erguendo uma sobrancelha.

— E não é só porque é de carne e osso... embora às vezes não pareça.

— Às vezes pareço de vento?

— Ou porque sabe como se apossar dos pensamentos de uma garota, deixá-la completamente louca...

— Ficou pensando em mim loucamente, é? Hum.

— Mas porque é o personagem principal da história dessa garota. A história mais linda que já existiu. A história da minha vida.

Ficamos em silêncio por um momento, absorvendo tudo isso.

— Sabe o que eu acho? — pergunta ele, por fim.

— Não, e daria um beijo para saber.

— Acho que você deveria cancelar seus compromissos, ligar para Lisa, avisá-la que não vai voltar tão cedo. Talvez só amanhã. Ou depois de amanhã.

— Está me raptando?

— Entenda como quiser.

— Porque só tenho a chave de casa no bolso.

— O resgate não envolve dinheiro. — Ele me olha, malicioso.

— O que foi?

— O pensamento valia um beijo, lembra?

Puxo seu rosto para o meu e pago a dívida. Depois de um tempo, quando conseguimos nos desgrudar, ele pendura a Nikon no pescoço, ajeita a mochila nas costas e me entrega minhas sandálias. Seu braço envolve meus ombros, trazendo-me para perto. Deito o rosto em seu peito enquanto caminhamos juntos em direção ao pôr do sol.

Últimos Tweets da @crepuscolica

Feliz demais! Voltando à ativa e muito animada: nossos queridos atores estão no Rio para as filmagens de *Amanhecer*. Morri.
11:08 AM Nov 05th via web

Orkut da Crepuscólica — Recados

Vampirona_233 – 05 nov

Ah! Quase enfartei! Você realmente, *realmente* voltou à ativa?? Estava morrendo de saudade. Apesar de nem sabermos os nomes verdadeiros uma da outra, considero você minha amiga íntima. O que o Crepúsculo uniu nem Volturi separa!

Mordidas envenenadas

Bia Cullen – 05 nov

Acabei de me adicionar à **quase** todas as comunidades novas que você criou: *"Homem depois de Edward Cullen, totalmente possível!"*, *"Meu namorado dá banho em Edward Cullen!"*, *"Edward Cullen precisa aprender com meu namorado!"*.

Mas você viu que só existem 2 pessoas participando da comunidade *"Meu namorado e Edward Cullen têm a mesma cara!"*. Você e uma tal de Stewart.

Quer dizer, meu namorado é lindo e tudo mais, só que está longe de ter a cara de Edward Cullen.

Robeijos

EDUARDA CARRARO Quarta-feira,
12 de janeiro, 19:40

De: "Pablo Rodríguez" <pablobarcelonapablo@gmail.com>
Para: "Eduarda Carraro" <duda.m.carraro@gmail.com>

¡Hola!

Sim, eu mesmo. Pablo Rodríguez. Escrevendo em português com a ajuda dos tradutores virtuais.

É uma pena que eu tenha demorado tanto tempo para mudar de ideia, Duda.

Eu me contento com sua amizade como prêmio de consolação. Posso lidar com isso, desde que você consiga me perdoar pelo sumiço, por tudo. Logo que voltei para Barcelona, resolvi abandonar o curso de Direito. Na verdade, estou pensando em fazer Educação Física e quero passar umas semanas no Rio de Janeiro para refletir sobre o assunto, conhecer sua cidade, visitar você. Isso, claro, se você ainda quiser me ver.

Bom, fico aguardando sua resposta. Não demora muito não...
Sinto sua falta,

Pablo

P. S.: Até hoje não me enviaram a senha-mestra do cofre. Mas meu coração é brasileiro e não desiste nunca.

agradecimentos

Agradeço a Táscia Souza, que acompanhou a evolução desta história capítulo a capítulo. Obrigada por sua amizade, entusiasmo e paciência.

Minha eterna gratidão a Joaci Pereira Furtado, meu "descobridor", por suas palavras de incentivo e seus conselhos profissionais.

Agradeço a toda a equipe da Agência Riff e da Editora Pensamento-Cultrix, pela confiança em meu trabalho.

Meus sinceros agradecimentos aos amigos do Colégio Santa Catarina, em especial à professora Mariangela Guedes, pelas impecáveis aulas de português; e a toda a galera da Engenharia de Produção da UFJF, em especial ao professor Vanderli Fava, que sempre me disse que "engenheiro é pau para toda obra"; ainda bem que acreditei nisso.

Obrigada, Thais Barbosa, por me apresentar à saga *Crepúsculo*.

Obrigada, vó São, pela infância perfeita.

Obrigada, *vozinha* Iracema (*in memoriam*), que viveu 86 anos sem saber ler ou escrever uma palavra, mas foi a melhor contadora de "causos" que eu conheci.

Obrigada a toda a minha família, principalmente Cesar, Isabel e Júnior, pelo amor incondicional.

E, finalmente, toda minha gratidão e amor ao Diogo, por acreditar tanto em mim que chegou a dizer que terminaria nosso namoro quando ameacei abandonar este projeto. Prefiro pensar que ele estivesse brincando. Mas acabou valendo a pena.

Amo todos vocês.